MADAME ADAM

(JULIETTE LAMBER)

Mes Premières Armes

Littéraires et Politiques

PARIS

ALPHONSE LEMERRE, ÉDITEUR

23-31, PASSAGE CHOISEUL, 23-31

M DCCCCIV

Je dédie ce volume

A la mémoire

d'ARLÈS-DUFOUR,

de JEAN REYNAUD,

de MON PÈRE.

JULIETTE ADAM.

à Monsieur
Albert Rassolin
et Madame Albert
Rassolin.
Témoignage d'intérêt
français d'esprit et
d'âme
Juliette Adam

Mes Premières Armes

Littéraires et Politiques

DU MÊME AUTEUR

Mes Premières Armes

Littéraires et Politiques

———

Triste était le logis que mon triste mariage me condamnait à habiter! Sa façade principale semblait comme repoussée au fond d'une cour étroite par un bâtiment surélevé de deux étages. Derrière, un mur immense et menaçant surplombait notre minuscule jardin.

Et je songeais en ce logis à la petite maison de mon père, si éclairée, si joliment encadrée de verdure, et à la spacieuse et confortable maison de ma grand'mère.

Je devais passer là trois années, mon mari ayant pris l'engagement de mettre en ordre les affaires très processives d'une tante, récemment veuve, qui l'avait doté. Je ne connaissais dans la ville de Soissons que cette tante, très petite, qui venait de perdre un immense mari, ne laissant que des choses à sa taille; chevaux, voiture, meubles, tout était colossal chez la tante Vatrin, qui restait écrasée par l'ombre d'un époux

1

disproportionné, comme elle l'avait été, lui vivant.

Or, que faire en un gîte à moins que l'on ne songe ? Je songeais, je lisais, j'essayais d'écrire. Quinze mois après mon mariage j'avais une joie, la plus grande de ma vie, j'étais mère.

La naissance de ma fille réconcilia mon père et mon mari. Je nourrissais ma mignonne Alice, bien fragile, hélas ! Auprès d'elle je travaillais, ou bien j'allais la promener, tel temps qu'il fît, dans le jardin de la petite tante Vatrin.

Celle-ci louait une partie de sa maison à l'organiste de la cathédrale, M. Riballier, compositeur de mérite.

M. et Mᵐᵉ Riballier, sans enfants, s'étaient pris de passion pour ma toute petite fille et pour moi. Lui, complétait mon éducation musicale. Elle, amusait mon Alice avec des joujoux toujours nouveaux.

J'apportai un jour à M. Riballier une pièce de vers : *Myosotis*. Il la trouva jolie et noua d'un ruban mélodique mon petit bouquet. Puis il fit éditer ce *Myosotis* chez Heugel, à Paris. Oui, à Paris ! Je me vois encore chantant le *Myosotis* que je savais par cœur, mais tenais en mains, couvant des yeux la romance *éditée*.

M. et Mᵐᵉ Riballier recevaient les châtelains des environs de Soissons en été. Le « merveilleux organiste », comme on l'appelait, donnait des leçons aux jeunes filles et aux jeunes gens des grandes familles d'alentour. Chaque semaine il y avait un « goûter », avant lequel cinq ou six des élèves de M. Riballier, à tour de rôle, chantaient, jouaient de l'orgue ou du piano.

L'autrice du *Myosotis,* accompagnée par le compositeur, chanta... Le succès fut immense. Deux fois on nous bissa !

Parmi les auditeurs se trouvait M. de Courval, qui s'informa de mes « travaux », me dit qu'une comtesse de Courval avait écrit, « elle aussi ». Ah ! cet « elle aussi », combien j'en fus flattée !

M. de Courval m'invita, ainsi que M. et Mme Riballier, à passer une journée au château de Courval, où je recueillis la légende de Blanche de Coucy, qui fut ma première œuvre considérable... quinze pages !

Mon père trouva mon *Myosotis* et ma *Blanche de Coucy* pas trop mal, mais il me conseilla de ne pas me griser, ajoutant que cela ne pouvait passer encore pour avoir été inspiré « au siècle de Périclès ».

Cette goguenardise m'humilia sans me décourager, au contraire. J'entrepris alors une série de lectures graves que mon père m'avait reproché de négliger, ne m'intéressant plus qu'à la poésie depuis toute une année.

J'ai dit déjà que mon mari était positiviste[*]. A peine mariée, il me harcelait avec sa phraséo-

---

[*] *Roman de mon Enfance et de ma Jeunesse.*

logie doctrinaire. Je ne pouvais prononcer une parole sans m'attirer quelque épithète dont je saisissais mal le sens par ignorance, mais dont je subissais le dédain.

Il est difficile de s'imaginer l'infatuation des partisans d'Auguste Comte à cette époque.

Un positiviste tenait en sa main, sans qu'il fût permis de le contester, le passé, le présent et l'avenir. Il avait en sa possession toutes les formules définitives. La science et la philosophie, dominées par l'esprit positiviste, se courbaient sous la férule du Maître, du « seul » qui, parmi les grands réformateurs de l'humanité, eût compris « la pleine universalité ».

Tout ce que la conception humaine croyait posséder en dehors du positivisme devait se dissoudre en lui : religion, savoir, vie sociale, etc., etc. Lorsque M. La Messine prononçait le mot *humanité,* on sentait l'écrasement, car il fallait, comme lui, évoquer, à ce mot, tout ce qu'avaient été tous les hommes depuis le premier, tout ce qu'ils étaient présentement sur le globe, tout ce qu'ils seraient dans les siècles des siècles !

On ne m'eût pas fait dire : « Amen. » J'écoutais, opprimée par ces imposantes affirmations, mais je finis par en être à ce point outrée que je me jetai tête baissée dans la lecture des très épais, des très nombreux volumes d'Auguste Comte.

Oh ! la fatigante longueur des phrases, la

lourdeur des adverbes toujours répétés. Combien je trouvai le Proudhon, que mon père m'avait forcée à lire, autrement allégé, et que les démolitions du pamphlétaire me paraissaient moins encombrantes que les constructions massives d'Auguste Comte!...

Jour par jour, quelle distraction dans la vie d'une très jeune femme! il me fallait prouver que je comprenais le « Maître unique », et discuter sur les doubles penchants égoïstes et intéressés, ou sur les altruistes et désintéressés; sur le développement historique de ces penchants, base de la morale et futures assises de la vraie justice; sur la théorie des milieux; sur les grands classements des périodes de l'*humanité*; sur l'accord de la philosophie positive et des idées républicaines.

Ouf, ouf, ouf! Je protestais de toutes mes forces, moi sincèrement républicaine, contre la philosophie politique du « comtisme » que je déclarais, avec preuves, pétrie d'autoritarisme et campée en travers de toutes les routes où peut passer la démocratie.

Le positivisme avait déjà établi ceci de particulier dans l'esprit de ses initiés, qu'ils ne devaient admettre la discussion d'aucun de ses textes, mais que leurs actes, appuyés sur lesdits textes, pouvaient se faufiler au travers de tous les accommodements.

D'une part, mon mari se pâmait en parlant de Clotilde de Vaux et prenait des airs de com-

ponction mystique vraiment cocasses, tandis
que, d'autre part, il niait la puissance du sentiment et de l'idéalisme.

Le Maître, converti par Clotilde, affirmait
que le sentiment doit réglementer la vie ; le disciple prétendait que « l'amour est une institu-
tion qui tend à disparaître ». Mais il n'eut pas
fallu conclure de là que maître et disciple
n'étaient pas en accord parfait.

Quel mépris, quelle accusation d'enfantillage
quand je parlais de mes dieux homériques !

« Vous vous attardez dans la phase métaphysique, dans la recherche de l'absolu, c'est-
à-dire des absurdes causes premières et finales, »
me répétait mon mari.

Je pris à cette époque pour le positivisme
l'une de ces horreurs... « L'humanitarisme,
déclarait en pontifiant M. La Messine, est tangible. On sait ce qu'il est, d'où il vient, où il
va. La justice immanente est autre chose que
la justice partiale, capricieuse, d'un Jéhovah,
d'un Jupiter, d'un Dieu trinitaire incompré-
hensible, oui, autre chose que l'hypothétique
justice éternelle ! Penser que l'avenir vivra de
nous comme nous vivons du passé, se dire que
notre corps ira féconder la nature comme elle
nous a fécondés, voilà le certain, le positif.

— Peuh ! tout cela est archi-fuyant, répli-
quais-je ; vous vous diluez dans l'universel,
vous, votre pensée, votre conscience, votre
morale, vos responsabilités, parce que vous

n'êtes enserrés par rien. Vous, les positivistes, êtes des flottants, des infirmes dont les paupières demi-inertes ne se soulèvent qu'à moitié, qui ne voient qu'en bas et autour d'eux, sans jamais regarder au-dessus. L'humanité de votre Auguste Comte est une humanité demi-aveugle, ne concevant que ce qu'elle subit, qui légitime la loi du plus fort, du plus audacieux, voire du plus canaille s'il s'impose par le fait. Arrêter la recherche de l'inconnu, de l'incompris, de vérités autres que celles qu'on épelle ; accepter que tout finit au moment où l'interrogation devient mystérieuse ; ah ! non, par exemple !

— Vous vous grisez de mots dont vous ne comprenez pas le sens, me répondit un jour M. La Messine, dans un moment d'emportement ; toutes vos idées de recherches, d'inconnu, sont archi-connues et classées à leur rang ancestral. Les moralités reçues du ciel comme l'intelligence reçue d'un coin de terre circonscrit, voilà qui est archi-faux. Religion, Patrie, ces inepties sont rejetées à leur rang logique dans le passé, et les clairs cerveaux des positivistes en sont à tout jamais délivrés. »

Je serais devenue idiote si j'avais continué à lire exclusivement de l'Auguste Comte et à en discuter. Heureusement, j'avais un ami, un conseil, le bibliothécaire de la ville, avec lequel je m'étais liée, homme fort intelligent, qui dirigeait un peu mes études.

Ayant trouvé Auguste Comte dans la bibliothèque de mon mari, je ne lui en parlai pas tout d'abord ; cependant un jour je le questionnai sur le grand maître du positivisme.

« Ah! celui-là, me dit-il, je l'ai en particulière exécration. C'est un homme à enfermer. Il a été fou, d'ailleurs, de 1826 à 1828. Le saint-simonisme lui avait déjà détraqué la cervelle. Il a fait des cours d'astronomie populaire qui l'ont achevé. Le calcul des probabilités a toujours été au-dessus de ses moyens. Sa religion de l'Humanité n'a qu'un but, c'est de faire de lui un Pape. Ses lettres sont rédigées comme des brefs pontificaux. Rue Monsieur-le-Prince, où il habite, il a un autel et il en vit. Il se fait nourrir par le culte qu'il a inventé. Avouez qu'il est plaisant de trouver un homme qui « remise » toutes les religions anciennes et modernes, et qui en sort une de sa poche au bon moment, fondée à son seul profit. Avec cela, ce matérialiste, ce positiviste est devenu mystique et amoureux platonique de Mme Clotilde de Vaux. C'est un farceur! »

Quelques discussions plus aigres entre mon mari et moi suivirent les révélations de mon ami le bibliothécaire.

Quand la maison n'était plus tenable, j'allais passer quelques jours chez mes bien-aimées tantes, Chivres n'étant qu'à quelques lieues de Soissons ; ma fille y gagnait une santé meilleure et beaucoup de plaisir à cause de l'âne Roussot, des poules et des lapins.

Ma tante Sophie s'intéressait toujours aux occupations de mon esprit. Je lui parlai d'Auguste Comte, de mes querelles conjugales à propos du positivisme. Elle me conseilla de ne pas répondre à mon mari un seul mot sur ce sujet. Je le fis, et bientôt il n'y eut plus de grands débats comtistes qu'entre M. La Messine et mon père lorsqu'ils se rencontraient. Violents tous les deux, ils se livraient de véritables batailles. Les « systèmes » avaient pris possession de chaque famille à cette époque. Mon père, phalanstérien, voulait le bonheur du grand nombre. Mon mari, positiviste, déclarait qu'une élite seule devait gouverner la masse avec ce principe moral, politique et social : « Régler le présent d'après l'avenir déduit du passé. »

« Sans Dieu ni roi », tous deux s'entendaient ; mais lorsque mon mari parlait de certaines idées qu'Auguste Comte a désignées sous le nom de « maladies révolutionnaires », c'étaient alors des disputes sans fin.

Mon père avait du goût pour Littré, qui refusait de se soumettre au « pontife ». Il ne tarissait pas en plaisanteries sur les amours d'Auguste Comte, d'abord sur ses malheurs conjugaux et son choix d'une femme plus que légère pour épouse, puis sur la « passion » du vieux « bonze » pour la blonde et langoureuse Clotilde de Vaux.

Mon mari répondait que ce n'était pas de la

passion qu'éprouvait Auguste Comte, mais « le contact positif d'une intelligence supérieure ». Et il racontait des histoires sans fin sur la chasteté du maître.

« Chasteté involontaire, répliquait l'auteur de mes jours, idéalisme subi à regret, continence douloureuse, trop souventes fois reprochée à la belle, non sans aigreur, mais imposée par une femme habile et romanesque qui se fait tailler une légende par une vieille âme subornée. »

Mon père avait découvert un livre qu'il m'apporta et qui devait, me dit-il, nettoyer mon esprit de toutes les insanités trop positives du comtisme. C'étaient les *Poèmes antiques* de Leconte de Lisle. Nous ne tarissions pas sur la beauté de cette œuvre, dont les plus hautes inspirations étaient puisées aux pures sources homériques.

Je voulus la faire admirer à ma tante Sophie, mais elle avait lu quelque part que ce « jeune auteur » appelait Virgile « un byzantin », et écrivait que les Romains, comme civilisation, valaient les Daces ; et elle refusa d'en lire une seule page.

« Ce môssieu, dit-elle, prétend que la poésie a perdu son sens depuis les Grecs jusqu'à lui. Lamartine, Victor Hugo, Musset. pour ne parler que des actuels, ne sont rien, paraît-il. d'après cet infatué ; ne m'en parlez pas, ma nièce, ne m'en parlez pas ! »

Lorsque, de retour à Soissons, j'allais chez la tante Vatrin avec ma fille et sa bonne, je traversais une petite rue dans laquelle se trouvait la Recette des Finances, dont le titulaire était M. Ratisbonne, très lié avec le sous-préfet, M. Papillon de la Ferté, fils de l'auteur d'un ouvrage sur la *Vie des Peintres* qui fut guillotiné en 1794. Le sous-préfet de Soissons disait volontiers qu'il fallait « faire la fête », qu'on ne savait jamais ce qui pouvait arriver, à preuve le malheureux sort réservé à son grand-père.

Ces messieurs m'intimidaient fort par leur empressement à se précipiter aux fenêtres lorsque je passais, et par l'affectation de leurs saluts. On ne flirtait pas à cette époque en province, et il eût suffi d'un sourire de moi à ces deux enragés célibataires, déjà un peu mûris d'ailleurs, pour me voir gravement calomnier.

Je connus, à cette époque, deux de mes meilleurs et plus fidèles amis : M. de Marcère, très jeune substitut et futur ministre, et le lieutenant Guioth, plus tard le général Guioth, commandant le 12ᵉ corps d'armée. Ce dernier devint l'aide de camp du duc d'Aumale après la guerre de 1870 et fut nommé officier de la Légion d'honneur, sous Metz, pour action d'éclat. D'origine lorraine, n'ayant pas cessé de soupçonner Bazaine de trahison, il put éclairer son chef, le duc d'Aumale, au moment du dramatique procès. C'est Guioth qui en rédigea tous les rapports, on imagine avec quelle douleur !

lui qui avait perdu, par le crime d'un traître, sa province, sa petite patrie.

Bien des années plus tard, un jour que le duc d'Aumale me parlait du procès Bazaine et de Guioth, que le prince appelait « notre ami », il me répéta le mot dit par lui au moment du procès :

« Guioth et moi nous avions deux indignations dans nos deux consciences. » et il ajouta : « parce que l'ambitieux effréné que nous jugions sentait et savait, en trahissant son pays, la criminalité de ses actes et les malheurs qui devaient en résulter.

— Vous croyez, monseigneur, que cet homme entrevoyait « qu'il y avait la France » ?

— Oui, et il lui a préféré la plus louche des combinaisons personnelles. »

Mais nous voilà loin de 1855.

*
* *

L'une de mes cousines, Mme Fischer, de Laon, passant par Soissons, vint me voir, et, comme nous causions littérature, elle me parla, avec indignation, d'un livre dont l'auteur était le fils du rédacteur en chef du *Journal de l'Aisne*.

« Ce jeune homme, me dit-elle, a ridiculisé à tout jamais notre ville de Laon. C'est odieux ! Nous-mêmes, dans la famille, nous avons des victimes de ce Champfleury et de ses « *Bourgeois de Molinchard* ».

Sitôt ma cousine partie, je courus à la bibliothèque et j'en rapportai l'affreux volume. Connaissant la plupart des personnages qui y sont peints, je m'en amusai beaucoup. C'est un chef-d'œuvre en son genre.

Le grand événement public à cette époque, en dehors de la guerre de Crimée, que nous ne cessions de blâmer, dans l'opposition, dont nous critiquions les lenteurs attribuées par nous à la mollesse des instructions, à l'insuffisance de l'armée anglaise, le grand événement, dis-je, était l'Exposition universelle.

Mon mari me conseilla de sevrer ma fille, de la conduire chez mes parents et de venir le rejoindre à Paris, où il comptait faire un premier séjour de quelques mois pour s'y installer ensuite.

J'allais connaître Paris ! J'en avais la terreur. Ma destinée était là. L'esprit de ma grand'mère dominait le mien dès que Paris entrait dans les fatalités de ma vie.

« Bah ! n'en aie pas peur, me disait mon père. Poses-y le pied bravement. Regarde-le en face, ce Paris. De deux choses l'une : ou tu y seras quelqu'un, comme l'a espéré et voulu ta malheureuse grand'mère, et alors les épreuves de ton douloureux mariage auront été nécessaires ; ou tu briseras les attaches de ta servitude morale et tu reviendras chez ton père. Là, tu auras une vie, sinon heureuse, du moins dégagée des responsabilités conjugales qui m'inquiètent pour l'avenir. »

Mon père se disait inquiet seulement ; or, connaissant beaucoup de choses que j'ignorais, il était déjà épouvanté, je le sus longtemps après, du zèle que mettait M. La Messine à réaliser l'une de ses formules favorites : « Aider à la corruption sociale pour qu'il en sorte au plus tôt une végétation nouvelle. »

*
* *

Paris ! « l'étape ascensionnelle qu'il faut franchir », m'avait tant de fois répété ma grand'-mère. « Paris ! le minotaure qui dévore ses victimes, sans qu'un cri s'échappe du labyrinthe », disait mon grand-père.

Paris ! j'étais à Paris, en pleine Exposition universelle. Vingt mille exposants, appartenant à trente-six nations, évoluaient sur cinquante mille mètres de superficie, étalaient au Palais de l'Industrie les merveilles des produits et des richesses de leur pays et de leur art pratique sous toutes ses formes.

Je me répétais les chiffres qu'on colportait, et, seules, mes impressions d'enfant éprouvées en face de la mer pouvaient se comparer à ce que je ressentais. Il est impossible de se figurer l'ahurissement d'une provinciale venant à Paris pour la première fois, à la vue de la quantité de choses insoupçonnées qui surgissent à ses yeux.

L'un de nos amis, ayant assisté à l'ouverture

de l'Exposition, m'avait raconté, au retour, la
sensation d'écrasement ressentie par lui; mais,
républicain comme mon père, il voyait à cette
Exposition quantité de mauvais côtés. Elle allait
livrer le secret de notre fabrication, de nos modèles, ruiner le commerce des provinces, tous
les badauds venant vider leur bas de laine pour
acheter des choses parisiennes ou exotiques. Et
puis cette inauguration grotesque « faisait rire
de nous à l'étranger ».

« Plon-Plon n'y avait-il pas endossé un costume de général de division rapporté « intact »
de Crimée? » Il fallait voir avec quel sourire
notre ami soulignait cet « intact ». Ceux qui
ont vécu à cette époque peuvent seuls comprendre les allusions à la crainte des balles et
aux maux que donne la peur contenus dans cet
« intact ».

« Et, ajoutait notre ami, tout cela n'est rien
auprès du fameux discours de l'empereur à son
cousin et se terminant ainsi : « J'ouvre avec
« bonheur le temple de la paix qui convie tous
« les peuples à la concorde. » Ah! non, c'est
trop fort! répétaient les bien pensants comme
nous; oser dire cela durant cette interminable
guerre de Crimée, quand on tue des Russes
pour le bon plaisir des Turcs et qu'on se fait
tuer au profit des seuls intérêts anglais. Parler
de concorde et de paix en un pareil moment,
n'était-ce pas jeter un défi à l'opinion?

Et la preuve c'est que Napoléon III s'impatientait de ne plus pouvoir enregistrer de brillants faits de guerre. L'Alma et Inkermann dataient déjà. La brillante attaque du Mamelon Vert ne compensait pas à ses yeux l'échec que venaient de subir les troupes franco-anglaises. L'empereur, disait-on, voulait changer Pélissier, et c'était Mac-Mahon qui, avec sa brutale franchise, l'en empêchait.

Je répétais tous les ragots de la politique, je les écrivais à mon père, mais je ne participais pas aux goguenardises des Parisiens sur le Palais de l'Industrie, sur sa laideur.

« Paris étouffe depuis qu'on lui a bouché sa perspective des Champs-Élysées, » était le mot courant ; «les provinciaux nous encombrent, les étrangers nous ruinent et font tout augmenter, » ajoutait-on, etc., etc.

Ce qui dominait en mon esprit, c'était l'émerveillement. Quinze jours m'avaient à peine initiée à la centième partie de ce que je désirais savoir. Et puis il y avait les musées, dont je connaissais encore si peu de chose.

Nous habitions un hôtel, place Louvois. Dès que j'avais un moment de libre je courais seule au musée des Antiques.

Mes dieux étaient là, vivants, palpitants sous le marbre. Cette beauté grecque, je la voyais de mes yeux, triomphante, divinisée, dans la Vénus de Milo.

A partir de ce moment je fus poursuivie par le désir d'habiter un appartement rue de Rivoli, près de la cour du Louvre. Quel réconfort je pourrais alors trouver là, au seuil de mon temple!

Mes enthousiasmes avaient leur chute, leur effondrement. Lorsque je traversais les boulevards, ou que j'étais cernée par la foule, je me disais que jamais, jamais, dans cette cohue, dans ce brouhaha des choses, dans cette immensité regorgeante de la capitale, au milieu de ce qui me semblait partout encombré, tassé, jamais je ne pourrais me faire une toute petite place!

J'allais à la Bibliothèque Impériale. Que venais-je faire là, moi infime? Est-ce qu'un livre conçu par l'esprit que ma tante Sophie et mon père avaient si étrangement éduqué, formé, trouverait un jour son casier spécial au milieu de tant de chefs-d'œuvres, de tant de livres de valeur?

Plus j'errais dans ce Paris, plus je devenais consciente de l'impossibilité pour moi d'y être quelqu'un. La seule chose qui me distinguât des autres et qu'il me fallait reconnaître, tant on me le répétait, même dans la rue, c'est que ma personne de dix-neuf ans était agréable. Les fameux petits Savoyards de Mme Récamier ne m'étaient pas inconnus. On me regardait, on murmurait une parole aimable; mais tout à coup la peur me prenait de ce genre de succès dans ce Paris dont je connaissais les dangers, les entraînements.

Je me demande aujourd'hui comment nous pouvions être jolies avec nos bandeaux plats, nos chignons dans le cou, avec des boucles qui en sortaient sans grâce, et nos affreux chapeaux à bavolets et à brides?

Mon mari se plaisait à m'instruire des scandales journaliers de la vie parisienne.

Je les connaissais tous, exagérés peut-être, et ils me terrifiaient. Aussi le moindre compliment, à certains jours, me paraissait-il offensant. Ces gens qui me les faisaient avaient, certes, l'esprit hanté par les histoires que je savais moi-même, et, à première vue, ils me croyaient sans doute de l'espèce des « cocodettes ». Élevée comme je l'avais été par ma grand'mère, par mes tantes, par ma mère, par des êtres farouches dès qu'il s'agissait d'une légèreté ou d'une susceptibilité d'honneur, je sentais la honte des mots aimables planer sur moi.

Nous n'avions qu'un goût commun, mon mari et moi, le théâtre ; j'y riais, j'y pleurais, je m'y enthousiasmais.

La plupart des émotions ressenties alors me sont restées.

C'est dans une représentation à bénéfice que je vis Frédérick Lemaître, dont mon père m'avait parlé comme du plus grand comédien du siècle. Il jouait un acte de *Trente ans ou la vie d'un joueur.* Le joueur entre, les traits crispés par la souffrance et par le vice, figure répulsive et navrante à la fois. Il est couvert de vêtements d'une misère parlante, quoique les haillons en soient discrets ; ses cheveux sont embroussaillés par les couchers dans les taudis, sa main s'affaisse et tremble sur un bâton qui, par sa forme, par son usure, dit la marche sans but d'un homme qui chemine. Tout cela deviné, senti, inspire à la fois la pitié et la répulsion.

Frédérick Lemaître n'a plus de dents, il parle à peine, mais quelles expressions a sa physionomie, quels gestes, et combien vous angoisse tout ce que son jeu révèle de douleur dans l'avilissement.

On disait Frédérick Lemaître fini. Un pareil artiste ne l'est jamais.

J'ai vu Rachel aux Français dans toute sa beauté tragique, à son avant-dernière représentation, le 23 juillet. Elle partait quelques jours après pour l'Amérique et jouait Andromaque.

La fille d'Eetion, l'épouse d'Hector, m'est apparue faisant revivre à la fois la princesse troyenne de mon vieil Homère, celle d'Euripide, de Racine, de tous ceux qui ont chanté la malheureuse mère d'Astyanax, l'esclave légitimée de Pyrrhus et d'Hélénus. Jamais la vertu, la douleur, la révolte, dominées par la conscience de la fatalité et ressenties par un cœur moderne n'ont été vécues comme par Rachel. Jamais la femme antique n'a été enveloppée de plus nobles plis, jamais Française ne s'est plus élégamment drapée. Le charme et l'art de Rachel étaient de personnifier la Grèce et en même temps toutes les époques où elle fut comprise. Elle est là, encore présente à mon souvenir; elle n'a cessé de l'être dans toutes mes lectures où a passé, depuis que je l'ai vue et entendue, une fille d'Athènes ou de Troie.

Rachel partie, on court à Mᵐᵉ Ristori, à qui Rossi, tout jeune et encore inconnu, donne superbement la réplique dans Paolo, de *Françoise de Rimini;* son succès est presque égal à celui de Mᵐᵉ Ristori. Ces représentations de la salle Ventadour, comme elles nous ont passionnés! Les gens qui ont besoin de comparaison, tant leur esprit est étroit et impuissant à ressentir des admirations multiples, voulaient à tout prix voir, dans Mᵐᵉ Ristori, une rivale de Rachel. Les deux grandes tragédiennes ne se ressemblaient en rien. On ne pouvait les juger que par les contrastes.

Mᵐᵉ Ristori dans Myrrha, dans Marie Stuart, dans Antigone d'Alfieri, était sublime, mais tout différait entre elle et Rachel : le jeu, la compréhension du caractère d'un rôle, les attitudes. Alfieri supprime l'action. Plus de confidents, plus d'amoureux qui lui paraissent inutiles. C'est par le dialogue seul qu'il crée les situations. Mᵐᵉ Ristori extériorisait la passion à son premier choc, en exprimait les cruautés. Rachel graduait cette passion en des effets grandissants de contenu; elle ne comprenait l'intensité que profonde, demi-intérieure. Rachel personnifiait la tragédie, Mᵐᵉ Ristori le tragique.

MM. de Lamartine, Théophile Gautier, Alexandre Dumas, admiraient hautement la Ristori. Legouvé, Scribe, Jules Janin, l'exaltaient tous trois, un peu moins pour son talent, disait-on, que par inimitié contre Rachel.

M. Fould était allé prier Mme Ristori au nom de l'Empereur de ne pas quitter Paris, essayant de lui persuader qu'elle se ferait à la Comédie-Française une situation plus grande que partout ailleurs et surtout qu'en Italie.

Mme Ristori démêla bien vite les sentiments multiples, qui, en dehors d'une admiration sincère, fanatisaient avec exagération certains de ses amis. Legouvé et Scribe ne pouvaient pardonner à Rachel, le premier, son refus de jouer Médée, et tous deux, ses caprices à propos d'Adrienne Lecouvreur; Jules Janin restait blessé de certains mots inoubliables.

« Je suis Italienne, répondait Mme Ristori, j'ai un accent, un tempérament de race, des spontanéités, qui choqueraient dans la maison de Molière; mon éducation serait à refaire, car elle est loin d'être classique. Je ne désire rien autre que ce que je trouve en France : la sympathie dont on me comble et qu'on exprime pour l'art de mon pays, pour sa cause, et dont je suis profondément reconnaissante. Comment pourrais-je prendre la place d'une Française quand c'est comme Italienne que je suis heureuse d'être applaudie? »

Mme Ristori fit, l'une des premières, aimer

l'Italie opprimée à la France. « Bravo, au nom
de l'Italie *une !* que vous servez par vos succès, »
lui écrivait le comte de Cavour.

Pendant ce premier séjour, Mme Ristori se
lia intimement avec Legouvé. Elle avait joué en
Italie son Adrienne Lecouvreur. L'année suivante elle joua en France, avec un succès
énorme, sa Médée traduite par Montanelli.

Les luttes de l'Italie pour la liberté exaltaient
la plupart des imaginations impérialistes, et
Victor-Emmanuel avait une place jusque dans
nos admirations... républicaines.

Quelques jours avant notre départ de Paris,
au commencement de septembre, on apprit l'assaut de Malakoff, la défaite des Russes, l'entrée
à Sébastopol. La joie que causa le succès de nos
armes fut grande dans tous les partis, mais on
se désolait à la pensée que nos victoires étaient
aussi celles des Anglais. A la table d'hôte, où
nous nous étions liés avec plusieurs pension-
naires, un officier en retraite s'écria, aux applaudissements de tous : « Enfin, nous allons pouvoir redevenir les amis des cosaques et les
ennemis d'Albion. »

Mon mari voulut à la fin de notre voyage me
conduire chez Auguste Comte ; il me parla
d'une « initiation », d'un mariage comtiste,
d'une « bénédiction de nos liens » qu'il eût désiré me voir accepter ou subir. Je m'indignai
avec un tel emportement qu'il n'insista point.

Revenue à Soissons, je ne m'intéressai plus

qu'aux choses parisiennes. Les actualités littéraires, philosophiques, politiques, seules m'oc-
cupaient. J'écrivais de longues lettres à mon
père sur les « événements ».

Et quelles conversations de haute portée avec
mon amie Pauline Barbereux, marraine de ma
fille, dont le père, avoué, compagnon de chasse
et de plaisir de mon mari, donnait à sa femme
des soucis, des chagrins, des inquiétudes semblables aux miens. Mme Barbereux s'enfermait
et pleurait. Moi, j'occupais mon esprit, j'échan-
geais mes idées avec sa fille qui adorait la
mienne, ma toute petite, que nous élevions
ensemble.

Les propositions de paix à la Russie nous
préoccupèrent énormément, Pauline Barbereux et moi. Dès que nous eûmes quarante
ans à nous deux, notre « maturité » nous parut
complète, et dans nos entretiens nous nous re-
connûmes des vues surprenantes sur les affaires
européennes.

Mon père, à qui je communiquais nos appré-
ciations supérieures, y mordait peu. Ce qui
l'intéressait par-dessus tout, c'étaient les mou-
vements de l'opinion publique. Il avait pardonné depuis longtemps à Ledru-Rollin, à
Louis Blanc, à ses « chers exilés », et il attendait en toute saison leur retour avec impatience.

La chute de *Guillery*, d'Edmond About, aux
Français, l'avait ravi. « Des étudiants ont sifflé

à la fois le *blagueur* de la Grèce contemporaine et le soi-disant fils de Voltaire, pilier des antichambres d'un Plon-Plon. L'écrivain trop léger, pasticheur de Voltaire, apprend à ses dépens que la popularité ne se conquiert pas rien que par la courtisanerie du pouvoir, ou par l'irrespect d'un peuple à peine sorti des tenailles sanglantes d'un vainqueur. L'insuccès de *Guillery* est bien politique, ajoutait mon père, bien personnel à l'auteur, car la pièce, paraît-il, n'est pas mauvaise et Got y était merveilleux. »

Les journaux de l'opposition crièrent, à propos de *Guillery,* à l'immoralité, à la corruption impériale, qui « filtrait de plus en plus ».

Il y avait dans la pièce d'Edmond About des mots scandaleux, écrivait-on, qui ne pouvaient se répéter que la face voilée. Tout le monde voulut les connaître, mais les bien pensants n'osèrent en sourire.

Nous étions en février 1856 et lisions et causions toujours, Pauline Barbereux et moi. Ma fille, qui avait dix-huit mois, jouait avec nos journaux, que nous lui abandonnions, et elle accompagnait nos conversations d'une espèce de chant monotone qui nous ravissait.

Alphonse Karr publiait alors dans le *Siècle* des feuilletons hebdomadaires rappelant ses *Guêpes,* sous le titre de *Bourdonnements.* Il y critiquait la crinoline avec beaucoup d'esprit et de bon sens mêlés. J'avais résisté non sans courage au « cercle d'acier », le bouffant moins

étalé des jupes empesées me paraissant préfé-
rable, non parce que les hommes applaudis-
saient tout haut à ma·résistance, car je n'étais
nullement occupée de leur plaire, mais parce
que je trouvais la mode grotesque.

Dans l'un de ses feuilletons, Alphonse Karr
déclarait qu'il n'y avait pas une seule jeune et
jolie femme en France qui ne portât cette crinoline, dont il détaillait les indiscrétions dans
les escaliers, à la descente et à la montée des
voitures, ou lorsqu'une femme s'asseyait dans
un fauteuil trop étroit.

Pauline Barbereux m'apportait le *Siècle,* son
père le recevant. Elle enviait mes jupes empesées et avait horreur de la crinoline, mais sa
mère la lui imposait comme « plus convenable ».
Nous lisions haut, tour à tour, l'article d'Alphonse Karr. Au passage : « Il n'y a pas une
seule jeune et jolie femme en France qui ne
porte de crinoline », je dis à mon amie : « Si
j'écrivais à Alphonse Karr qu'il y a moi ? —
Oui, oui, » s'écria-t-elle. Et me voilà faisant ma
lettre. Bien entendu, je ne comptais pas la
signer. Alors je m'étendis complaisamment sur
ma personne dans le billet qui accompagnait
mes « Réflexions ». « Oui, monsieur, il y a
une jolie femme de vingt ans qui ne porte pas
de crinoline, qui n'en a jamais porté, il y en a
une en France, une provinciale, et c'est moi :
Juliette. »

Je me permis des considérations nombreuses

sur le rôle de la femme à notre époque. J'imitai le mieux que je pus le style d'Alphonse Karr. Je lus mon brouillon à Pauline.

« Ah ! ah ! ah ! » faisait ma petite Alice.

Pauline déclara la lettre superbe, me la prit des mains et me la dicta solennellement, tandis que je la recopiais sur un mirifique papier.

Ayant relu une seconde fois « l'article », comme le baptisa Pauline, je le pliai avec amour dans une grande enveloppe cachetée d'un beau cachet au nom de Juliette, puis nous allâmes (ce mot ne peut être autre pour un tel acte), porter notre pli à la poste.

Les avons-nous comptées, Pauline et moi, les heures de ces huit jours ! Alphonse Karr parlerait-il de ma réponse ? Et, toute la semaine, quelles discussions sur les possibilités de ceci ou de cela !

J'avais rêvé de « myosotis » la nuit qui précédait le jour où les *Bourdonnements* paraissaient. Pour moi, c'était bon signe. Le 20 février 1856, Paris, en s'éveillant, allait-il lire un bout de prose de « Juliette » ?

Mais Pauline entre, pâle, se tenant à peine. Le *Siècle* tremble dans sa main.

« Elle y est, Juliette, elle y est tout entière !

— Tout entière ! »

Nous sommes là, nous regardant, chacune tenant un bout du journal. Nous prenons deux chaises que nous approchons l'une de l'autre, nous déplions le *Siècle*. Ma lettre y est bien tout entière ! Je la lis, Pauline la relit. Pas un mot n'a été changé !

J'éclate en sanglots, Pauline pleure... Notre petite Alice, qui joue à terre sur un tapis, pousse des cris de désespoir en voyant nos larmes. Sa marraine chante et la console. Je songe à ma grand'mère, à ma bien-aimée morte, dans cette même chambre où elle m'est apparue, et je m'écrie :

« Grand'mère, je serai un écrivain ! »

J'envoie l'article à mon père et lui explique ses pourquoi.

« Enfin, me répond-il, je vois là pour la première fois une promesse de talent. »

La naissance du prince impérial, ayant le pape pour parrain, eut le don d'exaspérer mon père. Il y avait un héritier de l'Empire, et il était voué au papisme en naissant, n'était-ce pas abominable?

Le moment où nous devions quitter Soissons approchait. Encore quelques mois, et le sort en serait jeté ; nous habiterions Paris.

Je lisais tout ce que je pouvais lire avec une hâte fiévreuse, me disant qu'à Paris je n'aurais plus les mêmes loisirs.

L'année s'écoula vertigineusement. Tandis que mon mari s'orientait à Paris, pour une

installation qu'il désirait, comme moi, proche
du Louvre, à cheval sur les deux rives, disait-
il, j'allai, avec ma fille, passer trois mois à
Chauny.

C'est là que j'appris, avec beaucoup de détails ignorés, l'assassinat de l'archevêque de
Paris par Verger. Verger était le protégé d'un
camarade du séminaire de Beauvais, que mon
père avait conservé pour ami. Ce camarade,
appartenant aux missions et qui mourut plus
tard en Chine, affreusement martyrisé, écrivit
à mon père une longue lettre dans laquelle il
plaidait les circonstances atténuantes pour Verger. Mon père avait son opinion faite. Il condamnait l'acte avec indignation.

Quand je quittai Chauny avec ma fille pour
aller rejoindre mon mari à Paris, je me trouvai
dans le même wagon que Mme Ugalde. Elle me
parla de ma fille, puis de la sienne, puis de son
« bon ménage » et de la *Fiammina* de Mario
Uchard, qu'on venait de jouer à la Comédie-
Française et qui passionnait tout Paris.

Moi, « bourgeoise », et la célèbre Galatée,
nous étions d'accord sur ce point que, quelles
que soient les passions d'une femme de théâtre,
quel que puisse être son amour de la célébrité,
elle est cent fois coupable quand elle abandonne
son enfant, comme Fiammina.

On sait que Mario Uchard avait écrit sa
propre histoire et que Fiammina était Madeleine Brohan.

Enfin, j'habite Paris, rue de Rivoli, en face du Louvre. Si ma grand'mère était vivante encore, elle me donnerait sa foi en moi.

Dans les premiers jours de mon installation, je n'ai que deux sensations : celle d'être isolée dans cette ville immense et d'être opprimée par le bruit que font les autres. Je ne connais personne. Les amis de mon mari, qu'il me présente, me sont odieux ; ils ne parlent qu'affaires, gain facile ou difficile. Je dois cependant être satisfaite. L'un de mes vœux les plus chers est réalisé : je suis aussi près que possible du musée des Antiques, du temple de mes dieux.

Nous avons un balcon, et dès que je reviens des Tuileries avec ma fille, je m'y installe pour m'habituer aux bruits de Paris, qui résonnent en mon cerveau comme en un vase de métal.

On annonce la mort de Musset. Ses amis le pleurent sans le regretter, car ils craignaient de voir un jour sa mémoire salie par quelque scandale de sa vie de débauche.

J'ai d'affreuses névralgies, dont je suis guérie par le médecin de mon quartier; en causant, je découvre que le docteur de Bonnard est en relations par lettres avec mon père, à propos d'une brochure de l'auteur de mes jours sur la fièvre typhoïde. Cette brochure conseillait un remède à l'aide duquel mon père faisait des cures merveilleuses, et il l'avait envoyée à tous les médecins de France.

Le docteur de Bonnard devient mon ami et

il me conseille, puisque je « versifie », d'entrer
à l'*Union des Poètes*. Il est lié intimement avec
l'un des membres de cette société, qui s'y fait
mon introducteur : Émile Richebourg. Richebourg faisait des poésies légères et il était,
disait-on, le protégé du vieux Béranger. Il me
conduisit un jour chez celui que mon grand-
père appelait avec tant de solennité et de gras-
seyement « le chantre de l'Empereur » et dont
il chanta les chansons jusqu'à sa mort. Mon
père nommait Béranger « le chantre de la
liberté et du peuple ».

Jamais je n'ai vu un vieillard plus charmant,
plus paternel, plus simple, plus malicieux avec
bonté. Il lut ce que je jugeais ma meilleure
« inspiration » et me dit en me prenant les
mains : « Mon enfant, vous ne serez jamais
poète, mais vous pouvez être un écrivain. »
L'espérance future n'atténue pas pour moi la
critique présente, mais, de même que Richebourg avait souri de la dureté de Béranger à
mon égard et de mon air malheureux, de même
je souris à mon tour lorsque Béranger ajouta :
« C'est comme mon cher Richebourg, qui se
croit, lui aussi, sincèrement poète, poète
aimable et léger! Or, je lui prédis la carrière
d'un romancier ultra-dramatique, depuis que
je lui ai entendu faire le récit d'un assassinat
auquel il avait assisté. »

Béranger était prophète. Richebourg fit des
pièces et des romans fort dramatiques et il est

resté « l'auteur de l'*Enfant du Faubourg* », le plus grand succès du *Petit Journal*. Le chansonnier populaire avait deviné le romancier populaire.

Béranger me dit quand je le quittai : « Adieu, mon enfant, vous ne m'en voudrez pas longtemps. » Je lui dis avec tristesse : « Pourquoi adieu, et non au revoir? Vous ai-je donc tant déplu? »

Haussant les épaules et regardant par la fenêtre ouverte :

« Je crois, ajouta-t-il, que j'irai voir avant peu là-haut le « Dieu des bonnes gens ».

Il mourut en juillet.

Je n'écrivis plus de vers et m'éloignai à regret de l'*Union des poètes*. Richebourg, de son côté, s'en détacha peu à peu, et il me dit un jour qu'il commençait un roman : *Lucienne*.

A cette époque je connus, toujours par le docteur de Bonnard, Charles Fauvety, directeur et fondateur de la *Revue philosophique*. On se réunissait chez lui, rue de la Michodière. On y causait de philosophie, de science sociale. Ces questions m'intéressaient. Mᵐᵉ Jenny d'Héricourt, qui avait acquis dans ce milieu une autorité justifiée par de sérieuses études, ne pouvait supporter que je prisse part à des débats dans lesquels « les plus hauts problèmes étaient posés, disait-elle, et réclamaient des connaissances mûries pour en discuter ».

MM. Charles Renouvier et Fauvety s'amusaient de cette rivalité qui n'existait que dans l'esprit de Mme d'Héricourt, dont je reconnaissais volontiers la supériorité, mais qui devenait chaque semaine de plus en plus aigrie et me faisait parfois perdre un peu de ma patience.

Il y avait dans ces discussions un mot dont Mme d'Héricourt abusait, c'était le mot : antinomie. M. Renouvier parlait volontiers de la « synthèse des contraires, d'attributs différents pouvant être observés en même temps dans un seul et même être ». On devine si les antinomies de Mme d'Héricourt trouvaient là leur placement facile.

M. Renouvier avait beaucoup écrit dans l'*Encyclopédie nouvelle,* fondée par Pierre Leroux et par Jean Reynaud. Il travaillait depuis trois ans à sa grande œuvre : *Essais de critique générale,* qu'il ne devait terminer qu'en 1864, et il collaborait à la *Revue philosophique* de M. Fauvety, dont il était l'un des piliers. Renouvier passait pour le plus érudit des philosophes de cette époque. On le déclarait supérieur à Victor Cousin, duquel il s'était séparé, attaquant l'éclectisme comme une doctrine impuissante à relever les caractères. Renouvier a le premier établi les rapports des doctrines philosophiques de chaque époque avec l'état de la science en des déductions admirables. Il avait l'ambition de réformer le kantisme et de remplacer la philosophie par la critique.

Quoique admettant avec Kant que notre

connaissance ne dépasse pas les phénomènes, il n'était pas kantiste ; quoique reconnaissant avec Auguste Comte « que la recherche de l'absolu conduit à un abîme d'erreurs », il n'était pas positiviste. Il jugeait sévèrement le matérialisme du positivisme et affirmait les *idées* de cause que Kant et Auguste Comte repoussent ; c'est par une phrase très hautaine qu'il se détachait des deux. « J'établis, disait-il, entre la certitude et la croyance. entre la croyance et la volonté, une immense connexion. »

J'avais une grande admiration pour M. Renouvier, esprit noble et libre, avide de clarté, convaincu sans sectarisme. le sectarisme devenant le gros péché des rédacteurs de la *Revue philosophique*, Jenny d'Héricourt en tête.

L'une des bêtes noires de Mme d'Héricourt était Proudhon. Dès qu'elle parlait de lui, elle se mettait en colère. Auteur d'un livre de réelle valeur, que j'avais lu, sur les théories du grand dialecticien, elle fut irritée au delà de toute expression contre moi, parce que j'eus l'outrecuidance de lui parler de ce livre.

Toute ma jeunesse s'étant passée à batailler avec mon père sur Proudhon, je le connaissais en tous ses circuits d'idées, ce que Mme d'Héricourt ne put jamais admettre.

« Voyez-vous la péronnelle s'avisant de me souligner Proudhon, dit-elle à M. Fauvety, qui me répéta cette conversation.

— Elle ne vous le « souligne » pas, répliqua-t-il, elle vous prouve seulement qu'elle le connaît et a pu juger votre livre.

— Une femme de cet âge, connaître Proudhon, allons donc, c'est vous qui l'avez soufflée. »

Mme Fauvety était une femme intelligente, lettrée, ayant eu un premier prix de tragédie au Conservatoire. On avait, quelques années auparavant, essayé de l'opposer à Rachel. Un succès, surchauffé par une cabale, lui fit croire un instant qu'elle était, sinon supérieure, au moins égale à Phèdre. Mais Rachel se défit bien vite de cette soi-disante rivale.

Pour Mme Fauvety, c'était l'Empire, c'était M. de Morny, qui l'avaient sacrifiée à Rachel, et elle ne cessa d'être l'une des plus ardentes parmi nous pour combattre le « régime du bon plaisir ».

Les Fauvety avaient une campagne à Asnières, où ils habitaient en été, et où l'hiver ils passaient le dimanche, quand le temps était possible, pour promener « leurs enfants ». Ces enfants étaient deux beaux chiens : un tout petit et un très grand.

Je reçus un jour de Mme Fauvety le billet suivant : « Venez vite, nous avons perdu l'un de nos enfants. »

J'arrivai rue de la Michodière.

« Zozo, me dit Mme Fauvety, a disparu depuis hier. Il faut que vous me rendiez le service d'aller chez un nécromancien pour savoir où

il est. J'ai peur des sorciers. Fauvety est un
esprit fort qui se moque de moi, mais qui,
tout de même, ne serait pas fâché qu'on s'informe près d'un voyant. Allez chez Edmond,
rue Fontaine, pour Zozo, je vous en conjure,
voulez-vous?

— Mais très volontiers! »

Ces gens, me dis-je en chemin, sont tous
d'effrontés charlatans, ils ont des compères
dans leurs antichambres. Je ne répondrai pas
un mot à qui que ce soit, pas même un oui ou
un non, si l'on m'interroge.

J'entre chez Edmond et je suis introduite
dans une salle très sombre. Je m'assieds. Trois
personnes doivent passer avant moi. Plusieurs
autres arrivent. Toutes me semblent impres-
sionnées et se questionnent entre elles. Au bout
d'un quart d'heure je me serais chargée de dire
leur bonne aventure à chacune. Enfin voici
mon tour. Une portière est soulevée pour la
quatrième fois et je vais où sont allées les trois
autres personnes que je n'ai plus revues.

Je suis dans un salon assez vaste, sombre
malgré des vitraux miroitants. Edmond est
grand, de belle prestance dans sa tunique de
velours noir; son regard est fixe, enveloppant;
il s'assied après m'avoir indiqué un siège et joue
avec des tarots sur la grande table qui nous
sépare, pour montrer, il me semble, des mains
très belles. Un sablier, des hiboux, la chaîne
symbolique qu'Edmond porte, attirent mon

attention. Nous nous mesurons des yeux. Le silence dure...

« Coupez, me dit-il, en me présentant les tarots. » Je coupe, et ses cartes dans les mains il ajoute lentement : Vous venez pour un chien ! »

J'ai un soubresaut. Il continue :

« Ce chien n'est pas perdu, il est retourné à la campagne pour revoir une amie. Une dame l'a rencontré, l'a saisi au collier et désire le garder. Il est enfermé. Dans six semaines la dame qui le gâte le croira fixé, il s'échappera et ira aboyer à la campagne de ses maîtres. Averti on lui ouvrira. »

Je me lève et remercie.

« Mais, madame, ce n'est pas fini, ajoute Edmond. J'ai à vous dire votre bonne aventure.

— Merci bien, elle est mauvaise.

— Je saurai vous la faire entendre.

— Par exemple ! »

Je me dirige vers la porte. Edmond ne bouge pas.

« Vous aimez les formules, en voici une : nous sommes des charlatans.

— Ah ! je ne vous le fais pas dire.

— Oui, des charlatans quand nous essayons de démêler le destin d'une étoile dans le fouillis de la voie lactée... »

Je me rapproche.

« Mais quand nous avons sous les yeux une étoile visible à l'œil nu...

— Quoi ! je serais une étoile visible? »

Je me rassieds.

« Vous voyez-bien, » me dit Edmond en souriant.

Et il commence à me faire tirer dans son jeu de tarots. Il me prédit que, dans une année, je serai connue du jour au lendemain, par un livre très courageux que je ferai en réponse à un autre livre, que l'auteur écrit à cette heure, et, presque année par année, il me prédit la vie que j'ai vécue depuis...

On imagine la joie de Mme Fauvety. Le sceptique Fauvety déclara qu'on ne ferait aucune recherche, qu'on attendrait les six semaines pour laisser intacte la prédiction du sorcier, et chacun de nous jura de ne confier le grand secret à personne.

Quand je rentrai, ma mère était venue à propos d'un emprunt que mon mari voulait faire à mon père. Edmond m'en avait parlé :

« Celui-là qui a des garanties, oui, venait-il de me dire, mais jamais aucun autre, à aucun prix. »

Je racontai à ma mère, très croyante aux prédictions, celles qu'Edmond m'avait faites. Elle voulut les écrire et les porta à mon père, qui se moqua de ma crédulité avec une insistance qui finit par m'être insupportable. Je pariai une discrétion que le chien reviendrait. Cette discrétion devait être le paiement de mon fameux premier livre dont je supposais que j'aurais à payer les frais d'édition.

Zozo, un beau soir, s'en vint aboyer à la porte du jardin de Mme Fauvety. Elle avait compté les jours et elle était là, depuis la veille, pour lui ouvrir. Je fus prévenue sur l'heure, et ce n'est pas, je l'avoue, sans un peu d'émotion que j'appris la nouvelle. Ne rendait-elle pas réalisables toutes les autres prédictions?

Lorsque le surlendemain j'arrivai chez mes amis, à leur soir de réception, Zozo me reconnut. Ses yeux me parurent un peu teintés de sorcellerie.

Ce soir-là, MM. Renouvier et Fauvety parlaient de Taine, qui venait de publier ses *Essais de critique et d'histoire*. Une année seulement s'était écoulée entre ce dernier ouvrage, véritable monument de savoir, et l'apparition sensationnelle des *Philosophes français au dix-neuvième siècle*. M. Renouvier, à propos des *Essais*, redisait son admiration pour les *Philosophes*.

« Les plus jeunes que nous sont admirables, admirables, répétait-il, et les précurseurs comme moi n'ont pas toujours eu la joie que j'éprouve de compter sur mes disciples. J'ai un peu couvé Taine, mais comme une poule un canard, car il a été vraiment par trop dur pour Cousin.

— Oui, presque cruel, ajoutait M. Fauvety, quoique vous-même n'ayez pas été si tendre; mais sa définition de l'éclectisme : « un système de philosophie qui consiste à n'en point avoir »

est une trouvaille de l'esprit et du bon sens
français, telle qu'on n'en fera jamais de meilleure. Ces simples mots ont été le « Sésame,
ferme toi » du temple élevé à Cousin par l'adu-
lation universitaire.

— Ce que je reproche à Taine, reprenait
M. Renouvier, et qui filtre partout dans ce qu'il
écrit, c'est sa haine de la Révolution française,
de la démocratie et des masses. Il est par là
destiné à devenir le champion du positivisme.
La conception du Gouvernement par une élite
l'enrégimentera parmi les disciples de Comte;
quel dommage! Voyez combien Littré a perdu
de temps à se dégager des petites pratiques du
comtisme.

— Non, répliquait M. Fauvety, jamais on
n'enrégimentera Taine. Les *Essais de critique
et d'histoire* en sont une nouvelle preuve; quelle
indépendance, quelle personnalité dans l'idée,
dans le jugement, dans le style! Taine restera
une espérance ou une inquiétude pour tous les
systèmes philosophiques. Il a pris en mains ce
qui flagelle. Il se croira le justicier, et c'est lui
qui cinglera, durant ce prochain demi-siècle,
toutes les idées qui se détérioreront à l'usage.
Moi, philosophe, je n'ai peur que de lui et je
n'ai confiance qu'en lui! »

Mme Fauvety aimait naturellement à parler
de théâtre. Aucune pièce n'était représentée
sans qu'elle la connût, mais, goût particulier,
elle attendait toujours l'annonce des dernières

représentations. Quand elle en avait lu tous les comptes rendus, que les acteurs, disait-elle, s'étaient, à force de les jouer, personnifiés dans leur rôle, elle voyait la pièce et la jugeait de façon définitive.

La première fois qu'elle m'emmena aux Français avec elle, ce fut à la *Fiammina*, dont Mme Ugalde m'avait parlé. L'auteur qui l'intéressait le plus était Dumas fils. Elle ne m'entretenait que de lui dans les entr'actes de la *Fiammina*. La *Dame aux Camélias, Diane de Lys*, surtout la *Question d'Argent*, qu'on avait donnée au commencement de l'année, l'enthousiasmaient. « L'œuvre de Dumas fils, répétait-elle volontiers, a une signification particulière, elle est sociale. »

Mme Fauvety, vivant au milieu des philosophes, se mêlait à leurs discussions et adorait les thèses.

« A mesure que le catholicisme se matérialise, disait Mme Fauvety, l'esprit du christianisme s'en dégage et nous éclaire de plus haut. La pitié pour les fautes vient de Jésus. Dumas fils est un grand chrétien, il est doux à Madeleine. »

L'un de mes amis de l'Union des Poètes me présenta, à cette époque, un jeune peintre, élève d'Ary Scheffer, poète à son heure, qui, lui aussi, songeait à entrer à l'Union et désirait savoir pour quelle raison je m'en éloignais. Il s'appelait Claudius Popelin et avait fait déjà plusieurs œuvres remarquées : un Dante lisant ses poésies à Giotto, etc. Fils d'un riche industriel, beau, élégant, très artiste, Claudius Popelin devait conquérir par la suite une haute situation parisienne.

Il aimait à ridiculiser les modes que nous subissions, et je lui fis lire ma lettre à Alphonse Karr, qui le ravit.

J'étais un peu moins étalée que mes contemporaines, mais Claudius Popelin ne me trouvait pas encore assez « femme », disait-il, et il prétendait que je devais me mettre à la tête d'une ligue de protestation « gauloise » contre la crinoline, que j'avais le type de la Velléda, ce qui indiquait naturellement ma mission.

« Sans doute, ajoutait Claudius Popelin, oui, vous êtes moins « poussah » que les autres, mais vous avez quand même un faux air de coléoptère à tête fine et à panse énorme. »

Je me rappelle la joie que j'éprouvai en recevant une invitation d'Alexandre Weill à un bal travesti, comme on disait alors. Je devais cette invitation à Richebourg. Jamais encore je ne m'étais costumée. Mon mari ne consentit à me conduire à ce bal qu'à la condition qu'il serait accepté en habit. M. Weill refusa l'autorisation à Richebourg, mais il lui confia qu'il aurait des blouses de soie de couleur, de grandes ceintures, et qu'il « affublerait » à leur entrée les récalcitrants. Je me gardai bien de prévenir M. La Messine.

Je voulais d'abord aller au bal en Nausicaa.
C'est l'avis que me donna mon père; mais
Claudius Popelin, invité, lui aussi, à ce bal, me
dit qu'il irait en Vercingétorix, dont il avait le
type, et que je devais y aller en Velléda. Il me
dessina un costume si simple et si joli que je
choisis celui-là définitivement.

Tout le Paris artistique et littéraire devait
assister au bal d'Alexandre Weill; on en parlait
dans les journaux et j'étais toute fière d'y être
invitée.

Alexandre Weill habitait le faubourg Saint-
Honoré. Alsacien, ayant fait ses études en Allemagne, il y était tout d'abord resté et il écrivait encore dans plusieurs grands journaux
allemands et dans les revues socialistes (franco-
philes en ce temps-là) de Leipzig, de Cologne
et de Stuttgard.

C'est Alexandre Dumas père qui, rencon-
trant Weill, dans l'un de ses nombreux voyages,
à Francfort, lui avait persuadé qu'il devait
habiter Paris.

Alexandre Weill se fit très vite une situation
dans le journalisme parisien. Il écrivait à la
Gazette de France, alors très éclectique, et,
riche par sa femme, l'une des plus grandes
modistes de Paris, il recevait beaucoup et très
élégamment.

J'avais la longue robe blanche de Velléda.
Mon père n'ayant jamais admis les corsets,
j'étais fort à l'aise dans un vêtement dont les

plis n'étaient retenus à la taille que par une étroite ceinture d'or. A cette ceinture pendait une faucille dorée. Mes cheveux, d'un blond foncé avec des reflets roux, étaient dénoués et ma tête couronnée de gui. J'avais, pour la première fois de ma vie, les bras nus jusqu'à l'attache de l'épaule, car, même au bal, on portait alors de petites manches.

Mon mari se laissa « blouser », comme disait Weill, qui l'attifa aimablement. Mais je fus très troublée quand le maître de la maison, me prenant par la main, me traîna au milieu du salon en criant :

« Velléda ! »

Vercingétorix était déjà là ; des peintres avec lui m'entourèrent ; il me les présenta tous et tous me félicitèrent galamment d'avoir choisi un costume qui soulignait mon type.

Je cherchai Mme Weill, que je n'avais pas saluée encore et que je ne connaissais que pour lui avoir fait une courte visite. J'étais d'ailleurs impatiente de sortir du cercle qui m'entourait et où l'on me faisait trop de compliments sur mes bras.

Grâce à Vercingétorix, duquel je réclamai le secours, je me dégageai du bloc serré des peintres. Je trouvai d'abord Alexandre Weill, qui me désignait à un vieux petit monsieur et auquel il dit, comme j'allais à lui, quittant le bras de Vercingétorix :

« Voulez-vous que je vous présente ?

— Non, non, répondit le vieux monsieur, elle me fait peur !

— Moi, je vous fais peur, monsieur, m'é-criai-je en riant, et pourquoi ? »

Alexandre Weill me présenta ; qui ? Meyer-beer.

J'étais une enthousiaste de Meyerbeer. Je le lui déclare. Gêné par son accent, très timide, il me fait entendre difficilement que je ne dois pas lui dire de telles choses, que c'est trop dans ma bouche.

Alexandre Weill s'amusait de tout son cœur et répétait :

« Le coup de foudre, le coup de foudre ! »

Meyerbeer se sauva.

« Voyez-vous, continua Weill, il est tombé en extase à votre entrée. C'est un plus grand poète encore qu'un grand musicien. Il a long-temps rêvé de créer une Velléda, et en vous voyant il est venu me dire, comme épouvanté :

« Elle me ferait oublier ma Selika ! Je suis trop vieux pour devenir amoureux d'une figure nouvelle, même en art. Je ne veux plus voir cette femme. »

— Retrouvons-le, dis-je, il faut qu'il res-suscite Velléda. »

Meyerbeer avait disparu. Durant des mois, tous les matins, je reçus un petit bouquet de violettes, le premier accompagné de ces simples mots : « Souvenir ému à Velléda. — Meyer-beer. » Plus tard il m'envoya une loge pour la

première représentation du *Pardon de Ploërmel,*
mais je ne le revis jamais.

La politique était passionnante entre les sermentistes et les abstentionnistes. En juin, au
moment des élections, un comité de vieux républicains avait décidé d'adresser une sorte
de consultation aux Parisiens à propos de la
prestation du serment, et fait une liste de neuf
candidats fidèles au principe de l'abstention.

MM. Nefftzer, directeur de la *Presse,* et Havin, directeur du *Siècle,* offrirent une candidature, à la condition qu'il prêterait le serment, à
M. Émile Ollivier, fils de Démosthène Ollivier,
déporté, vieux républicain de 1848. On imagine
le tapage parmi nous! Émile Ollivier, sur la
recommandation de son père, qui jouissait
d'une énorme popularité dans le Midi, avait été
nommé par Ledru-Rollin commissaire du gouvernement à Marseille. Quoiqu'il ait essayé depuis de la rehausser, il fit alors triste figure.
Tous les partis se plaignirent de lui, et il ne
surnagea de ses actes que la plus précoce des
duplicités. En disgrâce, nommé préfet, Émile
Ollivier ne quitta sa préfecture que destitué
par Louis-Napoléon. La compromission qu'il
acceptait en 1857, si elle était en contradiction
avec ses origines, ne l'était pas avec sa nature.

Darimon, secrétaire de Proudhon, collaborateur de la *Presse,* fut choisi par Nefftzer pour
faire la paire avec Émile Ollivier.

Le grand comité électoral, composé de vété-

rans de 1848, prêchait l'abstention, disant
qu'on ne pouvait condammer la violation de
serment de Louis-Napoléon qu'à la condition
de ne pas admettre qu'on pût soi-même violer
le sien. Cavaignac, Hippolyte Carnot, Garnier-
Pagès, Bastide, Arnaud de l'Ariège, Corbon,
Charton, Goudchaux, Laurent-Pichat, Eugène
Pelletan, Jean Reynaud, Jules Simon, Vacherot, signèrent le manifeste aux Parisiens.

Darimon, et naturellement Émile Ollivier,
s'appuyaient sur le volume de Proudhon publié
après le Deux-Décembre : *La Révolution sociale
démontrée par le coup d'État.*

Dans cet ouvrage, le grand polémiste déclarait que les partisans de la légitimité peuvent
refuser la prestation du serment parce que pour
eux le serment de *Vasselage* lie d'un lien uni-
latéral et personnel celui qui prête le serment
à celui qui le reçoit.

En 1857, M. Proudhon continuait sa campagne démoralisatrice. « J'avoue, disait-il, que
je ne puis comprendre tant de scrupules chez
un républicain, et les raisons de MM. Cavaignac et Carnot ne m'ont point convaincu. Le
serment, pour un républicain, n'est qu'une
simple reconnaissance de la souveraineté du
peuple en la personne du chef de l'État, par
conséquent un contrat synallagmatique. »

Proudhon concluait que les républicains
pouvaient parfaitement prêter le serment.

Cependant personne, pas même lui, n'eût

osé le premier porter la honte de ce serment. M. Émile Ollivier et le sous-ordre de Proudhon, M. Darimon, n'eurent pas une hésitation.

Le père de M. Émile Ollivier, traîné de cachot en cachot au Deux-Décembre, désigné pour la déportation, était encore proscrit à Florence, après avoir été expulsé de Nice avant l'annexion, sur la demande du gouvernement français.

Mais le coup d'État, ses crimes, indignaient si peu M. Émile Ollivier qu'il put l'appeler un jour : « Un événement d'une signification providentielle. »

Le sermentiste s'entourait de jeunes gens ambitieux comme lui, impatients de jouer un rôle. Il devint leur chef, aussitôt député. Tous n'avaient pas sa duplicité, mais subissaient sa dangereuse influence. On parlait déjà de ces quelques jeunes, frais éclos à la vie politique et que l'on commençait à appeler : « Les petits Olliviers. »

Par un deuxième tour de scrutin, Émile Ollivier devint le premier député républicain sermentiste de Paris. M. Darimon et M. Hénon de Lyon lui firent seuls cortège.

Le général Cavaignac, Hippolyte Carnot, Goudchaux, élus, eux aussi, refusèrent de prêter le serment. M. Émile Ollivier s'engagea, le cœur léger déjà, à respecter l'Empire dans les discussions qui eurent lieu durant les élections. C'est

Proudhon qui fit de part et d'autre les frais de l'argumentation en faveur du serment ou de l'indignation contre : « C'est lui, disions-nous, qui a rendu possible l'indulgence pour le parjure. »

Dans le petit milieu de philosophes, d'écrivains, de poètes, dans lequel je vivais, tous se désespéraient en constatant l'état de décomposition morale où nous étions tombés.

Les exilés écrivaient à leurs amis : « Que laissez-vous faire? prenez garde! c'est un crime d'absoudre par un acte identique le mensonge et le parjure. »

M. Thiers avait dit :

« Le serment imposé par l'Empire est impossible à subir. C'est une vexation du parjure au vaincu. »

Mon père m'écrivait : « La gangrène est au cœur des républicains et le pourrira. Nul ne songe à la République, à ses principes. George Sand, hélas! aurait-elle eu raison quand elle a dit, désabusée : « La République ne serait-elle qu'un parti? »

L'un des premiers corrupteurs des républicains était M. de Morny, un instant éloigné de la présidence du Corps législatif, mais qui y rentrait à nouveau. Sceptique, éclectique, parisien lettré, spirituel, élégant, charmeur, feignant l'homme mécontent et amoureux de liberté, accusant les « réactionnaires », les « cléricaux », de circonvenir l'Empereur, dont « les instincts étaient libéraux », il endormait les consciences et au besoin corrompait les âmes.

*
* *

Après la mort de Béranger, j'assistai un soir à une séance de l'Union des poètes dans laquelle Émile Richebourg devait faire l'apologie du grand chansonnier. Malgré la rudesse de Béranger envers moi, je le regrettai, m'étant dit que plus tard, si j'avais à demander un conseil sincère, c'est lui que j'irais trouver.

Richebourg, très ému, parla de la bonhomie de Béranger en termes si touchants qu'il grava à tout jamais ses traits dans nos cœurs ; mais ce fut bien autre chose lorsqu'il nous dévoila son invraisemblable bonté. Elle tenait du miracle par la multiplication de ses bienfaits comparée à ses maigres ressources. Il se privait, même de manger, pour donner, et Richebourg nous inspira pour le doux vieillard une affection dont le souvenir ne s'est pas effacé en moi.

Les séances de l'Union des poètes ne se ressemblaient guère. Une autre, la dernière à laquelle j'assistai, à la fin de l'année, fut très curieuse. On y discuta longuement sur deux volumes de vers qui passionnaient pour des raisons bien contraires : *Les Fleurs du Mal* et *Denise*.

Denise, d'Aurélien Scholl, si goguenard dans ses articles et dans ses livres, et qui avait fait une œuvre naïve, lui qui prétendait ne jamais croire que « c'était arrivé ». Cette *Denise!* comme elle fut accueillie par les braves cœurs heureux de se retremper dans « quelque chose de sain ». Combien de fois, à combien d'époques différentes ai-je entendu mes contemporains résumer leur impression sur un livre dans lequel ils trouvaient des sentiments élevés, par ces mots : « Il est bien temps que les moralités intellectuelles se réveillent en présence de ce qui se passe. » Ce qui m'a fait me demander quelquefois : « Est-ce qu'il ne se passe pas toujours à peu près la même chose? » Denise trompait, il est vrai, son mari, mais elle avait été délaissée, et elle le trompait en de si nobles vers, si sentimentaux, si idéalistes!

Quant à Baudelaire, les vers cités par ses défenseurs, si beaux qu'ils fussent, ne purent le laver à nos yeux de « l'ordure » de certains autres. Quel dégoût nous inspiraient ces pièces (six, on se le rappelle, furent condamnées à disparaître des éditions futures,) où il bravait par trop en vérité, dans les mots français, notre honnêteté. Il y eut de vigoureuses et superbes indignations.

« Ce qui se passait » cette année-là fut curieux. Nous qui parlions tant de la « corruption impériale », voilà que nous approuvions les poursuites contre les *Fleurs du Mal* et que nous nous révoltions contre la « bégueulerie » des magistrats de Napoléon III. Il est vrai qu'il s'agissait des accusations portées contre *Ma-*

dame Bovary. Gustave Flaubert, de la lignée de Rabelais, de Montaigne, appelé devant les tribunaux tout comme Baudelaire pour immoralité! Mon père, qui avait lu *Madame Bovary* dans la *Revue de Paris*, m'écrivait les lettres les plus amusantes du monde, après le réquisitoire de M. Pinard, avocat impérial, qui s'indigna si grandiloquemment sur les passages « lascifs » de *Madame Bovary*. Les « attendus » de ce célèbre jugement firent versifier à mon père des quatrains où « lascifs » et « poncifs » revenaient de façon très amusante. Rappelons l'un de ces « attendus ».

« Attendu qu'il n'est pas permis de reproduire dans leurs écarts les faits, dires et gestes des personnages, etc.

« Que cela conduit à un réalisme qui serait la négation du beau et du bon, que cependant l'ouvrage dont Flaubert est l'auteur est une œuvre qui paraît avoir été longuement étudiée au point de vue littéraire, que le dit Flaubert prétexte de son respect pour les bonnes mœurs et tout ce qui se rattache à la morale religieuse, etc., etc.

« L'acquitte de la prévention portée contre lui. »

Mon père trouvait cet « attendu » désopilant, et il n'était pas le seul. Il prédisait les plus hauts destins à la médiocrité et aux prétentions de M. l'avocat impérial Pinard.

Il fut ministre!

Le nouveau Louvre, inauguré cette année-là, fut un palais de contes de fées pour ma petite Alice. En allant et venant des Tuileries, je passais toujours par les cours intérieures, et toutes les reines, toutes les fées de mes « histoires » habitaient chacune leur pavillon sur lequel ma fille ne se trompait pas : « Bonjour, la fée charmante ; bonjour, la reine bonne ; bonjour, la dame grecque. » Chacune avait son salut quotidien.

*   *
*

A un dîner chez Alexandre Weill, j'entendis prononcer pour la première fois le nom de M. de Bismarck. Weill l'avait connu à Francfort et il en parlait avec enthousiasme comme d'une sorte d'ours mal léché en apparence, mais d'une rouerie politique extraordinaire, faisant servir ses brutalités à ses finesses.

« C'est un hobereau, un terrien dans l'acception la plus brutale du mot, disait Weill, né pour vivre en forêt, mais que les siens ont destiné à l'administration, pour ajouter la certitude de la rente fixe aux aléas de la culture ; c'est un chef de clan, incapable d'obéir, et je me demande le fonctionnaire qu'il aurait fait.

« Député à partir de 1847, il blâma très haut son roi d'avoir cédé aux menaces du peuple et accordé une Constitution. Il fut d'ailleurs parmi les premiers à aider ce même roi à la reprendre.

J'ai vu Bismarck, ajoutait Weill, monter à la tribune comme on enfourche un cheval de cavalerie pour une charge. Il criait ses injures d'enragé conservateur avec une violence inouïe, parlant de politique de coups de sabre, d'autorité absolue, d'échafaud! Quand on évoquait devant lui les rêves de l'unité allemande, il disait alors que « l'Allemagne ne valait pas, à elle tout entière, la nationalité prussienne ».

« Lorsque le Parlement de Francfort, continuait Weill, offrit à Frédéric-Guillaume la couronne impériale, ce fut Bismarck qui conjura le roi de ne pas accepter la proposition d'une « assemblée de révoltés en démence ». Aussi, en 1851, Frédéric-Guillaume le nomma-t-il son représentant à la Diète de Francfort, renouvelée et assagie. Là il se fit publiquement le défenseur de l'Autriche, la nation qu'il hait le plus furieusement, nous confiait Weill. Il veut, continuait notre hôte, une alliance française. Et il nous lut, après dîner, tout un mémoire traitant de politique générale, copié sur un manuscrit autographe de M. de Bismarck, et dans lequel il y avait plusieurs phrases dont je ne garantis pas les termes exacts, mais seulement le sens : « La France doit se garder grandes ouvertes les possibilités d'une alliance avec la Russie et, pour cela, entretenir de bonnes relations avec la Prusse. La France n'a aucun intérêt à s'appuyer sur l'Autriche, vieillie jusqu'à la décrépitude, ni sur les états moyens de l'Allemagne, ce qui ferait de la Prusse son ennemie implacable. L'amitié de la Prusse, état grandissant et fort, donnerait à la France un appui continental, forcerait l'Autriche à la prudence et faciliterait l'alliance avec la Russie. »

« J'aime beaucoup Bismarck, disait Weill en terminant, nous sommes liés par un ami commun, mais j'aime aussi la France, et je ne me souviens jamais sans angoisse d'un mot dit par ce diable d'homme qu'il faut craindre, et que m'a répété mon ami : « Avant que la France, qui est la Révolution personnifiée, ne soit dévorée par elle, il y a encore peut-être l'Allemagne à faire avec elle. » Bismarck est un chauvin d'un tel égoïsme que l'on ne saura jamais trop veiller sur lui, partout et toujours. Il trahira tous les accords, tous les engagements, toutes les alliances, pour son unique passion : la Prusse ! Aujourd'hui, il veut bien de l'unité allemande, certain qu'il est maintenant que la Prusse l'absorbera. »

*
* *

A la *Revue Philosophique,* les livres affluaient. Mme Fauvety et moi, nous les partagions et les lisions, moyennant la redevance d'un court rapport au directeur, M. Fauvety. Un jour que j'apportai mon petit tribut sur les *Mémoires de*

Sophie Arnould par les Goncourt, mon ennemie, qui ne désarmait pas, Mme d'Héricourt,
m'apostropha en ces termes :

« Je parie que vous y croyez, vous, aux
Mémoires de Sophie Arnould. Eh bien, moi,
je vous déclare, naïve enfant, qu'ils sont bel et
bien apocryphes. »

Elle avait une histoire extraordinaire à raconter sur ce sujet, dont on souriait, sachant la
haine particulière qu'elle vouait à Jules de
Goncourt pour un mot cruel dit par lui à propos
d'une demi-moustache, assez épaisse, qui om-
brageait ses lèvres :

« Elle a dans le style la toute-puissance de la
barbe, » répondit Jules de Goncourt à un ami
qui lui parlait avec admiration d'un article de
Mme Jenny d'Héricourt, article vraiment remarquable, sur les « antinomies ».

Les *Odes funambulesques* de Théodore de
Banville m'avaient ravie par leur gaieté.
Mme Fauvety, qui me donnait des leçons de
diction, m'en fit lire un soir aux « Philosophes »
pour voir s'ils savaient rire, me dit-elle, et j'eus
un vrai succès. Les « Philosophes » savaient
rire. Quelle découverte! « Voilà une antinomie! » répétai-je.

Le ton des réunions changea à partir de ce
soir-là. On y fut tout aussi intéressant, mais
avec des éclaircies que Mme Fauvety excellait à
ménager, ou par moi ou par d'autres. Seule,
Mme d'Héricourt s'irritait de plus en plus, m'ac-

cusant des étranges choses « qui se passaient »
à la *Revue Philosophique*.

« Auguste Comte n'est plus, me dit un soir
mon mari. C'est un mort splendide. Je viens
de le voir. Pierre Lafitte est son exécuteur testamentaire. Il laisse des dettes. Nous les paie-
rons, nous, ses disciples, et nous garderons
religieusement son appartement rue Monsieur-
le-Prince comme lieu de nos réunions.

— Religieusement, répétai-je.

— Eh bien, quoi? religieusement veut dire
ce que j'ai voulu dire, il me semble?

— Pas dans votre bouche, à propos d'Auguste
Comte. »

Mme d'Héricourt arrive un soir chez les « Philosophes », très fière de nous donner des détails
inédits sur le mariage de Blandine Listz, célé-
bré en octobre à Florence. C'est M. Jules Grévy,
qu'elle connaît, très lié avec la comtesse d'Agoult
(Daniel Stern), mère « inconnue » de Blandine,
qui lui a tout raconté.

« La rencontre s'est faite, nous dit Mme d'Héricourt, de façon très originale et très romanesque, au cours d'un voyage de Mme d'Agoult
et de sa fille en Italie. Émile Ollivier, nommé
député, était allé « expliquer » à son père,
proscrit à Florence, pourquoi il prêtait le serment à l'Empire, et M. Grévy prétend que
Démosthène Ollivier avait approuvé, lui le
proscrit, lui le vieux républicain de la « Montagne » en 1848.

« Mais revenons à notre roman, reprenait Mme d'Héricourt.

« Dans un musée, des amis communs d'Ollivier et de Mme d'Agoult présentèrent Ollivier à Blandine, accompagnée d'une suivante. Comme Ollivier avait plu, sur l'heure, à la jeune fille, ajoutait la bonne langue, par sa parole irrésistible et par son sens pratique de la vie, contraste fait tout naturellement pour charmer la fille de Listz et de la comtesse d'Agoult, Blandine, sous différents prétextes, retarda la présentation et revit plusieurs fois, comme par hasard, Émile Ollivier. Bref, Ollivier, informé que Mme d'Agoult donnait cent mille francs de dot, « s'avança », et les deux jeunes gens s'accordèrent avant que le nouveau député sermentiste fût présenté à Mme d'Agoult.

« Ce mariage trouva au fond très réservée Daniel Stern, l'auteur de la *Révolution de 1848,* restée en si bons rapports avec tous les exilés et l'amie de tant d'abstentionnistes, dont Grévy et Hippolyte Carnot. »

L'union inquiète fort, à tous les points de vue, les intimes de la rue de Presbourg. Très belle, très intelligente, Blandine Listz ajoutera à la fortune subite et à l'infatuation d'un ambitieux, aurait dit Grévy à Mme d'Héricourt. M. Jules Grévy, républicain attaché à ses principes, est navré de voir trop de jeunes réputations montantes d'hommes politiques prêts à toutes les compromissions et d'une légèreté de conscience qui le révolte.

Toutes les vieilles histoires de Listz et de la comtesse d'Agoult, de George Sand, les indiscrétions « d'Horace », de « Nélida », revécurent à propos du mariage de Blandine Listz et d'Émile Ollivier, comme avaient ressuscité, au moment de la mort de Musset, les aventures de George Sand et le voyage de Venise.

Mme d'Héricourt, malveillante, cancanière, ne nous en épargna aucune ce soir-là. Elle les ajoutait à son roman, les agrémentait, les amplifiait, les savait de source plus certaine que personne. Vertu farouche, ayant dû subir peu de tentations, la forte Jenny s'indignait rétrospectivement.

« Les femmes exceptionnelles devraient être sages, disait Mme d'Héricourt, ou cacher jalousement leurs faiblesses, tandis qu'elles les étalent et forcent d'autres femmes exceptionnelles à les défendre contre leur propre conviction, pour l'honneur du sexe, ou à les condamner, pour la plus grande joie de la gent masculine. »

« Je trouve admirable le peu qu'a écrit George Sand à propos de Musset, et j'espère que, bientôt, elle nous contera l'aventure entière, disait Mme Fauvety. Accusée comme elle l'a été, comme elle l'est, elle a le droit de plaider sa cause. Dans son roman de Venise, je ne peux voir, moi, que l'extrême bonté d'une âme généreuse qui se passionne pour sauver une autre âme en perdition par le vice. Nous savons tous,

nous, Parisiens, ce qu'était Musset, avec quel
mépris il traitait les femmes, la grande Rachel
comprise ! Mme Sand a littéralement essayé de
l'arracher aux bouges. Elle a plus que le droit,
elle a le devoir féminin de prouver qu'elle n'a
pas « torturé Musset ». Lorsqu'on songe à la
cruauté qu'on a aujourd'hui pour George
Sand, reprenait Mme Fauvety, et aux indul-
gences qu'on a eues pour Mme de Staël, qui
trompait Benjamin Constant avec Camille
Jordan, et celui-ci avec le précepteur de son
fils, il y a de quoi être stupéfaite. Au XVIIe
et au XVIIIe siècle, on pardonnait la galanterie aux grandes dames. Est-ce que la petite-
fille de Maurice de Saxe n'en est pas une ?
Grande dame deux fois, par la naissance et par
les lettres. D'ailleurs, je prétends qu'il faut
juger une Mme de Staël, une George Sand, une
comtesse d'Agoult, comme appartenant à un
sexe supérieur, qui a droit aux libertés d'allures
que Messieurs les hommes s'octroient », ajoutait Mme Fauvety, mettant hors d'elle Mme d'Héricourt. Peut-être était-ce dans ses intentions.

C'est moi qui appris à Mme Fauvety la mort
de Rachel.

« Que Jéhovah ait son âme ! et qu'il l'allège
de ses jalousies et de ses rancunes, » dit-elle.

*
* *

Nous avons pris Canton, comme Sébastopol

en d'autres temps, toujours avec l'Angleterre.

Le soir du 14 janvier, après dîner, nous sortions de notre maison pour aller faire quelques achats aux galeries du Palais-Royal, avec l'un des amis siciliens de mon mari, qui se disait son parent. Nous traversions la place du Palais-Royal un peu avant huit heures et demie, lorsque l'agitation qui régnait chez le prince Napoléon nous frappa.

Il y avait réception ; mais des gens chamarrés arrivaient en fiacre, d'autres, sans paletot, hélaient la première voiture venue. Des estafettes entraient bride abattue dans la cour. La foule s'amassant sur la place, des lambeaux de phrases circulaient : « Attentat, un attentat ! » — « Des bombes fulminantes ont été jetées sur l'Empereur et sur l'Impératrice à l'Opéra. » Tout le monde prétendait avoir entendu le bruit des bombes.

Mais un brouhaha plus grand se produit. Le prince Napoléon lui-même a quitté ses invités. Il monte en voiture avec des cavaliers qui l'escortent. Il va à l'Opéra.

Bientôt des gens racontent que la voiture impériale est en morceaux, mais que ni l'Empereur ni l'Impératrice ne sont touchés. Un aide de camp, le cocher, les valets de pied sont blessés, il y a un cheval tué. Nous échangeons à demi-voix quelques réflexions peu impérialistes et sommes regardés de mauvais œil. Tout à coup deux agents saisissent notre parent au collet.

« Ce sont des Italiens qui ont fait le coup, s'écrient-ils, et en voilà un dont l'accent ne trompe pas ; au poste ! »

M. La Messine se glisse au travers de la cohue et lâche poliment son ami qui l'appelle à son secours et le nomme. Éloignée des deux par un remous de la foule, je me décide à rentrer.

Le lendemain matin perquisition chez nous. Mon mari prouve aisément que son parent, arrivé de Sicile le matin même, est venu pour un mariage qui a lieu le lendemain, mariage à propos duquel nous allions faire des achats au Palais-Royal. On relâche le cousin et on nous laisse en paix.

Les quatre auteurs de l'attentat sont arrêtés : Orsini, Rudio, Pieri et Gomez. Tout Paris est avide de détails. On raconte que le chef du complot, Félix Orsini, est un ex-ami de Mazzini, qu'il s'est échappé des prisons autrichiennes d'Italie d'une façon extraordinaire. Son idée fixe était de tuer Napoléon III, qu'il rend responsable de tous les maux de son pays.

A l'Opéra, la représentation était la dernière de Massol et à son profit. Les Parisiens, toujours parisiens, commentent l'à-propos du programme du Palais-Royal. Au moment de l'attentat, Mme Arnould-Plessis s'apprêtait à jouer : *Quitte pour la peur*, de Musset, et Duprez, qu'on n'entendait depuis longtemps nulle part que chez lui, devait chanter, ce soir-là, des chansons de Béranger exaltant « l'Empereur ».

Les perquisitions, arrestations, se succédant, mon mari se tient coi et a conseillé à son ami et parent de retourner en Sicile, ce qu'il a fait sitôt la noce.

La *Revue de Paris* est supprimée, d'autres publications sont suspendues ou menacées.

L'ouverture de la session, où paraissent les premiers sermentistes, émeut l'opinion en des sens contradictoires. L'entrée de MM. Émile Ollivier, Darimon et Henon au Corps législatif fait surgir un programme nouveau consacrant la scission du parti républicain. Ce programme, M. de Girardin le formule avec sa précision coutumière, dans un article intitulé : « La presse constitutionnelle. »

Rien ne peut donner l'idée de notre indignation en lisant cet article. On s'abordait avec des gestes révoltés. « Avez-vous lu ? » On s'écrivait avec des mots soulignés et d'énormes points d'interrogation : « Qu'en pensez-vous ? »

« Opposition constitutionnelle », ces quatre mots sont le programme de la politique nouvelle, disait M. de Girardin en terminant son article ; cette politique laisse en arrière toutes les vieilles passions, toutes les vieilles rancunes, pour ne s'attacher qu'aux idées et aux préjugés. »

« C'est ton affreux Proudhon, écrivais-je à mon père, qui a rendu de telles monstruosités possibles. Que dis-tu de cette devise de ralliement des parjures dont les mots hurlent l'un à côté de l'autre : « l'Empire avec la Liberté ? » Suivait une ligne tout entière de points d'interrogation.

Mon père était atterré. Des républicains acceptant de servir et de défendre la constitution impériale ! La fin du monde, quoi ! C'est trop fort, me répondait-il, l'homme qui a violé son serment exigeant qu'on le lui prête, à lui ! Il est vrai qu'en revanche le boucher qui a fait le 2 décembre nous octroie, comme première liberté, celle de la boucherie.

Et, bientôt, quelle leçon écrasante pour les demi-sincères qui ont fait les premiers pas dans les lâches concessions à l'Empire. Voilà qu'un sénatus-consulte prescrit le serment préalable aux candidatures ! Déshonoré sans certitude d'être nommé, c'est complet. Le blacboulé, sermentiste quand même ! Nous trouvons le tour bien joué. Les hésitants, au moins, hésiteront un peu plus.

L'Empereur reçoit d'Orsini, condamné à mort, une lettre admirable qui produit une énorme sensation. Orsini supplie celui qui règne sur la France de libérer son pays. Il lui explique le but poursuivi par lui, par tous les Italiens qui attenteront à sa vie tant qu'il n'aura pas délivré l'Italie. Il dégage par là de tout soupçon de complot et d'attentat la démocratie française.

Après la lettre d'Orsini, après ce cri de pitié

pour sa patrie jeté par un homme qui allait à l'échafaud, cri que Napoléon III avait entendu et auquel il répondit l'année suivante, l'Empereur eût été prévoyant et habile en retirant la loi de Sûreté Générale que consentit, non sans résistance, à déposer M. de Morny. Cette loi, déclarée « douloureuse » par ceux-là même qui l'appuyaient et « funeste » par ceux qui la combattaient, fut, certes, l'une des plus graves erreurs de l'Empire.

La discussion sur cette loi fit surgir une opposition qu'on ne soupçonnait pas. Elle révéla que des députés, élus comme candidats officiels, pouvaient devenir hostiles au gouvernement. L'un d'eux, M. Gareau, déclara que c'est parce qu'il désirait le maintien de l'Empire qu'il votait contre la loi.

M. Baroche donna le mot vrai de la situation après la lecture du rapport de M. de Morny, en disant : « Nous savons bien que le parti républicain ne conspire pas, mais il reprend de l'importance, et cela suffit pour que nous nous croyions obligés de le frapper. »

Un seul sénateur, le maréchal de Mac-Mahon, vota contre la loi de Sûreté Générale ; mais, les séances du Sénat restant secrètes, nous ne connûmes son discours que par bribes et par des récits personnels de sénateurs. Mac-Mahon accusait les conseillers de l'Empereur de le pousser à sa perte. Un mot qui ne pouvait être écrit dans les journaux fut beaucoup répété : « Il faudra bien des guerres extérieures pour faire oublier cette guerre intérieure. »

Plus de mille personnes furent arrêtées après le vote de la loi, en février et en mars.

Le 27 avril et le 10 mai des élections partielles eurent lieu. Les abstentionnistes ne pouvaient plus se présenter, à cause du serment préalable. Ollivier fit campagne en faveur de Jules Favre, défenseur d'Orsini, et de Marie, ex-membre du gouvernement provisoire; mais les ouvriers protestèrent avec vigueur contre la candidature de Marie, si dur pour eux en 1848, au moment de la fermeture des ateliers nationaux. Jules Favre, qui consentait à prêter serment, fut nommé. Après une foule d'éliminations, Ernest Picard, gendre de Liouville, passa au ballottage. Les « cinq » étaient en ligne.

*
* *

Au théâtre, deux pièces nous intéressèrent presque en même temps, Mme Fauvety et moi, et nous les vîmes à quelques jours de distance, l'une à la fin de ses représentations, l'autre au commencement : ce furent le *Fils Naturel,* de Dumas fils, et les *Mères repenties,* de Félicien Mallefille. Malgré sa passion pour Dumas fils, Mme Fauvety convint avec moi que l'action du *Fils naturel* était trop dominée par des préoccupations personnelles et à la fois révoltante et hésitante. Elle eut d'ailleurs fort peu de succès, tandis que la pièce de Mallefille, très hardie, s'imposa malgré des cabales comme une œuvre puissante, d'une haute portée morale.

Un ami de Mallefille, rencontré à la représentation par Mme Fauvety, nous parla de lui en termes curieux. Il nous dit que ce serait l'un des génies du siècle s'il n'était pas borgne, que tout ce qu'il pouvait voir dans le champ visuel d'un œil unique, il le peignait superbement, mais sitôt que le rayon s'élargissait, il ne voyait plus rien. Mallefille est l'auteur d'un premier volume sur Don Juan, un chef-d'œuvre qui ne fut jamais continué.

Le 22 avril 1858 parurent trois volumes de Proudhon : *La Justice dans la Révolution,* qu'on annonçait comme devant être son œuvre maîtresse depuis 1854. Mon père m'écrivit de les lui envoyer un à un à mesure que je les aurais lus. Bien me prit de les acheter sur l'heure, car le soir même ils étaient saisis. En vain Proudhon essaya-t-il de toutes les juridictions pour faire lever l'interdit qui frappait son œuvre. Il n'obtint rien qu'une condamnation à trois ans de prison, auxquels il échappa en se réfugiant chez nos voisins les Belges.

J'eusse été la première à trouver les qualités maîtresses de Proudhon, une grande puissance d'argumentation, un style incomparable dans la *Justice dans la Révolution,* si les injures les plus brutales et les plus grossières n'avaient été prodiguées aux deux femmes que j'admirais le plus : à George Sand, la créatrice de tant de chefs-d'œuvre, et à l'auteur de la *Révolution de 1848*, Mme la comtesse d'Agoult, Daniel Stern.

Ayant achevé la lecture des trois volumes, je dînai un soir chez les Fauvety. Je parlai de mon indignation. Mme d'Héricourt se trouvait parmi les convives.

« Vous devriez, lui dis-je, défendre des femmes qu'on insulte ainsi, vous qui savez si bien manier la plume contre le terrible Proudhon. Laisser de telles injures sans les relever, ce serait abominable, odieux.

— George Sand et Daniel Stern n'ont que ce qu'elles méritent, me répondit Mme d'Héricourt, avec cette haine des gens qui se croient autant et plus de talent que ceux qui leur sont supérieurs par la réputation. J'exige la vertu. Je la pratique. Proudhon n'a pas osé m'injurier, j'en suis certaine, quoique je ne l'aie pas lu encore.

— Eh bien! moi, répliquai-je, qui suis une bien petite personne, d'ailleurs tout aussi vertueuse que vous, je répondrai à Proudhon. Il faut que, femmes, elles soient défendues par une femme!

— Mais c'est le livre qu'Edmond vous a prédit, sûrement, s'écria Mme Fauvety. Vite, vite à l'ouvrage! »

Zozo, qui était sur les genoux de sa maîtresse, la voyant s'agiter, se mit à aboyer.

« Voyez, Zozo approuve, continua-t-elle.
C'est là certainement l'œuvre annoncée par
Edmond qui vous fera connaître du jour au
lendemain. Vous vous enfermez dès ce soir, et
l'on ne vous revoit que quand votre réponse à
Proudhon est faite. »

Je rentrai chez moi fort émue et très résolue
en même temps. Mes scrupules à propos de la
saisie du livre de Proudhon ne durèrent pas, la
Justice dans la Révolution n'ayant pas été saisie
et Proudhon condamné pour ce à quoi j'allais
répondre.

Deux mois durant j'écrivis, je recopiai, je
remaniai, je refis mon petit livre la nuit, en
secret, m'enfermant dans ma chambre où j'étais
seule avec ma fille, mon mari plus occupé de
l'une de nos servantes que de moi.

M. Renouvier s'intéressait comme M. Fauvety à mon volume, et tous deux m'en deman-
daient constamment des nouvelles. Mme d'Héricourt m'aborda un jour par ces mots :

« Eh bien ! cette défense de vos grandes
aînées marche-t-elle? Si vous en venez à bout,
Dieu veuille que ces « grandes dames » vous
soient reconnaissantes en raison du mal que
vous paraissez vous donner.

— Madame, oui, sans doute, je prends beaucoup de peine, répondis-je. Songez que je ne
suis qu'une recrue et que je n'ai pas l'expérience, à mon âge, des vétérans.

— Vétéran ! vétéran ! Moi sans doute, répliqua, furieuse, Mme d'Héricourt. Si vous défendez les unes, vous êtes bien impertinente avec les autres. »

M. Renouvier, heureux d'un succès qu'il avait alors, souhaitait le mien. Son éditeur venait de mettre en vente une édition remaniée du premier volume de ses *Essais de critique générale,* accueillie avec une grande faveur, surtout à l'étranger, par le public spécial qui attendait et discutait ses œuvres avec un intérêt croissant.

Lorsqu'on annonçait un livre de M. Renouvier, ou qu'on le citait à propos d'un article, presque toujours on rappelait son admirable projet d'organisation de la République, *Le Gouvernement direct,* dans lequel il avait attaqué, avec une si grande puissance de logique, Louis-Napoléon en 1851.

*
* *

« L'Empire commence visiblement à s'entamer dans les villes, nous disait un soir M. Renouvier, il n'est plus acclamé que dans les campagnes qui continuent à s'enrichir. »

La violente haine de Jules Favre, dont le grand talent oratoire soulignait toutes les fautes gouvernementales par des allusions pleines de sous-entendus, mordait sur les esprits déjà lassés de la soumission. Ernest Picard, avec ses façons de bon garçon, ses saillies, amusait la majorité.

« Admirez, nous répétaient les sermentistes, les deux bons appoints que nous avons donnés aux « trois ». Jules Favre double Ollivier et Picard corse à point Darimon. Quant à Hénon, qui n'obéissait pas à Ollivier, il suit aveuglément Jules Favre. »

Et les sermentistes ajoutaient :

« Les « cinq » sont absolument nécessaires pour signaler au pays la politique extravagante et dangereuse que l'Empire nous fait faire à l'extérieur. Qui le lui dirait avec la presse muselée comme elle l'est? »

Les intéressés colportaient ces paroles de M. Thiers, qui, depuis la constitution du groupe parlementaire des « cinq », trouvant peut-être que sa place commençait à se faire au Corps législatif, était moins intransigeant à propos du serment.

« On ne veut pas encore de la liberté, disait-il, comme on n'en voulait plus après la grande Révolution. Quand l'anarchie et le gâchis social ont triomphé dans un pays, on acclame la servitude, mais quand la servitude a tenu trop longtemps les esprits sous le boisseau et les a trop privés de lumière, ils sentent le besoin d'un réveil libéral et attendent une aurore, d'où qu'elle vienne. Cette aurore, j'en entrevois la première lueur. »

A Paris même, nous tous, les abstentionnistes, nous suivions avec intérêt ce qui se passait au Corps législatif. Et les cinq sermentistes dont nous blâmions l'entrée au Parlement étaient accusés par nous, même plus violemment que par les autres, de la moindre défaillance, ce qui ne nous empêchait pas, à toute occasion, de déclarer que prêter le serment était bien inutilement se déshonorer pour le mince résultat obtenu. Ah! la logique des partis, c'est une moisson rare!

Les « petits Olliviers » nous appelaient les « pointus », les « exilés à l'intérieur »; ils se gaussaient de Jules Simon et de ses « aigreurs », de l'opposition « tonitruante » d'Emmanuel Arago, des « longs espoirs silencieux » de Jules Grévy, des « fureurs » d'Oreste Goudchaux, de la « passion d'immobilisme » d'Hippolyte Carnot.

Tous les jeunes, cependant, ne faisaient pas partie de la société de la rue Saint-Guillaume, société de « débinage général et de poussée mutuelle », comme nous l'appelions. Si les « petits Olliviers » avaient pour leur grand chef un culte quelque peu agaçant, si, lorsqu'il parlait au Corps législatif, Jules Ferry, Floquet, Dréo, gendre de Garnier-Pagès, Hérold, Delprat, toujours prévenus, étaient là au complet pour susurrer leur approbation, pour escorter Ollivier à la sortie en poussant entre eux, autour de lui, des exclamations enthousiastes que récoltaient les curieux abusés; en revanche,

Arthur Arnoult, Jules Vallès et leur groupe ne tarissaient pas en moqueries sur la « Politique de la courte échelle ».

Comme on se passionnait alors ! Le moindre fait était épluché, interprété, les journaux lus entre les lignes, chaque article commenté, souligné. Une vie intense se vivait ; le combat valait la peine d'être combattu. L'opposition, sous ses deux formes, sermentiste et abstentionniste, disposait d'autant d'énergies mûries ayant fait leurs preuves que d'énergies jeunes impatientes de les faire.

*
* *

Mon livre : *Idées anti-Proudhoniennes,* est terminé. Je le lis à M. Fauvety, qui me donne de précieux conseils et y applaudit. Mais Proudhon était un polémiste si fougueux, si cruel, si redouté, un adversaire tellement craint, que, la lecture de mon petit livre achevée, le directeur de la *Revue philosophique* me dit :

« Vous ne trouverez jamais un éditeur. »

Je n'avais pas un seul instant songé à cela.

« Quoi ! mon pauvre livre, qui a dévoré toutes mes nuits, ne verrait pas le jour ! m'écriai-je douloureusement.

— Vous avez fait un mot, répliqua M. Fauvety, qui me répéta ma phrase en riant. Essayez de séduire un grand libraire. N'écrivez pas, proposez votre manuscrit vous-même. Qui sait? Mais je doute que vous réussissiez quand on aura lu. »

Il se pouvait donc que je ne fusse pas imprimée sur l'heure, que je ne sois pas connue du jour au lendemain, comme me l'avait prédit Edmond? C'était bien la peine, en vérité, d'avoir cru à une prédiction, d'avoir durant ces deux derniers mois vécu dans la fièvre, dans le rêve, de m'être dit, chaque fois que je songeais à un grand artiste, à un grand écrivain, à un grand savant : « L'aurai-je un jour pour ami? »

Je courus à Chauny et je rappelai à mon père son pari. J'avais fait un livre. Il s'était engagé à en payer les frais d'édition. Mon père demandait : « Quel est ce livre? » Je refusai de lui révéler le titre et le sujet. Son amour, son admiration pour Proudhon, m'inquiétaient. Au cours d'une causerie, cependant, il me parla de la *Justice dans la Révolution,* et me dit :

« Malgré des pages admirables, de premier ordre, j'ai trouvé des injures si grossières sur George Sand, la grande républicaine, l'amie de Pierre Leroux, de Ledru-Rollin, et sur Daniel Stern, l'auteur loyal, l'écrivain impartial de la *Révolution de 1848,* que j'en suis outré, et toi tu en as été écœurée, j'espère?

— Oui, écœurée, scandalisée! »

Mon père estima qu'il me fallait mille francs pour faire éditer mon livre. Il me les donna en un billet, ajoutant :

« Si tu veux garder ces mille francs, n'en parle pas à ton mari. »

Je me présentai d'abord chez Michel Lévy avec mon manuscrit élégamment enveloppé et un petit portefeuille contenant mon billet de mille francs.

J'entre et demande à parler à M. Michel Lévy.

« Pourquoi?

— Pour un livre à éditer. »

L'employé à qui je m'adressais me toisa.

M. Michel Lévy, sortant de son cabinet, donnait un ordre bref, et comme il allait rentrer :

« Voilà une demoiselle, dit l'employé, et de quel ton! qui vient pour faire éditer un livre d'elle par la maison. »

M. Michel Lévy me regarda en souriant :

« Le sujet de ce livre?

— C'est une réponse aux attaques de la *Justice dans la Révolution*, sur George Sand et Daniel Stern.

— Et cette réponse est... de vous, mademoiselle?

— Madame, monsieur.

— Et vous avez l'intention de faire éditer *cela* par la maison Michel Lévy?

— Oh! monsieur, je comprends que je dois faire les frais de mon premier volume, et si vous voulez bien le lire...

— Inutile, madame.

— Comment, sans savoir, vous décidez ainsi?

— Oh ! je vois parfaitement ce que doit être votre... œuvre en vous regardant, répliqua Michel Lévy ; jugez-en, mon cher Scholl, ajouta-t-il, parlant à quelqu'un qui entrait et lui soumettant ma demande.

— Ce serait vraiment dommage que madame devînt un vulgaire bas bleu, et vous avez bien raison de la décourager, mon cher Lévy, répondit Aurélien Scholl. Elle a mieux à faire.

— Monsieur Aurélien Scholl, répondis-je fièrement, chez M. Heugel, à côté, on a édité une poésie de moi qui ne vaut certes pas trois vers de *Denise*, mais ma prose pourrait bien valoir la vôtre. »

Et je quittai la librairie Michel Lévy, furieuse, le cœur très gros et ma personne littéraire bien humiliée.

Scholl m'a souvent rappelé la scène. Après ma réponse, il avait conseillé à Michel Lévy de me rappeler.

J'allai d'éditeur en éditeur, toujours refusée, chez huit des plus grands. Je m'adressai même à Garnier, l'éditeur de Proudhon ; il fut le plus poli de tous et me dit : « Vous voudrez bien comprendre que cela ne se fait pas. »

J'écrivis à Hetzel, qui était alors exilé à Bruxelles. Il me répondit :

« Ou votre livre est très mauvais, ou vous vous mouchez dans un mouchoir à carreaux, et il se peut que vous prisiez. Je ne crois pas à une femme, probablement laide et très mûre, le

droit de défendre contre Proudhon la jeunesse
de George Sand et de Daniel Stern, ni leur
situation aujourd'hui. Vous les exposeriez au
ridicule, et elles vous en voudraient mortelle-
ment, car Proudhon, à n'en pas douter, vous
répondra. »

Le désespoir me prit, et M. Fauvety, auquel
je racontai mes démarches, ne me consola guère
en me disant :

« Nous vivons à une époque de lâcheté générale.

— Ce n'est pas par lâcheté qu'on m'écon-
duit, répliquai-je, c'est par mépris de ce que j'ai
pu faire, puisqu'on refuse même de me lire,
les uns, parce qu'ils me trouvent jolie, les autres, parce qu'ils me croient laide ! »

Je n'ai pas oublié ces jours-là. Tout était
pour moi douloureux. Je n'avais eu le courage
de subir ma vie intime que dans l'espoir de
me faire une vie littéraire. Or, cette dernière
me fuyait, non par ma faute, mais par mal-
chance.

J'avais laissé ma fillette à mes parents pour être
plus libre de faire mes démarches, et je songeai
à la rejoindre, à me retirer auprès des miens. Je
parlai de séparation amiable à mon mari.

« Jamais je ne me séparerai de vous, me
dit-il, vous êtes le plus bel ornement de ma
maison, et, si j'étais dans l'embarras, les vôtres
me sauveraient, j'en suis certain; qu'il ne soit
plus question entre nous de cette fantaisie, elle

est, de par la loi, irréalisable. Vous savez bien, je vous l'ai déjà dit, que dans chacun de mes actes *j'ai toujours le Code en mains.* »

Il y avait, au rez-de-chaussée de notre maison, en face des Magasins du Louvre, un petit libraire chez lequel j'achetai fréquemment des livres pour mon père. Il s'appelait Taride. Serait-ce l'éditeur connu qui porte aujourd'hui ce nom ?

J'entrai et je lui dis :

« Telle que vous me voyez, monsieur Taride, je suis l'auteur d'un livre que je crois bon, mais je ne trouve pas d'éditeur. Je ferai les frais de ce livre : voulez-vous l'éditer ?

— Pourquoi pas, madame ? Inconnus tous deux, moi comme éditeur, vous comme auteur, nous ne courrons même pas le risque d'un insuccès, que nul ne saura.

— Je vais vous chercher mon manuscrit. »

Et nous le portons à un petit imprimeur, inconnu, lui aussi ; nous faisons nos prix, et nous enlevons le volume !

Moyennant 700 francs, cinq cents volumes me furent promis. Taride me conseilla, pour cent autres francs de faire clicher.

« Si par hasard cela se vend, me dit-il, nous pourrons tirer plus vite et moins cher d'autres éditions. »

Jamais, à cette époque, personne ne s'était avisé de faire paraître un livre en plein été. Taride me conseillait d'attendre l'automne pour

lancer le mien. Je lui répétai son mot : « Qu'est-
ce que nous risquons ? »

Mes *Idées anti-Proudhoniennes*, habillées
d'un : « Vient de paraître », s'étalèrent dans
la vitrine de Taride le surlendemain de la fête
impériale du 15 août, que Napoléon III avait
voulu plus fêtée, parce que dans sa « magnani-
mité » il avait décrété une amnistie. On ne rencontrait pas, à ce moment-là, « un chat à Paris »,
comme on a dit de tout temps.

Je m'installai le 19 dans l'arrière-boutique
de Taride. Je mis de belles dédicaces à une
cinquantaine de volumes après avoir cherché,
avec « mon éditeur », les noms les plus importants parmi les journalistes et les écrivains à
qui je devais les offrir, et, le 20, je fis moi-
même, en fiacre, ma liste à la main, la distri-
bution de mes volumes dans les journaux, tandis qu'un petit commis de Taride portait de la
même façon aux « célébrités » les exemplaires
qui leur étaient destinés.

Espérant que cela me porterait bonheur,
je commençai par le journal le *Siècle,* qui
avait publié ma lettre à Alphonse Karr. Mon
ami, le docteur de Bonnard, devait offrir de ma
part mes *Idées anti-Proudhoniennes* au groupe
de l'ancienne *Démocratie pacifique,* et un volume spécial à Toussenel.

Daniel Stern, George Sand, le Père Enfantin, Nefftzer, Littré, Émile de Girardin, Louis
Jourdan, Peyrat, Guéroult, M. de la Guéron-

ronnière, Cassagnac, Prosper Mérimée, Eugène Pelletan, Edmond About malgré le *Roi des Montagnes*, Octave Feuillet, Hippolyte Carnot, Jules Grévy, parmi les hommes politiques, etc. etc., reçurent le volume dans la première journée, avec un mot qui pouvait, je le crus du moins, les intéresser.

Je fis expédier un volume à Proudhon, un à Hetzel. J'avais écrit sur celui d'Hetzel : « Une jolie femme à un malotru. »

Le second jour tous les volumes étaient arrivés à destination.

Mon mari passant une semaine à Courville, dans sa famille, j'en avais profité pour « lancer » mon « œuvre », dont il ne connaissait pas le premier mot.

Je courus à Chauny porter mes *Idées anti-Proudhoniennes*. Qu'allait-il se passer entre mon père et moi?

Il prit le petit livre, eut un sursant en lisant le titre, le tourna, le retourna, aussi ému que l'auteur.

« S'il est mauvais, commença-t-il.

— Mais, papa, s'il est bon...

— Alors, il se pourra que ton sorcier ait raison. A ton âge, telle que te voilà, même avec un demi-succès et un tel livre, tu sors du rang... »

Après le dîner, mon père, me trouvant fiévreuse, me chanta en riant : « Allez vous coucher, Basile. »

« Je lirai ton livre cette nuit, me dit-il, et, demain, à déjeuner, tu auras mon opinion réfléchie. »

A trois heures du matin, mon père entra dans ma chambre et me réveilla par ces mots :

« Il est bon, il est bon! mais tu me le dois; c'est moi, moi seul, qui ai mis en germe dans ta cervelle ces *Idées anti-Proudhoniennes*. Ma fille chérie, c'est le succès, c'est la délivrance, ce sont les amitiés puissantes et dirigeantes. C'est le vœu de ta grand'mère réalisé! Que n'est-elle là en ce moment! »

Mon père s'assit à côté de mon lit, et la nuit s'acheva en des conversations sans fin.

« Mais qui sait, papa, si les autres penseront de ce petit livre ce que tu en penses?

— Oui, oui, comment veux-tu? Une main si féminine, avec cette solidité d'argumentation, cela intéressera et te donnera pour le moins quelque grande marraine, George Sand, Daniel Stern. Après tu travailleras, tu te formeras; ceci est bien le pied à l'étrier, je t'en réponds. »

Que de projets d'avenir, quels espoirs! A déjeuner, ma mère elle-même était joyeuse, tout en disant :

« La vie de travail et de tourments que tu auras me fait peur. »

Le surlendemain, mon père rentra, agitant, comme l'avait fait quelque dix mois plus tôt Pauline Barbereux, un journal : *Le Siècle*. Il me lut l'entrefilet suivant :

« Un livre destiné à produire une grande sensation nous a été remis hier. C'est une réponse à Proudhon et aux injures de son dernier livre adressées à George Sand et Daniel Stern. On le dit d'une très jeune femme, quoique très viril. Le titre du volume est *Idées anti-Proudhoniennes*, signé Juliette La Messine. »

« Retourne à Paris aujourd'hui même, me dit mon père. Il faut que tu reçoives ceux qui voudront te questionner et te voir. »

Je rentrai à Paris. Chaque jour m'apporta une preuve de l'intérêt qu'on prenait à mon livre et à son auteur. J'eus successivement un article d'Eugène Pelletan dans la *Presse*, qui m'enorgueillit grandement. Je crois bien que cet article me monta un peu à la tête. Je remerciai Eugène Pelletan, qui vint me voir le surlendemain. Depuis ce jour, il a été jusqu'à sa mort l'un de mes amis les plus fidèles et les plus dévoués.

Mario Proth parla en termes très élogieux de mon livre. La *Gazette de France* me consacra trois grands articles. La *Revue des Deux-Mondes*, sur la demande de Georges Sand, me dit-on, approuva sans réserve mes *Idées anti-Proudhoniennes*.

Mon père, mes amis Fauvety, Renouvier, le docteur de Bonnard, étaient dans le ravissement.

M. La Messine convint que, pour un début,

ce n'était vraiment « pas trop mal », qu'il aurait plaisir à le signer de son nom à lui, quand
la première édition serait épuisée.

« La plaisanterie est désagréable, répliquai-je.

— Pour vous, peut-être, pas pour moi. La
loi m'autorise à me mettre en possession de ce
qui ressort de la communauté. Tout travail de
la femme appartient au mari. » Et il signa,
comme il le disait, la deuxième édition chez
Dentu, aucun texte de la loi française ne l'en
empêchant. Encore aujourd'hui cela se peut.
Taride en fut révolté et se désintéressa du livre.
Dans la presse cette « plaisanterie » n'eut aucun
écho.

Il vint chez moi une très belle jeune femme
enthousiaste de mon volume, qui se dit ma cousine. Elle était belge et sa famille alliée à celle
de mon arrière-grand-oncle, le conventionnel
Seron. Elle s'appelait Mme Vilbort. Son mari,
correspondant du *Précurseur d'Anvers,* auteur
d'œuvres dramatiques estimées, collaborait au
Siècle, qu'il renseignait sur les nouvelles étrangères. Elle m'invita à dîner pour la semaine
suivante et je me liai chez elle avec Charles Edmond, le Polonais, l'un des révolutionnaires
slaves de 1848, écrivain dramatique distingué,
rédacteur à la *Presse.* Son dernier livre, très
remarqué : *Un Voyage dans les Mers du Nord,*
avait eu grand succès. Il s'était battu en Crimée
contre la Russie. L'amitié de Charles Edmond

me valut celle d'un florentin exilé qui eut son heure de célébrité, Dall'Ongaro. Ce dernier, qui avait lu les *Idées anti-Proudhoniennes,* s'en disait galamment le champion.

'*L'Union des Poètes,* par des vers de M. Balahu, fêta mes *Idées anti-Proudhoniennes,* qui y furent très approuvées.

Mme la comtesse d'Agoult, Daniel Stern, m'écrivit, après avoir lu mon livre :

« Il est étonnant, monsieur, que vous ayez pris un nom de femme, quand nous, femmes, nous choisissons des pseudonymes d'hommes.»

Je lui répondis que j'étais femme et bien femme, me semblait-il.

George Sand me remercia par une fort belle lettre pleine de gratitude. Elle partait pour un petit voyage, mais, disait-elle, me verrait dès son retour.

Mme d'Agoult m'écrivit à nouveau sur ma déclaration de féminité, me témoignant le désir de me connaître et m'annonçant la visite de l'un de ses meilleurs amis, M. de Ronchaud, qui viendrait m'inviter à l'un de ses « soirs » et se mettre à ma disposition pour l'heure où il me plairait d'être emmenée rue de Presbourg.

Louis de Ronchaud était aussi passionnément « athénien » que moi, et notre première conversation fut un hymne à la Grèce. Il me dit qu'il me ferait connaître un sien ami, le dernier des païens, Louis Ménard, et Paul de Saint-Victor, très hellénisant.

« A nous quatre, me dit-il, nous pourrons recréer une Renaissance. »

M. de Ronchaud me parla longuement de Mme d'Agoult, ayant été le confident de sa liaison avec Listz et étant resté l'ami des deux après la rupture.

« Les passions entre gens supérieurs, m'affirma M. de Ronchaud, ne peuvent être durables, car c'est une perpétuelle lutte de domination chez tous deux.

Il me dit combien les deux filles de Mme d'Agoult, Cosima de Bulow et Blandine Ollivier, sont belles et intelligentes, et leurs deux maris, Hans de Bulow et Émile Ollivier, des hommes exceptionnels.

« Mais alors, répondis-je, vous devez être inquiet de la durée de leurs affections réciproques, avec votre théorie de la fragilité des passions entre gens supérieurs?

— Aucun des quatre, répliqua-t-il, n'est de taille à se mesurer avec Listz et avec Mme d'Agoult. Leur fils à tous deux, Daniel Listz, oui, celui-là peut devenir leur égal. Il a une puissance de travail prodigieuse et il est déjà, comme son père, irrésistible.

— Listz était-il donc un séducteur tel qu'on l'a si souvent peint? demandai-je.

— Lorsque vous connaîtrez Mme d'Agoult, me dit M. de Ronchaud, que vous aurez jugé cet esprit sage, pondéré, plutôt porté à l'analyse, à la critique, vous comprendrez la fascination que devait exercer Listz sur les femmes pour qu'elle, dans la situation où elle était, se soit laissée enlever un soir de bal. Songez qu'elle rompait avec toute sa famille, avec son milieu, qu'elle sacrifiait honneur, enfant, mari respecté, pour un entraînement insensé! N'avez-vous pas entendu raconter qu'une grande dame russe faisait joncher son salon de fleurs quand elle recevait Listz? Je pourrais vous citer cent passions folles inspirées par lui. »

Une indisposition de ma fille, une bronchite grave, me retint à Chauny durant trois semaines. Quelques jours après ma rentrée je rappelai à Daniel Stern son invitation.

*
* *

M. de Ronchaud vint me prendre. Ce soir-là, dans le salon de Mme d'Agoult, je trouvai, entre autres, Nefftzer, ex-rédacteur en chef de la *Presse,* l'inventeur de la candidature d'Émile Ollivier et très anti-abstentionniste. M. de Ronchaud me le présenta. C'est par lui que j'entendis, pour la première fois, parler clairement de politique étrangère et que le goût m'en vint à l'esprit. Une appréciation emportée de part et d'autre sur la politique de la Grèce nous inspira à tous deux une sympathie très amusante et très durable.

Mme d'Agoult voyait beaucoup M. de Girardin, avec lequel elle restait très liée, Mme de Gi-

rardin ayant été la première à la recevoir après
son retour à Paris et sa rupture avec Listz, les
salons aristocratiques lui étant, bien entendu,
fermés.

On ne rencontrait guère Hippolyte Carnot,
Jules Grévy, Littré, fort peu mondains, que
dans le salon de Mme d'Agoult. Ils formaient un
groupe à part, auprès duquel je me glissais,
écoutant avec un grand respect et force profit
les discussions qui s'élevaient entre Carnot et
Littré. Ces discussions étaient toujours provo-
quées par l'un des plus grands remueurs d'idées
que j'aie connus, par Dupont-White, et elles
avaient pour moi un intérêt extraordinaire.

Mme d'Agoult tenait en amitié et en estime
particulière ceux qu'elle appelait ses « juras-
siens » : Jules Grévy, son conseiller, et Louis
de Ronchaud, l'un de ses plus intimes, qui habitait, non loin de Mont-sous-Vaudrey, en été,
sa terre patrimoniale de Saint-Lupicin, par
Saint-Claude, que Mme d'Agoult appelait Lupicin par Claude.

Daniel Stern parlait plusieurs langues, chose
peu commune à cette époque. Son esprit très
élevé, très mûri, très personnel, avait une culture rare. Curieuse des autres, elle se livrait peu.
Ferme, résolue, parfois entière dans ses opinions, nulle ne pratiquait plus sincèrement
qu'elle la tolérance.

A première vue Mme d'Agoult avait quelque
chose de viril, de fort, mêlé à une distinction si

parfaite qu'elle semblait n'avoir rien perdu de sa féminité ; elle disait volontiers : « J'ai atteint l'âge d'homme. » De taille haute et de suprême élégance, jamais manières de grande dame ne furent plus accomplies. Lorsqu'elle se disait démocrate, et elle l'était, on ne pouvait dissimuler un sourire, tant ce mot, dans sa bouche, paraissait, sinon une anomalie, du moins un contraste. Démarche, lignes du visage, port de tête sous sa couronne de cheveux blancs légèrement voilés de chantilly noir. geste. quel qu'il fût, étaient chez Mᵐᵉ d'Agoult aristocratiques.

La dignité dominait en elle, même dans ses rares moments d'expansion, et allait parfois jusqu'à la majesté. On s'étonnait de ne lui voir trahir jamais ce caractère passionnel qui avait amené dans sa vie l'orage si violent dont tant d'éclairs se retrouvent dans sa confession de *Nélida*.

Elle souffrait de toute infraction aux usages du savoir-vivre et de la mauvaise éducation, trop fréquente chez les démocrates ; mais elle aussi avait un défaut : celui d'avoir perdu, en dehors de son milieu, la notion exacte, la mesure des situations acquises par le talent et leur proportionnalité mondaine. Ainsi, à notre grand scandale à tous, car nous avions, nous aussi, à cette époque, nos préjugés d'aristocratie politique et philosophique, Mᵐᵉ d'Agoult fit un jour dîner Pasdeloup, le chef d'orchestre à la mode, avec Littré, Carnot et Grévy.

Elle invita aussi à déjeuner avec Paul de
Saint-Victor, le lettré raffiné, un chanteur d'o-
pérette. Ce n'était pas par dédain; le talent, à
défaut de titre, dont elle ne faisait plus de cas,
disait-elle, lui paraissait, sous quelque forme
que ce fût, avoir sa valeur.

Très libérale, très modérée en politique, son
jugement sur les hommes de 1848 a longtemps
paru définitif.

La langue de Daniel Stern est d'une pureté
qui n'accuse pas la recherche. La vision des
faits très nette donne à son style un dessin
admirable, dont la beauté dissimule merveilleusement le manque de couleur voulu de la
phrase. Mme d'Agoult, écrivain austère, tenait à
être un esprit qu'on admire plus qu'un cœur
qui émeut.

Pourtant son beau livre sur la *Révolution de
1848* contient des pages dans lesquelles elle
s'est, pour ainsi dire, abandonnée. Certaines,
comme celles consacrées à Jules Grévy, vont
jusqu'à la divination. Après avoir tracé de lui
un portrait moral qui en fait le type du républicain selon les principes, elle parle de sa prévoyance en termes enthousiastes.

« Le rôle de M. Grévy, écrit-elle, eut le mérite d'être prépondérant à la Constituante. »
Son amendement célèbre était, de l'avis de
Daniel Stern, de la prescience. Il voulait que
le président de la République, au lieu d'être
élu par le suffrage universel, fût un président

du Conseil élu pour un temps illimité et toujours révocable. En octobre 1848, M. Grévy protestait de toutes ses forces contre l'idée d'un président qui serait, par le fait d'être investi de la souveraineté populaire, « plus formidable qu'un roi ».

Mᵐᵉ d'Agoult répétait souvent, tous ses amis peuvent se le rappeler : « Notre prochaine République sera présidée par Grévy. »

Les *Esquisses morales,* l'un des livres de Daniel Stern qui font le mieux juger de l'étendue de ses connaissances philosophiques, eurent un succès tel, dans le monde des écrivains, qu'on la désigna plus souvent encore comme l'auteur des *Esquisses morales* que comme celui de la *Révolution de 1848*.

Mᵐᵉ d'Agoult, élevée en Allemagne, n'aimait guère l'esprit de mots et le glaçait en feignant de ne pas le comprendre. Aussi le ton général de son salon était-il grave. On y parlait beaucoup de politique, de philosophie, beaucoup d'art, surtout de musique, de lettres, très peu de romans et de théâtre.

Edmond Texier, l'un des hommes les plus spirituels de Paris, venait cependant chez Mᵐᵉ d'Agoult. Il n'y dépensait pas ses traits, mais il observait ce milieu, dont l'intérêt croissait chaque jour ; il écrivait sous des pseudonymes dans la plupart des journaux et signait de son nom la chronique hebdomadaire du *Siècle*. Sa plume était mordante. Il avait des mots qu'on

citait, qui paraissaient plus cruels détachés de
ses pages d'un style achevé, élégant, de belle
et vaillante allure. Distingué de sa personne,
inébranlablement attaché à ses principes, ami
très dévoué, on l'estimait, on le recherchait, et
on le craignait un peu. Des portraits politiques
de lui eurent à leur heure un très grand succès.

Édouard Grenier, le délicat poète, le républicain convaincu, le plus fidèle ami de Lamartine, était aussi un fidèle de Mme d'Agoult. On
l'appelait la « chronique vivante »; il savait tout
et toutes choses; il avait tout vu et tout lu, et il
contait adorablement, donnant à ses auditeurs
le sens exact des petits faits et des grands événements, à ce point qu'Edmond Texier disait :
« Tout jugement et tout fait qui n'ont pas passé
par la bouche d'Édouard Grenier n'ont pas
conquis leur notoriété parisienne et n'ont pas
leur proportionnalité. »

Édouard Grenier, quoique lié avec tous les
hommes de 1848, était éclectique. Il aimait en
même temps Prosper Mérimée, l'impérialiste,
et Auguste Barbier, le chantre des *Iambes*, de la
terrible satire : « O Corse à cheveux plats. »

Je ne sais personne ayant connu Édouard
Grenier qui n'ait pensé de lui : « Il est adorable,
exquis, c'est le plus sûr et le plus noble des
hommes. » Chez Mme d'Agoult nous disions :
« Notre cher Ronchaud, notre cher Grenier. »

Grenier, de Ronchaud, Tribert, quand ce
dernier ne faisait pas un grand voyage, étaient

tous trois les piliers du salon de Mme d'Agoult; ils y donnaient ce caractère de solidité morale qui contrastait singulièrement avec les salons à la mode, ces salons de l'Empire si futiles où toute chose sérieuse passait pour « embêtante », mot d'argot dont on commençait à abuser.

Vacherot, Renan, venaient fréquemment chez Mme d'Agoult; Renan y déployait un art de la conversation égal à son art d'écrire.

On pouvait, chez Daniel Stern, s'adosser à la cheminée, disait Edmond Texier, y conduire une conversation et une discussion qui devenaient générales et étaient de véritables cours de politique ou de littérature.

Ce que j'ai appris chez Mme d'Agoult, ce que les jeunes comme moi y ont récolté et recueilli, aucun de nous n'a pu l'oublier.

Vacherot, qui avait refusé de prêter serment à l'Empire en 1852 comme maître de conférences et directeur des études à l'École normale, l'auteur de l'*Histoire critique de l'École d'Alexandrie,* homme de grand savoir, d'esprit très libre, de nature irritée, avec ses réflexions amères et pessimistes, donnait sa note toujours personnelle dans ces assauts d'intelligences supérieures.

Souvent Mme d'Agoult lisait une lettre d'un grand révolutionnaire étranger, de Mazzini, de Kossuth. D'autres fois, Louis Blanc, Ledru-Rollin, Schœlcher, Edgar Quinet, Challemel-Lacour, lui adressaient sur une question politique une sorte de mémoire destiné à être communiqué aux assidus du salon. Chaque réunion avait ainsi son intérêt d'autant plus grand que ce salon n'était pas fermé à ce qu'on appelait nouvellement : l'opposition constitutionnelle, ni même aux jeunes « petits Olliviers » qui croyaient, eux républicains, à la possibilité d'un Empire libéral, comme leur chef, gendre de Mᵐᵉ d'Agoult. On aurait eu cependant grand'-peine à faire avouer à certains d'entre eux qu'ils consentiraient à s'y rallier un jour.

Je me rappellerai toujours la présentation de Floquet par Adalbert Philis. A cette époque M. Charles Floquet avait l'apparence du poseur le plus stupéfiant qu'il y eût sous la calotte des cieux.

Mᵐᵉ d'Agoult, lorsque nous arrivions de bonne heure, nous intimes, nous confiait ce qu'elle appelait les surprises. Elle nous dit, ce soir là, avec une feinte gravité:

« Nous aurons Floquet, sans son légendaire chapeau sur la tête, hélas ! »

On sait que le chapeau de Floquet était célèbre. A l'heure annoncée, il entre, précédé d'Adalbert Philis, qui le présente à Mᵐᵉ d'Agoult, toujours assise à la droite de la cheminée. Au bout de cinq minutes, Floquet parle haut, il discourt, fait les demandes et les réponses, tient sa main droite dans son gilet, nous apprend que, comme Mᵐᵉ d'Agoult, il est lié avec les Peruzzi de Florence. Il roule l'r du nom et le prononce à l'italienne, nous assure qu'à Florence on est plein d'espoir depuis la lettre d'Orsini et que Napoléon III ne cesse de donner des gages à la cause italienne ; « cette cause admirable qui réunit, ajoute M. Floquet d'une voix éclatante, un souverain traditionnel de la maison ducale la plus vieille d'Europe, Victor-Emmanuel, un chef de guérilla, Garibaldi, un révolutionnaire audacieux, Mazzini, un homme d'État le plus grand diplomate de l'univers entier : Cavour ! »

Nefftzer, Texier, sont à côté de moi. Nous échangeons des goguenardises peu dissimulées. Hippolyte Carnot, Littré, Dupont-White, les yeux arrondis, s'entre-regardent stupéfaits et ont l'air de dire : « Où allons-nous si les « jeunes Olliviers » ont cet aplomb? »

Floquet à cette époque se proclamait fils de Robespierre. Dès qu'on parlait devant lui de la Révolution de 1793, il en devenait instantanément l'avocat, se dressait à une barre imaginaire, et d'une voix qu'il travaillait beaucoup et qui sonnait comme un clairon, il discourait pour quelques auditeurs, aussi éloquent et aussi bruyant que pour une foule. Les massacres de septembre trouvaient en lui un défenseur dramatique. C'était là le caractère public de Floquet, et on l'eût pris dans le monde pour un parvenu mal éduqué, pour un républicain converti de la veille, faisant à son tour du prosélytisme outrancier.

« Or, nous disait Adalbert Philis, si fin,

si diplomate, auquel nous parlions en riant des
attitudes de son ami, Floquet est, dans l'intimité, le mieux élevé des hommes, de famille
basque traditionnelle et distinguée, très doux,
bon garçon, de belle humeur, spirituel et nullement dédaigneux du plaisir gai. Mais sitôt
qu'il se dit : « Je suis destiné à jouer un grand
rôle dans les événements révolutionnaires de
l'avenir, » alors il est tel que le voici, solennel,
empesé, agressif; mais tout cela se tassera,
s'assouplira, et vous le verrez devenir un personnage. »

Tel autre jour on présentait M. Ernest Hamel,
un jeune, lui aussi, pétri de « montagnisme ».
On le désigna plus tard comme l'auteur de
l'*Histoire de Saint-Just,* livre que l'administration impériale fit saisir et mettre au pilon. Ses
façons déplurent autant que celles de Floquet à
ceux que nous appelions « les anciens ».

*
* *

Dans une conversation avec Mme d'Agoult à
la suite d'un déjeuner intime où elle m'avait
conviée seule avec Ronchaud, je l'avais fait
beaucoup sourire de mon enthousiasme pour
l'*Œdipe-Roi* de Jules Lacroix, que j'avais vu
quelques semaines auparavant aux Français; la
simplicité de la traduction, la merveilleuse
compréhension du caractère des chefs-d'œuvre
grecs, les mélopées d'Edmond Membrée, le jeu

étonnamment sobre de Mme Favart, me firent
parler de la Grèce avec passion ; de Ronchaud
pensait de l'*Œdipe* de Jules Lacroix tout le bien
que j'en pensais moi-même, et Mme d'Agoult prétendit avec impatience que son ami de Lupicin
par Claude, déjà exagérément atteint d'hellé-
nisme, allait devenir intolérable avec une pareille alliée.

Comme toujours, selon les principes de
Mme Fauvety, nous n'avions vu *Œdipe-Roi* que
tardivement, et ma conversation avec Mme d'A-
goult correspondait aux toutes premières représentations d'*Orphée aux Enfers,* dont Paris
chantonnait les airs et raffolait.

« Ma chère enfant, me dit Mme d'Agoult, je
veux vous conduire aux Bouffes, cela vous mo-
dernisera un peu. A votre âge il ne faut pas
être si « antique » : votre esprit en serait à tout
jamais faussé. Pour Ronchaud, pour Ménard,
pour Saint-Victor, passe encore, pour vous,
non !

— Madame, répondis-je, la tragédie ancienne
me fortifie contre le drame de ma vie présente.

— Le drame actuel vous distrairait davantage, mon enfant. Plutôt que d'aller à *Œdipe-
Roi,* allez à l'Ambigu voir le *Marchand de coco*
et *Fanfan la Tulipe,* c'est moins solennel et
aussi émouvant. Croyez-moi, chère petite, soyez
de votre temps.

— Pour l'amour du grec restez grecque !
ajouta Ronchaud. »

On disait George Sand à Paris. Ma plus grande ambition était de la connaître. Elle m'avait fait dire par Charles Edmond qu'elle songeait à me remercier personnellement du plaisir que lui avaient fait mes *Idées anti-Proudhoniennes.*

Un jour, je reçus la lettre suivante :

« Madame,

« Je vous prie de vouloir bien permettre que je vous voie jeudi à deux heures. Je sais que ce n'est pas votre jour et c'est pourquoi je l'ai choisi. Je suis chargé par George Sand de vous remercier du livre que vous lui avez envoyé et qui, vous en jugerez par ce que je vous dirai, l'a fort intéressée. Si vous ne me répondez pas, je conclurai que ma visite est agréée.

« Veuillez recevoir, madame, etc.

« Capitaine d'Arpentigny. »

A l'heure dite, entre brusquement le capitaine. Il m'a tout l'air de venir, non en porteur de compliments, mais en fureteur. J'éprouve, dès le début de l'interrogatoire qu'il me fait subir, une grande irritation contre lui et une vague gratitude pour celle qui, déjà, s'occupe de moi au point de me faire poser tant de questions.

« Qui êtes-vous? D'où venez-vous? me demanda le capitaine. Aimez-vous votre mari? Que fait-il? »

Je réponds à toutes ces interrogations si in-discrètes.

« Avez-vous des enfants? ajoute M. d'Arpen-tigny.

— Une fille.

— Très bien. Êtes-vous mère passionnée?

— Naturellement, monsieur, mais de grâce...

— Je n'ai pas fini; il me reste une dizaine de demandes à vous faire et vous les subirez, ma chère enfant. L'amitié de George Sand est par moi estimée si haut que, quand je suis au-torisé à en surveiller les abords, je fais mon inspection en conscience. Répondez donc. Écri-vez-vous pour écrire, ou pour être célèbre, ou pour étendre le cercle de vos adorateurs, car vous êtes adorable, belle dame. »

Le compliment était si sec, si impertinent, qu'il me fit venir les larmes aux yeux. Ma ré-ponse plut cependant au féroce capitaine, car il me répondit avec un demi-sourire :

« Parfait ; maintenant montrez-moi votre main. »

Je la lui donne. Il la tourne, la retourne, comme on fait d'une marchandise sur un étal. Il regarde dedans pour y lire. Sa figure alors s'éclaire et prend tout à coup un air de bonho-mie qui en transfigure complètement l'expres-sion :

« Ah! ah! s'écrie-t-il, voilà une main loyale, et nous allons conclure notre marché. »

Puis, continuant son examen, il pousse des

6

exclamations, ou comiques, ou graves, courtes
ou prolongées.

C'était si drôle que je repris ma gaîté habituelle.

Après ma main gauche, le capitaine par-
courut ma main droite.

« C'est bon, c'est bon, c'est très bon ! Je suis
satisfait maintenant, ma gentille dame. Vous
pouvez être l'amie de George Sand. Me voilà
prêt à donner mon approbation à cette amitié.

— Alors, monsieur le capitaine, répliquai-je
ravie, je vais connaître George Sand?

— Ah ! cela, non, par exemple !

— Comment? répliquai-je, stupéfaite et na-
vrée.

— C'est bien simple, mon enfant. On dit
que vous êtes devenue l'amie très intime de
Mme d'Agoult, de Daniel Stern, eh bien ! George
Sand est brouillée avec elle, de longue date ;
tout le monde sait les motifs et les détails de
leur liaison et, par la suite, de leur rupture ; ils
ont été rendus publics dans deux livres : *Horace*,
de Mme Sand, et *Nélida*, de Mme d'Agoult. Alors,
vous comprenez, vous ne pourriez à cette heure
voir George Sand sans qu'elle se croie obligée
de vous dire du mal d'une personne dont elle
juge l'influence mauvaise. Or, le caractère de
George Sand s'oppose à ce qu'elle coure le
risque de vous détacher d'une amie que, pré-
tend-on, vous chérissez. Elle attendra ! Le jour
où vous serez fâchée avec Mme d'Agoult, vous

saurez que George Sand est votre amie et que
vous pouvez venir à elle. D'ici-là, écrivez-lui
quand vous en aurez le désir, elle vous répondra
toujours. »

Il se leva, le capitaine, et, me voyant désolée, il entreprit singulièrement de me consoler
en me disant :

« L'attente ne sera pas indéfinie, je le sais.
Daniel Stern a un esprit très remarquable et
qui semble plus équilibré qu'aucun autre, mais
j'ai vu sa main. Elle a des périodes de déséqui-
libre. Vous aurez à en souffrir un jour et vous
vous détacherez d'elle. »

Ainsi je ne pouvais aller à George Sand,
avoir cette joie, que le jour où j'aurais le chagrin de me brouiller avec Mme d'Agoult.

*
* *

Nefftzer, Girardin, les opposants constitu-
tionnels, gagnaient du terrain dans le salon de
Mme d'Agoult, qui, jusqu'à l'élection des « cinq »,
avait été purement abstentionniste.

L'abstention seule, après 1852, s'était imposée comme forme de protestation. Empri-
sonnés, exilés, envoyés à Cayenne ou à Lam-
bessa, tous leurs principes bafoués, haïs du
peuple depuis l'insurrection de Juin, calomniés
comme aucun parti vaincu ne l'a jamais été,
les hommes de 1848 restèrent écrasés après

leur défaite et ne songèrent tout d'abord, par leurs écrits ou par leurs actes, qu'à reconquérir leur honneur personnel ou à forcer leurs ennemis à l'estime.

La lutte contre ce qu'ils appelaient « la corruption impériale » ne se faisait que par la preuve de la hauteur des caractères, par la résistance aux accommodements. Il y avait beaucoup de noblesse, d'austérité, de vertu, parmi les abstentionnistes ; si quelques-uns passaient pour n'avoir qu'en surface toutes ces qualités, encore considéraient-ils que les apparences en étaient nécessaires, mais l'ensemble du parti des « exilés à l'intérieur » comptant un Cavaignac, un Carnot, un Liouville, un Goudchaux, un Grévy, allant parmi les anciens rédacteurs du *National* de Thiers à Duclerc, de Littré à Barthélemy-Saint-Hilaire, du vieux Thomas à Hauréau, à Edmond Adam, inspirait certain respect que les ressources de la presse officielle et de la Sûreté Générale ne parvenaient pas à compromettre.

Il avait donc fallu à tout prix que l'Empire réalisât l'idée fixe de M. de Morny et désagrégeât ce « bloc » de consciences, pour détourner l'attention publique de ces exemples. C'est à l'aide de M. Émile Ollivier que M. de Morny parvint à entamer les moralités politiques du parti républicain.

Mme d'Agoult, qui ne se mêlait jamais à la conversation générale et causait presque toujours avec une personne choisie, ne cherchait pas l'occasion de soutenir son opinion ancienne ou d'indiquer la nouvelle. Quoiqu'elle continuât à témoigner aux abstentionnistes beaucoup d'amitié, on se disait que, peut-être, conseillant volontiers l'action, elle eût été au soleil levant sans la crainte d'être à la remorque de son gendre, Émile Ollivier, et confondue avec la cohorte bruyante des « petits Olliviers ».

Elle fut, cependant, assez vite forcée de choisir entre ses vieux et ses nouveaux amis, les abstentionnistes fréquentant moins chez elle à mesure que les sermentistes y venaient davantage. Depuis la mort de Cavaignac, en partie causée, prétendaient ses intimes, par le chagrin de voir les compromissions, selon lui désespérantes, acceptées des jeunes républicains, qui rejetaient ainsi les vieux dans l'impuissance ; depuis cette mort, le parti républicain était pour ainsi dire décapité.

Non seulement les jeunes se ralliaient aux sermentistes, vainqueurs des abstentionnistes, mais ils prenaient à parti les exilés, sacro-saints jusque-là. Ils avaient commencé à propos de l'*Histoire de mes Idées*, d'Edgar Quinet, et étaient allés répétant : « La sincérité à ce degré frise la sénilité, et jamais un « jeune » n'aurait écrit cela. » Les belles pages, cependant, abondaient dans ce livre, d'une grande éloquence et d'une rare hauteur morale.

Laurent-Pichat, qui livrait son salon aux jeunes, voyait fuir un à un les « vieilles barbes », comme on commençait à dire.

Mme d'Agoult, ayant tenu à connaître tous les « petits Olliviers », ils furent introduits successivement et déplurent bientôt, en raison de leur nombre. Leur manque de respect pour les « ancêtres », mot plus poli dans leurs intentions que les « vieilles barbes », nous parut, à moi comme à nos amis plus âgés, par trop excessif. On eût dit ces messieurs porte-paroles de nos ennemis. Ils allaient plus loin que Proudhon, que Girardin, qu'Émile Ollivier lui-même, dans leur mépris pour ceux qu'ils nommaient « les dupes de Napoléon III ».

« Violer un serment fait à cet homme est un devoir, » dit un jour M. Jules Ferry, chez Mme d'Agoult. A nos yeux, un tel mot était la complète absolution de Napoléon III.

Ces « jeunes » gourmés, froids, sans enthousiasme, répétaient que c'en était fait des utopies, qu'il fallait être pratique, ne plus lutter que pour des résultats. Ils me déplaisaient à un point que je ne saurais dire. Plus « jeune » qu'eux, ils me paraissaient autrement vieux que les plus vieux. Leurs compliments m'irritaient, et, malgré une amitié qui devint grande entre Laurent-Pichat et moi, il ne put jamais m'enrôler dans le parti des « jeunes ».

Le salon de Mme d'Agoult se défaisait et se refaisait pour ainsi dire chaque semaine. Tantôt

on s'y exaltait avec les vieux, tantôt on s'y
réfrigérait avec les jeunes.

Mme d'Agoult nous dit un jour, à Ronchaud,
à Grenier, à Tribert et à moi :

« Un salon politique ne peut se maintenir
qu'à la condition que ceux qui le fréquentent
aient des principes communs, qu'on s'y intéresse à la fois au passé dans les hommes qui
survivent, au présent par les hommes qui
agissent, au futur par ceux que le passé et le
présent forment d'un commun accord pour les
dresser en vue de l'avenir; mais quand ce sont
les couvées qui entendent morigéner pères et
grands-pères, tout est sens dessus dessous.

— Les recrues veulent commander, reprenait Tribert. Elles ne songent qu'à occuper la
place, à l'assaut des positions, à leur destruction, sans souci du relèvement des forteresses
pour les défenses futures.

— L'époque héroïque de notre parti semble
se clore, disait Ronchaud. La jouissance du
pouvoir rend nos ennemis plus doux, mais cette
jouissance tranquillisée fait naître plus d'en-
vieux.

— Les « jeunes », ajoutai-je, songent bien
moins à rendre la France à la France qu'à renverser l'Empire pour le remplacer. »

*
* *

Mme d'Agoult, malgré les résistances de Ronchaud, qui alla jusqu'à l'accuser de commettre une mauvaise action, voulut me conduire à *Orphée aux Enfers*, avec M. de Girardin. Ils me firent dîner « au cabaret », comme disait ma grande amie, et, après avoir beaucoup bavardé tous trois, j'arrivai fort gaiement aux Bouffes, prête à rire de ce dont tout Paris riait.

Mais, dès les premières scènes, un insurmontable dégoût me prit de ces insanités. Quoi ! mes dieux étaient livrés aux calembours imbéciles, caricaturés jusqu'au grotesque le plus bas et le plus vil. On les ridiculisait de façon à ce que ce ridicule devînt une obsession pour les esprits affinés eux-mêmes. C'était là ce qu'un croyant en Jéhovah faisait de nos légendes homériques, et on ne lui avait pas rendu, sur l'heure, blague pour blague, sur ses légendes judaïques ?

Je disais tout cela avec révolte, j'évoquais nos traditions françaises, m'inscrivant violente contre ce qui me semblait un acte de lèse-patrie.

Je murmurai un à un les noms de tous les poètes fils d'Orphée, tandis qu'autour de moi s'épandaient les ricanements stupides et que s'étalait la laideur verbeuse des histrions.

« A Rome, disais-je, les ennemis de la Grèce eux-mêmes répétaient aux voyageurs : « Vous « allez à Athènes, respectez les dieux. »

Mon émotion était si douloureuse qu'elle figea le rire sur les lèvres de Mᵐᵉ d'Agoult et de M. de Girardin.

« Vous savez, dit ce dernier à Mᵐᵉ d'Agoult.

que cette jeune anti-Proudhonienne parle comme Toussenel de cette pièce et qu'il y voit comme elle un reniement patriotique. L'auteur des *Juifs rois de l'Époque* m'a écrit ces derniers jours pour me supplier de faire une campagne contre *Orphée aux Enfers*. « Il ne faut pas laisser ainsi renier nos filialités, me dit-il. La Thrace, mère d'Orphée, est notre mère. Offenbach, qui blague la Grèce, inspiratrice de nos traditions artistiques, est le continuateur d'Halévy, qui a exalté sa race dans la *Juive*. Ils sont les démolisseurs de notre idéal, auquel ils veulent substituer le leur, celui du Veau d'Or. » Toussenel ajoute qu'ils sont les fils des entrailles de la terre, dont ils cultivent les richesses malfaisantes, et nous, les fils de la lumière, qui cultivons les richesses bienfaisantes des surfaces du sol. Il y a là une idée à creuser, ajouta Girardin ; c'est vrai que les peuples agriculteurs sont moins dangereux que les anglais mineurs. Il pourrait être curieux de juger une nation à travers la mine ou le blé. »

*
* *

Comme tout ce qui advient aujourd'hui était préparé de loin, et qu'ils étaient rares, ceux qui, comme Toussenel, voyaient, comprenaient et craignaient ! Offenbach venait de Cologne. C'était un précurseur conscient de la besogne que les juifs allemands avaient à faire en France pour la préparer à toutes les défaites.

Détruire peu à peu nos admirations pour les choses élevées et sacrées ; tarir la source de nos inspirations, de ce qui fait la France française ; rendre grotesques les dieux grecs, nos initiateurs artistiques et littéraires ; faire *Orphée aux Enfers ;* ridiculiser plus tard les militaires dans la *Grande Duchesse,* tandis qu'à Berlin on réveillait toutes les légendes, on exaltait la revanche de la guerre du Palatinat et d'Iéna !

Mme d'Agoult m'en voulut d'avoir si peu goûté le plaisir anti-grec qu'elle avait désiré me voir prendre, mais Ronchaud plaida ma cause et vint un jour me conseiller d'aller la surprendre à l'heure de sa promenade dans l'avenue de l'Impératrice. J'y allai et la trouvai avec Tribert, retour d'un voyage dans cette Italie dont il était amoureux, et qu'il visitait pour le moins une fois l'an. Mme d'Agoult partageait l'amour de Tribert pour l'Italie, mais elle le trouvait exclusif et lui reprochait sans cesse ce qu'elle appelait ses turlutaines anti-allemandes.

« Préparez-vous à l'invasion, répétait encore ce jour-là Tribert ; l'empire, c'est l'invasion ! Bientôt il ne sera plus temps de nous en garer. L'Allemagne s'unira un jour tout entière contre nous. Que la France soit sincèrement et complètement l'alliée de l'Italie. Qu'elle n'ait de sympathie que pour elle, car elle est véritablement sa sœur de race. L'entente complète avec

l'Italie entraînera celle de l'Espagne, et alors les
Latins suffiront à leur propre défense et n'auront plus rien à craindre de l'envahissement
germain.

— Vous êtes bien ennuyeux, Tribert, avec
vos rabâchages, lui dit Mme d'Agoult, et digne
de faire chorus avec ma petite amie. » Alors elle
lui conta notre « aventure » d'*Orphée aux Enfers,* ma tristesse, la conviction de Toussenel
que les juifs allemands travaillaient à détruire
en nous les caractères de notre race.

« Toussenel a cent fois raison, s'écria Tribert, et je pourrais en conter long sur ce qui
se trame depuis plus d'un quart de siècle contre
nous en Allemagne, sur ce que l'on enseigne
aux petits Prussiens dans les écoles, sur ce...

— Sur ce, taisez-vous ! répliqua Mme d'A-
goult. »

Ceux de notre génération se rappellent bien
les grands scandales provoqués par une publication de Jacquot, dit de Mirecourt : *La Maison
Alexandre Dumas et Cie,* et dont on parlait encore dans les journaux. Ce Mirecourt avait
affirmé que les romans d'Alexandre Dumas
père, signés de lui, étaient fabriqués par de
jeunes inconnus qu'on payait à la journée.
Dumas ayant fait un procès, Jacquot de Mirecourt fut condamné à six mois de prison.

Mais le succès de cet odieux pamphlet donna
à un éditeur l'idée de demander au sieur Jacquot de Mirecourt, après sa sortie de prison, des

biographies sous le titre de *Galerie de Con-temporains*. Mirecourt s'adressait à l'auteur pour des renseignements. Si on les lui donnait, il les travestissait ; si on les lui refusait, il vous traînait dans la boue. Ce malfaiteur savait son métier d'écrivain ; méchant, spirituel, ses petits volumes contenant chacun une biographie étaient très lus. Cependant, les procès ruinant son éditeur, il commençait à s'assagir.

Je reçus une lettre de Mirecourt dans laquelle il m'appelait « mon chère confrère », ajoutant qu'il venait de publier des lettres à Proudhon, et qu'un tel élément de sympathie m'obligeait à le recevoir ou à lui envoyer des documents pour ma biographie.

J'en parlai à M. Fauvety, qui me conseilla de ne pas hésiter à satisfaire cette « bête venimeuse ».

Ayant vu le soir même Mme d'Agoult, je pris son avis sur la question Mirecourt, sachant qu'elle aimait à me guider.

« Surtout ne répondez pas à cet homme disqualifié, mon enfant, me dit-elle, ce serait vous compromettre. La vie de Paris est pleine d'embûches. Soumettez-moi vos hésitations sur toutes choses, je prendrai plaisir à vous faire bénéficier de ma connaissance des hommes et de mon expérience parfois durement acquise. »

Mon affection pour Mme d'Agoult se doublait de reconnaissance, car elle prenait la peine de faire d'une petite provinciale une dame. Je ne me rappelle pas sans gratitude les leçons qu'elle me donnait, et ces leçons, elle les résumait par une simple formule : « Chaque fois que les usages de bonne éducation, disait-elle, ne peuvent s'expliquer par l'élégance, par l'échange de bons procédés, par plus de facilité dans le service à table, par exemple, ils ne sont jamais obligatoires, ni même défendables. »

Je l'intéressai, et elle obtint bien vite mes confidences. Elle approuva la direction que, d'accord avec mon père, je donnais à ma vie. Elle m'adopta, pour ainsi dire, voulut que je lui parle de mes projets de travaux, en causa, en discuta avec moi très maternellement.

Mme d'Agoult me conduisit un jour chez le sculpteur Adam-Salomon qui s'était nouvellement passionné pour la photographie et commençait un album des *Amis de Daniel Stern*, album qui contint plus tard : Jules Grévy, Littré, Carnot, Girardin, Renan, Nefftzer, Dupont-White, Edouard Grenier, Scherer, Alfred Mézières, Tribert, de Ronchaud, Guéroult, le prince Napoléon, Vacherot, Mme Coignet. Challemel-Lacour et Mlle Clémence Royer posèrent à leur retour d'exil, après l'amnistie ; les autres, comme Mme Ackermann, à mesure que Mme d'Agoult se liait avec eux. Tous les grands Italiens, tous les grands Hongrois et Allemands qui passèrent à Paris complétèrent l'album de Daniel Stern.

Adam-Salomon fit de moi une très belle

7

photographie, qui un beau jour tenta Léopold Flameng, alors qu'il terminait un médaillon de Mme d'Agoult universellement admiré, et il a répété souventes fois de ce médaillon et de ma gravure : « Ce sont mes deux chefs-d'œuvre. »

« J'ai à dîner, la semaine prochaine, Littré, Hippolyte Carnot, Dupont-White, Tribert, Ronchaud et... vous, mon enfant, me dit Mme d'Agoult. Je sais que chacun de nous sera enchanté d'avoir pour voisins les autres, ne manquez pas. »

Manquer un tel dîner, non ! Littré m'inspirait une sorte de culte ; il disait avoir pour moi de l'affection. Nous parlions de la Grèce, et ma passion pour elle l'amusait. Combien il me révéla de choses nouvelles sur l'Iliade que mon père et moi nous n'avions ni comprises, ni devinées. Littré, outre sa direction de la *Revue positiviste,* continuait sa traduction des œuvres d'Hippocrate, qu'il ne devait finir qu'en 1861.

Il aimait beaucoup Mme d'Agoult, la netteté de son esprit, sa haute compréhension des idées les plus abstraites ; son milieu intime aussi lui plaisait, sauf M. de Girardin. Comme tous les anciens rédacteurs du *National,* lui non plus ne pouvait oublier la mort de Carrel.

Je n'ai pas connu de caractère supérieur à celui de Littré, d'intellectualité plus soucieuse de loyauté et de logique, de conscience plus haute, de cœur plus simplement dévoué, de convaincu plus tolérant. Tout ce dont les principes philosophiques, le sens de la justice, les exigences de la droiture, peuvent doter un homme désireux de perfectibilité, Littré le possédait.

Ses convictions politiques étaient en accord parfait avec ses doctrines philosophiques ; mais tout son savoir et toutes ses vertus ne lui inspiraient ni ne lui soufflaient la plus fugitive notion d'idéalisme. Il dépassait dans le sens du matérialisme la pensée même de son chef; là où Stuart Mill, son égal comme disciple d'Auguste Comte, disait : « Le positivisme n'est pas nécessairement une négation du surnaturel, il renvoie simplement la question à l'origine des choses ; » là où le fondateur du positivisme s'efforçait de dégager une sorte d'idéalisme religieux, Littré se cantonnait dans l'absolu matérialisme. Auguste Comte laissait l'esprit libre, déclarant qu'il n'y avait pas plus d'arguments pour que d'arguments contre en faveur de l'au-delà ; Littré, lui, n'hésitait pas à nier.

Lorsqu'on le connaissait, on l'aimait et on l'honorait malgré la tristesse de voir le terre-à-terre d'une aussi vaste intelligence. Il est vrai qu'il y faisait entrer l'humanité tout entière, et cela lui suffisait. Histoire de tous les peuples, science dans toutes ses branches, langues de tous les pays, esprit humain à travers les siècles, Littré en possédait la connaissance comme nul ne l'a eue avant lui.

Le bagage était colossal; il ne s'inquiétait

guère d'où il venait, quelle était sa destination
finale. Trouvant la charge lourde, il se conten-
tait de la porter. Croyant en ses incroyances, il
se disait respectueux de la foi des autres, quelque
forme qu'elle pût prendre. Beaucoup de disciples d'Auguste Comte suivirent Littré dans
son évolution, ou plutôt se détachèrent comme
lui d'un système qui concluait en sens contraire de ses prémisses.

Au début du dîner, Hippolyte Carnot, attiré
par Mᵐᵉ d'Agoult sur le sujet qui lui allait le
plus au cœur, parla de ses fils Sadi et Adolphe ;
Sadi, l'aîné, alors à l'École polytechnique, lui
donnait la grande joie de partager toutes ses
idées, et il avait placé sur sa tête ses espérances
de revanche politique.

Dupont-White, de son côté, répondait à toutes
les interrogations de Mᵐᵉ d'Agoult sur sa fille
aînée qui, à peine âgée de quinze ans, l'aidait
dans ses recherches, avait l'ambition de remplacer son secrétaire. Les travaux de son père sur
le moyen âge la passionnaient ; ils étaient d'ailleurs pour nous tous une révélation. Le moyen
âge vu au travers des sombres couleurs du romantisme s'éclairait sous la plume de Dupont-
White :

« Ce temps, disait-il, était hérissé de libertés ; le pouvoir royal s'y exerçait sous la conduite des États Généraux et trouvait dans les
droits de la noblesse, des communes et des
corporations, des limites infranchissables. »

Auteur d'un livre d'une haute compétence : *L'Individu et l'État,* Dupont-White aimait à parler de ses projets. Chaque fois qu'il publiait un article, ce qu'on appelait ses paradoxes provoquait d'ardentes polémiques.

Dupont-White possédait au suprême degré la « sapience » normande faite de sagesse et de savoir, mêlée de sens pratique.

Comment ne pas m'être souvenue, plusieurs années après, de cette exaltation de leurs deux enfants, de son fils aîné, par Hippolyte Carnot, de sa fille aînée, par Dupont-White, au moment où tous deux nous apprirent qu'ils les unissaient. Et ce fut le mariage heureux, entre tous, de deux esprits supérieurs, de deux âmes nourries de patriotisme, de deux intelligences alimentées de savoir, de deux cœurs restés ineffablement purs, que le mariage de M. Sadi Carnot et de Mlle Dupont-White.

Littré lui aussi pouvait sourire en entendant ces heureux pères parler de leurs enfants préférés. Ne voyait-il pas un bonheur semblable dans sa maison? Mlle Littré n'était-elle pas une personne d'une valeur morale et intellectuelle rare?

Dupont-White, très lié avec Stuart Mill qu'il glorifiait en toute occasion, ne cessait à chaque rencontre d'attaquer le matérialisme de Littré, et c'étaient des discussions sans fin.

Carnot, ex-saint-simonien, occupé lui aussi de philosophie, mit bientôt le feu aux poudres par une question sur Pierre Lafitte, l'exécuteur testamentaire d'Auguste Comte.

On imagine si j'étais tout oreilles aux premiers mots, et, comme Littré et Dupont-White m'interrogeaient à propos d'une réflexion faite par moi prouvant que j'avais lu, au moins en partie, les « lourds volumes », je répondis bravement :

« Je n'ai pour Auguste Comte ni l'admiration après triage de M. Littré, ni la bienveillance de M. Dupont-White après interprétation de Stuart Mill. Je trouve le positivisme matérialiste désagrégateur de nos moralités traditionnelles, et le comtisme d'un idéologisme plat.

— Et c'est tout? demanda Dupont-White en riant.

— Non, mais les autres griefs me sont personnels, et je ne les fais pas entrer en ligne. Ce sont des griefs de ménage.

— Si j'avais trouvé mieux que le positivisme, me dit Littré avec sa douceur habituelle, en si grand contraste avec la dureté de ses traits, si je connaissais une autre doctrine ayant cette tenue philosophique, historique et scientifique avec moins de lacunes, je l'adopterais. Je ne m'entête jamais. Allons, madame, exposez votre système si vous en avez un.

— Je le cherche, répondis-je, mais si je le trouve, monsieur Littré, ce n'est pas vous que j'essaierai de convertir. Nous ne nous rencontrerons jamais là où je m'efforce de monter au-dessus de l'humanité, au pays des dieux.

— Ce qu'on a le plus à vous reprocher, mon cher Littré, ajouta Dupont-White, c'est que vous raisonnez sur la science comme si elle était à tout jamais fixée ; est-ce que demain la découverte de la parcelle d'une étincelle impalpable ne peut pas culbuter de fond en comble toutes vos classifications ?

— Que vous avez raison, Dupont-White ! dit alors Tribert. J'ai, moi, tant de curiosité d'esprit que j'aime à douter de la science acquise et à ne pas laisser mes espérances à la porte des laboratoires.

— Vous avez tous besoin de fantaisie, d'instabilité, d'inconnu, de rêve, d'infini ; moi, pas du tout, dit Littré. J'ai un esprit positif et rangé.

— C'est pour cela que Taine déjà vous dépasse et vous enfouira, mon cher Littré, dit moitié sérieux Dupont-White. Son esprit à lui est si avide d'évolutions qu'il est à lui-même sa propre opposition. Il croit ne dessiner que des figures géométriques et il crée des entités agissantes. Ce scientifique est un admirable imaginatif ; cet analyste, ce critique, est un affirmatif. Quand il cherche quoi que ce soit, c'est toujours lui qu'il trouve, lui vivant qui revivifie cent fois ce qu'il a disséqué une seule.

— J'admire Taine, dit Littré. Ah ! qu'il a crânement pourfendu Cousin. Il sait se servir de ses armes. Chevalier bardé de fer, il frappe d'estoc et de taille sans être jamais atteint par les épées détrempées de ses adversaires. L'une de ses victoires, la plus glorieuse, est d'avoir détaché Renouvier de l'éclectisme.

— Il en convaincra bien d'autres, vous d'abord, Littré. En tous cas, il ne vous permettra pas d'ankyloser la science, car vous êtes un ankyloseur. Seulement, je le reconnais, toutes vos infériorités se compensent par une qualité supérieure : votre conscience. Quand une preuve vous est donnée, même si elle renverse toutes vos idées, vous l'admettez. Taine vous en fera pleuvoir, des preuves. »

Littré riait de son rire sincère.

« Mon cher Dupont-White, avec votre fougue et votre esprit, vous avez juste la nature la plus contraire à la mienne. J'ai pris au positivisme ce qu'il avait de plus positif. Je m'étonne que, dépassant Stuart Mill, vous ne preniez pas au comtisme ce qu'il a de plus imaginatif : sa religion.

— Mais la religion de Comte est aussi dépourvue de vie spirituelle, de vie en marche vers l'au-delà, que vos lois à vous les plus matérialisées. Vous savez, Littré, ce n'est pas à moi qu'on fera croire que ce qui échappe à la raison humaine peut être enfermé dans l'appartement de la rue Monsieur-le-Prince, fût-il aujourd'hui aéré par Pierre Lafitte.

— Mon cher ami, répliqua tranquillement

Littré, vous faites de l'esprit, c'est-à-dire que vous parlez pour parler, vous posez pour l'un de vos types. En ce moment, vous faites votre Stendhal.

— Littré, vous osez! s'écria Dupont-White en colère.

— Croyez-m'en, monsieur Littré, dit Tribert pour détourner le tout petit orage qui menaçait de gronder, car Dupont-White fort emporté, assez goguenard vis-à-vis des autres, n'admettait guère qu'on le plaisantât. Croyez-moi, votre « Loi », ce cadre mort qui contient d'après vous toutes les manifestations de la vie, est trop arrêtée, trop circonscrite pour nos imaginations françaises.

— Votre Loi immuable et parfaite, pourrait à la rigueur être acceptée pour les corps, dis-je à mon tour, mais comment n'avez-vous pas un autre classement pour les manifestations de l'intelligence?

— Parce qu'il n'y a pas d'intelligence pure, répliqua vivement Littré, il n'y a pas de dualité. Les phénomènes de l'esprit émanent des corps et sont soumis aux lois fatales qui régissent la nature. Il n'y a pas de lumière sans corps lumineux, pas de vie sans organes, pas d'esprit sans matière.

— Des véhicules ne sont pas des essences, répliquai-je. Le passé de l'époque homérique, monsieur Littré, nous a donné une poésie des choses qui permet de croire que l'avenir nous apportera mieux que votre loi fatale et ses brutalités.

— Oui, j'en conviens, la loi fatale a des brutalités dans ses manifestations partielles, reprit Littré, mais son action générale, basée sur des conditions invariables de proportionnalité, d'ordre, nous inspire l'idée d'absolue justice.

— Je proteste. Si je ne me sens qu'un grain de poussière que le vent balaie et pas une intelligence dominatrice de la matière, pourquoi lutter?

— Parce que la loi de l'homme est l'action.

— A moi, il me faut l'homme conduit par l'esprit et la nature par des dieux.

— Ma pauvre enfant, vous ne rouvrirez pas le cercle théologique, même avec votre Homère; il est à tout jamais fermé! »

Encouragée par Mme d'Agoult, par Dupont-White, par Tribert, par Ronchaud, qui frappaient aimablement et silencieusement sur leurs doigts, je répliquai :

« Votre nature méthodiquement inconsciente m'exaspère. Je veux la vie consciente en tout, partout; ce que vous dites et ce que vous écrivez sont des mots. Pourquoi les miens n'auraient-ils pas la même valeur que les vôtres? Pourquoi les bruits sont-ils pour vous du silence? Pourquoi ce qu'on voit image-t-il à vos yeux plus de vérités que ce qu'on ne voit pas? De même que vous ne pouvez percevoir avec vos sens l'infiniment petit, vous ne percevez pas l'infiniment grand. Vous peuplez l'univers de mathématiques, je le peuple de divin. Je vous suis supérieure au point de vue du beau, en tous cas.

— J'en conviens, dit galamment Littré.

— Votre positivisme ne vaut rien pour les idées, qu'il fige, pour l'art, dont il brise les images, pour le progrès social, qu'il immobilise, pour le progrès moral, qu'il inutilise! Voilà.

— Cette personne jeune, pour ne pas dire jeune personne, est vivante, reprit Dupont-White, qu'en pensez-vous, Littré?

— Je pense qu'elle n'est pas banale. Elle parcourra, j'en suis certain, dans ses évolutions, du train dont elle va, tous les cycles parcourus par l'humanité elle-même. Comme vous dites, mon cher Dupont-White, elle a en elle la vie en marche vers l'au-delà. Nous verrons sûrement cette païenne devenir chrétienne.

— Et ce ne sera pas pour me déplaire, ajouta Mme d'Agoult, ne fût-ce que pour faire enrager Ronchaud, l'hellénisant de Lupicin par Claude. »

*
* *

Voilà qu'un beau jour arrivent chez moi des délégués du Père Enfantin, Arlès-Dufour et Lambert-bey. Ils viennent me prier de présider un banquet que donneront en mon honneur les chefs de l'école saint-simonienne.

J'hésite fort à accepter, malgré l'immédiate sympathie que j'éprouve pour Arlès-Dufour. Je n'ai encore rencontré personne qui m'ait inspiré ce sentiment de filialité immédiate. La première fois qu'il m'appelle : « Mon enfant, » j'ai envie de lui répondre : « Père. » La noble et belle figure qu'il a! Très simple de ton et d'allures, il allie, à beaucoup de bonhomie, beaucoup de dignité.

Cela vient peut-être de ce qu'il a toujours pensé et agi librement, sa passion dominante, dit-il, étant la liberté sous toutes ses formes, même excentriques.

Arlès-Dufour était l'un des rares saint-simoniens restés convaincus de la vérité intégrale des principes de l'École. Il eut toute sa vie le désir de relever la femme de l'état d'infériorité où il la trouvait en France. C'est lui qui, à Lyon, fit recevoir la première bachelière; il s'occupa des institutrices, des femmes médecins. Arlès-Dufour donnait beaucoup. Il consacrait une part déterminée de ses gains à des dons sous forme de prêts. C'était la caisse qui prêtait, non pas lui. Lorsque le débiteur remboursait, la caisse des prêts encaissait. Quand il y avait de bonnes rentrées, on prêtait beaucoup; quand la caisse était épuisée, on ne donnait rien.

Arlès-Dufour insista pour que j'accepte le banquet de ses frères et amis. Lambert-bey m'invitait surtout au nom du Père Enfantin, qui voyait en moi, après que Saint-Simon l'avait vue en Mme de Staël, qu'on juge si c'était flatteur ! la femme espérée depuis la fondation de l'École, la femme législateur, le Messie féminin, le Messie mâle ayant été incarné dans Enfantin.

On me rencontrait un peu tard pour aider le « Père » à sauver l'humanité, et cependant il me parut que c'était encore trop tôt pour moi. Je ne me sentis pas assez mûrie pour une si haute mission. Songez ce qu'il fallait apporter au monde? Rien moins que l'âge d'or ! La devise des saint-simoniens n'était-elle pas : « L'âge d'or, qu'une tradition a placé jusqu'ici dans le passé, est devant nous. »

C'est après la mort de Saint-Simon que l'École se forma. Enfantin, présenté au fondateur du Saint-Simonisme, par Olinde Rodrigues, à peine catéchisé s'en était allé prêcher « l'âge d'or de l'avenir » dans les villes. Il possédait la faculté rare de grouper. Tout ce qu'il y avait de jeunes hommes supérieurs ou seulement exceptionnels firent partie de l'École ayant pour « Père » Enfantin. Auguste Comte, Armand Carrel, Blanqui, Pierre Leroux, Jean Reynaud, Charton, Arlès-Dufour, Guéroult, Bazard, Hippolyte Carnot, Michel Chevalier, Félicien David, Talabot, d'Eichtal, Émile Pereire, Duveyrier, Buchez, Louis Jourdan, Jules Simon et tant d'autres.

Après la Révolution de juillet, les conférences

hebdomadaires de la rue Taitbout firent des conversions nombreuses. Les fils, le « Père », développaient dans ces conférences le principe que toutes les institutions sociales doivent avoir pour but l'amélioration morale, intellectuelle et physique, de la classe la plus nombreuse et la plus pauvre.

Un grand courant métaphysique, alimenté par les hérédités du christianisme, et inutilisé à cette époque par la France voltairienne, trouva son issue dans le saint-simonisme et lui amena tout ce qu'il y avait en France d'âmes généreuses et utopiques qui croient de tout temps aider aux évolutions sociales.

Tant que les saints-simoniens prêchèrent leurs doctrines à l'état théorique, le gouvernement de Louis-Philippe les toléra, eux et leur journal *Le Globe*.

Mais lorsque l'École devint une Église et qu'il s'agit d'en fixer les dogmes, il y eut des discussions violentes, même parmi les frères, qui tous n'étaient pas en accord parfait sur l'abolition générale des privilèges de naissance, sur la transformation totale de la propriété, sur la nécessité de supprimer le prolétariat, et surtout sur la nouvelle conception sociale d'Enfantin, de vouloir régler la condition de la femme par le plaisir.

Olinde Rodrigues, Jean Reynaud, Bazard, Hippolyte Carnot, révoltés dans leur sens moral, se détachèrent les premiers, refusant d'admettre la promiscuité des femmes qu'Enfantin voulait imposer à ses disciples.

La scission faite, il ne resta plus au « Père » que quarante fils soumis à son interprétation personnelle de la doctrine. Tous le suivirent à Ménilmontant, acceptant de se livrer aux travaux manuels en chantant. Félicien David composa la plupart de ces chants du travail. Raymond Bonheur, père de Rosa Bonheur, dessina les costumes de ces étonnants « ouvriers ». Coiffés du béret, ils portaient la dalmatique bleu clair, et chacun d'eux ayant son nom écrit sur son gilet, ils pouvaient ainsi s'interpeller et se reconnaître sans courir le risque de se tromper. Enfantin était vêtu d'une robe écarlate serrée par une ceinture violette avec le mot « Père » écrit sur la poitrine. Un large collier fait d'anneaux de métal pendait au cou du « Père ». Chaque anneau représentait symboliquement l'un de ses fils. Au moment de la séparation définitive de Jean Reynaud, de Carnot, de Bazard et d'Olinde Rodrigues, Enfantin fit briser quatre anneaux de son collier.

La galerie dans laquelle les frères se réunissaient à Ménilmontant pour le travail, était de plain-pied avec un jardin qu'ornaient de grands et beaux arbres. Une longue table, des bancs, composaient tout le mobilier de la salle où travaillaient de leurs mains ces quarante jeunes hommes, la plupart lauréats des grandes écoles.

On connaît le programme saint-simonien :
éducation pour tous ; égalité des sexes ; à chacun
suivant sa capacité et selon ses œuvres ; affranchissement de la femme ; suppression de l'héritage ; communauté des biens ; destruction de
la famille.

Au moment où Lambert-bey et Arlès-Dufour
m'avaient invitée à leur banquet, je m'étais rap-
pelée l'irruption d'un Messie-femme un jour à
Ménilmontant.

« Elle entra, disent les chroniques saint-
simoniennes, vêtue d'un voile bleu, jeune, jolie,
étrange, prononçant ces simples mots : « J'at-
« tends. »

« On lui amena un vieillard ; elle le refusa,
disant qu'il n'avait pas la fougue ; un jeune
homme ; il lui parut qu'il n'avait pas la foi.
Mais une mère se précipite furieuse et emmène sa fille en la brutalisant. »

M'eût-on présenté le vieillard et le jeune
homme?

On sait la fin de l'épopée « Enfantine ». La
presse couvrait d'injures les « quarante », les
dénonçant, leur prêtant tous les vices. Le Père
Enfantin et ses fils eurent à se défendre, un
jour, devant la justice, des crimes dont on les
accusait. Les « quarante » défilèrent dans les
rues vêtus de leur costume, chantant les chants
de Félicien David. On les hua ; mais c'étaient
des apôtres, et le ridicule ne les atteignait pas.

Enfantin fit quelques mois de prison et fut

gracié. L'École ayant été dispersée, le Père et plusieurs de ses fils partirent pour l'Égypte et y étudièrent un système de barrage du Nil et le percement de l'isthme de Suez.

Le chef de l'école saint-simonienne et ses disciples étant merveilleusement doués pour les grandes entreprises, on les retrouve plus tard, traçant des routes, creusant des canaux, construisant des chemins de fer. Benjamin Constant n'a-t-il pas appelé le saint-simonisme : « le Papisme industriel » ?

Ce sont les saint-simoniens qui ont fondé les sociétés de crédit, tous les grands magasins exploités par des capitalistes ; ils ont donné une irrésistible impulsion aux monopoles, trusts, accaparements, etc. Ont-ils apporté un bienfait économique à la société de leur temps ?

Voici ce que, quand j'arrivai à Paris, les phalanstériens répondaient à cette question ; ils disaient : « Nous avons ajouté, nous, au groupement des capitaux la participation du travail. Les Pereire, saint-simoniens, ont fondé les *Magasins du Louvre ;* nous avons fondé le *Bon Marché.* Leur principe se résume dans le mot « exploitation », le nôtre, dans celui de « participation » ; « à chacun selon ses œuvres » a été la formule saint-simonienne comme la nôtre, mais la leur est restée aristocratique. Ceux qui ont monté parmi les saint-simoniens n'ont pas entraîné avec eux le groupe initial des travailleurs, et la répartition saint-simonienne, pas

plus que la participation du travail, n'ont la
généralité, la grandeur, de la répartition et de la
participation phalanstériennes.

Si j'ai résumé les faits que je viens d'indiquer,
c'est qu'il nous fallait les connaître, c'est qu'ils
« vivaient » encore dans ceux avec qui tous
les jours nous causions, que nous avions pour
amis.

Je n'acceptai pas le banquet, mais j'allai un
soir chez le Père Enfantin avec Arlès-Dufour,
qui vint me prendre. Je remerciai le chef de
l'école saint-simonienne de l'honneur que son
invitation m'avait fait et dont je m'étais sentie
indigne. Une très belle et assez forte dame recevait. Le Père Enfantin conservait ses principes
sur l'affranchissement complet de la femme.

Quoiqu'il habitât Lyon, Arlès-Dufour venait fréquemment à Paris. Peu à peu il
m'adoptait, disait-il. Mon affection pour lui
grandissait à chacun de ses séjours. Il parlait de
moi à Mme Arlès-Dufour, à ses enfants, me préparant cette maternité, cette fraternité incomparables, qui ont été l'une des meilleures joies
de ma vie. L'amitié d'Arlès-Dufour, de celui
que bientôt j'appelai : « Père, » suivant son
désir, trouvait cent moyens d'être active et
bienfaisante. Il m'inspirait une affection telle
que je lui confiai tous mes chagrins. Il écrivit
à mon père et bientôt ils dirent *nous* en parlant
de moi. Je me sentis beaucoup plus fermement
défendue par mon père, qui craignait les me-

naces de mon mari, lorsqu'il se vit appuyé
dans ma défense par le bon, influent et courageux Arlès-Dufour.

Le seul désaccord entre Arlès-Dufour et moi
était plaisant. Il n'admettait pas que la doctrine
saint-simonienne pût être condamnable sur
un seul point, même sur celui de l'émancipation
excessive de la femme ; or, dans son intimité,
il était le plus parfait des époux, le plus dévoué
des pères, le fidèle entre les fidèles du culte de
la famille ; il aurait eu des sévérités pour moi
s'il m'avait trouvée coquette et légère ; mais, tout
à coup, il citait fièrement l'opinion de son ami
Stuart Mill, le plus grand des philosophes anglais, disait-il, qui, un instant saint-simonien
et vite renégat, ne cessait cependant d'admirer
le courage avec lequel « l'École » avait abordé
la question de la famille et sa hardiesse à proclamer l'égalité absolue de l'homme et de la
femme.

« Mon cher ami, répétais-je, ô père vénéré,
les saint-simoniens sont absurdes parce qu'ils
ont voulu réformer les mœurs, non avec de la
vertu, mais avec de la licence. La corruption n'a
jamais assaini. Vous avez essayé de détourner
la grandeur du sentiment féminin au profit des
joies immédiates, comme certains disciples du
Christ veulent détourner ce sentiment au profit
des joies futures. L'absolu pour l'âme, l'absolu
pour le corps, peuvent satisfaire l'individu. Ils
sont tout aussi coupables au point de vue so-

cial. Au lieu d'initier la femme aux puissants réconforts du dévouement aux autres, vous lui avez jeté en pâture le dérèglement de la passion personnelle, l'union libre.

« La femme a des exigences de dignité qu'elle ne peut trouver dans l'amour sans règle et sans devoirs sociaux. Ces exigences, elle les satisfera un jour, dans une association aux travaux de l'homme, dans une participation à ses charges. Elle imposera au compagnon de sa vie la conscience d'une valeur égale à la sienne, non dans des identités, mais dans des équivalences. La femme a besoin de respect, c'est sa puissance vis-à-vis de ses enfants, sa garantie sociale.

— Vous me récitez votre lettre à Alphonse Karr (je la lui avais donnée à lire) et vos idées anti-Proudhoniennes. Je les connais, me répondait Arlès-Dufour. Je vous le dis une fois pour toutes et je déclare que la beauté de la femme lui confère la supériorité. La chair doit être réhabilitée, la passion est divine. Dieu, étant *tout ce qui est,* a donné la beauté dominatrice à la femme pour rétablir les équilibres de puissance avec l'homme.

— Toujours le principe abominable de l'aristocratie du saint-simonisme, répliquai-je : le grand nombre esclave sans appel des supériorités de la beauté ou du capital. Une royauté au profit du petit nombre. Je n'admettrai jamais cela, je suis démocrate.

— Et vous êtes belle, voilà pourquoi vous jugez un principe au point de vue personnel. Un principe n'est pas forcément une application.

— Alors ce n'est plus un principe s'il ne s'applique pas forcément.

— Mais si.

— Mais non ! »

Hippolyte Carnot, qui m'avait prévenue de sa visite, entra au moment où je répondais avec un peu de colère à Arlès-Dufour. Il fut mis par nous au courant de la question à propos de laquelle nous nous querellions.

« Parbleu, dit-il, c'est un rappel des conférences de la rue Taitbout et de la séance du tribunal qui a condamné Enfantin. Rappelez-vous ma déposition, Arlès. « J'ai été saint-simonien tant que la doctrine a conservé un caractère philosophique, mais je me suis séparé de mes frères lorsque la doctrine a bifurqué. » Ce que vous défendez contre Mme Juliette La Messine, c'est le « bifurquage », et c'est elle, cent fois, qui a raison.

— Eh bien, je bifurque, voilà tout, répliqua le bon Arlès-Dufour ; mais à deux vous auriez trop aisément raison. Je vous laisse à vos vieux préjugés. »

Hippolyte Carnot dans l'intimité était l'un des plus intéressants causeurs qu'on pût entendre et des plus charmants.

Petit de taille, d'apparence plutôt effacée, il

ressemblait cependant beaucoup à Victor Hugo par les traits, mais avec une tout autre expression. Il y avait de la tristesse dans cette expression. Jamais il ne s'était consolé de la mort de son frère Sadi, qu'il adorait, et il donna le nom de ce frère tant regretté, et, disait-on, d'une valeur si exceptionnelle, à son fils aîné.

J'aimais à parler à Hippolyte Carnot du grand Carnot, et il se prêtait avec une sorte de gratitude touchante aux questions qu'on lui posait sur son père. Il avait écrit avec religion sur ce père autant admiré qu'aimé.

Notre conversation, à nouveau ce jour-là, se porta sur l'organisateur de la victoire et sur ses premières entrevues avec Bonaparte.

« Mon père avait, me dit-il, découvert, avant qui que ce soit, la valeur militaire de Napoléon. Il m'a plus d'une fois raconté ces premières entrevues et combien il était frappé du don de persuasion que possédait Bonaparte lorsqu'il exposait une idée. Il fallait faire appel à toute son énergie pour échapper à sa fascination, à une sorte d'influence magnétique, de suggestion, pour ne pas subir, sans la discuter avec calme et froidement, sa volonté de vous convaincre. »

Hippolyte Carnot, qui avait suivi son père à Magdebourg, y épousa la fille du colonel Dupont, aide de camp du grand exilé. Comme épouse, comme mère, comme femme de haute valeur morale et intellectuelle, Mᵐᵉ Hippolyte

Carnot pouvait être donnée en exemple à toutes. Elle était estimée plus qu'aucune autre dans le parti républicain. On parlait d'elle comme du modèle de toutes les vertus privées et civiques. « Elle est militaire, » disait son mari. Nous républicains, nous l'honorions comme les Romains honoraient Cornélie. Mme d'Agoult avait pour Mme Hippolyte Carnot un respect et une sympathie dont elle était peu prodigue pour les femmes des « ménages républicains » comme celui de M. Grévy et de bien d'autres. Elle restait aristocrate inconsciente.

« Mme Carnot a été héroïque en 1851, me raconta Daniel Stern, redevenant historien; elle encouragea son mari à la résistance contre Louis-Napoléon : « Si tu meurs, lui dit-elle, tu légueras à tes fils l'exemple que tu as reçu de ton père. » Ne sont-ce pas là d'admirables paroles, ajoutait Mme d'Agoult, dignes de tous les temps qui ont créé des héroïnes ? »

* \
* *

Le 1er janvier 1859, grand émoi dans tout le pays, grande agitation parmi nous, qui sommes à la fois ennemis de l'empire et partisans de l'unité italienne, à la lecture des paroles officielles dites par Napoléon III à l'ambassadeur d'Autriche : « Je regrette que nos relations ne soient pas aussi bonnes que par le passé. »

Le mariage du prince Napoléon et de la

princesse Clotilde, fille de Victor-Emmanuel, officiellement annoncé pour le 3o, complète la preuve que le gouvernement impérial est sur le point de réaliser la volonté suprême d'Orsini.

Les sermentistes triomphent, répétant que l'opposition des « cinq » oblige seule l'Empereur à entrer dans la voie du libéralisme au dehors, conversion qui provoquera fatalement la marche vers ce libéralisme à l'intérieur.

On tenait dans notre milieu d'importants conciliabules. « Cet homme », oppresseur de la France, allait-il devenir le dispensateur des libertés nationales chez les autres? On ne parlait plus que des voies mystérieuses de la Providence ou de la logique supérieure des faits, selon qu'on était croyant ou libre-penseur. En tout cas, on se disait que la tyrannie était touchée.

J'avais, très jeune, appris mon a-b-c-d politique dans la *Démocratie pacifique,* et Toussenel tenait toujours en mon esprit la place d'un initiateur. J'étais attristée qu'il n'eût rien répondu à l'envoi de mes *Idées anti-Proudhoniennes;* mais un beau jour le docteur de Bonnard, qui lui rappelait mon livre, le vit se frapper le front, se désoler et courir à un tiroir, d'où il tira une lettre pour moi, datée du 7 octobre 1858. A son départ pour une saison de chasse, il avait oublié de m'envoyer sa lettre.

Toussenel me félicitait chaleureusement. J'étais l'une des réalisations de « la formule du gerfaut ». On sait que l'auteur de l'*Esprit des Bêtes,* non sans s'être attiré de nombreuses moqueries ou des protestations indignées, jugeait l'esprit des hommes par celui des animaux. Le gerfaut, l'oiseau supérieur entre tous, fournissait à Toussenel cette observation que le rang des espèces est en proportion de l'intelligence de la femelle. Sa formule du gerfaut se résumait donc ainsi : « Le bonheur des individus est en raison de la supériorité de la femme ; » et il ajoutait que « la femme guidera dans l'avenir la réconciliation de l'homme avec l'univers ».

L'école fouriériste, quoique atteinte par l'échec de Victor Considérant au Texas, était cependant encore la plus vivante de toutes. Cet échec, dû à une imprévoyance presque enfantine, avait arrêté net toutes les espérances en une vie nouvelle, tous les enthousiasmes pour une régénération sociale complète.

Au moment où Victor Considérant, dans la *Démocratie pacifique,* avait lancé son projet de « commune sociétaire » qui devait se fonder au Texas, près de la Rivière Rouge, et s'appeler la *Réunion,* les souscriptions fouriéristes arrivèrent du monde entier. Un Américain, Albert Brisbane, donna une somme énorme. Enfin, on allait réaliser l'une des conceptions de Fourier !

Victor Considérant, qui, de militaire de grand avenir, avait pu, du jour au lendemain, s'improviser journaliste et fonder avec succès la *Démocratie Pacifique*, ne trouva en lui ni les facultés d'un organisateur ni celles d'un législateur. C'était un apôtre et rien de plus, mais irrésistible, hélas! On vint à lui de tous les coins de l'univers, et l'affluence fut si grande au Texas que très vite les ressources manquèrent et que le désordre matériel et moral devint tel qu'il fit sombrer misérablement la *Réunion*.

A Paris, le siège central de « l'École phalanstérienne » était sa librairie, rue de Beaune, dirigée par une vieille fille, Mlle Aimée Beuque, qui, ayant connu Fourier à Lyon, avait été l'une de ses premières disciples, alors que, simple courtier de commerce, il vivait dans le milieu le moins favorable à ses idées.

Mlle Beuque amena au fouriérisme l'un de ses amis intimes, le capitaine du génie Gauthier, qui convertit lui-même un grand nombre d'officiers de son arme à la doctrine phalanstérienne.

Mlle Beuque était l'âme de la librairie de « l'École », une très grande âme superbement idéaliste, passionnée d'harmonie sociale dans un pauvre petit corps chétif et laid. La « tante Beuque », comme on l'appelait, son énorme tache de vin sur la figure, vêtue d'une robe de laine noire grossière, d'un chapeau cabriolet à larges brides, noir aussi, qu'elle ne quittait guère, ne sortait jamais sans un sac demi-cabas, demi-réticule, et paraissait à première vue peu attirante.

Mais causait-on avec Mlle Beuque, prenait-on contact avec la minuscule personne, dont il ne restait presque plus rien, tant elle s'était dépensée, épuisée pour sa cause, on s'attachait à elle et l'on n'avait bientôt plus qu'un mot pour peindre cette créature d'élite, dont l'apparence était celle d'une vilaine petite personne : « Elle est adorable ! » Les phalanstériens l'aimaient de tout leur cœur. La bonté, l'enthousiasme, la foi, le perpétuel sacrifice d'elle-même aux idées de Fourier, donnaient à sa physionomie un caractère, à ses yeux une flamme, à son sourire un contentement de conscience, qui ne peuvent se décrire ; après tant d'années, je ne les ai pas oubliés.

Lorsque le docteur de Bonnard me conduisit à la librairie phalanstérienne, j'en revins à tout jamais l'amie de la chère petite vieille Beuque. Nul ne parlait de Fourier comme elle, nul ne voyait la réalisation du fouriérisme aussi proche. Ah ! comme on était loin alors d'un temps où l'on exalte les Apaches ! Tout ce qu'il y avait de noble, de généreux, de sociable dans l'homme était sollicité. L'évolution commençait à se faire dans le sens des idées de Fourier. On voyait poindre partout des tentatives de coopération. La maison Leclère, association d'ouvriers selon les principes de la coopération phalanstérienne, distribuait des bénéfices à ses membres ; l'établissement de Guise, dans lequel mon père avait voulu entrer, prospérait.

Mlle Beuque aidait, de tout son pouvoir qui n'était pas mince, à la propagande des idées fouriéristes pratiques, mais elle gardait au fond d'elle-même sa fidélité aux rêveries du maître, aux lois de perfectibilité, d'harmonie universelle. Elle me répétait, tout bas à moi, en croyante qui désire initier, les paroles de Fourier : « Le mouvement des mondes concourt à l'harmonie ; les cataclysmes, le chaos des idées, le mal, sous toutes ses formes, ne sont que des accidents passagers pour l'univers et pour l'homme. Travaillons donc à assurer les équilibres et le bien définitif. »

« Fourier est le plus grand des chefs d'école, disait la chère vieille petite Beuque, et c'est du fouriérisme que sortira, dans l'avenir, la plus grande somme de bien social. »

Les coopératives de consommation, les associations, ne se sont-elles pas, en effet, multipliées dans la forme où Fourier les a conçues ? Sans doute l'utopie du phalanstère est condamnée. Il est probable que jamais les hommes ne s'associeront pour trouver les trois facteurs de l'harmonie : la composite, la cabaliste et la papillonne ; mais l'association des ouvriers du même métier, la répartition des produits de cette association entre le capital, le travail et le talent, sont des idées qui n'ont cessé de germer et de se développer. Capital, travail, intelligence, contiennent unis tous les termes des évolutions de la société actuelle.

J'allais souvent rue de Beaune voir ma vieille amie Beuque. Je trouvais auprès d'elle un réconfort extraordinaire quand j'étais écœurée des vilenies que la vie dévoile journellement aux plus optimistes. Comment ne pas croire au bien, à sa puissance, à ses victoires définitives, auprès de cette admirable croyante?

Toussenel reparti pour la chasse en était revenu. On peut tracer de Toussenel, sans crainte d'être accusé d'exagération par ceux qui l'ont connu, le portrait le plus flatteur qui ait été fait d'un homme loyal et sincère. Toussenel fut dévoué jusqu'au don absolu de tout son être moral et intellectuel à une doctrine qui contient mêlés le plus extraordinaire assemblage d'illuminisme et de sens pratique. Lui-même était à la fois observateur profond, logique et voyant, causeur paradoxal et de sens précis; nul n'avait dans l'esprit plus d'imprévu.

Spirituel autant qu'un Parisien peut l'être, il transformait, par sa présence, l'humble librairie de la rue de Beaune en un lieu brillant et privilégié.

La nature, en ses secrets les moins soupçonnés, l'esprit des bêtes en ses règles, en ses souvenances, et en ses prévisions, l'art, la philosophie, la pure tradition classique, la religion de la beauté, l'avenir le plus fantaisiste et le plus inattendu, déroulaient leurs surprises dans sa conversation éblouissante.

On eût pu, à cette époque, quoique le mot ne fût pas courant, appeler Toussenel un homme de sport. Il avait le visage basané par le grand air, l'allure élégante et souple que donne la vie active. Il pouvait faire à la campagne une promenade de dix lieues dans la journée. Toussenel se sentait enfermé rue de Beaune, s'en allait et revenait sans cesse. Chacune de ses disparitions attristait ses nombreux amis qui l'accueillaient au retour avec des explosions de joie et s'abordaient, entre eux, dans la rue, par ces mots : « Toussenel est à Paris. »

Et vite on courait et l'on se retrouvait auprès du cher « revenu », comme nous l'appelions, et que Mlle Beuque accusait de trop de « papillonne ».

Lorsque Toussenel et sa vieille amie parlaient de l' « École », de nouveaux adeptes, d'expériences faites, leurs cœurs battaient à l'unisson, leur vie s'éclairait de rayons visibles à tous ; ils s'illuminaient. Et pourtant ni l'un ni l'autre ne connaissaient les plaisirs que donne même une modeste aisance. Tous deux étaient pauvres, et plus d'une fois la « vieille Beuque », au prix de privations personnelles, exagéra le nombre des volumes de Toussenel vendus à la librairie.

Ils étaient si patients dans les luttes journalières de la vie, si simples, de si belle humeur, on les sentait si conscients de leur supériorité morale, de l'inutilité des besoins compliqués, des fantaisies et des désirs qu'apporte l'argent, si épris de leur existence de rêve, qu'on les enviait presque.

Sur un seul point Toussenel perdait sa sérénité. Lui, si doux, si conciliant, devenait violent, avait des éclats de voix terribles lorsqu'on évoquait le « spectre du 2 décembre ». Il accusait l'empire d'avoir arrêté le développement des idées de Fourier, d'avoir rendu la France stérile, au moment où elle était préparée aux enfantements sociaux.

« Et, qui sait, ajoutait-il, si ce mouvement se représentera, si le mal social qui était accidentel en France ne va pas devenir chronique? L'industrialisme tyrannique, le capitalisme juif, protégés, soutenus, à l'heure même où ils eussent été forcés de subir les lois d'association avec l'intelligence et le travail, créent des situations anormales qui peuvent un jour affoler notre pays. »

Son livre, *Les Juifs, rois de l'époque,* datait de 1844. Déjà, alors, il montrait la France dévorée par eux. Au moment où je le connus, il attribuait l'état de dépression morale dans lequel était la France à l'empire et aux juifs. Il n'avait pas de plaisanterie assez cruelle pour Millaud, pour Mirès, pour « les émissions d'actions qui commençaient par assurer le profit de l'argent avant qu'une heure de travail ait été fournie ».

L'agiotage était sa bête noire.

« La conscience française, l'honneur français, les plus délicats qui soient au monde, prétendait Toussenel, vont sombrer dans la tourmente morale, provoquée par les éléments déchaînés de la spéculation. Le crédit, l'intelligence, seront, avant peu, entre les mains des juifs, répétait-il. Ils ont déjà donné leur première empreinte néfaste à la presse. Tout s'achètera un jour, en France, et nous aurons alors l'invasion germaine, patronne de la féodalité juive. »

L'Esprit des Bêtes, le *Monde des Oiseaux*, sont des chefs-d'œuvre; écrits dans une langue très claire, très colorée, ces tableaux de nature, ces peintures animalières, vivent superbement. Toussenel fait prendre aux bêtes leur part dans la poésie des êtres et des choses.

Lorsqu'on a lu et entendu Toussenel on ne peut regarder les bêtes du même regard; on se sent, dût cette expression faire sourire, en parenté avec elles.

Mais, contradiction singulière! malgré sa tendresse pour les oiseaux, sa fraternité avec toutes les bêtes, Toussenel adorait la chasse. Le caractère gaulois dominait en lui. C'est en cherchant le combat qu'il rencontrait la poésie. Tout avait une voix pour l'oreille de Toussenel; la nature, le monde entier, « lui causait »; les planètes, l'air, l'eau et le vent, les arbres et les fleurs, s'entretenaient avec lui comme les bêtes. Guerrier et barde à la fois, il alignait fièrement les pièces de gibier tuées et il chantait tout ce qui a une parcelle d'existence.

*
* *

Un soir, dans le salon du docteur Ivan et de Mme Reybaud, la seule autoresse qu'on peut de loin comparer à George Sand, Toussenel fut quelque peu cruel pour Michelet.

J'avais été amenée dans ce salon très littéraire, une première fois, par Arlès-Dufour, le docteur Ivan restant, comme mon vieil ami, saint-simonien. J'y retrouvai, un soir, le Père Enfantin et la belle dame qui l'accompagnait partout; Charles Didier, l'auteur de la *Rome souterraine*, était là, déjà inquiet de la liaison de sa femme et de M. Rey. Protestant austère, il ne voulut pas provoquer son rival et se fit sauter la cervelle lorsqu'il eut la conviction d'être trompé. Le père Huc nous passionna pour les Chinois avec une verve extraordinaire. Sa façon de conter faisait revivre à nos yeux ce qui avait vécu sous les siens. Ses récits sur la sagesse chinoise me donnèrent l'idée première de mon *Mandarin*.

Toussenel, provoqué par une interrogation du docteur Ivan à propos de *l'Oiseau* de Michelet et d'une affirmation que jugeait inexacte le maître de la maison, répliqua :

« Comment voulez-vous qu'un observateur en chambre et en bibliothèque puisse connaître

les oiseaux? Ce qu'il y a de mieux dans les deux
livres de Michelet sur l'oiseau et sur l'insecte,
c'est ce qu'il m'a emprunté. Je ne lui reproche
qu'une chose : c'est de ne m'avoir pas entièrement copié, pendant qu'il y était. Si je vous
lisais certaines pages de Michelet et certaines
des miennes, vous verriez que le démarquage est
ou cynique ou naïf, comme on voudra. Non,
ce citadin aveuglé par les réverbères, qui a la
prétention de peindre le ciel étoilé des grandes
plaines, cet habitué du Luxembourg qui nous
parle d'horizons infinis, je ne puis l'admettre.
Il ne connaît bien, je vous l'assure, que les pierrots mal éduqués et gavés par les moutards de
la place Saint-Sulpice et les moustiques de la
Seine. »

En partant, Toussenel me demanda si j'allais,
le lendemain, à la rue de Beaune. C'était le
jour des amies de notre vieille Beuque.

« Oui, lui dis-je, et je vous donne rendez-
vous ; mais ne partez pas pour la chasse.

— Dieu m'en garde ! Pour une fois je me
ferai alouette et me laisserai prendre au...

— Miroir de mes yeux, n'est-ce pas?

— Comme vous dites. »

Quand j'arrivai rue de Beaune, quoiqu'on
ne parlât pas du 2 décembre, Toussenel était
fort en colère. Il discutait avec Courbet. Ayant
comme moi le culte de la Grèce, il adorait la
Beauté en art, et Courbet venait de se moquer lourdement des « Beautalistes » huchés

entre ciel et terre et qui perdent la piste de la vie.

« Telle est la phrase stupide, me dit Toussenel en me la répétant, dont vient d'accoucher mon ami Courbet.

— J'ai voulu dire, ajouta Courbet en s'adressant à moi, que les Grecs m'embêtent parce qu'ils divinisent toujours l'homme. L'homme est l'homme : il faut le laisser homme.

— Toi que je trouve digne du titre d'artiste, non pas quand tu choisis tes modèles au village parmi ce qu'il y a de plus grossier, non pas quand tu *réalises* le laid, dit Toussenel, et que tu le copies aussi vilainement qu'il est, ni quand tu fournis par tes bourgeoises engraissées des pages de mauvais socialisme à ton frère et ami Proudhon, je te trouve grand artiste, entends-tu ? quand tu donnes une âme à tes animaux, car toi, tu les connais autrement· que Michelet, tu les as fréquentés. Comment ne peux-tu pas comprendre que l'homme, lorsqu'il peint l'homme, le divinise par la beauté, quand toi tu dotes l'animal que tu peins d'un quelque chose de supérieur à ce que tu lui vois. Tes biches, tes chevreuils, tes cerfs et jusqu'à tes paysages, ont une âme, parce que tu n'as pas fait la gageure de les peindre laids. Du train dont tu vas, toi le chef du *réalisme,* tu ne chercheras bientôt plus pour modèle humain que ceux ou celles qui ont des tares, la laideur ne te suffira plus ! Moi, vois-tu, je n'ai, comme ma jeune amie

athénienne ici présente, qu'un culte en art :
la recherche de l'éternelle beauté.

— La beauté, répliqua Courbet est un accident dans la vie et une convention restreinte dans l'univers. L'art chinois, l'art japonais, sont des arts, et cependant ils n'expriment ni ton divin, ni ta beauté. Moi, je dote mes animaux d'une âme? Qu'est-ce que tu me chantes? Je leur mets des désirs dans le ventre et dans les yeux et des appétits dans la gueule, je les fais vivre, quoi! »

Successivement Eugène Nus, Victor Hennequin, Leconte de Lisle, étaient entrés, écoutant Toussenel et lui prêtant main-forte.

« A quoi sert votre folie de la beauté dans un monde laid, archi-laid? reprit Courbet. Vous me répondez, Hennequin, vous me dites, Nus, que c'est l'avant-goût du divin. Le divin, l'autre vie, en voilà une blague! ce qui meurt, meurt. La mort est un étranglement qui fait faire une vilaine grimace, je ne connais que ça.

— Espèce de brute, cria Toussenel qui domptait Courbet comme on dompte un fauve, je te dirai, moi, ce que c'est que la mort. Je l'ai souvent écrit, mais tu ne lis pas! La mort, c'est la libératrice au cou de laquelle nous devons sauter avec la joie d'un captif qu'on délivre. Tu me croiras si tu veux. Je suis mort une fois et je n'ai été rappelé à la vie que par miracle. J'ai entrevu les cercles d'or par lesquels on passe en quittant une existence honnête. A

la mort, j'en suis certain, succède un état délicieux de bien-être immatériel, une ineffable
sensation de bonheur, d'épanouissement de
l'âme flottante dans l'éther, débarrassée enfin
de sa gaine de chair altérable et putrescible.

— Voilà un méli-mélo de phrases à effet,
répondit Courbet, qui ne te servira pas à grand'-
chose quand tu me parleras de ta Grèce, de tes
dieux matérialisés dans l'Olympe et de tes
bonshommes célèbres de Rome ou d'Athènes
qui promènent leurs ombres épaissies dans tes
champs Élyséens.

— C'est toi qui fais ce méli-mélo. Tu ne
peux rien comprendre aux figurations mytho-
logiques, modèles éternels de l'art et de la
croyance religieuse. Tu nies l'âme, probablement par la raison bien simple que tu n'en as
pas! »

Courbet ne pouvait vivre sans Toussenel.
C'était à un café de la rue du Bac qu'ils pre-
naient ensemble leurs repas lorsqu'ils étaient à
Paris.

Toussenel proclamait très haut qu'il avait
pour moi une grande passion, que j'étais à la
fois grecque et gauloise. Je l'appelais « mon
amoureux ». Il m'écrivait des lettres délicieuses,
parfois attiédies, parce qu'on lui disait mécham-
ment que je me moquais de son adoration un
peu mûre.

Je choisis la première venue parmi ses lettres.
Elle commence ainsi :

« Je ne puis vous écrire sans vous dire combien je vous aime, et je ne puis vous dire que je vous aime sans m'exposer derechef à quelque cruelle indiscrétion de votre part. Mon affection pour vous est cependant bien pure et bien désintéressée pour prêter à la raillerie. Ceux qui n'aiment que pour aimer et ne demandent rien de leur tendresse devraient être au moins à l'abri des disgrâces qui menacent justement les égoïstes et les ambitieux. Mais trêve de reproches ! Ce n'est pas votre faute si vous tenez tant de place dans ma vie et si j'en tiens si peu dans la vôtre. Je ne vous écris pas pour me plaindre, mais pour vous dire que chaque fois qu'il vous arrivera un bonheur, dites-vous bien que l'un de mes vœux aura été comblé.

« A vous de cœur, d'esprit et d'âme.

« TOUSSENEL. »

Je n'étais pas allée à un bal costumé depuis celui d'Alexandre Weill. Mme O'Connell, le peintre, en donnait un auquel je fus invitée.

Je devais y être conduite par Adam-Salomon, que je voyais fréquemment depuis qu'il avait fait ma photographie pour l'album de Mme d'Agoult et chez qui je commençais à poser pour un buste.

Mme Adam-Salomon et moi nous nous étions liées intimement.

Adam-Salomon et sa femme voyaient journellement M. de Lamartine, qu'ils admiraient et défendaient avec cœur. Le grand poète, très calomnié, très abandonné, gâchait de plus en plus sa situation matérielle, faute de proportionner à leur valeur les possibilités de la vie. Je fus stupéfaite de l'entendre un jour chez mes amis parler de combinaisons pour le *Cours familier de littérature*, dont les abonnements, très nombreux jusque-là, commençaient à baisser. Cette publication eût dû l'enrichir et rapporter des sommes énormes *si...* Ces *si* du grand poète étaient enfantins.

La noble et belle figure qu'il avait, et comme elle s'éclairait lorsque, bien rarement, hélas ! il causait de lettres, d'art ou de politique ! Mais revenait-il à « ses affaires », son visage s'assombrissait, se crispait, et il ne voulait plus parler que de chiffres, et quels chiffres !

Je souffrais quand je rencontrais M. de Lamartine chez Adam-Salomon, et je confesse que je le fuyais, tenant à conserver intacte en moi son image au travers de ses livres, de ses grands rêves poétiques et de quelques nobles causeries entendues.

M. de Lamartine avait demandé lui-même à Mme Adam-Salomon de faire la préface d'un petit livre d'elle très apprécié, *L'Éducation*, d'après *Pan-Hoei-Pan*.

Je connus chez mes amis Adam-Salomon
l'une des nièces de M. de Lamartine, la comtesse de Pierreclos, que je retrouvai souvent
chez Mme d'Agoult et qui était bien la personne
la plus extraordinaire de notre monde.

Dame très grande et très grande dame, l'aspect masculin, elle habitait la province une
partie de l'année. Je voyais en Mme de Pierreclos un modèle survivant des beaux esprits
du XVIIIe siècle.

Lorsqu'elle quittait Paris, nous nous arra-
chions ses lettres, les plus spirituelles et souvent les plus osées qu'on pût lire ; elle ne redou-
tait aucun mot, mais ce mot dit ou écrit par la
comtesse de Pierreclos prenait un certain air
d'expression lue dans les vieux auteurs et ne
scandalisait pas.

Causeuse exquise, ne monologuant jamais,
elle contait une histoire de façon à ce que les
auditeurs y participent au point qu'ils croyaient
eux-mêmes l'avoir contée.

Voici un exemple de sa façon de dire :

« Croiriez-vous que moi j'ai inspiré de
l'amour à M. de Rambuteau ?

— A M. de Rambuteau ? Mais il est très
vieux.

— Eh bien, il n'y a pas longtemps qu'il res-
sentit pour moi une passion désordonnée.

— Contez-nous cela.

— Oh ! sa déclaration ! Comment fait-on
d'ordinaire une déclaration ?

— Avec de belles paroles amoureuses.

— Et puis, dans quelle pose?

— A genoux.

— Justement, voilà! M. de Rambuteau très péniblement se mit à genoux pour me déclarer son amour; il eut des expressions adorables comme, par exemple, celle-ci : « Belle dame, mon cœur déchiré ne peut se recoudre que par vos mains. » C'est joli, n'est-ce pas?

— Oh! charmant!

— Je laissai donc mon amoureux à mes genoux, s'y appuyant les mains jointes. Il parla, parla, s'échauffant. Devinez ma réponse.

— Moi aussi, je vous aime!

— Non.

— Ma flamme répond à votre flamme.

— C'est trop faible.

— Bigre! quoi alors?

— Je suis à vous! »

« Je me renverse dans mon fauteuil, lui retirant l'appui de mes genoux. M. de Rambuteau tombe à quatre pattes, gémit; je sonne ma femme de chambre pour le relever, ce qui fut tristement difficile.

« C'est l'une des plus dangereuses aventures de ma vie, » ajoutait gravement Mme de Pierreclos.

On imagine le joli succès.

La sœur cadette de Mme de Pierreclos, Mlle Valentine de Cessiat, autre nièce de M. de Lamartine, qui habitait chez lui et était devenue son secrétaire intime, s'indignait des façons de dire de Mme de Pierreclos.

« Je dis et ne fais point, » repartit un jour la haute dame, en réponse à une observation un peu dure de sa sœur.

Mme de Lamartine se bouchait les oreilles aux libres propos de Mme de Pierreclos, ou ne les comprenait pas. M. de Lamartine disait en souriant :

« Il y en a toujours eu une comme elle dans ma famille. Autrefois, d'ailleurs, c'était moins rare. Une seule chose me choque, ce qui est grossier, mais le sel gaulois me plaît assez, quand j'écoute. »

M. de Lamartine écoutait si peu !

C'est Mme de Pierreclos qui me conta cette scène, outrée contre sa sœur. Elle avait en moi grande confiance. Je l'ai beaucoup aimée, comme une amie très sûre, et elle m'a beaucoup amusée.

A sa mort, nous avons essayé de réunir ses lettres ; mais sa fille, Mme de Parceval, désirait qu'elles ne fussent pas publiées. Chose curieuse, sans la vision en nos esprits de Mme de Pierreclos vivante et parlante, l'actualité du récit ayant disparu, il restait peu de choses, et le public n'eût ni cherché, ni trouvé.

Je reviens au bal O'Connell. Adam-Salomon s'était fait connaître par un très beau médaillon de Charlotte Corday. Il choisit pour lui le cos-

tume de Marat et me pria de prendre celui de
Charlotte Corday.

Mᵐᵉ Adam-Salomon m'aida à confectionner
mon bonnet et mon fichu. Adam-Salomon,
avec ses doigts noirs de collodion, chiffonnait
mon bonnet malgré nos cris, mais nous aida
cependant à lui donner du caractère. Il fit une
photographie de moi en Charlotte Corday, qui
réussit et eut grand succès.

Le grand atelier de Mᵐᵉ O'Connell était place
Vintimille.

Le soir du bal, Adam-Salomon et moi nous
faisons notre entrée bras dessus, bras dessous ;
Marat tient une corbeille pleine de sucre d'orge ;
j'en ai une remplie de petits pains avec une terrine de volaille au milieu. Le bal est un pique-
nique et chacun doit apporter sa quote-part.

On pille les petits pains de Charlotte et les
sucres d'orge de Marat ; je porte au buffet la
terrine.

Edmond Texier, en Charles Iᵉʳ, demande à
faire un discours. « Avant d'être guillotiné,
dit-il, je veux prédire l'avenir de votre pays,
ô Français ! Les jacobins de l'avenir vous offri-
ront des sucres d'orge et les justiciers le pain
quotidien. » Et il continua son discours en
anglais.

Les extravagances ont commencé. Tout le
monde s'interpelle et l'on pose des questions
aux gens dont les costumes soulignent le drôlatique des réponses.

La nièce de M. de Calonne, plus tard
Mme Feydeau, puis Mme Henry Fouquier, est
merveilleusement belle en bacchante, Mme Tes-
sier du Mottet promène fièrement sa fille, que
nous retrouverons plus jolie encore, mais l'air
toujours un peu fatal, dans ses transforma-
tions : d'abord comme épouse et mère, d'un
puritanisme farouche, en Mme Armengaud, puis
en compagne très romanesque de M. Baillaud ;
Mme de la Fizelière et Mlle de la Fizelière, aussi
blondes l'une que l'autre et aussi charmantes,
sont très entourées.

Tout le Paris du monde des lettres et des
arts est là.

O'Connell, en costume Louis XIII, est splendide. Grand, mince, la moustache relevée et
provocante, la main à la dague, il n'a qu'une
préoccupation : plaire à sa femme, et il fait la
roue devant elle, malgré les railleries qui
pleuvent aimablement sur lui.

Elle, grasse, les chairs rosées, habillée en
belle dame de Rubens, flattée, aimée sincèrement par ses amis très nombreux, est au comble
de l'enchantement.

Mme O'Connell atteint, sans avoir l'air de
courir après, la quarantaine. D'origine allemande, c'est à Bruxelles que, par une longue et
intelligente étude des maîtres flamands, elle a
acquis l'art de peindre ; c'est aussi à Bruxelles
qu'elle inspira au bouillant O'Connell, gentil-
homme belge, d'origine irlandaise, une passion

qu'en lui rien ne paraissait devoir altérer. La fortune d'O'Connell était médiocre, mais elle permit cependant à l'ambitieuse Mme O'Connell d'attendre la réputation.

O'Connell, un lion à la salle d'armes, devenait un agneau près de sa femme. Ce grand diable féroce était touchant dans son culte pour celle qu'il appelait : « le génie de la maison. » Tous les duels de Paris à cette époque avaient O'Connell pour témoin.

Mme O'Connell possédait un talent incontesté. « La palette de Rubens, à moitié commencée par lui, est tombée entre ses mains. » J'entendis un jour porter sur elle ce beau jugement par Rousseau.

Les portraits du docteur Cabarrus, celui de Rachel, d'O'Connell dans son costume Louis XIII, furent classés par les grands peintres d'alors comme de très beaux portraits.

Elle faisait d'admirables pastels. Le mien, de son propre aveu, fut le moins réussi de tous.

Mais on apprend un jour qu'un lourdaud, demi-mathématicien et demi-spirite, arrache Mme O'Connell à la peinture, qu'il l'a convertie en même temps à l'algèbre et aux tables tournantes. Il a nom Landure et des façons d'ouvrier tailleur, à ce qu'on dit. Il s'établit chez elle, et, peu à peu, ou ses élèves la quittent, ou elle quitte ses élèves. O'Connell désespéré, qui n'est point parvenu à se battre avec le spirite, vient nous dire adieu à tous et retourne en Belgique.

Après la Commune, un peintre, qui avait connu Mme O'Connell, la découvrit par un hasard extraordinaire. Sa concierge lui parla d'une pauvre dame qui demeurait dans la maison et n'était pas sortie depuis cinq jours. Elle n'osait monter de peur de la trouver morte. Il consentit à accompagner sa concierge chez la « pauvre dame », dont la porte n'était même pas fermée. Dans un misérable appartement au cinquième, Mme O'Connell, très reconnaissable encore, écrivait.

Partout volaient des pages pleines d'une énorme écriture, la fenêtre étant ouverte. A l'entrée de la concierge et du peintre, elle les regarda avec des yeux fous, puis, se levant, elle essaya de ramasser les feuilles dispersées et perdit connaissance.

On la conduisit à Sainte-Anne, puis on la transporta à la villa Évrard. Elle déraisonnait plus qu'elle n'était folle, et croyait tantôt mourir, tantôt ressusciter avec les grandes villes anciennes.

*
* *

Mon buste n'avance pas : Adam-Salomon pétrit et repétrit bloc sur bloc de terre glaise. Une après-midi que je posais, je vis entrer dans l'atelier deux jeunes filles splendidement belles, l'une blonde et l'autre brune. C'étaient MM^{lles} Lafitte, dont l'une devint la marquise de Gallifet et l'au~e Mme Erlanger. Elles venaient faire faire leur photographie. Je demandai à Adam-Salomon de rester pour les mieux voir. Il me désigna comme « la dame qui l'aidait pour ses poses », et je l'aidai en effet si bien qu'il me proposa de me garder « comme dame de pose ».

Cette année-là, Adam-Salomon renonça à mon buste, mais plus tard, alors qu'il habitait rue de la Faisanderie, il obtint de moi que je me laisserais mouler la figure. Ce fut atroce. Je crus étouffer. Le poids du plâtre me brisait la tête. Mes sourcils et mes cils faillirent être tous arrachés. L'angoisse de quelques secondes, durant lesquelles Adam Salomon troua mes narines et fendit mes lèvres et où je respirais à peine, me poursuivit durant des mois.

Je comprends qu'on attende leur décès pour mouler la tête des gens.

Adam-Salomon me fit jurer de ne dire qu'après sa mort qu'il avait fait mon buste d'après un moulage. Je le lui jurai.

* *

La propagande en faveur de l'unité italienne pénétrait dans tous les milieux. L'Italie *une!* était devenue un dogme aussi bien pour les ser- mentistes que pour les abstentionnistes et pour les habitués du « Palais-Royal », où trônait,

marié à la fille de Victor-Emmanuel, le prince
Napoléon.

Toutes les manifestations hostiles à l'Autriche et favorables à notre sœur latine étaient
populaires.

La Ristori, la comtesse de Castiglione, la
princesse de Belgiojoso, qui avait connu le
prince Louis-Napoléon dans l'exil et conservait
sur l'esprit de l'Empereur certaine influence,
n'avaient cessé de prêcher leurs amis et leurs
admirateurs dans le sens d'une intervention de
la France pour délivrer Milan et Venise.

La Ristori, par son talent, par sa parole en-
flammée, multipliait, à chacune de ses appari-
tions à Paris, les partisans de l'unité italienne.
La comtesse de Castiglione, merveilleusement
belle, charmait le souverain. La princesse Belgiojoso ensorcelait Buloz et faisait la propagande la plus active à la *Revue des Deux-Mondes*.

Célèbre par sa beauté, par son esprit, par les
amours qu'elle avait inspirés, celui de Musset
entre autres, Christine de Belgiojoso, me disait
Mme d'Agoult qui la connaissait, la voyait et
l'aimait, n'a qu'une passion : sa patrie !

Dall' Ongaro, son ami, me parlait d'elle avec
ferveur. Cependant comme elle vieillissait, on
commençait à la plaisanter. On la caricaturait,
avec la légende :

« Brûlée de plus de feux (pour l'Italie) que
je n'en allumai. »

« Elle n'est plus qu'une lampe sans huile, »

répétait Edmond Texier, et il racontait partout le mot d'un gavroche criant à la princesse Belgiojoso dans la rue : « Ah, celle-là qu'a oublié de se faire enterrer ! » On répétait les vers de Musset :

> *Elle est morte et n'a point vécu;*
> *Elle faisait semblant de vivre,*
> *De ses mains est tombé le livre*
> *Dans lequel elle n'a rien lu.*

Les hommes se vengent avec cruauté des femmes qui ont été plus passionnées pour des idées que pour l'amour. C'est un vol qui leur est fait. La princesse Belgiojoso, à laquelle Dall'Ongaro me conduisit, est restée l'une de mes admirations. Elle a aimé l'Italie ardemment, fidèlement, jusqu'à sa mort, a vécu pour elle exclusivement et lui a consacré sa beauté, son intelligence, sa fortune. Christine Trivulzio a eu la récompense suprême de voir sa patrie délivrée. Elle ne s'est éteinte que son œuvre achevée. La princesse Belgiojoso est l'une des plus belles figures de femme qu'il y ait eu en Europe au siècle dernier. De 1848 à 1860, elle a été une incomparable héroïne.

Tant de beaux yeux, de paroles vibrantes, de chants d'espoir ou de prière, émurent tous les cœurs français pour un malheur national si poétiquement pleuré.

La généreuse France eut « grande pitié pour

le royaume d'Italie », si mutilé et si cruellement occupé par l'ennemi.

Dans toutes les fêtes élégantes, dans les théâtres, tragédie, comédie, musique légère ou dramatique exaltaient ou les lettres, ou les arts, ou le patriotisme italiens.

A Venise, à Milan, de la plus grande dame à la plus misérable femme du peuple, du plus grand seigneur au dernier *facchino,* tous étaient prêts à se faire hacher plutôt que d'avoir un rapport quelconque avec *il straniero.*

Jamais, durant l'occupation autrichienne, on ne vit une seule fois un seul Italien, et cependant Dieu sait s'ils aiment la musique, écouter un air joué par les militaires « étrangers ».

Un homme qui faisait peu de bruit, mais grande et profitable besogne, un Génois — c'est dire son habileté — Alexandre Bixio était auprès de Napoléon III, et, par son meilleur ami Prosper Mérimée, auprès de l'Impératrice, le porte-parole de M. de Cavour.

L'influence d'Alexandre Bixio sur notre milieu abstentionniste devenait chaque jour plus considérable. L'un des défenseurs de l'ordre en juin 1848, Edmond Adam et lui, sans armes, étaient montés à l'assaut de la barricade Saint-Antoine. Frappé d'une balle en pleine poitrine, Bixio resta parmi les morts. Pleuré, son service funèbre commandé, son deuil déjà porté, il se réveilla après huit jours de délire chez une concierge qui l'avait recueilli.

Il écrivit à son ami Hetzel, et le pria d'annoncer avec ménagement aux siens sa résurrection.

Tous les Italiens exilés, auxquels se mêlaient les Hongrois du parti de l'indépendance, complétaient l'œuvre de Bixio parmi nous, et celle de Nigra dans les milieux mondains. Combien d'entre les abstentionnistes étaient prêts à marcher comme volontaires au secours de l'Italie, que l'Autriche menaçait!

La cour de Turin ne dédaignait aucune influence ; même le médium Daniel-Douglas Home servait la cause italienne. Dans toutes les tables qui tournaient chez l'Impératrice sous l'impulsion du célèbre spirite, les esprits interrogés répondaient : « Il faut faire la guerre à l'Autriche. »

L'Impératrice était à un tel point subjuguée par ce Home et par ses talents divinatoires qu'elle le laissait la traiter de façon familière et compromettante.

Home fit à cette époque des prédictions curieuses. M. de Girardin m'en communiqua une que je classai dans mes notes. Se sentant en défaveur, il prédit brutalement à l'Impératrice que son fils ne régnerait pas, que la dynastie des Napoléon ne se perpétuerait que par le prince Napoléon et sa descendance.

Bixio allait et venait chaque quinzaine de Paris à Turin. Mme d'Agoult fit un jour route avec lui pour aller voir jouer une pièce d'elle.

Reçue par le roi Victor-Emmanuel, elle vit Cavour, et ses récits ajoutèrent à notre intérêt passionné pour l'Italie *une*.

L'allocution à M. de Hübner portait ses fruits. Tous les rapports s'aigrissaient entre l'Italie et l'Autriche. La situation extérieure de la France se tendait de plus en plus. A l'intérieur, les soutiens de la loi de Sûreté Générale, qui n'avaient cessé de triompher depuis la mort d'Orsini, perdaient peu à peu du terrain. Les propres ministres de Napoléon III, inquiets de ses projets, lui reprochaient publiquement de n'avoir pas d'esprit de suite en politique, parce qu'il tentait de supprimer quelques anneaux de la chaîne qu'ils avaient rivée.

Une guerre populaire, désirée par l'opposition, que « les Cinq » proclamaient devoir relever le prestige de la France, avait une attraction de plus en plus grande pour Napoléon III. Nous étions devenus, nous, sans une réserve, italianisants. Seul, M. Thiers se dressait contre la politique des nationalités, qu'il déclarait funeste.

« Le Piémont sera anglais, répétait-il, et nous verrons se renouveler l'ingratitude des États-Unis. »

On colportait les prédictions de M. Thiers et l'on ajoutait en souriant : « Il baisse ! »

M. Thiers conseillait publiquement à Napoléon III de surseoir à la question italienne, de s'unir à l'Autriche ; il disait à tous venants :

« L'unité italienne engendrera l'unité allemande au profit de la Prusse et provoquera un jour une coalition contre la France. »

On ne souriait plus, on riait. Seul Nefftzer nous répétait chez Mme d'Agoult :

« Vous vous souviendrez dans les larmes, vous qui riez, que M. Thiers avait raison. »

Ardente italophile, j'amassai des documents pour écrire une étude sur Garibaldi, le héros de Rome républicaine. Ma brochure parut à une heure favorable et eut son succès.

Mme Ugalde, que je voyais toujours, était entrée au Théâtre lyrique. Je l'avais applaudie plusieurs fois dans *Chérubin*. Un jour que je la félicitais au foyer, Mme Carvalho prit part à notre conversation et je lui dis combien je l'admirais elle-même dans les *Noces de Figaro*. Cette entrée en matière nous lia et je ne puis dire combien de mes protégées elle protégea. J'eus plus tard l'occasion de rendre un très grand service à M. Carvalho après sa faillite, et je fus heureuse de prouver ainsi à Mme Carvalho ma déjà vieille affection et ma sincère gratitude pour le bien qu'elle m'avait aidée à faire.

Mme Ugalde et Mme Carvalho, avec leurs deux cartes, m'envoyèrent une loge pour la seconde représentation du *Faust* de Gounod. J'offris des places à Mme Vilbort, à Vilbort, et Charles Edmond, qui se trouvait là quand je vins chez ma cousine, me demanda à revoir *Faust*, qu'il

avait déjà vu la veille et dont il était enthou-
siasmé, malgré son peu de succès.

C'est Charles Edmond qui m'apprit quelques
jours après que Gounod, découragé de l'accueil fait à son *Faust,* venait de vendre la partition pour rien — dix mille francs — aux Choudens. On sait que les Choudens en ont tiré près
de trois millions.

Mᵐᵉ Vilbort n'aimait que la musique allemande, et elle nous dit, en entendant *Faust,*
dont moi je fus aussi ravie que Charles Edmond :

« La musique française est à sa fin, et la
musique italienne ne se soutient plus que parce
qu'elle est à cette heure la vibrante expression
d'une cause nationale. »

Charles Edmond déclara avec moi que *Faust*
était adorable, exquis, et qu'il atteindrait un
jour ou l'autre sa centième représentation.
Nous nous jugions excessifs au fond, mais est-
ce que Mᵐᵉ Carvalho, à elle seule, n'a pas
chanté *Marguerite* à l'Opéra plus de quatre
cents fois?

Quinze jours s'étaient à peine écoulés que
je recevais la visite d'Alexandre Weill, porteur
d'un petit bouquet de violettes; il venait de la
part de Meyerbeer m'offrir les fleurs traditionnelles et la moitié d'une baignoire de l'Opéra-
Comique, à partager avec Mᵐᵉ Weill, pour la
première du *Pardon de Ploërmel.* Le livret était
d'un ami, Jules Barbier, comme celui de *Faust.*

Le *Pardon de Ploërmel* me parut avoir été fait avec une recherche de simplicité qui rend l'œuvre très pure. Le grand souffle de Meyerbeer y passe, mais contenu dans les limites imposées par la forme de l'Opéra-Comique.

L'air du baryton : « O puissante magie », « la Valse de l'Ombre », « En Chasse », le trio final, furent extrêmement applaudis par une salle enthousiaste.

Alexandre Weill, témoin de mon ravissement, le redit à Meyerbeer, et il m'écrivit, quelques jours après, que le maître, très sensible à mes louanges, s'était rappelé ma faucille d'or en composant sa *Chanson des faucheurs.*

« Dites à Velléda, ajouta Meyerbeer, que bientôt, je l'espère, elle entendra mon *Africaine.* »

Depuis que Sophie Cruvelli avait quitté le théâtre, Meyerbeer refusait de laisser mettre l'*Africaine* à l'étude. Cette fois encore, après plusieurs répétitions, il trouva la Selika, qu'on lui proposait, insuffisante.

Mais la nouvelle se répand que les Autrichiens ont envahi le territoire piémontais. Un formidable courant d'opinion traverse le pays du Nord au Midi. La France ne songe pas à elle-même, mais aux dangers que court sa sœur latine, son alliée en Crimée. L'armée française a vu l'armée piémontaise à l'œuvre. Elle l'a reconnue vaillante ; mais que peuvent les forces dont Victor-Emmanuel dispose en face de celles de l'Autriche? La France latine éprouve une angoisse douloureuse et croit entendre des milliers de voix crier : « Au secours! »

*
* *

Mme d'Agoult m'emmène à l'ouverture du Salon. Les expositions de peinture l'intéressent fort et elle a écrit plusieurs fois dans de grandes revues le Salon. Tout le Paris artistique et littéraire est là; de Ronchaud nous accompagne. Il me désigne et me nomme les peintres et les écrivains connus qui viennent en foule saluer Daniel Stern: Plusieurs questionnent de Ronchaud sur moi et se font présenter.

J'avais une robe très simple de taffetas noir, sans autre ornement que des manches pagodes de dentelle blanche et un fichu de chantilly noir. Un chapeau de paille d'Italie, avec une touffe de bleuets et des brides de velours noir, complétait ma peu voyante toilette. Mais j'ai le souvenir que tout cela n'allait pas trop mal à ma personne blonde.

Daniel Stern avait conservé sa beauté sous sa couronne de cheveux blancs. On nous remarquait toutes deux; Maxime du Camp quitta un instant le bras de Mme Delessert pour venir demander à Mme d'Agoult qui j'étais.

On se pressait avec curiosité devant le grand tableau de Gérôme, la Mort de César, mais il

était fort discuté, trouvé sans passion dramatique et d'un coloris cru, tandis qu'on admirait
beaucoup sa toile plus petite : *Un combat de gla-
diateurs,* d'une reconstitution archéologique si
savante que la vie y entrait, malgré la froideur
du pinceau.

A un moment donné, Mme d'Agoult m'en-
traîna brusquement vers l'un des coins d'une
salle. Je me rappelle encore ce coin à notre
gauche, je revois en pensée le tableau dans ses
plus minuscules détails. J'étais moi-même
impressionnée par l'impression enthousiaste de
Mme d'Agoult, qui cependant n'aimait guère
ni les paysans ni la vie de campagne, et il fallait qu'elle fût bien séduite pour admirer ainsi
une femme faisant paître sa vache.

« C'est simple, c'est vrai, c'est superbement
peint ; Dieu, que c'est beau ! nous dit-elle à
Ronchaud et à moi. Ce n'est pas du réalisme
à la Courbet, c'est la nature fixée. Regardez-
moi l'attitude de cette femme. » La signature
était inconnue de Mme d'Agoult : « Millet. »

« On en parle depuis plusieurs années parmi
les peintres et les amateurs de goût, nous dit
Ronchaud.

— Il domine tout le salon », ajouta Mme d'A-
goult.

Ma grande amie aimait à marcher : c'est ce
qui lui avait gardé sa taille élégante. M. de Ronchaud nous ayant quittées, elle me pria de
l'accompagner à pied par les Champs-Élysées.

On revenait du Bois. Les cocodès et les cocodettes de l'Empire, comme nous les appelions,
avaient fait ce jour-là, aussi indifférents aux
affaires du pays que les autres jours, leur
« persil » autour du lac. Beaucoup d'étrangers
et d'étrangères, mêlés à la société qui aimait
la « grande fête », venaient d'on ne sait où :
de Londres, de New-York, des Républiques
américaines, et ils étaient reçus, à la condition
qu'ils eussent de l'argent, avec plus de faveurs
que des Français connus, de fortune médiocre.

Nous ne cessions, nous les austères, de répéter nos critiques, et je dois convenir que nous
nous abritions souvent pour l'attaque derrière
de vulgaires potins. Mabille, Bullier, le Café
Anglais, nous fournissaient des indignations
parfois ressassées.

Nous contournons le rond-point, l'Arc de
l'Étoile, et nous voyons passer les grands mondains, les grands fêtards.

« La guerre est proche, me dit Mme d'Agoult.
Elle sera déclarée demain, peut-être. Dieu
veuille que nous voyions la France victorieuse
et l'Italie délivrée !

— Regardez, madame, l'Arc de l'Étoile est
illuminé magnifiquement, comme enveloppé
par les rayons du soleil couchant. N'est-ce pas
un bon signe que cette apothéose?

— Superstitieuse, me dit-elle en riant.

— Non, augure, répliquai-je.

— Je veux bien, ma chère enfant. »

Au moment de la quitter, rue de Presbourg, elle me dit :

« Ronchaud a organisé son dîner païen chez moi, vous serez trois grecs : Louis Ménard, vous, et lui Ronchaud. C'est pour après-demain. Je serai la seule « barbare ». Je désirais inviter Chenavard, l'homme des progrès indéfinis de l'humanité, qui m'eût apporté du renfort contre vous, qui prétendez arrêter les dits progrès artistiques, littéraires, etc., etc., au siècle de Périclès. Malheureusement, Chenavard n'est pas libre, mais j'ai invité Paul de Saint-Victor, un peu plus latin que grec ; ce sera toujours ça. »

Je revins seule, encore à pied, oubliant ma fatigue, tant la journée printanière était belle. Si les mondains « retour du bois », de l'avis de Mme d'Agoult, ne s'intéressaient guère aux grands événements qui se préparaient, en revanche, les simples promeneurs, au milieu desquels je marchais, ne parlaient que de la guerre prochaine. Quelque jugement qu'on portât sur les faits qui la précédaient, elle paraissait à tous inévitable.

Chaque prétexte à surexcitation, à démonstrations souvent les plus contradictoires, est saisi au passage. Une petite pièce d'Auguste Vacquerie, en deux actes, en vers, ni plus mauvaise ni meilleure qu'une autre : « *Souvent Homme varie* », a un succès énorme à la Comédie-Française. La jeunesse happe ce pré-

texte pour manifester en faveur de Victor-
Hugo. On se pâme à certains vers comme
celui-ci :

L'amour. . . . .
Ce sont les deux moitiés d'un cœur qui se retrouve.

L'émotion, l'ébullition, sont en permanence
dans nos âmes...

La guerre est déclarée par la France à l'Autriche. On acclame l'armée au départ. Dès la
fin de mai, les victoires se succèdent. Palestro,
Magenta, Solférino, nous enorgueillissent. La
France est triomphante, l'armée, notre armée,
ajoute une gloire de plus à nos gloires.

J'arrivai chez Mme d'Agoult pour le dîner
« païen ». Je ne connaissais pas Louis Ménard,
ni Paul de Saint-Victor, mais de Ronchaud
avait tant parlé déjà de moi à Ménard, qu'au
bout d'une heure nous étions de vieux amis,
disions-nous, — de « vieux complices », ajoutait Mme d'Agoult.

Paul de Saint-Victor, d'ordinaire très peu
communicatif avec de nouveaux venus, — il
détestait, prétendait-il, ceux qu'il ne connaissait
pas, — se montra plein de verve dans cette
causerie intime. C'était un fantasque. On se
croyait son ami, il vous accueillait en étranger ;
devenait-on glacial avec lui, il se jetait à votre
cou. De Ronchaud, qui l'aimait fort sans nul
souci de ses caprices, l'appelait indifféremment
ou « le Klephte » ou « le nouveau Sophocle ».

Louis Ménard, qui l'admirait comme un fils des pays de lumière, l'accusait à certains jours de poser « en normalien ». Ce soir-là, il fut le vrai Saint-Victor, celui qu'il était comme écrivain : lettré délicat, artiste, causeur « athénien », sans pédanterie aucune, malgré son incomparable savoir.

En Louis Ménard il y avait de cinq à dix personnages, chacun autre que les autres. D'abord et avant tout le parnassien, le poète des altitudes sacrées, l'explorateur du mont inaccessible qui fend les nuages pour trouer de sa crête la sphère astrale de l'Empyrée, puis il y avait le chimiste, l'observateur, l'inventeur génial, et encore l'homme politique, l'insurgé en permanence, toujours prêt à participer aux émeutes, amoureux des anarchies antiques, auxquelles il attribuait les éclosions d'art du passé. Exilé après juin 1848, il n'était rentré d'Angleterre que l'Empire fait.

Ménard, en outre, était peintre, élève de Rousseau, de Troyon, et remarqué aux expositions. Enfin, pour résumer plusieurs de ses facultés, Ménard était philosophe, puis critique, historien et païen. Ce soir-là, il nous dit qu'il « bûchait » son doctorat ès lettres pour « piocher » ensuite son doctorat en droit.

Au Salon, Ronchaud nous avait fait admirer ses *Châtaigniers, Cerfs et Biches,* dont le succès s'affirmait; nous l'en félicitions, Mme d'Agoult et moi. Courbet à côté de lui paraissait brutal.

Certes, Ménard peignait moins bien, mais il plaisait plus.

Entre hellénisants il était naturel que nous causions de la vulgarité des temps actuels. Chacun de nous exposait sa théorie d'art, et Saint-Victor, tout comme Ménard, Ronchaud et moi, faisait naître la sienne de son culte pour la Grèce « féconde en chefs-d'œuvre immortels, et qui nous a légué les formes définitives du Beau. »

« Oh! les infatués! » s'écria Mme d'Agoult.

Ménard était païen traditionnel et orphique en même temps, parce qu'il croyait à l'antériorité d'Orphée. Ronchaud était libre penseur, Saint-Victor catholique, moi païenne naturiste, croyant le divin enfermé dans la nature.

Tous quatre nous étions persuadés que seule l'éducation classique donne les sentiments supérieurs de justice, d'héroïsme, ces idées ne pouvant être que traditionnelles, non individuelles, et devenant d'autant plus fortifiantes pour une race qu'elles l'ont pénétrée depuis plus longtemps.

Ménard démontrait par des exemples que les époques de décadence correspondent aux progrès mécaniques, lesquels engendrent le despotisme.

« Vous avez raison, mon cher Ménard, disait Saint-Victor, les soi-disant progrès qui s'affirment par la mécanique engendrent les révolutions et la politique de la clique, c'est-à-dire de

ceux qui trompent et égarent le peuple au nom
d'un progrès factice. La liberté ne me semble
praticable qu'avec le règne des supériorités, non
des égalités, qu'avec les progrès en science et
en art sacrés, comme disaient les Grecs ; j'ajoute
que la liberté n'est possible qu'à l'aide des sentiments évangéliques. Je voudrais dans notre
pays voltairien, hélas ! et sceptique, dont l'âme
se désagrège, dont les idées classiques et l'esprit de race se perdent, voir faire une ardente
campagne en faveur de nos deux religions, la
mienne pour l'âme et la religion païenne de
Ménard pour l'esprit.

— Que nous sommes loin de tout cela, mon
cher Saint-Victor, reprenait Ménard. Les pires
ennemis de la France française raillent les dieux
comme aux derniers jours d'Athènes ; ils travaillent à détruire notre idéal intellectuel et
tout ce qui alimente notre domination artistique sur le monde entier. »

Mme d'Agoult souriait en me regardant.

« Après qu'un juif allemand a osé faire de
mes dieux grecs des réalités grotesques, continuait Ménard, vous verrez, Saint-Victor, votre
dieu humanisé, Jésus de Nazareth touché de
quelque façon pour plaire aux désagrégateurs
de toutes traditions. Remarquez, ô mes amis,
que les pourvoyeurs de l'internationalisme,
chez nous, s'écrient chaque matin : « Qui de
nous, qui de nous va détruire un dieu ? » On
ne respecte plus que le veau d'or.

— Vous devez boire du lait, petite Juliette, me dit Mme d'Agoult.

— Je préférerais boire l'eau Delphique de la fontaine Castalie et n'avoir pas vu l'horrible *Orphée aux Enfers*.

— Ne soyez pas méchante !

— Oh ! ma grande amie, si vous saviez ce que je souffre de porter en ma pensée l'image de mes dieux grimaçants. Ils étaient si marmoréens, si immobiles en moi, si purs...

— Vous avez vu l'enfer d'Orphée, je vous plains, dit Ménard. On ne me le fera pas voir, à moi ! Les ennemis du Beau sont habiles et préparent leurs pièges avec une rouerie infernale. J'ai, entre autres remarques typiques, fait celle-ci, ces derniers jours, qu'au moment où l'on essàyait de nier à Athènes l'antériorité des poèmes orphiques, où l'on voulait à tout prix moderniser Orphée, on introduisait la bruyante trompette juive dans l'harmonieuse musique d'Hellénie. Il nous faut, depuis, voir se continuer la lutte de la lyre qui éleva les murs d'Amphion et de la trompette d'Israël qui fit crouler les murs de Jéricho. Les poèmes orphiques sont antérieurs à Homère et à Hésiode, j'en suis certain, reprit Ménard. Il y en a qui se sont perdus, d'autres ont été remaniés, mais l'esprit orphique est né en même temps que l'Hellénie.

— Prouvez cela, monsieur Ménard, et je deviens orphique, m'écriai-je. Si je suis homériste, c'est que je trouve Homère supérieur à ceux qui l'ont suivi.

— Nous avons raison tous deux, ajouta Ménard. Je puis démontrer, aujourd'hui, que les moralités premières dues aux poètes sont plus élevées que celles des philosophes, et je prépare un livre sur ce sujet : *La Morale avant les Philosophes*. La grande objection sur l'antériorité d'Orphée est qu'il n'aurait pas pu concevoir la morale orphique s'il était venu plus tôt. Je prouverai le contraire.

— Il est logique, reprit vivement Ronchaud, que ce soit à Orphée que les « tombeurs des moralités françaises » s'en prennent, leur formule étant : « Le but de la vie, c'est la fête, » car Orphée n'admettait, parmi ses initiés, que ceux qui renonçaient à « la fête ».

— C'est vrai, mon cher Ronchaud, répliqua Saint-Victor, et ce que vous dites là me frappe. Au lieu d'imiter les bacchants, les disciples d'Orphée renonçaient au vin, à la bonne chère et aux plaisirs sensuels, aussitôt initiés. Dans l'*Orphée* d'Offenbach, les divinités s'attablent au festin où Eurydice chante peut-être l'Evohé fatal qui nous entraînera à notre perte. »

Chose étrange, la femme qui occupa la plus grande place dans la vie de Saint-Victor fut une juive, Lia Félix, sœur de Rachel. C'est peut-être ce qui explique l'étrangeté de son caractère.

Mme d'Agoult nous écoutait, avec sa physionomie la plus indulgente et la plus souriante, mais l'affirmation de Ménard sur l'antériorité d'Orphée l'impatienta.

« Voyons, monsieur Ménard, dit-elle, vous savez bien qu'Hérodote ne parle pas d'Orphée, que Platon dans son *Banquet* le cite à peine, que Cicéron le nie, et il a cent fois raison, car les hymnes orphiques — et cela les classe — parlent d'un dieu unique, conception inconnue à l'antiquité.

— Pardon, pardon, repartit Ménard, on ne sait pas tout de la doctrine secrète d'Éleusis. Moi, je nie que Clément d'Alexandrie et Eusèbe aient révélé un Orphée nouveau, ils ont ressuscité l'ancien par bribes, et cet Orphée ressuscité dit lui-même : « Tous les êtres et toutes les choses que Zeus a fait disparaître du monde, il les fait renaître du fond de son cœur sacré à la lumière éblouissante. »

La discussion continua ardente de notre côté, calme et logique chez Mme d'Agoult, qui s'amusait de l'exubérance, de la vitalité de notre amour du passé bien mort pour elle.

*
* *

Le succès de nos armes en Italie avait détendu les rapports entre une partie de l'opposition, même abstentionniste, et l'Empire. On parlait beaucoup moins du 2 Décembre, et plus de la même façon. Les exilés s'inquiétaient et nous

écrivaient que nous « trahissions l'idée républicaine ».

La France redevenait militaire. On ne s'entretenait plus que d'actions d'éclat. Mac-Mahon,
les zouaves, Victor-Emmanuel, alimentaient les
conversations. On citait mille hauts faits glori-
fiant notre caractère national.

Je me rappelle qu'entre vingt noms de généraux, celui de l'un d'eux fut répété, qui s'était
fait déjà remarquer en Crimée et qui, à Me-
legnano et à Solférino, avait donné des preuves
extraordinaires d'audace et de courage. Ce
nom, la France devait le prononcer un jour
avec désespoir et avec honte, c'était celui de
Bazaine.

La paix de Villafranca changea l'enthousiasme en déception. L'Italie n'était pas libre,
« des Alpes à l'Adriatique », selon la promesse
faite, et Napoléon III terminait brusquement
la guerre.

« Vous le voyez, » fut le mot de tous ceux
qui n'avaient pas désarmé, et plus d'un ajoutait :
« Cet homme n'a aucun souffle pour le bien. »

Le régime parlementaire, répétait-on, ou
n'eût pas permis de faire la guerre, ou eût empêché qu'on la cessât aussi brutalement.

« Et, disait M. Thiers, la France a maintenant pour ennemie l'Autriche et n'a plus pour
amie l'Italie qu'elle a leurrée. Nous verrons la
Prusse et l'Angleterre recueillir le fruit de notre
sang versé. »

Et l'on ne souriait même plus.

Le retour des troupes d'Italie fit remonter un moment les sympathies du grand nombre vers celui qui, après tout, pensaient les cocardiers, avait conduit l'armée française au champ d'honneur.

J'allais voir ce retour chez mon amie et parente, Mme Vilbort, boulevard Poissonnière. L'armée d'Italie ! la voilà ! Avec quelle grande émotion j'applaudis nos troupiers basanés, crânes avec des uniformes ayant servi, avec des fusils qui ont fait le coup de feu. Nous crions : « Vive l'armée ! vive la France ! » Nous jetons des fleurs aux officiers, aux soldats, et c'est un enthousiasme fou.

Les troupes viennent de la Bastille et se dirigent vers la place Vendôme pour défiler devant l'Empereur. Les drapeaux enlevés aux ennemis sont portés par ceux qui les leur ont arrachés ; des canons autrichiens défilent. Les maréchaux passent, salués de vivats : le maréchal Regnault Saint-Jean d'Angely, à la tête de la garde impériale ; Baraguey-d'Hilliers, Niel, Canrobert, Mac-Mahon, en avant de leurs troupes, ces deux derniers acclamés.

Mes beaux principes humanitaristes sont dominés par ma passion de l'héroïsme depuis le commencement de la guerre, et je crie de toutes mes forces : « Vive l'armée ! »

Qui donc auprès de moi crie avec le même enthousiasme ? C'est Edmond About ! Inféodé au prince Napoléon, About le rallié à l'Empire, le seul « jeune » qui ait mis sa plume au service du régime impérial. C'est lui en personne !

Avant l'expédition d'Italie, je serais certainement sortie d'un salon où j'aurais rencontré Edmond About. N'a-t-il pas renié les principes d'indépendance personnelle et de liberté sans lesquels un écrivain moderne ne peut inspirer le respect de son caractère? N'a-t-il pas fait la *Grèce contemporaine* et le *Roi des Montagnes*, pamphlets abominables contre mes Grecs, contre un peuple qu'un quart de siècle à peine sépare de quatre cents années d'esclavage, dont les mœurs n'ont pu cesser d'être en un jour des mœurs de révolte, de partisans, puisque la veille encore ce peuple était traqué par l'ennemi le plus cruel que puisse avoir un vaincu.

Mme Vilbort, très liée avec About, s'était dit que notre admiration commune pour l'armée d'Italie nous empêcherait de nous dévorer, et nous réunit sans nous prévenir.

A peine la conversation devient-elle générale que nous nous criblons de pointes, About et moi. Charles Edmond et les autres amis de Mme Vilbort, parmi lesquels Louis Jourdan, rédacteur au *Siècle*, qui tous les jours attaquait si brillamment Louis Veuillot, tous s'amusent des ripostes échangées entre About et moi, et où pas mal d'esprit est dépensé.

« Que dit le gendre du caporal des zouaves de la paix de Villafranca? demandai-je à About.

— Il est désespéré, tout simplement ; mais il accuse les ministres plus que l'Empereur. Imaginez, ô républicaine, qui avez la naïveté de croire aux tyrans ! que le ministre de la guerre refusait au chef de l'État des troupes et des munitions, et que celui des affaires étrangères modifiait le sens des dépêches des puissances pour affoler son souverain. D'ailleurs vous savez tous pourquoi la paix a été conclue, l'Empereur l'a dit à une réception du corps diplomatique, en constatant à quel point l'Europe a été ingrate envers lui, et pourquoi il a tenu à prouver à cette même Europe qu'il ne voulait pas la bouleverser.

— Les timorés sont de mauvais chefs d'État, » répliqua Charles Edmond, et il allait continuer lorsque Edmond Texier entra en ouragan.

Texier a fait, comme chroniqueur du *Siècle*, la campagne d'Italie. C'est la première fois que nous le revoyons depuis son retour. Il vient d'être décoré, et tous s'accordent à reconnaître que sa croix bien gagnée l'a été à la fois littérairement et militairement par de réels services rendus à l'état-major.

Avec une verve extraordinaire, il nous conte l'endurance, le courage de nos soldats, la belle allure guerrière de nos officiers, leurs élans de race, la bravoure personnelle des généraux, mais il ne ménage point l'Empereur, malgré les protestations d'About.

« Il a été hésitant, effacé et même froussard,

dit Texier. Je crois, ajouta-t-il, que le secret de la fin de la campagne est le manque d'habitude des camps de Napoléon... troisième ! Il est plutôt l'auteur des *Rêveries politiques* que le neveu de Napoléon Ier. »

About ne relève pas le trait. Il feint d'être occupé à me parler de Proudhon qu'il déteste et à me féliciter de ma réponse à ses injures contre deux femmes supérieures.

. « C'est un malfaiteur social et un insulteur privé, me dit About, et s'il se battait je l'aurais déjà souffleté. Mais un Proudhon injurie, salit et refuse toute réparation. »

Louis Jourdan, que je savais très lié avec Alphonse Karr et à qui je dis que j'étais née au *Siècle* à la vie littéraire, se rappelait fort bien la lettre de la jolie femme de province ne portant pas de crinoline. On l'avait crue inventée par l'auteur des *Bourdonnements*.

Je causai avec Louis Jourdan qui me dit aimablement le désir qu'il avait de me connaître, Arlès-Dufour, l'un de ses plus chers frères saint-simoniens, lui ayant beaucoup parlé de moi. On ne pouvait pas, dès qu'il le désirait, ne pas devenir l'ami de Jourdan. C'était une âme poétique, un cœur tendre et croyant, et avec cela, chose rare et curieuse, un écrivain d'une rare énergie. Ses corps à corps journaliers avec Louis Veuillot avaient une allure de bon combat qui en faisait un maître d'armes littéraires incontesté. Oh ! les beaux

coups de plume que les deux « Louis » se portaient ! Tout le monde lisait les polémiques de
Jourdan et de Veuillot, qui faisaient, de part et
d'autre, grand honneur aux lettres françaises.

De ce jour date mon amitié pour Louis
Jourdan ; il a été parmi mes plus intimes, car
on ne pouvait connaître Louis Jourdan sans le
chérir.

Au moment où Edmond About nous quittait
pour aller place Vendôme, Mme Vilbort nous
invita tous à passer une journée à Neuilly, où
elle avait une charmante maison de campagne.

L'amnistie est fort discutée ; mais tous ceux
qui oublient leurs rancunes voient avec joie la
fin de la tyrannie, la possibilité du retour au
régime parlementaire, et y applaudissent.

Girardin s'en va répétant que Napoléon III
est le premier libéral de France, bien mieux,
un révolutionnaire ! qu'on en a la preuve par
son expédition d'Italie. Beaucoup de députés,
jusque-là très dévoués à l'Empire autoritaire,
déclarent que le moment est venu de « compter
avec la démocratie ». Émile Ollivier, les petits
Olliviers, disent solennellement que l'heure a
sonné de faire « la poussée libérale ». Le prince
Napoléon se bat contre « la réaction impériale »
et l'on annonce la fondation d'un journal dirigé par son porte-parole, Ad. Guéroult. Le
titre du journal circule même déjà : l'*Opinion
Nationale*. Vilbort, Ed. About, Sarcey de Suttières, Ch. Edmond, doivent en être. Mme Vil-

bort veut me persuader de donner à l'*Opinion Nationale,* qui sera « fort italienne », une nouvelle étude sur Garibaldi. Je décline l'offre aimable qui, je le sus plus tard, était inspirée par Guéroult.

Les « petits Olliviers », amis de Jules Simon, ne parlaient plus que de ses volumes sur la Liberté, dans lesquels il affirmait que la liberté n'est liée à aucune forme de gouvernement. Nous disions entre nous : « Si Ollivier n'existait pas, Jules Simon l'eût inventé en sa propre personne. »

Louis Blanc, Schœlcher, Quinet, Charras, Clément Thomas, refusaient l'amnistie en des termes injurieux pour Napoléon III.

« Il n'a pas plus le droit de nous amnistier qu'il n'avait le droit de s'emparer de la France, » écrivaient-ils.

Et Victor Hugo jetait à Napoléon le Petit cette phrase lapidaire :

« Quand la liberté rentrera, je rentrerai ! »

« L'auteur des *Châtiments* ne peut accepter une grâce de celui qu'il a traîné aux gémonies, répétaient ses admirateurs. Il est dans un cadre héroïque, et se dresse, lui aussi, dans l'exil, sur un rocher anglais, comme Napoléon Ier. De là il juge de haut les petitesses du règne de l'héritier de Waterloo et il chante magnifiquement ses rêves; ne vient-il pas d'atteindre les plus hautes sphères du génie poétique dans la *Légende des Siècles?* »

« Il fait bien plus grande figure à Guernesey que rentré en France. Mêlé à la politique, il aurait la proportion humaine, » disait Vacquerie, qui s'attardait à Paris depuis le succès de *Souvent homme varie*.

La publication de la première partie de la *Légende des Siècles* avait été un grand événement littéraire. Toutes les critiques alimentées contre le chef du romantisme, bien moins par ses adversaires que par les excentricités de ses derniers disciples, dont l'exagération frisait le grotesque, cessèrent comme par miracle. Les volumes suivants transformèrent les plus enragés classiques comme moi en admirateurs sans réserve. Toutes mes rancunes contre celui qui eût pu par son génie relever nos traditions helléniques et qui en avait détourné les lettres françaises, tombèrent devant ce chef-d'œuvre commencé et qui devait se terminer dans une apothéose.

Émile Deschanel est rentré. Ses amis s'empressent de courir à lui. On aime, on estime Deschanel, un écrivain, un orateur, un caractère.

Challemel-Lacour fit à Paris un premier séjour, et c'est chez Mme d'Agoult qu'on le revit pour la première fois. Il fut un des plus chaleureusement applaudis.

Le retour des exilés modifie peu à peu le salon de Mme d'Agoult. Ils apportent un réconfort aux abstentionnistes. Leur haine du Deux-

Décembre s'est conservée intacte, s'est accrue même, à l'étranger.

Durant les quelques semaines qu'il passe en France, Challemel-Lacour se dit écœuré des accommodements qu'il constate dans les relations des sermentistes avec l'Empire.

« Je comptais bien marcher à Paris sur du fumier, écrit-il alors, mais c'est la putréfaction liquide que j'y découvre. Comment assainir un pareil milieu, à quoi servirait mon minuscule désinfecteur personnel? »

Challemel-Lacour oublia cette première impression lorsque, après avoir fait accepter, non sans peine, sa démission de professeur à l'École polytechnique de Zurich, il rentra à Paris et comprit quel affinement l'esprit peut trouver dans une lutte contre la servilité politique.

« La pensée vole haut, lorsqu'elle échappe difficilement à ce qui l'enserre, elle a plus d'élan, » disait-il quelques mois après.

Le Deux-Décembre avait trouvé Challemel-Lacour professeur de philosophie en province. Après sa sortie de l'École normale il enseigna d'abord à Pau, puis à Limoges, où il essaya d'ameuter les paysans d'alentour contre « la tyrannie napoléonienne. » Emprisonné, puis exilé, il ne songea plus qu'à compléter par l'étude son savoir déjà grand, qu'à développer son art oratoire par des conférences en Allemagne, en Belgique, en Suisse. C'est dans ce dernier pays qu'il fit les éloquentes leçons dont le retentissement parvint jusqu'à nous.

J'avais envoyé mon livre à Challemel-Lacour, à Zurich, au moment de son apparition. Lorsqu'il vint chez Mme d'Agoult, m'y trouvant, il me remercia de façon si flatteuse, qu'après deux ou trois rencontres chez notre grande amie à tous deux, et l'une de ses visites chez moi, nous n'étions plus de simples connaissances.

L'esprit très fin de Challemel, le ton élégant de sa parole et de son style, sa grâce vis-à-vis des femmes unie à tant de droiture d'âme et de fermeté de caractère, provoquaient tout d'abord l'estime et, lorsqu'il y prétendait, l'affection. Par exemple, dès qu'il discutait, il devenait intolérant, agressif, dur, insolent même, mais il était si lettré que sa brutalité, toute violente qu'elle fût, prenait la forme d'une imprécation plutôt que d'une injure.

Rentré en Suisse, il m'envoya un jour l'un de ses amis de Zurich en me priant de lui rendre un service auprès de M. Fauvety pour une collaboration à la *Revue philosophique*. Je pus faire ce que désirait l'ami de Challemel, et comme il se trouvait être aussi un ami de Proudhon, il m'offrit une lettre « sur mon adversaire » que Challemel-Lacour lui avait écrite et où Proudhon n'était guère épargné. J'acceptai l'intéressant autographe que voici :

« Enfin, mon cher ami, j'ai vu Proudhon hier, non sans peine, car il faut bien des cérémonies pour pénétrer dans l'antre du lion. Après avoir parlé de vous et de votre lettre, nous sommes tombés naturellement sur son livre qui va paraître dans quelques jours. « Il fera, m'a-t-il dit, trembler l'Europe. » Franchement, ce mot m'a paru bien naïf pour un vieil homme de lettres. Il ne devrait y avoir que les jeunes gens pour croire qu'un livre peut produire de tels effets. Il est clair que Proudhon est heureux de faire peur et qu'il serait bien déçu s'il n'y parvenait pas. J'ai cru le rassurer en lui disant qu'il avait « ses immunités ». Ce mot innocent l'a presque mis hors des gonds. Il m'a répondu avec une vivacité qui frisait l'emportement, et en termes où j'ai reconnu qu'il n'était pas fait pour la discussion courtoise.

« J'en ai conclu que la tolérance accordée à la *Révolution démontrée par le coup d'État* était un souvenir qu'il n'aimait pas qu'on lui rappelât.

« Cordialement à vous.

« CHALLEMEL-LACOUR. »

On vit aussi chez Mme d'Agoult, Mlle Clémence Royer, qui s'était exilée volontairement pour suivre Pascal Duprat. Elle avait ouvert ses Cours de philosophie à Lausanne. Sa première leçon : *Introduction à la Philosophie*, eut un succès retentissant. Les plus doctes maîtres suisses en cette science la proclamèrent digne à son tour de la maîtrise.

Personne d'apparence masculine et peu mondaine, parlant haut et avec autorité, Mlle Clémence Royer avait lu les *Idées anti-Proudhoniennes*. Je n'oublierai jamais avec quel dédain elle toisa ma personne physique lorsque Edmond Texier, qui se promettait un régal de cette mise en présence, nous nomma l'une à l'autre.

Mlle Clémence Royer me fit subir une sorte d'examen dans un coin du salon où elle m'accula pour ainsi dire. Texier, jouant l'homme effaré comme si je courais un sérieux danger, me donnait une folle envie de rire. Je venais d'avoir une conversation avec lui où l'esprit tenait plus de place que le savoir et j'en étais encore tout égayée. Mlle Clémence Royer me parut par trop pédante, et j'avoue que je lui répondis de façon fort peu sérieuse.

Elle se leva, après l'une de mes reparties, que Texier trouvait, lui, très spirituelle, et me dit du haut de sa taille :

« Vous manquez de critère, madame. »

Ce mot, dans la circonstance, me mit de plus belle humeur encore, et comme Mlle Clémence Royer était licenciée ès lettres, je répliquai en me levant à mon tour :

« Mon bagage de *licence, mademoiselle,* j'appuyai sur les deux mots, est jusqu'à ce jour, j'en conviens, très inférieur au vôtre, son peu de poids a, au moins, l'avantage de ne désespérer qui que ce soit. »

C'était méchant, la liaison de Mlle Clémence Royer avec Pascal Duprat ayant fait le malheur de l'épouse délaissée qui gémissait tout haut et dont le chagrin inspirait de l'intérêt.

Edmond Texier seul avait entendu. Il répéta les mots échangés entre Mlle Clémence Royer et moi. La grande philosophe ne me pardonna jamais cette indiscrétion que je n'avais nullement encouragée. Elle, M. Pascal Duprat, unis à Mme d'Héricourt et à quelques bons amis de Proudhon, devinrent pour moi des ennemis redoutables. Je leur dois quelques bonnes petites blessures souvent rouvertes.

Mme d'Agoult, tenue au courant du ragot par Mlle Clémence Royer, me gronda très fort et me dit que je méritais tout ce qui m'adviendrait de la rancune de la grande philosophe. Je lui jurai n'avoir dit mot à personne de notre conversation. Elle interrogea Texier, qui convint en avoir, lui, parlé à tout le monde.

« Vous avez fait à notre jeune amie, qui n'en a guère besoin, dit Mme d'Agoult à Texier, des ennemis implacables. »

* *
* *

Après tant de remises qu'elles nous conduisent fin septembre, le jour est enfin fixé de la partie projetée à Neuilly chez Mme Vilbort. Beaucoup manquent à l'appel. J'arrive avec Jourdan, et l'on nous plaisante en disant que nous nous sommes donné rendez-vous. About est déjà là avec son très cher ami Sarcey de Suttières, pour lequel il a demandé une invitation et qu'il vient de faire entrer comme critique dramatique à l'*Opinion nationale*. Sarcey a déjà écrit ses *Premiers lundis* avec succès.

On ne peut s'imaginer le contraste qu'il y avait alors entre About et Sarcey. Ce dernier, aussi provincial, aussi doctoral par la tenue, par la façon de causer, qu'About était boulevardier « second Empire ».

Liés très jeunes, leurs esprits se juxtaposaient merveilleusement, surtout dans la contradiction, ni l'un ni l'autre n'ayant le moindre souci de soi, mais au contraire étant préoccupé de faire briller son ami.

L'admiration tendre de Sarcey pour About le rendait sur l'heure sympathique. Sa physionomie s'illuminait lorsque son « vieux camarade », c'était alors l'un de ses termes favoris, jetait dans la conversation quelque trait imprévu et brillant auquel il était impossible de ne pas applaudir, soit par une exclamation involontaire, soit par un franc compliment.

Il semblait que Sarcey eût médité cette phrase de *Germaine,* le livre d'About qu'il préférait à tous : « Nous remercions intérieurement celui qui nous force à débiter notre tirade favorite ou à raconter l'histoire que nous disons bien. »

Vilbort excellait, en bon étranger, à poser des

questions. Alors, c'était un jaillissement de réponses d'About, tout d'abord goguenard et sceptique, de Sarcey, sérieux, qui, au travers des moqueries de son ami, l'obligeait à retourner son esprit dans le sens du sien.

About et Sarcey ne s'étaient quittés ni à la pension Massin, ni à Charlemagne, ni à l'École normale, où ils furent tous deux en même temps que Taine, Weiss, Assolant, Prévost-Paradol, etc.

Un livre d'Edmond About, la *Question Romaine,* préoccupait beaucoup Vilbort, car à déjeuner il y revint sans cesse. Lié avec Méline, l'éditeur de Bruxelles, il l'avait en vain interrogé : Méline ne savait rien. Notre hôte devait avoir en l'esprit quelques projets de « correspondance », comme on disait alors, l'interview n'étant pas de mode encore.

La *Question Romaine,* interrompue et poursuivie en France, fut imprimée en Belgique. On imagine si les commentaires avaient été leur train. About s'amusait énormément de tous les interrogatoires subis par lui à ce propos ; il allait presque au-devant dès les premiers mots.

« Ah ! ah ! vous aussi, vous tenez à savoir si c'est l'empereur qui m'a dicté le portrait de Pie IX, tandis qu'on veut bien m'accorder à moi seul le mérite d'avoir fait celui d'Antonelli. En effet, on ne voit guère Napoléon III, qui n'est pas de nature folichonne, écrire du

cardinal, qu' « il bénit avec onction et pardonne
avec difficulté, qu'on le croit jettatore, qu'on
s'agenouille, mais qu'on lui fait les cornes », je
confesse qu'il est difficile de reconnaître là
le style de l'auteur de l'*Extinction du Paupé-
risme.* »

Et Sarcey d'ajouter l'un des traits les plus
mordants du portrait d'Antonelli :

« Il est né dans un repaire. Sonnino est plus
célèbre dans les *Annales du Crime* que ne le fut
jamais l'Arcadie dans celle de la *Nature.* »

« Mais enfin, recommençait Vilbort pour la
troisième fois, sans qu'About ait paru entendre
la question précise qui lui était posée, est-ce,
oui ou non, l'empereur, comme on le dit, qui
vous a prié de faire ce livre?

— Non, c'est le chat !

— About ! voyons ! tout le monde sait que
l'empereur n'a jamais été d'accord avec ses
ministres quand il s'agit des choses d'Italie,
qu'il est toujours en avant d'eux. Qu'y aurait-il
d'extraordinaire à ce qu'il vous ait demandé,
par votre ami le prince Napoléon, avec lequel
il s'est toujours à peu près entendu sur les
affaires italiennes, à ce qu'il vous ait fait prier
de traiter la *Question Romaine*, avec votre
esprit et vos apparences d'indépendance?

— Dites-donc, Vilbort, est-ce que vous voulez une affaire? Suis-je attiré ici dans un guet-
apens ? Répétez, pour voir, monsieur le Belge,
que j'ai des apparences d'indépendance. Votre

succulent déjeuner ne m'empêchera pas de vous embrocher si vous ne retirez votre mot.

— Je le retire avec confusion.

— A la bonne heure! Que va dire Jourdan, du *Siècle,* si déjà, dès les premiers numéros, les rédacteurs de l'*Opinion Nationale* échangent des injures déshonorantes?

— Je dirai, répliqua le bon Jourdan, que Vilbort n'a pas donné à son mot le sens que vous lui avez attribué.

— Ça, c'est vrai, repartit Vilbort. J'ai voulu simplement... »

About leva le bras.

« La cause est entendue !

— Oui, la cause est entendue, mais sur un point seulement : l'injure, ajoute Mme Vilbort, avec son joli sourire ; la question reste intacte et je la répète : Est-ce l'empereur?

— S'il vous plaît, chère madame, répondit galamment About.

— Oui, oui, il me plaît que ce soit lui! » s'écria-t-elle.

Vilbort ne se tenait pas de joie.

« Bravo ! ma femme, bravo! » répéta-il.

Sarcey parut inquiet, About ajouta en riant :

« Eh bien, oui, c'est l'empereur lui-même qui m'a conseillé d'écrire la *Question Romaine* telle que je la jugeai dans mon *indépendance,* entendez-vous, Vilbort, *indépendance!* Jamais, il n'y aura trop de polémique à ce sujet, me dit Napoléon III ; il faut que chaque Français ait là-dessus son opinion personnelle. L'empereur a lu mon écrit, l'a approuvé, et... l'a fait interrompre ! Voilà le grrrand secret dévoilé, je vous le livre, mais à la condition que Jourdan, l'honneur même, me donne sa parole qu'il n'en soufflera un mot au *Siècle*.

— Je la donne !

— Et que vous, Vilbort, n'en écriviez qu'à l'étranger, sur le ton d'une supposition appuyée sur quelques mots indiscrets de mon ami Sarcey.

— Ah ! mais non, mais non ! s'écria Sarcey. Je n'accepte pas la plaisanterie.

— Alors, Vilbort affirmera que c'est cette intransigeante Mme La Messine qui répand partout ce bruit, et qu'ayant des preuves elle me défie de la démentir.

— Ce sera vrai, j'ai mes preuves, ajoutai-je, puisque je les tiens de la bouche même de... l'empereur ! Voilà une chose dont nul ne doutera... »

Vilbort, très habile, très discret, ne pouvait compromettre About. Il tenait sa « correspondance » et cela lui suffisait. On parla d'autre chose, de littérature, et les deux normaliens me donnèrent, en causant, l'une des plus intéressantes leçons de « lettres » que j'eusse encore reçue.

About disait qu'il faut écrire sous sa « dictée » et non sous sa pensée, qu'on doit se faire, la plume à la main, un récit ayant le mouvement et la vie de l'esprit qui parle et non de l'esprit qui compose. L'ornementation vient quand on se relit et elle n'est pas à dédaigner, mais il la faut simple, avec des mots élégants, qui ont de la grâce et conservent un caractère bon enfant.

« Tu nous la bailles belle, répondit Sarcey, toi qui as la faculté unique d'écrire clairement sur les choses les plus compliquées ; moi, je ne me tire des emberlificotages que par la familiarité, voire la vulgarité. Et enfin, quand je ne trouve rien moi-même, je cite les autres. »

Tous, nous citions à cette époque. Une citation habilement placée prouvait que l'esprit était ou savamment ou joliment meublé, et cela donnait tour à tour de l'agrément ou du poids à ce qu'on écrivait ou disait. Certes, les médiocres ou les bêtas se jugeaient vite aux citations, qu'ils choisissaient et plaçaient sans à propos. Les gens d'esprit lisaient alors, non seulement pour lire, mais pour orner leurs écrits ou leurs causeries.

Sarcey me dit qu'il m'approuvait fort de m'être attaquée à Proudhon, d'avoir démontré que le redouté polémiste, auquel nul n'osait toucher, n'était pas si invulnérable que cela.

« Oui, il a des craquelures, dans lesquelles on peut enfoncer un coin, répliquait About, mais quelle forme, quelle langue, mon cher, comme c'est martelé et repoussé.

— Ces gens sont des fléaux avec leur forme : c'est comme Veuillot, n'est-ce pas Jourdan ?

Ils ont du métier, un grand talent si l'on veut, mais pas de valeur, parce que la valeur s'appuie sur la sincérité et que ce sont des farceurs qui veulent stupéfier le monde, des impuissants qui démolissent pour démolir ! »

Vilbort s'en était allé à des affaires urgentes et ne revint que pour le dîner.

Cette journée, passée dans un ravissant jardin par un très beau temps, fut exquise. About et Sarcey étaient heureux de deviser ensemble, écoutés par un homme de valeur comme Louis Jourdan, dont la bienveillance quasi paternelle leur était assurée, et par deux jeunes et, pourquoi ne pas le dire, deux jolies femmes avec lesquelles leur esprit coquetait.

Sarcey avait une phrase qui, placée en chute inattendue dans la conversation et prononcée d'un ton moitié naïf et moitié plaisant, provoquait chez About l'un de ces bons rires que les scies répétées font éclater entre amis. Cette phrase était : « J'aime mieux Boileau ! » Et avec quel esprit Sarcey la redisait !

On parla de théâtre. Et About loua le critique dramatique de l'*Opinion nationale* de façon inoubliable. Je n'ai jamais lu ou écouté Sarcey, depuis, qu'avec le souvenir des jugements si fraternels et si clairvoyants portés par About sur lui.

« C'est un critique de premier ordre, cet animal-là, disait About, il est de la grande lignée ; il aura une influence sur son temps, sur

la formation ou la déformation de l'esprit théâ-
tral, parce qu'il ne cherchera pas, comme tant
d'entre nous, trente-six mille petites bêtes.
C'est un doux qui n'oblige pas ses adversaires
à se cabrer, mais c'est un tenace. Tandis que les
autres caracoleront à la chasse des envolées de
l'esprit, il fera calmement et sûrement le chemin qu'il voudra faire.

— Tu as un moyen sûr d'obliger mon sort
à réaliser tes prédictions, repartit Sarcey, c'est
de lui continuer tes coups d'épaule. »

Sarcey, malgré nos sourires, défendait Scribe,
affirmant que nul n'a mieux compris le théâtre
en tant que théâtre. Il adorait Émile Augier et
vous déclarait, avec une logique irrésistible,
qu' « il n'avait pas de rival, pour ne courir après
rien autre que le théâtre ».

Le *Chapeau de paille d'Italie,* analysé par
Sarcey, devenait un chef-d'œuvre. Marivaux lui
plaisait comme charmeur et maître en l'art du
joliment dire. Il était fanatique de Corneille, le
sachant par cœur en entier et ne manquant
jamais une représentation classique, depuis
qu'il habitait Paris.

« Les critiques comme les acteurs ne se
forment que dans le répertoire, » disait Sarcey.

Il osait convenir, malgré les injures d'About,
qu'il ne comprenait pas Shakespeare. Pour
Sarcey, encore, malgré nos quatre bruyantes
protestations, Musset était un fantaisiste dont
le *théâtre* détournait les spectateurs du théâtre.

Dumas fils lui paraissait un philosophe, un romancier remarquable, mais étranger au théâtre. Il s'emportait en parlant du *Fils naturel*.

« Mais oui, répliquait About, tu es un bourgeois, tu fais corps avec cette caste précieuse, équilibrée, que la France perdra trop vite, qui est par-dessus tout sensée, qui a ses traditions savantes, que les mots emphatiques ne dirigent pas, dont Rabelais, Voltaire, Montaigne, Racine, Molière, sont les maîtres préférés.

— Pardon. J'ajoute Boileau, s'écriait Sarcey. Et... Corneille.

— Boileau, c'est ton assiette, reprenait gaiement About. Corneille, c'est le seigneur du château que tu es fier de saluer, mais qui a tout de même trop de genre pour toi.

— Insolent!

— Vrai, Sarcey, vous oseriez dire que vous préférez les *Lionnes pauvres* au *Fils naturel?* demanda Jourdan.

— Oui, j'ose le dire. Même pour une collaboration, Augier est le premier entre les premiers écrivains de théâtre. Dumas est éblouissant, il a autant d'esprit qu'About; mais, dans sa moralité, sa sensibilité, son cœur, il est immoral, fantasque, personnel et sec.

— Sarcey de Suttières, dit About, tu es logique et injuste, tu es entêté et enthousiaste, tu enfonceras les Janin, les Gautier, les Saint-Victor. »

About gagnait de l'argent et il en tirait un peu de vanité, lui qui, quelques années auparavant, était dans une gêne extrême, mais sa générosité s'accroissait en raison de sa fortune. Lorrain, ayant la passion de sa province, il protégeait tous les Lorrains et nous parla de deux de ses compatriotes avec enthousiasme. J'entendais pour la première fois leur nom : Erckmann et Chatrian. About me dit qu'il m'enverrait le *Docteur Mathéus*. « Ils collaborent à distance de façon entière, ajoutait About, mais ils ont « l'accord intérieur » qu'a tout Lorrain avec un autre Lorrain... »

Après ces mots, prononcés lentement, About garda un instant le silence comme pour se recueillir. Je regardai Sarcey, qui eut l'air de me dire : « C'est grave. »

« Erckmann et Chatrian, continua About avec émotion, apprendront à la France des choses qu'elle ne sait pas sur le premier Empire, sur la Révolution, sur la bravoure de nos chères provinces de l'Est. Je connais leur but, ce sera de faire aimer à tout Français les pays de frontière, surtout ceux-là qui touchent à l'Allemagne, car l'Allemagne, entendez-vous, veut nous les prendre ! »

Nous avions sous les yeux un autre About, que j'ai retrouvé plus tard, patriote ardent et inquiet, parce qu'il a toujours craint et toujours su le danger germanique.

A peine « arrivé », comme on dit aujour-

d'hui, About exaltait les Erckmann-Chatrian,
comme il exaltait Sarcey. La camaraderie littéraire était alors active et bien réelle. Il y avait
de la joie dans l'accomplissement d'un acte de
dévouement à un camarade. Les normaliens
s'épaulaient, échangeant, au bénéfice les uns
des autres, leurs moyens d'action. L'émulation
suscitait bien peu la jalousie basse, l'envie. A
tous les degrés de l'art, des lettres, dans tous
les groupements du savoir, un reste d'éducation chrétienne apprenait à faire aux autres ce
qu'on voulait qu'il vous fût fait, et adoucissait
l'âpreté des luttes sociales.

L'esprit anglais d'un Darwin n'avait pas
encore tué dans l'âme de nos enfants les générosités de leur race et ils ne croyaient pas alors
que la vie se résume dans le seul droit bestial et
farouche de la lutte pour l'existence.

Les vieux qui avaient atteint le faîte aidaient
les jeunes à gravir les traditionnels degrés fran-
chis par eux. La fraternité avait encore sa valeur.
La libre pensée, comme tout droit dont on
poursuit la conquête, gardait dans ses réclama-
tions l'idée pure du devoir de solidarité. Une
fois le droit conquis, on sait ce qu'elle a fait du
devoir.

Les jeunes, confiants dans l'aide d'autrui,
conservaient leur belle humeur, ce qu'on appelait de la philosophie, parce qu'ils ne se sentaient pas isolés. Ceux qui ont la folie de par-
venir vite, vite, qui courent avec frénésie à la

poursuite des situations, n'envahissaient pas
alors les routes et ne provoquaient pas les chocs
constants qui menacent de broyer les piétons
de la vie. La hâte fébrile d'arriver premier dans
la course du succès ne laissait pas la trace san-
glante de tant d'écrasés. On pouvait compter
réussir dans les lettres et dans les arts par le talent, le travail, le don, l'aide des camarades, le
soutien des « arrivés ». Tout reposait sur la
valeur, non sur la vitesse.

Les nouveaux bataillons acceptaient l'idée de
supérieurs, à l'ancienneté, sans les accuser de
gâtisme. Le socialisme, voire le communisme,
découlaient de l'évangile des grandes écoles de
Saint-Simon, de Fourier, de Pierre Leroux ;
les principes de groupement, d'association,
avaient pour idéal le bien du grand nombre,
plus que la part de chacun.

Aujourd'hui les mots signifient pour nous,
vieillis, le contraire de leur sens primitif : socialisme veut dire désagrégation ; communisme,
chambardement ; association, exploitation ; philosophie, négation ; valeur, force brutale.

*
* *

J'aurais presque pu réciter de mémoire *Elle
et Lui* tant, depuis le commencement de
l'année, j'en entendais parler. Je ne l'avais pas
lu dans la *Revue des Deux-Mondes* ; le volume
était là, sur ma table, depuis plusieurs mois, et

je n'osais l'ouvrir, pas plus que je n'osais lire *Horace* ou *Nélida*. Pour ne pas paraître trop naïve dans mon milieu, je parlais « d'amour, d'amants, de maîtresses, de liaisons » comme tout le monde, mais je gardais au fond de moi-même des préjugés que la vie provinciale avait enracinés. J'admirais George Sand, j'aimais Mme d'Agoult, comme des natures supérieures, mais rien ne m'était plus douloureux que d'entendre rappeler leurs aventures. Toujours prête à les défendre, à établir leur droit d'agir en homme dont elles prenaient le nom, je ne voulais pas les juger comme femmes.

Un jour que nous nous promenions dans l'avenue de l'Impératrice, Mme d'Agoult me parla de George Sand. Elle lui en voulait comme aux premiers jours d'*Horace,* comme elle en voulait à Balzac de *Béatrice ou les Amours forcées*. Elle ne pardonnait ni à l'un ni à l'autre, et son indulgence généreuse pour tant de gens et de choses s'arrêtait net quand le nom de Balzac ou celui de Mme Sand était prononcé. Elle devenait alors très agressive et très amère.

« Vous avez lu *Elle et Lui?* » me demanda brusquement Mme d'Agoult.

Une angoisse m'étreignit. Ma grande amie allait-elle m'obliger à prendre parti avec elle contre George Sand? Je répondis troublée :

« Non, madame, mais je vais le lire, il est sur ma table.

— Eh bien, vous ne serez peut-être pas fâchée de connaître l'opinion *intime* de Sainte-Beuve sur ce « roman ». Justement, hier soir, je l'ai forcé, après bien des interrogations, à me dire son opinion sur *Elle et Lui*. « Je trouve heureux, m'a-t-il dit, que Mme Sand ait choisi la forme romanesque plutôt que celle d'un récit personnel de « mémoires », mais au demeurant je blâme ces révélations trop intimes. »

Sainte-Beuve à cette époque trahissait George Sand pour Mme d'Agoult, qu'il voyait dans l'intimité, car on l'apercevait à peine aux jours de réception.

« En vérité lorsqu'on a eu ce nombre d'amants, reprenait Daniel Stern, et elle les nommait et les comptait cruellement un à un sur ses doigts, il est presque ridicule d'affecter des susceptibilités si farouches pour *un de plus* qu'on vous prête « pendant », surtout quand on l'a eu « après », car enfin ce médecin de Venise appartient bel et bien à la série. »

Je ne puis dire à quel point je souffrais de cette conversation. J'hésitais à répondre. Encore si j'avais lu le livre, j'aurais pu trouver peut-être quelque argument :

« Un mot d'elle, écrit par elle et qu'elle a souvent redit, ajouta Mme d'Agoult, la peint tout entière : « Beaucoup de fantaisies traversent mon cerveau, mais mon cœur ne s'est jamais usé. »

Je répliquai timidement que George Sand, ayant toujours affecté des allures masculines, ayant un talent qui la classait parmi les hommes supérieurs, ne devait peut-être pas être jugée comme femme.

Ma grande amie fixa ses yeux profonds sur les miens. Je soutins son regard. Il y avait dans ses gestes et sur sa physionomie de l'impatience, mais elle ne me répondit pas.

« Tout le monde vous voit, madame, ajoutai-je doucement, dans l'Arabella des *Lettres d'un Voyageur*, où vous apparaissez à George Sand avec tant de poésie.

— Oui, vous nous avez défendues toutes deux contre Proudhon et vous ne voulez pas... » dit-elle lentement ; puis elle continua irritée : « Ma chère enfant, laissez-moi vous donner un conseil. Ne connaissez jamais Mme Sand. Vous perdriez sur elle toute illusion. Comme *femme*, pardon ! comme *homme*, elle est insignifiante. Aucune conversation. C'est un ruminant, elle le reconnaît elle-même. Elle en a le regard, d'ailleurs fort beau. Sans la cigarette, qu'elle roule et fume incessamment, on pourrait la croire endormie les yeux ouverts. »

Et Mme d'Agoult ridiculisait l'une des plus belles qualités de George Sand, sa bonté.

« Elle donne tout ce qu'elle gagne et se trouve souvent dans l'embarras, mais vous ne la feriez pas s'adresser à ceux qu'elle a cent fois obligés et qui pourraient le lui rendre. Elle a une sorte de dédain des gens qui ont reçu ses bienfaits. »

Mme d'Agoult avait connu plus d'un héros des romans de George Sand et entre autres l'un des « Mauprat ». Et elle me répéta ce qu'il disait de George Sand :

« Ses amants sont pour elle un morceau de craie blanche avec laquelle elle écrit au tableau. Quand elle a fini, elle jette le morceau sous son pied et il n'en reste plus que poussière vite envolée.

— Pourquoi, ma grande, ma tant admirée amie, n'avez-vous pas pardonné ? lui demandai-je tristement.

— Parce que la blessure faite n'est pas guérie. Sachant que j'avais mis plus que ma vie dans mon amour pour Listz, elle a voulu me le prendre...

— Est-ce lui qui vous l'a dit ?

— Il passait son temps à me cacher les déclarations de femmes qu'il recevait.

— Quel dommage pour l'exemple des « petites » que deux « grandes » comme Daniel Stern et Georges Sand ne puissent se réconcilier.

— Jamais ! »

Je parlai de cette conversation à de Ronchaud, qui me répondit :

« C'est l'un de mes chagrins. Mme Sand eût admis la réconciliation. Je le sais. Ah ! si on connaissait d'elle le trésor de bonté qu'elle renferme ! Jamais elle ne s'est défendue qu'un peu dans *Elle et Lui*. Et encore si elle avait tout

dit ! Elle est vraie ; c'est la loyauté personnifiée.
Je l'ai répété cent fois, je le répéterai toute ma
vie. Vous faites bien de la juger comme on
juge un homme. Elle n'a aucune des irrésolu-
tions et des roueries de son sexe. Elle a sans
cesse été en peine de son âme. Mme Sand est
une idéaliste plus qu'une sensuelle. Elle a toujours voulu aimer à la fois d'amitié amoureuse,
d'amour amical, de tendresse maternelle, le
même homme. Elle a prêté à chacun de ses
amants tout ce qui est en elle, et tout est en
elle ! Ses désillusions étaient si désolées qu'elles
la rendaient implacable jusqu'à ce qu'en une
telle vitalité psychique les illusions renaissent.
A nous deux, il nous faut réconcilier Daniel
Stern et George Sand.

— Je n'ai pas de plus grand désir. »

Quand parut l'admirable préface de Jean de
la Roche, dans laquelle George Sand répondait
à ses accusateurs, Ronchaud vint me l'apporter.
« La voilà tout entière, me dit-il ; que ses ennemis l'attaquent maintenant, elle nous fournit
les éléments de sa défense. »

***

Le *Père prodigue* de Dumas fils trouva grâce
devant Sarcey. Certes il gardait ses réserves,
mais il était désarmé, presque séduit. Je le vis
au Gymnase, à la première représentation.

J'étais dans la loge des Vilbort, où il vint nous saluer.

« Je n'aime guère cette sempiternelle histoire de Dumas père que nous conte Dumas le fils, nous dit Sarcey, mais tout de même il y a des mots de situation réelle qui sont des trouvailles. » Et il citait en riant de son bon rire si franc cette phrase que nous venions d'entendre :

« Je t'ai donné mes qualités et mes défauts sans compter. J'ai recherché ton affection plus que ton obéissance. Je ne t'ai pas appris l'économie parce que je ne la savais pas. »

Je retrouvai Paul de Saint-Victor à cette première, qui m'appela son « amie grecque ». Les Vilbort me présentèrent Auguste Villemot, Aurélien Scholl, à qui je rappelai la scène de la librairie Michel Lévy.

Jules Janin, Théophile Gautier, tous les grands critiques dont Vilbort aimait à recueillir les avis et qui lui savaient gré de la mesure et du respect avec lesquels il les citait à l'étranger, se succédèrent dans notre loge. Je les connus ainsi. Chaque jour, d'ailleurs, ajoutait à mes relations littéraires.

Dans une lettre à George Sand à propos de l'*Homme de Neige,* je lui disais que je venais de relire la série de ses romans champêtres ; je ne lui en confiais pas le motif ; c'est qu'ayant enfin parcouru *Elle et Lui,* je m'étais senti le besoin de me retremper dans ce qu'elle avait écrit de plus sain. J'ajoutai que, bien plus paysanne que citadine, je considérais comme les jours heureux de ma vie ceux vécus dans mon village de Blérancourt ; George Sand me répondit :

« Faites donc quelque chose sur vos souvenirs de cette époque pendant qu'ils sont tout frais. Votre titre est trouvé : *Mon village.* »

J'y songeai alors et je commençai *Mon Village,* mais il me restait la crainte de ne pouvoir être éditée par un grand éditeur, ce qu'on me disait être nécessaire pour mon prochain livre.

C'est chez Mme Vilbort que je rencontrai un jour Hetzel, retour d'exil. J'avais raconté à mon amie mon chemin de croix chez les éditeurs et elle connaissait la réponse d'Hetzel datée de Bruxelles où il était alors.

« Si votre livre est bon, vous devez vous moucher dans un mouchoir à carreaux, priser, etc. »

Mme Vilbort, sachant qu'elle allait recevoir une après-midi la visite d'Hetzel, m'écrivit de venir « nous amuser ».

J'arrivai bien entendu la première. J'enlevai mon chapeau pour avoir l'air d'être de la maison. Nous devions ne nous appeler que « cousine ». Hetzel entra. Mme Vilbort étant bruxelloise, il lui apportait des nouvelles de sa famille. Je ne disais mot, Hetzel me regardait.

« Ma cousine et moi, reprit à un moment Mme Vilbort, comme si elle trouvait inutile une présentation.

— Voulez-vous me présenter à mademoiselle, demanda tout à coup Hetzel.

— Monsieur Hetzel... Mme Juliette La Messine, auteur des *Idées anti-Proudhoniennes.* »

Hetzel bondit si drôlement sur sa chaise que Mme Vilbort et moi nous eûmes le fou rire. Avec cela, il se mouchait dans un foulard de couleur et il prisait!!! Nous ne pouvions plus nous arrêter.

« Il est clair, dit Hetzel, qui avait fini par rire avec nous, que j'ai été un imbécile, mais, ajouta-t-il galamment, je ne croyais pas l'avoir été à ce point; comme de telles gaffes avec les jolies femmes ne me sont pas habituelles, j'entends réparer celle-ci sur l'heure. Je vous prie donc, madame, de me confier votre prochain livre, à moins qu'il ne soit promis. Si c'était un roman ou quelque chose d'approchant, j'ai une édition en commun avec Michel Lévy, et je la mets à vos pieds. »

Je lui parlai alors du conseil de George Sand et lui dis que je le suivais.

« J'éditerai : *Mon Village,* » conclut Hetzel.

Je lui confiai alors mon embarras à cause de mon mari qui, pour jeter le trouble dans ma carrière littéraire, avait signé de son nom une édition de mes *Idées anti-Proudhoniennes* et qui ne me laissait publier sous mon nom des brochures chez Dentu qu'après de longs débats et des conventions dont le détail est ici inutile.

« Il n'a pas le droit de faire cela, n'est-ce pas, mon cher Hetzel? s'écria indignée Mme Vilbort.

— C'est son droit absolu s'il est marié sous le régime de la communauté. Le fruit du travail de la femme appartient au mari, le salaire même de l'ouvrière, que l'ouvrier abandonne avec des enfants, peut être touché par le misérable et mangé avec une gourgandine.

— C'est abominable.

— Oui, abominable. Il faut que vous changiez de nom, madame, me dit Hetzel.

— Le mien est si petit que les miettes n'en vaudront plus rien.

— C'est au contraire maintenant que vous y perdrez le moins.

— Quel nom prendre ?

— Voulez-vous m'accepter pour parrain ?

— Très volontiers.

— Quel est votre nom de jeune fille ?

— Juliette Lambert.

— Avec un t.

— Oui.

— Comme il faut y changer quelque chose, nous ôterons le t et nous aurons un nom sur lequel la communauté conjugale n'aura pas de prise.

— Est-ce possible ?

— Absolument. J'attends *Mon Village* et je suis certain que Michel Lévy sera aussi enchanté que moi de réparer son insolence. »

Hetzel n'était pas seulement un éditeur plein de ressources d'esprit, bon et paternel pour les jeunes auteurs, c'était aussi un homme politique d'un caractère respecté et un écrivain de grande valeur sous le nom de P.-J. Stahl.

Rédacteur au *National,* il fut nommé, en 1848, chef de cabinet du ministre des Affaires étrangères, puis secrétaire général du Pouvoir Exécutif, sous Cavaignac, dont il devint l'ami le plus dévoué. Hetzel ne devait plus retrouver, au retour d'exil, celui qu'il n'avait cessé d'appeler son chef, le général Cavaignac, mort à la chasse de la rupture d'un anévrisme en 1857.

On citait Hetzel parmi les causeurs célèbres les plus spirituels, avec Henri Rochefort, Edmond About, Aurélien Scholl, Edmond Texier, d'Ennery. Comme écrivain, son talent était très supérieur à sa réputation. Sainte-Beuve avait souvent répété dans ses *Causeries du Lundi* qu'il le classait parmi les premiers conteurs de notre temps. Mérimée disait très haut que dans le récit des aventures humoristiques, P.-J. Stahl était supérieur à Dickens.

Ses mots couraient tout Paris. Dès qu'on les avait entendus, ils vous venaient aux lèvres avec tant d'à-propos qu'on les répétait, faisant ainsi leur fortune. Le « comme dit Hetzel » devint fréquent après l'amnistie dans notre milieu.

Il lisait lui-même les manuscrits et avait, dans sa longue carrière d'éditeur, appris à résumer tant d'œuvres d'un mot, qu'il jugeait un homme de la même façon qu'un livre et gravait d'un trait définitif son caractère et sa vie.

Républicain convaincu, désintéressé, ardemment épris de liberté, on n'eût pu relever en lui ni une hésitation dans ses convictions, ni un accommodement avec la rigueur de ses principes.

On trouvait, dans les livres de P.-J. Stahl, de la sentimentalité allemande, de l'humour anglais, de l'esprit parisien, le tout fondu de façon très personnelle, très originale, dans une belle et pure langue française.

Hetzel, Alsacien, adorait l'Alsace. Il morigénait ses auteurs et les conseillait avec la bonhomie alsacienne. Comme éditeur, il fut un magicien. C'est lui qui a fait la réputation de Jules Verne, celle des Erckmann-Chatrian et de tant d'autres; la seule qu'il ait négligée est la sienne. La grande littérature illustrée pour les petits lui doit le jour. Mlle Lili est sa fille; il inspira sur l'enfance et fit lui-même des centaines de livres adorables. Au 1er janvier il ensorcelait le cœur des petits et enchantait leurs parents, ravis de les voir tant s'amuser en prenant de si utiles leçons.

C'est Hetzel qui me conta, trois ou quatre ans plus tard, qu'ayant lu un manuscrit apporté par un jeune auteur et qu'émerveillé des deux premières parties, de l'art avec lequel elles étaient composées et écrites, il avait été écœuré, révolté des vilenies, plus que cela, des ordures contenues dans la troisième.

Lorsque au jour indiqué l'auteur vint prendre des nouvelles de son œuvre, Hetzel lui dit :

« Quand on a assez de talent pour écrire les deux premières parties d'un livre comme le vôtre, monsieur, comment peut-on déshonorer sa plume par ce que vous y avez *déposé* dans la troisième? Quelle aberration vous fait commettre ainsi l'acte malpropre d'un malfaiteur des lettres?

— Monsieur, répondit le jeune auteur, les deux premières parties sont pour séduire les lettrés qui font les réputations, et la troisième pour les lecteurs qui achètent le livre.

— Comment! vous osez avouer cela, mais c'est du cynisme!

— J'apprendrai au lecteur français à avoir du goût pour la peinture des vices qui l'entourent. La vérité flagelle les hypocrites et déniaise les soi-disant vertueux.

— Ce sera de belle besogne! Fasse le ciel que vous n'ayez pas la puissance de corrompre nos lecteurs et de détruire tout le bien que nous et ceux qui nous ont précédés avons essayé de faire. Mais vous êtes jeune, monsieur, vous avez beaucoup de talent, j'espère que vous ne tiendrez pas votre vilaine gageure. Croyez-moi, les œuvres saines sont les seules dont la vente soit durable et que la postérité accepte. Vous portez un nom étranger; puissiez-vous, en vous francisant davantage, vous amender. »

Le jeune auteur était M. Émile Zola. Hélas! son œuvre a réalisé ses premiers vœux. Elle a déniaisé ses lecteurs jusqu'à les démoraliser.

Le vice leur a été décrit et dépeint à satiété, jusqu'à leur faire croire, à eux et surtout aux étrangers, que dans toutes les classes de notre France la corruption règne en maîtresse absolue.

*
* *

Grande émotion chez les « païens ». De Ronchaud nous raconte l'exaltation de Berlioz à propos de la reprise de l'*Orphée* de Glück, qu'il prépare avec Mme Viardot pour le Théâtre-Lyrique. Pauline Garcia, la sœur de la Malibran, y est, paraît-il, incomparable.

Nous, les païens, nous serons là à la première; de Ronchaud et moi nous avons une baignoire avec une place pour Ménard. Le fauteuil de Saint-Victor à l'orchestre est très près de nous. Enfin, nous allons être vengés d'*Orphée aux Enfers!*

Le grand soir arrive. Nous écoutons dévotement Mme Viardot. Soutenue par Berlioz et approuvée par Carvalho, elle a supprimé les concessions que Glück avait faites à Legros et qui agrémentaient exagérément un rôle si sobrement pathétique, si grec, dans le vrai sens tragique du mot, comme nous le comprenons tous trois.

Mme Viardot est sublime. Elle nous fait entendre la voix même d'Orphée. Son geste, sa physionomie, ont les expressions de la douleur antique déchirée, suppliante, sans révolte contre Zeus. La puissance harmonique de Glück me donne au deuxième acte d'*Orphée* une impression de réalité, une angoisse, une admiration d'une telle intensité que je ne respire plus.

Lorsque Orphée chante : « J'ai perdu mon Eurydice, » que la salle tout entière crie : « Bis, » et que Mme Viardot répète, plus douloureuse encore : « J'ai perdu... » moi, qui n'ai jamais eu de vapeurs, je m'évanouis.

Lorsque je reprends connaissance, mon poignet est dans la main de Ménard.

« En voilà une émotion, me dit-il, vous m'avez fait peur, votre pouls ne battait plus ! »

Je n'ai, depuis *Orphée,* éprouvé qu'une seule fois en ma vie une sensation pareille. C'était à Pétersbourg. J'entendais chanter par plusieurs centaines de chantres de la Cour une messe de Palestrina, sans accompagnement d'aucun instrument, mais le nombre des voix donnant les résonnances sonores et grandissantes d'un orchestre. Mon extase, je ne puis trouver d'autre mot, alla jusqu'à me faire perdre connaissance. Je causai une véritable frayeur aux amis qui m'entouraient. Nous étions au plus vingt auditeurs. Lorsque je revins à moi, j'entendis, avec ce joli accent dont la langue moscovite pénètre la française :

« Pour un succès, c'est un succès, l'admiration à mort ! »

Berlioz et Saint-Victor, accoudés au rebord

de notre baignoire, viennent, tandis que la foule s'écoule, causer un instant avec nous. Ménard leur raconte la peur que je viens de lui faire.

Berlioz me serre la main et la garde dans la sienne.

« Oui, me dit-il, c'est assez beau, c'est assez vrai, le tourment du malheur est assez vécu, Orphée est assez Orphée pour que l'expression rendue comme elle vient de l'être foudroie les sens. »

Et il nous quitte en répétant :

« Je vais le dire à Orphée. »

Je demande à mes amis de me ramener à pied rue de Rivoli.

Saint-Victor nous raconte en chemin que Berlioz conseille Mme Viardot, qui étudie *Alceste* avec l'espoir de le chanter un jour à l'Opéra, comme il l'a conseillée pour *Orphée*. « Le pauvre Berlioz, ajoute-t-il, songe à elle pour ses Troyens, ses pauvres Troyens ! »

Nous causons de cent choses. Une œuvre nous était venue du Midi que M. de Lamartine trouvait très belle et dont Ménard était enthousiaste. Il nous parle de Mistral, de l'auteur de cette *Mireille* dont il savait beaucoup de choses par un sien ami, ami lui-même d'Aubanel.

Aubanel ! J'entendais le nom de ce poète pour la première fois. Ménard me dit que ses vers sont pénétrés par la Grèce et ajouta qu'il suit le réveil de la langue provençale avec un intérêt passionné. On imagine si ma curiosité fut par là éveillée et si je pressai Ménard de questions.

Je connaissais vaguement le félibrige, malgré le bruit qui avait été fait autour de son passage du Rhône, de son succès à Nîmes, où les félibres avaient improvisé en vers et en prose.

« La Grèce se retrouve aux jardins de Saint-Rémy. Elle a une éclosion nouvelle sous le ciel phocéen. Tournez les yeux vers ce mouvement, reprit Ménard, et vous comprendrez à quel point l'âme poétique de la Provence azurée est attique. Je trouve la langue provençale superbe. Elle se prête aux grandes envolées, aux récits tragiques ; en même temps elle est maligne, spirituelle, chaude, c'est-à-dire ensoleillée à ravir. Elle est saine, claire, ampoulée ou simple au gré de l'écrivain. La nature, pour elle comme pour la langue d'Homère, se peint de façon imagée, avec un seul mot. Vous aimerez l'héroïne de Mistral, son pays, sa langue et lui.

— Mais comment juger une langue traduite, dis-je à Ménard.

— Vous la lirez dans le texte, aisément. Avec le vieux français de votre Picardie, un peu de latin et d'Italien, dont vous êtes teintée, vous comprendrez. J'irai demain vous en déclamer un chapitre et vous chanterez :

O Magali, ma tant amado,
Mete la tèto au fenestroun.

— Ce n'est pas plus difficile que cela,

m'écriai-je, mais c'est du Français ancestral.

— Tout simplement.

— Moi, dit Saint-Victor, que les monologues de Ménard impatientaient, je suis convaincu qu'on ne comprend rien de rien à une langue quand on ne l'a pas vécue des années durant comme nous faisons du grec et du latin, et encore. Les mots sont la physionomie des choses, et il faut avoir beaucoup lu dans les choses pour lire dans les mots. Je trouve *amado* au lieu d'aimée et *fenestroun* à la place de fenêtre, du patois, c'est-à-dire du français mal prononcé. Voyez-vous, le français pensé à la française, c'est-à-dire imbibé séculairement de grec, de latin, est suffisant, et à mon avis ce qu'il y a encore de mieux. Pourquoi aller chercher autre chose en France? Mistral, Aubanel, Roumanille, qui sont, je le reconnais, de vrais poètes, feraient mieux d'écrire leurs vers en pur français, pour nous d'abord, quitte à traduire ensuite ce français en provençal pour leurs paysans.

— Saint-Victor, dit Ménard, vous êtes un béotien.

— Pas du tout, au contraire, c'est moi qui reste athénien. »

* * *

Un soir, rue de Vaugirard, chez la comtesse de Charnacé, fille du comte et de la comtesse d'Agoult, j'avais été invitée à aller entendre Hans de Bulow, l'incomparable pianiste, gendre de Listz et de Mme d'Agoult, car il a épousé leur fille Cosima.

Je connais M. de Bulow, que j'ai vu plusieurs fois déjà chez Mme d'Agoult. C'est un artiste exceptionnel, le premier après Listz. Il se dit un homme heureux; il a une femme de valeur rare et quatre filles qu'il adore.

Nous entendrons aussi le fameux compositeur, dont on parle tant chez Mme Vilbort, que Listz et Hans de Bulow trouvent génial, dont on joue les opéras avec succès dans toute l'Allemagne, surtout à Weimar et à Berlin : *Rienzi,* le *Vaisseau-Volant, Lohengrin, Tannhauser.* Ses partisans le déclarent un précurseur, comme nous disons de Berlioz. On les oppose l'un à l'autre; mais Berlioz est l'initiateur, le premier en tête, et il laisse les fanatiques de Wagner répandre le bruit que, seul, il apporte au monde la « musique de l'avenir ». Pour les uns, ce mot est devenu une critique, pour les autres, une louange.

Hans de Bulow nous a parlé de Wagner comme d'une victime de la tyrannie saxonne, comme d'un démocrate, comme d'un révolutionnaire. Sauf le maître de la maison, M. de Charnacé, qui est, dit-on, légitimiste, quoique très mêlé à la vie des lettres et des arts, nous sommes environ vingt-cinq personnes, en majorité républicaines. M. de Bulow sait bien .

ce qu'il fait en nous présentant Wagner comme
un révolutionnaire. Pour moi, il est trop avancé,
nous dit M. de Bulow avec esprit. Quand vous
le serez davantage vous-mêmes, vous le trouverez encore en avant. Il est de la nuance
Bakounine et... Marat !

Je rencontrai quelques jours plus tard Berlioz dans la cour du Louvre et lui parlai de Wagner.

« C'est une âme satanique, me dit-il, son
orgueil est sans frein. Il se croit l'arbre qui
domine la forêt musicale. Il n'est pas cet arbre
dominateur, mais il est de l'essence du mancenillier. Gare à qui dort à son ombre ! il le tue.
Pauvre Bulow ! Wagner veut mal de mort à qui
lui a causé l'inoubliable humiliation de lui faire
du bien. J'en sais quelque chose. »

J'avais éprouvé chez M. de Charnacé une
admiration sans réserve pour le talent toujours
croissant de Hans de Bulow. Il possédait en
art une maîtrise incontestée. Nul autant que lui
ne donnait à Beethoven sa puissance ; à Mozart
sa grandeur ; à Schumann sa profonde sentimentalité ; sa simplicité, sa libre allure, à Rameau,
et, par-dessus tout, sa fantaisie savante à Bach.
Jamais, depuis, je n'ai entendu personne exécu-
ter une fugue de Bach comme Hans de Bulow.

Sa mémoire était telle qu'il pouvait jouer
durant tout un concert, deux ou trois heures,
sans un morceau écrit. Délivré du souci de la
lecture, il paraissait improviser. A mesure qu'il

s'exaltait, il atteignait la plus parfaite et la plus magistrale des interprétations.

Mais il fallait le voir écouter Wagner. Toutes ses facultés semblaient tendues. On eût dit qu'il entendait pour la première fois le morceau composé par le « maître », qu'il s'était choisi entre tous.

Après le *Prélude de Lohengrin*, que Wagner venait de jouer avec une puissance orchestrale vraiment extraordinaire, Hans de Bulow s'approcha de Mme d'Agoult et lui dit :

« Jamais rien de pareil n'a été écrit. L'inspiration dans *Lohengrin* est à la fois claire et extatique, saisissable et d'une suavité immatérielle. Et que d'art dépensé, aussi bien dans les ensembles que dans les parties ! L'arrivée des chevaliers au premier acte est la plus belle page musicale qui ait jamais été donnée à l'admiration des hommes. »

Wagner entendit la dernière phrase. Il sourit d'un étrange sourire. Sa tête énorme ne manquait pas de caractère, au moins dans le haut ; il avait le front large, élevé, la lumière y affluait ; les yeux étaient interrogateurs, tour à tour très doux et très durs ; mais sa bouche vilaine repoussait les joues et, dans un mouvement sarcastique, ramenait un menton autoritaire vers un nez orgueilleux. La singulière figure, et au demeurant antipathique dans la proportion où la physionomie de Hans de Bulow était attrayante.

Mordant, spirituel, parlant de toutes choses, que toutes il savait, puis soudainement vulgaire, personnel, outrecuidant, tel m'apparut alors Wagner.

« Moi seul, dit-il, répondant à je ne sais quelle phrase de Bulow sur une théorie musicale, je puis faire cela. Nul autre au monde n'osera le tenter, vous entendez, Bulow.

— J'entends, repartit celui-ci avec soumission, mais quelle forte tête il faudra pour fermer, après l'avoir ouvert, un tel cycle... Ce serait faire éclater tout autre cerveau que le vôtre.

— Moi, repartit Wagner en riant et avec un accent tudesque, on n'a jamais su si j'étais un hydrocéphale ou un homme de génie.

— Il a du premier, dis-je bas à Mme d'Agoult.

— Surtout du second, » ajouta-t-elle un peu sévère.

L'oreille de Wagner était d'une finesse extrême. Il nous avait entendues, car il nous envoya à chacune le merci que nous méritions.

Il parla alors des Parisiens et de leur goguenardise avec beaucoup d'esprit. Il dit son chagrin de n'être pas compris en France et d'avoir pour ennemi un rival de la taille de Berlioz.

Mme d'Agoult, qui aimait Berlioz malgré l'âpreté de son caractère, et qui savait l'état des relations de Wagner avec lui, répliqua :

« Vous n'êtes faits ni l'un ni l'autre pour vivre jamais en bonne intelligence. »

Hans de Bulow, qui était un compositeur de talent, ne produisait plus rien depuis qu'il vivait à l'ombre de Wagner, et Listz lui-même, l'auteur des *Rapsodies* et de vingt autres belles compositions, s'immobilisait. Il faisait jouer et rejouer du Wagner à Weimar. Ses seuls écarts préservateurs du « mancenillier » étaient de donner du Berlioz, et rien au monde ne l'eût empêché de le placer au même rang que Wagner.

« Le génie précurseur de Berlioz, disait Listz, compense d'autres qualités plus puissantes de Wagner. »

Quand je vis Listz à Budapest, quelque vingtaine d'années après, je lui parlai de Wagner. Il me répondit avec amertume :

« De Bulow et moi, nous avons été ses premiers admirateurs et ses premiers esclaves. Ni mon gendre ni moi, nous n'aurions pu détacher à notre profit, de son cortège d'admirateurs, même nos plus dévoués, sans menaces de rupture. Il fallait tout lui livrer, hélas ! même son bonheur ; de Bulow l'a fait héroïquement.

« Berlioz a restauré l'École française au profit de toutes les Écoles ; Wagner, ajoutait Listz, a continué l'École allemande, dont aucune tradition n'était perdue. Berlioz a précédé Wagner et a délivré la musique d'entraves qui n'ont plus gêné Wagner. Berlioz est parfois obscur, parce que l'obscurité était grande autour de son chemin, tandis que Wagner est entré dans

la route largement ouverte des grands chevau-
cheurs allemands. Autour de Wagner, aucune
tradition du génie musical de l'Allemagne ne
s'est trouvée interrompue ou faussée. Berlioz,
au contraire, a paru fatalement prendre les
choses à rebours, et plus il prouvait ce qu'il
voulait prouver, plus il soulevait de protestations et de résistances.

« Mais voyez la différence des âmes. Berlioz
ne s'est vengé de ses insuccès qu'en forçant le
public parisien à applaudir les vieux maîtres
comme Glück qui l'ont inspiré, tandis que Wagner, au milieu de ses plus grands triomphes,
est resté jaloux des plus petits succès des
autres. »

Listz admirait avec enthousiasme la *Damnation de Faust, Roméo et Juliette,* les *Troyens,* et
me prédit, en cette année 1884, que tôt ou tard
la musique de Berlioz aurait « ses jours d'accla-
mation ». Hélas! le pauvre grand Berlioz était
loin de ces jours tandis que nous écoutions
Wagner chez Mme de Charnacé.

Le soir de Wagner, je vis pour la première
fois Edmond Adam, qui devait occuper tant de
place dans ma vie. Il se tint debout toute la
soirée, non loin d'une grande glace. Par le jeu
de cette glace, vis-à-vis de laquelle je me trouvais, je voyais, sans que mon regard rencontrât
le sien, ses yeux obstinément fixés sur moi. Un
lorgnon donnait encore plus de fixité à son
insupportable examen de ma personne. Je ne

savais pas le nom de ce « monsieur », mais il
m'impatientait.

De Ronchaud, à certain moment, vint parler
bas à Mme d'Agoult, qui répondit tout haut :

« Cela ne ressemble guère à ce farouche. »

J'avais compris qu'il s'agissait du « monsieur » appuyé à la glace.

« Il est l'ami de Proudhon, et sa curiosité
s'explique...

— Bien, tout à l'heure, dit Mme d'Agoult. Je
vais en parler à qui de droit. »

J'avais compris. Je prévins la demande : l'ami
de Proudhon voulait se faire présenter.

« Qui est-ce ce grand monsieur, près de la
glace, madame ?

— Edmond Adam ? Nous sommes très liés,
mais vous ne le voyez pas chez moi, aux jours
de réception, à cause de Girardin, qu'il a toujours envie d'embrocher. Il se bat d'ailleurs
pour un rien. Après la mort de Carrel, alors
qu'il était rédacteur en chef d'un journal d'An-
gers, Armand Marrast l'a appelé au *National*.
Ses amis sont, au dedans : Duclerc, Grévy,
Carnot, tous les abstentionnistes, car il l'est résolument malgré ses qualités d'action ; au dehors :
Ledru-Rollin, Schœlcher, Louis Blanc, etc.

« Au Deux-Décembre, conseiller d'État, il
refusa de servir l'Empire. C'est aujourd'hui
l'un des pivots du Comptoir d'Escompte, fondé
par ses amis républicains Bixio, Pagnerre,
Garnier-Pagès. Je ne connais pas d'homme

plus hautement estimé, et je l'aime beaucoup. Comme ami il est du genre des Tribert et des Ronchaud. C'est le dévouement, la fidélité en personne. Un trait vous fera connaître l'homme tout entier. Après son admirable conduite, en juin, avec Bixio qu'on croyait mort, Armand Marrast, alors président, proposa à l'Assemblée Nationale de donner à Edmond Adam la grand croix de la Légion d'honneur. Elle fut votée. Edmond Adam la refusa, disant qu'il ne pourrait porter une croix gagnée dans une guerre civile et que d'ailleurs il n'avàit rien fait de plus que son devoir. Ronchaud vient de me dire qu'il a lu votre livre et qu'il désire vous être présenté par moi.

— Oh, non, non, ma grande amie, je vous en prie.

— Pourquoi?

— Parce qu'il me déplaît prodigieusement. »

Edmond Adam se dirigeait vers Mme d'Agoult, je me glissai hors du salon.

*
* *

J'avais, depuis plusieurs semaines déjà, remis *Mon village* à Hetzel.

« Nous le ferons paraître aussitôt l'époque des livres du jour de l'an passée, me dit-il, travaillez vite à autre chose. »

Je commençai mon *Mandarin*. Mme d'Agoult quitta Paris pour Nice. Quel vide son absence allait faire! Il me sembla que je perdais un guide, un appui, et je l'émus par mon chagrin.

« Quelques mois sont vite passés, me dit-elle, et je vous écrirai souvent. »

Je lui demandai l'autorisation de lui dédier *Mon village*, dont je lui contai les aventures avec Hetzel; je n'ajoutai pas que c'était sur les conseils de George Sand que j'avais fait ce livre. Elle aurait vu là quelque chose comme une infidélité; c'est pourquoi je désirais que ce volume fût placé sous son patronage, et j'écrivis à George Sand pour lui expliquer le sentiment qui m'inspirait. Elle me répondit par une lettre très maternelle, me disant qu'en amitié le premier devoir était de ne pas causer de chagrin à ceux dont on se croyait amie.

Dans les derniers jours de décembre parut l'affreux livre *Lui et Elle*, diatribe basse, acte d'accusation qui reste la honte de celui qui l'a écrit. J'aurais couru tous les risques pour dédier *Mon village* à George Sand, si un tel livre avait paru avant que je parle de cette dédicace à Mme d'Agoult, qui ne m'écrivit pas un mot sur *Lui et Elle;* mais je sus, hélas! par de Ronchaud, qu'elle n'en était point indignée.

* *

L'année nouvelle eut ses éclaircies et ses renaissances. L'amour de la liberté, timide encore, se fortifiait dans les classes supé-

rieures. Ceux qui avaient exalté le gouvernement du 2 Décembre, le retour à l'ordre, à la
sécurité, en jouissaient moins ou trouvaient que
ces deux bienfaits n'étaient pas si assurés que
cela. Et puis, il faut le dire, la campagne anti-
autoritaire était superbement menée. Dans tous
les partis d'opposition, l'élite de l'intelligence
se mettait au service des idées libérales et attaquait le pouvoir personnel.

Bientôt au *Courrier du Dimanche* la pléiade
fut complète. Elle allait de M. de Montalembert
à Prévost-Paradol, d'Eugène Pelletan au comte
d'Haussonville, de Villemain à J.-J. Weiss.
Les impérialistes répétèrent : « Ce sont les orléanistes qui inspirent et mènent l'opposition. »
Ce n'était pas exact ; les orléanistes, qui combattaient avec les républicains, s'extériorisaient, au
contraire, de leur milieu, pour défendre les idées
libérales.

M. de Girardin n'était pas content. Il nous
répétait, ce qui devait résumer l'opinion du
Palais-Royal (nom général qu'on donnait à
tout ce qui se rapportait au prince Napoléon,)
que le jeu de bascule de l'Empereur entre les
ultramontains et les révolutionnaires italiens,
accumulait sur sa route les plus graves dangers. Les premiers l'accusaient de faire cause
commune avec Garibaldi, les autres de trahir la
cause italienne.

C'était M. Thiers qui donnait par Prévost-
Paradol la vraie note à l'opinion libérale. Son

salon réunissait les opposants de quelque
nuance qu'ils fussent. « Ami de la liberté » suffisait comme formule de ralliement, place Saint-
Georges.

Ce ne sont que ragots sur la brochure *Le
Pape et le Congrès,* attribuée à la collaboration
de l'Empereur et de M. de Laguerronnière, et
établissant que la France n'a plus à intervenir
dans les affaires italiennes. Vers le milieu de
janvier, le *Moniteur* complète la brochure par
une lettre du ministre d'État établissant que la
France doit s'occuper de ses propres affaires et
indiquant qu'une grande réforme économique
est sur le point de se faire. L'Europe apprenait
aussi qu'un tout autre esprit allait dominer la
politique de Napoléon III. Les grands mots de
commerce, d'agriculture et d'industrie, réappa-
raissaient dans tous les discours officiels. On
était loin de l'allocution de l'année précédente
à l'ambassadeur d'Autriche.

L'Angleterre calmée offrait un traité de commerce.

Quoi! allait-on abandonner le Pape aux
intrigues de la maison de Savoie?

Les grands manufacturiers, ennemis du traité
de commerce avec la perfide Albion, s'unissaient
aux cléricaux et protestaient bruyamment
contre les « revirements impériaux ».

M. Cousin s'écriait de sa voix la plus retentis-
sante : « Tous les honnêtes gens sont avec le
Pape. » D'autres ajoutaient parmi les conserva-

teurs : « L'Empereur s'affole et recherche une popularité qui l'achèvera. » Les ministres et les évêques étaient à couteau tiré. Pie IX, le 1er janvier, avait flétri la brochure *Le Pape et le Congrès*, par ces mots : « C'est un monument indigne d'hypocrisie et un tissu ignoble de contradictions. »

Nous, républicains, nous buvions beaucoup de lait. Nous devenions anti-cléricaux enragés, sans pour cela être moins anti-impérialistes. Il s'éloignait de plus en plus de nous, le temps où les républicains de 1848 faisaient bénir les arbres de liberté et reconnaissaient Jésus et l'Évangile comme les inspirateurs de leur formule : liberté, égalité, fraternité. Nous demandions à grands cris la dissolution de la société de Saint-Vincent-de-Paul, qui, nous en étions convaincus, faisait courir à la France les plus graves dangers.

Le positivisme de Littré, plus encore que celui d'Auguste Comte, avait détaché les francs-maçons du Grand Architecte de l'univers. L'Empire soufflait l'agitation anti-cléricale dans les loges et trouvait au fond de l'âme des foules les suspicions contre les prêtres qu'y avait, peu à peu, fait pénétrer le *Juif-Errant*. Le *Siècle*, qui tirait à trente mille exemplaires, chiffre considérable alors, secrètement dévoué par son directeur, M. Havin, à M. de Morny, cultivait chez ses abonnés, épaves du parti républicain de 1848 en province, les vieilles idées voltairiennes. Flaubert, à cette époque, appelait Voltaire « un saint, une âme tendre ». Peyrat disait, bien avant Gambetta : « Le cléricalisme, c'est l'ennemi ! »

Guéroult, et l'on affirmait que l'*Opinion Nationale* n'avait été fondée que pour cela, inspiré par le prince Napoléon, menait, à grand fracas, sa campagne de mangeur de prêtres.

M. de Morny, le prince Napoléon, les francs-maçons, les positivistes, les bourgeois voltairiens, les républicains de tous les groupes, faisaient en France la même besogne que l'habileté de Cavour, la propagande ardente de Mazzini et de Garibaldi, faisaient en Italie.

Seul, le *Courrier du Dimanche* protestait contre la folie anti-religieuse en des pages prophétiques.

Autour de Napoléon III, ses intimes et ses dévoués s'inquiétaient, car, d'une part, les attaques contre les cléricaux l'englobaient, et, d'autre part, les prêtres du haut de la chaire l'appelaient « Néron » et « persécuteur de l'Église ».

Deux années plus tard, Mérimée racontait un jour devant moi que l'Empereur s'étonnant d'être ainsi en butte aux attaques venant des côtés les plus opposés, l'Impératrice, de qui Mérimée tenait le fait, copia, pour la faire lire à Napoléon III, une phrase d'un article de Montalembert qui le frappa singulièrement : « Un gouvernement peut commettre tous les

crimes sans être renversé, mais s'il s'unit à
ceux qui attaquent les croyances de sa nation,
il sape lui-même sa propre base. Un gouvernement, quel qu'il soit, ne trône sur terre qu'accro-
ché aux nuages sur lesquels Dieu trône au
ciel. »

Arlès-Dufour, qui ne quitte pas Paris en ce
moment, nous invite à dîner « au cabaret »,
Mme Charles Reybaud, le docteur Ivan, Louis
Jourdan, Lambert-bey, Girardin et moi.

Arlès-Dufour est très mêlé aux pourparlers
du traité de commerce. L'Empereur le fait
appeler presque journellement. Il se dit aussi
passionné du traité de commerce pour la France
que ses amis Cobden et John Bright le sont
pour l'Angleterre. Tous trois répètent la même
chose : « C'est un demi-siècle de prospérité
pour les deux pays. »

Arlès-Dufour, que Napoléon III avait en
estime parce que c'était un désintéressé, un
sincère, et que l'espèce en devenait chaque jour
plus rare autour de lui, nous raconta à table les
propos qu'il venait d'échanger avec l'Empereur.

A moitié interrogé, il s'était laissé allé à
parler du saint-simonisme et des rêves de
l'École que lui, Arlès, gardait intacts au fond
de sa pensée, les croyant toujours réalisables.

Napoléon III lui dit tout à coup : « N'admet-
tez-vous pas qu'on a un peu raison quand on
vous appelle toqué, mon cher M. Arlès?

— Oui, Sire, je suis toqué, répondit Arlès-

Dufour, mais Votre Majesté sait bien qu'il n'y a que les toqués qui réussissent. »

L'Empereur éclata de rire. Il se leva en disant :

« Sortez, impertinent, et ne revenez que demain à deux heures ! »

L'histoire amusait beaucoup Arlès-Dufour, ravi, disait-il, de nous la servir toute chaude.

Mme Charles Reybaud parlait Provence avec Arlès-Dufour, qui y était né et l'adorait, avec Louis Jourdan, Provençal comme elle-même. On causa de Marseille, et bientôt de proche en proche du canal de Suez, dont les travaux étaient commencés. Ce fut un déchaînement. Sauf moi et M. de Girardin, tous étaient saint-simoniens, et qui pis est, M. de Girardin se glorifiait d'être l'ami le plus intime de M. de Lesseps.

« Lesseps est abominable, disait Lambert-bey, d'avoir détourné à son unique profit les travaux des saint-simoniens. Je faisais partie de la mission, je sais comment Enfantin et les ingénieurs parmi nous ont travaillé. Tout nous appartenait dans ce projet, et Lesseps, en nous le prenant, a commis là une mauvaise action qui lui portera malheur. »

Girardin passait à bon droit pour l'ami le plus courageux qu'on pût avoir.

« Sans doute, les saints-simoniens, dit-il, comme beaucoup d'autres avant eux, ont étudié un projet du canal de Suez et relevé des plans ;

mais Lesseps est le seul qui ait été en mesure de faire d'un rêve une réalité, et vous en subirez l'histoire, car vous êtes tous des hommes justes, Mmes Reybaud et La Messine comprises, et il faut que vous entendiez la vérité.

« Personne ne peut nier que le père de Ferdinand de Lesseps ne soit *l'inventeur* de Mehemet-Ali. Il était consul en Égypte quand M. de Talleyrand le pria de trouver dans l'armée égyptienne un homme assez énergique pour mettre fin aux troubles qui désolaient le delta. M. de Lesseps désigne alors Mehemet-Ali.

« Lorsque, parvenu au faîte de la puissance, Mehemet-Ali vit arriver en Égypte le fils de son protecteur, il l'accueillit à bras ouverts et fut heureux de l'amitié inspirée par Ferdinand de Lesseps à son propre fils Saïd. A la mort de son père et dès son avènement, Saïd résolut d'entreprendre, suivi de son armée, un voyage dans le désert lybique. Il s'empressa d'inviter son ami de Lesseps à le faire avec lui, et c'est dans l'intimité de cette expédition que Ferdinand parla pour la première fois à Saïd de son intention de percer l'isthme de Suez.

« Saïd s'enthousiasme pour l'idée, et, à son retour, il entretient officiellement les consuls étrangers de sa résolution de faire le canal de Suez et d'en confier l'exécution au seul Ferdinand de Lesseps, son ami.

« Et alors commence la lutte avec l'Angleterre. Voyons, Arlès, vous savez les entraves, la malveillance que met Palmerston quand il s'agit d'une œuvre française. Cobden et Michel Chevalier en ont souffert assez. La campagne de Palmerston contre Suez devrait vous faire tous soutenir Lesseps au lieu de l'attaquer. Vous savez bien qu'il va répétant partout que, lui vivant, le canal ne se fera pas, que c'est une escroquerie. Mon cher Arlès, quand Lesseps passera à Paris, je vous conduirai à lui, et vous êtes trop français pour ne pas lui dire : « Réus- « sissez et vous aurez bien mérité de l'École « saint-simonienne et de la France. » Avant trois mois la société du canal sera constituée et vous vous en réjouirez, j'en suis certain.

— On fait ce qu'on veut d'Arlès, avec des paroles comme celles-là, dit Lambert-bey ; il ira embrasser Lesseps, j'en suis sûr, mais les banquiers saint-simoniens, eux, ne pardonneront pas.

— Je comprends, dit Girardin, que les saint-simoniens aient gros cœur, car ils savent conduire l'entreprise de grands travaux, de ne pas compter celui-là à leur avoir ; mais Lesseps seul, croyez-moi, a pu jusqu'ici et peut encore lutter contre l'Angleterre.

— Un homme n'amasse pas en vain tant de haines, répliqua Lambert-bey, et il faudra voir la fin de tout cela. Si le canal échoue, il restera à l'actif de la France ; s'il réussit, les Anglais l'achèteront comme ils achètent tout quand ça vaut la peine.

— Allons donc! dirent à la fois MM. de Girardin et Arlès-Dufour.

— Toi, Arlès, ajouta Jourdan, tu crois en Cobden; le fait est qu'il est l'un des moins anglais! mais tu crois en même temps que Gladstone et Palmerston lui laisseraient négocier son traité de commerce s'ils ne le sentaient pas quelque peu défavorable à la France. Je répète comme vous tout à l'heure : « Allons donc! »

Quelques jours après notre dîner, le traité de commerce avec l'Angleterre était signé. Restait la ratification des Chambres, mais Michel Chevalier et Arlès-Dufour ne doutaient pas du résultat.

Mon Village parut. Hetzel et Michel Lévy furent plus qu'aimables pour ce petit livre. Juliette Lamber fit son entrée dans le monde littéraire.

« Le tour est bien joué, me dit mon mari. Je trouverai moyen de vous le rendre. »

Je reçus un *brevet de capacité* de Littré. C'est le titre mis par lui en tête de la précieuse lettre qu'il m'écrivit. Ce livre l'intéressa parce que j'y faisais parler mes paysans comme ils parlent, et cependant de façon à être compris par un lecteur parisien. Dans ce *Village,* je développai pour la première fois l'idée, que personne n'avait eue encore, des *Trains de travail* à prix réduits, pour les moissonneurs belges qui reviennent chaque année à l'époque des moissons. La presse fit un accueil chaleureux à ce projet.

Ce fut à propos de *Mon Village* et des nombreux mots de vieux français qu'il y trouva, que Littré, en me questionnant sur certains mots du patois picard, me dit que son ambition était de faire un grand dictionnaire français.

Parmi les nombreuses lettres que je reçus à propos de *Mon Village*, il s'en trouva une très flatteuse d'Edmond Adam. J'y répondis fraîchement, mais cette réponse, loin de le décourager, sembla l'autoriser à m'écrire à nouveau sous différents prétextes et, bien mieux, à venir me saluer et causer avec moi un soir que j'étais au théâtre avec Mme Fauvety, qu'il connaissait, il est vrai.

Il osa s'informer de l'heure où l'on pouvait me faire visite. Je ne lui répondis pas.

« Adam est l'un des républicains que nous honorons le plus, Fauvety et moi, me dit Mme Fauvety ; Renouvier, si vous lui en parlez, vous dira qu'en dehors des grands exilés et depuis la mort de Cavaignac, Hippolyte Carnot, Jean Reynaud, Edmond Adam, sont ceux qu'il estime de façon particulière et qu'il appelle le « trio moral ».

Quoique Edmond Adam continuât à me déplaire et à m'inquiéter par sa persistance, je ne pouvais cependant pas me sentir blessée de voir un homme dont le caractère avait cette valeur me témoigner une aussi flatteuse sympathie.

Quand je revenais auprès de mon père, il me questionnait toujours curieusement sur les

nouveaux personnages que j'avais rencontrés.
Je lui parlai d'Edmond Adam.

« Celui-là, c'est de l'or en barre, me dit mon
père ; sais-tu qu'il est monté à l'assaut de la
barricade Saint-Antoine, sans armes, qu'il a
refusé la grand croix de la Légion d'honneur
votée par l'Assemblée en disant...

— Je sais tout cela, papa, et bien d'autres
choses encore, mais croirais-tu qu'il me déplaît
extrêmement.

— Eh bien, je t'autorise à lui dire, quand tu
le verras, que ton père aurait le plus grand plaisir, si l'occasion s'en présentait, à lui serrer la
main, car il est l'un de ceux, et des rares, dont
un vieux républicain peut être fier. »

Mme d'Agoult m'écrivait de Nice de courtes
lettres, tout à la joie de humer le soleil, me répétait-elle, de s'envelopper de lumière et d'azur,
de vivre au milieu des fleurs. Elle me promettait une longue lettre sur une poétesse extraordinaire qu'elle venait de découvrir.

*
* *

Wagner, conseillé par Hans de Bulow, par
Mme de Charnacé, dont la froideur et la réserve
n'étaient qu'apparentes et qui avait l'admiration très active, par M. de Charnacé, très aimé
dans tous les milieux influents, mondains, littéraires et artistiques, Wagner, dis-je, très soutenu par les Allemands fixés à Paris et par

quelques partisans fanatiques comme les Vilbort, organisait trois concerts et avait loué pour
cela la salle des Italiens.

Quoiqu'il me fût rien moins que sympathique, entourée comme je l'étais, je me serais
accusée de défection si je n'avais placé le plus
de billets possible pour les concerts de Wagner ;
Michel Lévy m'y aida un peu. Edmond Adam
m'écrivit pour me demander vingt billets, et,
cette fois, je dus le recevoir lorsque quarante-
huit heures après il se présenta chez moi venant s'acquitter.

« Déjà ? m'écriai-je.

— Je vous confesse, madame, me répondit-il,
que j'ai dû prendre beaucoup de peine. Si je
n'avais répété plaisamment à mes amis qu'il
fallait connaître « la musique de l'avenir », je
crois que je n'aurais pas placé un seul billet. »

J'eus, durant toute la visite d'Edmond Adam,
peur d'un mot trop aimable ; il ne le dit pas,
seulement il me demanda où je serais placée
aux concerts. Je lui donnai le numéro de mon
fauteuil d'orchestre. Pouvais-je ne pas le faire ?

Je plaçai un si grand nombre de billets que
Wagner envoya Ronchaud me remercier chaleureusement pour l' « Hydrocéphale » !

Quoi qu'on en ait prétendu depuis, il vint
beaucoup de monde à ces concerts, surtout
aux deux premiers, et ils eurent un succès réel
de curiosité et d'intérêt.

Wagner, trop infatué pour notre Paris, déplut, il est vrai, à nombre de gens par sa façon extra-solennelle de conduire l'orchestre ; mais certains fragments de *Rienzi*, de *Lohengrin*, de *Tristan et Yseult*, du *Vaisseau Fantôme*, furent applaudis et goûtés. Beaucoup d'auditeurs, et moi la première, souffrirent de l'abus des cuivres. La plupart le dirent très haut ; je n'en convins qu'en dehors du cercle de Mme de Charnacé et de Mme Vilbort. Fiorentino, Théophile Gautier, discutèrent le talent de Wagner sans la moindre bienveillance. Berlioz, dans son feuilleton du 9 février, fut très dur pour « la musique de l'avenir », tout entier qu'il était à la musique du passé. Il disait préférer *Alceste* au *Vaisseau Fantôme*.

Rien n'irritait Wagner comme lorsqu'on appliquait à ses œuvres l'épithète de « musique de l'avenir ». « Catégoriser ainsi un homme, répétait-il, c'est le livrer au jugement sommaire des ignorants. Et Berlioz, Berlioz, un musicien comme lui, qui m'enterre en France sous ce terme ridicule ! »

Fiorentino appelait Wagner un « pourfendeur de mélodie ». Et cependant c'était de *Lohengrin* qu'il avait donné le plus.

J'étais placée entre Challemel-Lacour et Mme Vilbort. Edmond Adam avait le fauteuil qui suivait celui de son ami Challemel.

Challemel-Lacour et Wagner, intimement liés depuis Zurich, se voyaient beaucoup à Paris. Au second concert, Challemel me montra, à un moment donné, Berlioz applaudissant.

« Il est pris malgré lui, me dit-il. Je comprends son irritation contre les partisans de Wagner qui ont le tort de croire que, pour admirer le nouveau, il faut courir sus à l'ancien et faire d'une évolution un système. Alors les gens s'imaginent être en face d'un plaidoyer et dans la nécessité de prendre parti pour ou contre.

— Les vrais musiciens prennent à cette heure parti pour Wagner et contre tous les autres présents et futurs, répéta Mme Vilbort.

— Voilà comme il sont, » répliqua Challemel en riant.

C'est Challemel qui avait traduit à Zurich *Tristan et Yseult,* et l'on prêtait à son ami Herwegh un joli mot :

« Challemel, au contraire des autres traducteurs qui sont des traîtres, sera un bienfaiteur ; coûte que coûte, il éclaircira les obscurités de *Tristan,* et avec lui on saura ce que Wagner a voulu dire. »

Hans de Bulow pardonnera d'autant moins à Berlioz sa dureté envers Wagner, que Listz, à ce moment, faisait étudier à Weimar l'*Enfance du Christ* et la *Damnation de Faust.* Je ne sais si ce qu'on dit alors était vrai, qu'il essaya d'empêcher ces représentations, mais quand il s'agissait de Berlioz, on ne pouvait influencer ni Listz ni la princesse Caroline Sayn-Wittgenstein.

Berlioz, quand sa *Damnation de Faust* fut

jouée à Weimar avec grand succès, se montra profondément touché de la joie de ses amis, et je me rappelle que Charles Edmond nous parla du véritable « bonheur » de Gounod à la nouvelle de ce succès.

« Enfin, disait Gounod, dont la première de *Philémon et Baucis* venait d'être applaudie par un public désireux de lui faire oublier le peu de succès des premières représentations de *Faust*, enfin voilà notre maître à tous compris. Il ne parlera plus maintenant, avec une douleur de supplicié, de l'horrible « exécution » de sa *Damnation* à l'Opéra-Comique. »

Discuté, défendu, « éreinté », Wagner n'en avait pas moins pris sa place à Paris, et comme c'était dans un milieu républicain et libéral, le monde des lettres et des arts, tout entier anti-impérialiste, était prêt à faire plutôt bon accueil aux œuvres futures du musicien de l'avenir, à la condition qu'elles fussent plus mélodiques et moins bruyantes.

Challemel, mis au courant de « la passion » d'Edmond Adam pour moi par Ronchaud, commençait à me taquiner, me demandant des nouvelles de mon cœur chaque fois qu'il me rencontrait. Je ne l'obligeai à cesser ses plaisanteries qu'en lui disant :

« Challemel, vous êtes bon, et vous me faites mal. Les chagrins que j'ai ne peuvent avoir qu'une consolation : le respect absolu de mes amis. »

*

* *

Nice et la Savoie ont été cédées à la France par Victor-Emmanuel. Chez Mme Fauvety, où je dîne avant d'aller avec elle aux Français voir Mme Plessis jouer dona Clorinde dans l'*Aventurière*, Charles Renouvier dîne aussi. Il nous lit une lettre de Jean Reynaud, qui passe l'hiver à Cannes depuis plusieurs années et qui lui dit, quoiqu'il soit un ennemi de l'Empire et aussi intransigeant qu'on peut l'être, que la France, en acquérant le comté de Nice, a ajouté un superbe bijou à son écrin. Jean Reynaud s'inquiète seulement de notre nouvelle frontière. Il craint que, pour conserver intacte sa chasse au chamois, Victor-Emmanuel ne garde ses bois jusqu'à Sospel, ajoutant que ce serait alors un grand danger si le versant du col de Tende qui regarde la France restait au Piémont. Jean Reynaud ajoutait que Renouvier devait en parler à Carnot et faire une campagne de presse avec ses amis en faveur d'une frontière sérieuse.

« Nous ne pouvons nous contenter d'un ruisseau, disait Jean Reynaud, ce qui serait folie, car le Piémont nourrit des ambitions passionnées qui peuvent, selon l'opinion prévoyante de M. Thiers, nous en faire un jour un ennemi. »

Nous nous agitons, peine inutile. La frontière piémontaise, un an plus tard, reste avancée jusqu'à Sospel.

Quelques jours après l'*Aventurière*, Mme Fauvety et moi, nous retournons aux Français entendre Mme Ristori jouer *Phèdre* en italien et déclamer des vers de Legouvé avec un accent qui nous fait comprendre son refus d'accepter le rôle en notre langue. Mme Fauvety, dont le grand succès a été dans *Phèdre,* me fait admirer savamment la compréhension du caractère de *Phèdre,* le jeu si personnel et si passionné de la grande tragédienne.

Édouard Grenier vient me voir et me parle d'un projet d'envahissement de la Sicile par Garibaldi, que lui a confié Bixio, avec l'autorisation de m'en faire secrètement part. Ma brochure sur Garibaldi m'a enrégimentée parmi ses fidèles.

Or Nino Bixio, frère d'Alexandre, que je connus plus tard, me raconta un jour l'aventure :

« A Gênes, au moment de l'expédition des mille, je fus chargé par Garibaldi de choisir le bâtiment qui devait transporter les armes. Je m'entendis avec le directeur d'une compagnie qui m'autorisa à prendre l'un de ses navires dans le port. Je choisis le *Milanais*. J'allai moi-même, avec une quarantaine d'hommes, vers onze heures du soir, prendre possession du vapeur et trouvai prudent de garder les matelots prisonniers.

« Mais, pour sortir de la rade de Gênes, il fallait chauffer le navire, mettre en mouvement la pompe pour emplir la machine. Cela faisait du bruit. Le bateau n'étant pas désigné comme partant, ce bruit attira l'attention de la police, qui descendit à bord.

« Grand émoi parmi les garibaldiens. Prévenu, je surviens et paie d'audace.

« Si vous ne me laissez pas partir, j'ai quarante hommes, dis-je, et je vous fais mettre à fond de cale.

« Je n'avais cependant pas, me dit Nino en interrompant son récit, l'idée de *faire du sang*. »

Et il poursuivit :

« La police quitta le bord, déclarant qu'elle allait revenir en force. On hâta le départ. Les armes et les munitions avaient été confiées à des contrebandiers, hommes sûrs qui devaient garder le tout dans une gorge, non loin de la mer ; mais un contrebandier arrive, effaré, racontant qu'ils ont été surpris, que tout est saisi. A cette nouvelle, mes hommes se troublent, hésitent, veulent être débarqués.

« Je me souviens tout à coup, continue Nino, qu'on a nouvellement approvisionné quelques petits forts sur la route. J'en fais part à mes volontaires et je leur propose d'en dévaliser un. Je les convainc et les emmène. Je trouvai des munitions, des armes, dans le fort, gardé par un petit poste. Je les enlevai.

— Sans trop de crainte d'être blâmé par M. de Cavour, ajoutai-je en riant.

— Et, joyeux, continua Nino sans me répondre, nous reprîmes la mer. La route tracée par Garibaldi était merveilleuse, car elle nous maintenait entre la voie suivie par les vaisseaux de grande navigation et celle des petits bricks. Nous ne pouvions, de la sorte, être découverts. Garibaldi, ajoutait Nino, se montrait par là le plus grand amiral des temps modernes.

« Et voilà ce qui rendit beaucoup plus terrible et plus imprévue l'une de nos rencontres. Garibaldi m'avait donné l'ordre de ne point me servir des signaux ordinaires, surtout pas de cloche, pas de lumière.

« Le *Milanais* filait deux nœuds de moins que le vapeur dirigé par Garibaldi, parti d'un autre point d'embarquement que nous.

« Garibaldi, s'étant endormi, avait oublié de dire à bord qu'il ne fallait ni fanal ni cloche. Le capitaine qui s'improvisa durant le sommeil du chef fit allumer et sonner...

« Nous nous trouvons tout à coup en face d'un autre vapeur marchant dans notre ligne et qui ne pouvait être qu'un ennemi. A l'instant, je songe à l'abordage; je chauffe mes compagnons, je les prépare au combat. Durant ce temps, le capitaine du vaisseau de Garibaldi s'aperçoit qu'un bâtiment sans lumière, sans cloche, marche dans ses eaux; il trouve son allure inquiétante, se croit poursuivi et se décide à réveiller le général.

« Garibaldi, ému, monte à la hâte sur le pont et crie avec le porte-voix : « Est-ce toi, Nino? » Je fus incapable de répondre, foudroyé à la pensée que j'aurais pu, dans ma précipitation, par mon emportement, tout perdre, peut-être tuer Garibaldi, le faire sombrer !

« Pendant la traversée, jusqu'en Sicile, je perdis deux fois Garibaldi.

« Un jour que je mangeais de la soupe sur le pont et croyais que mes volontaires en avaient comme moi, l'un d'eux, en passant, me dit : « Tu manges de la soupe, toi, et nous, nous manquons de pain. » Emporté par une violence que je n'ai jamais su maîtriser, je lui jette mon assiette à la face et le blesse. Indignation, révolte à bord. La mer est mauvaise. Nous avons perdu Garibaldi pour la seconde fois. On se rend maître de moi, on veut me tuer.

« Permettez, dis-je. Je suis le seul marin à bord et vous avez besoin de moi. J'ai juré de vous débarquer à un point convenu. Je vous débarquerai. Je vous suis nécessaire. Une fois à terre, vous trouverez bien assez d'arbres pour me pendre, si vous en avez encore envie. »

La révolte s'apaisa. A Marsala, pour débarquer plus vite les hommes qu'il avait embarqués en chemin, il échoua le *Milanais,* sans quoi il lui eût fallu quarante-huit heures pour les descendre en canot.

Un jour, durant l'expédition, Nino Bixio attaque une position avec ses volontaires. Garibaldi lui a fait dire : « Il faut emporter cela, ou la journée est perdue. »

Le cheval de Nino, blessé, rend le sang par les naseaux. Trouver un autre cheval est impossible. A pied, Nino est petit. Il a la voix fatiguée, il ne pourra se faire entendre. Ses volontaires, voyant son hésitation, hésitent. Nino lance son cheval à fond de train ; il ne tombe pas. Les volontaires suivent et la position est emportée.

Un autre jour, Nino est blessé en pleine poitrine. Il cherche la balle avec ses ongles, l'arrache, la jette et dit à ses hommes : « Vous voyez que ce n'est pas dangereux, ces choses-là ! »

Des canonniers fuyaient dans une panique, abandonnant leurs canons, parce que les tireurs suisses les cueillaient un à un. Nino s'assoit sur un canon durant quelques secondes et ses canonniers reviennent.

Il ne douta jamais du succès de l'expédition. Chaque fois qu'on disait à Garibaldi : « Il y a tel obstacle, tel péril, » lui, Nino, ajoutait toujours : « Nous passerons, général. »

« Garibaldi, me disait Nino Bixio, est un grand marin, un grand général. Il sait la guerre, la tactique, il sait la mer. Il ne subit jamais d'influence, ce qui est une grande force pour un chef. Il vit seul avec sa pensée, toujours doux et calme. Jamais, me répétait Bixio, à aucun

moment, *lui* ne s'emporta. Il ordonne de dé-
grader un officier du ton dont il dit : « Faites
ce compte. » Garibaldi a sur les gens une sorte
d'influence surnaturelle. Je la subis, et ce n'est
pas de l'admiration que j'ai pour lui, c'est un
culte. On n'imagine pas ce qu'il faut de douceur, de patience, là où des hommes comme
moi ont toutes les fureurs, toutes les violences,
pour commander à des volontaires, à des gens
toujours prêts à se battre, mais qui croient pouvoir se permettre de vous lâcher aussitôt, refusent de monter la garde, vous exposent à des
surprises, etc.

« On me trouve brutal, barbare, cruel quelquefois, ajoutait Nino ; je n'ai jamais pu être
autrement. Je ne suis pas sanguinaire par nature, mais souvent j'ai failli devenir fou en
cherchant le moyen d'empêcher mes volontaires de déserter, de les entretenir d'armes,
d'habits, de les nourrir. »

Devant Palerme, la bravoure de Nino Bixio
fut telle que Garibaldi le nomma major général.

Un jour que je parlai du courage de Nino à
son frère Alexandre Bixio, celui-ci me répondit
avec calme :

« Parbleu, je l'ai habitué à n'avoir aucune
peur. Quand il était tout enfant je le tenais, de
notre balcon, suspendu par un pied, au-dessus
d'une rue de Gênes. »

*
* *

Souffrante d'un rhume que je ne pouvais
guérir et d'une irritation de gorge qui me
brisait la voix, j'allai, pressée par de Ronchaud, consulter le docteur Cabarrus, ami de
Mᵐᵉ d'Agoult, de Girardin, beau-frère de M. de
Lesseps et fils de Mᵐᵉ Tallien. Je le connaissais, l'ayant rencontré ici et là, et il fut pour
moi d'une bonté si parfaite que je n'hésitai
plus, au moindre bobo, à aller le consulter. Certaines fantaisies de mon cher ami, le docteur de
Bonnard, sur le traitement des maux de gorge,
ne m'inspiraient qu'une confiance relative.

Le grand Cabarrus m'ayant ordonné le
repos, je résolus d'aller passer quelques semaines à Chauny, ma fille elle-même supportant
mal d'être enfermée à Paris.

Ma vie intérieure devenait chaque jour plus
douloureuse. Avant cette courte retraite chez
mon père, je proposai à mon mari de rendre
mon absence définitive et de nous séparer amia-
blement.

« Jamais ! me dit-il ; vous êtes le plus bel ornement de ma maison et je puis avoir besoin des
vôtres. Qu'il ne soit plus question de ceci entre
nous. »

Je n'ai pas à conter ma souffrance et mes
luttes. Le roman, certes, continuerait de façon

curieuse celui de *Mon Enfance et de ma Jeunesse*. Le développement des idées positivistes dans un esprit faux, le détrempement moral de certains Parisiens, expliqueraient avec logique les cruautés que j'eus longtemps à subir; et comme s'illumineraient dans la bonté, dans l'amitié, dans la paternité la plus noble, dans l'amour, les figures de ceux qui m'ont gardée, protégée, défendue et guidée, celles de Mme d'Agoult, de Jules Grévy, d'Arlès-Dufour, de Jean Reynaud, d'Edmond Adam, de George Sand. Mais pour donner la preuve de leur soutien moral, des actes de leur affection dévouée, pour redire ce que fut mon père, malgré la crainte que lui inspira longtemps mon mari, pour cela, il faudrait faire des confidences qui doivent rester dans le domaine scellé des intimités.

Mme d'Agoult était revenue de Nice la veille de mon départ pour Chauny. Je ne le savais pas et en fus très attristée, d'autant que je ne pus rentrer à Paris, mon père, d'accord avec le docteur Cabarrus, auquel il avait écrit, m'ordonnant les eaux de Pierrefonds.

Daniel Stern eut l'infinie bonté de me promettre de venir m'y rejoindre.

Je fus si émue, si reconnaissante d'une telle preuve d'affection de ma grande amie pour une petite personne comme moi, que je lui écrivis une lettre où je mis tout mon cœur. Elle me répondit :

« Petite Juliette, vous rendez au centuple

ce qu'on fait pour vous. Je serai à Pierrefonds dans trois jours. »

Dès que nous sommes réunies, j'essaye par cent prévenances de prouver à ma grande amie ma gratitude profonde.

Je vais lui chercher dès le matin, aux abords de la forêt, des fleurs qu'elle aime, et mon premier bonjour s'accompagne d'un bouquet, fait chaque fois de façon différente, ce qui la ravit. Je parcours à la hâte les journaux pour les lui raconter en l'amusant.

Il lui suffisait de me dire : « Petite Juliette, vous me gâtez, » pour que je croie ma journée remplie.

Mme d'Agoult me parla de la trouvaille littéraire qu'elle avait faite à Nice, d'une femme d'un très grand talent, mais d'une étrangeté plus grande encore et qui dépassait tout ce qu'on peut raconter sur l'originalité des poètes.

Elle s'appelait Mme Ackermann. On pouvait qualifier son esprit d'infernal, car elle était d'un athéisme provoquant et eût dit son fait à Dieu lui-même, répétait-elle souvent, si elle y avait cru.

« Sa conversation, d'un imprévu stupéfiant, me contait Mme d'Agoult, vaut les lettres les plus concises que j'aie jamais reçues. »

Jouant avec les langues anciennes comme avec les modernes, Mme Ackermann a un savoir sans bornes. Elle se moque des revendications féminines avec une ironie féroce :

« Sans cesser d'être femme et de tricoter mes bas, dit-elle, je suis l'esprit le plus libre et le plus dégagé de mon temps. »

« Mme Ackermann, ajoutait Mme d'Agoult, quoiqu'elle ait regretté son mari, a une horreur de l'amour « cette maladie de tempérament », comme elle l'appelle, qui la rend cruelle vis-à-vis de toute femme défendant, éprouvant, ou ayant éprouvé la passion. Vous n'imaginez pas ses apostrophes à moi-même, m'avouait en riant Mme d'Agoult.

« Mme Ackermann se déclare l'ennemie des choses, c'est-à-dire de tous les phénomènes idiots qui se produisent, en ignorant leur pourquoi. Elle ne croit qu'à la science. La soif de savoir, « de repousser le mystère », la possède. Elle se bat sans cesse contre ce mystère et se grise de ses malédictions, mais elle les rend en défis superbes.

« Toujours révoltée, Mme Ackermann ne trouve en rien l'apaisement. Elle ne croit même pas à l'amitié. Très haut perchée, dominant l'admirable panorama de Nice, elle vit seule, gardée de loin par un ménage de paysans, qui cultivent pour elle et pour eux, à moitié, des légumes et des fruits. Elle descend une ou deux fois par semaine à Nice, pour enfouir dans un long et large cabas noir les provisions de sa très sobre nourriture et faire des visites. Parfois, la senteur des dites provisions est gênante. »

Daniel Stern monta jusqu'aux solitudes de

Mme Ackermann, sa devise l'y portant*. Et comme elle s'étonnait de ne pas voir sa terre égayée par quelques fleurs, Mme Ackermann lui dit :

« Je les déteste. Les sourires et les parfums de la nature sont des mensonges ; les clartés, les lumières, des tromperies. »

*   *
*

Mme d'Agoult, dans nos promenades, revenait souvent sur George Sand.

« Ce que je lui reproche, me disait-elle, c'est ce mélange de bourgeoisisme et d'excentricités morales, ce besoin qu'elle a de ramener à leur plus simple expression ses plus folles passions, de ne raconter qu'elle et ses aventures dans ses livres, comme si le bouillonnement de ses impressions, une fois déversé de sa pensée, s'en allait où va l'eau rejetée de sa source.

« Et ce que je ne lui pardonne pas, à elle qui a de la race, c'est son manque de tenue, la façon dont elle s'habille, ses grosses farces de Nohant, et, à son âge, ses manières de rapin. C'est un manque de dignité extérieure qui compromet en elle toutes les femmes qui écrivent.

— Mais, d'après vous, ma grande amie,

* In alta solitudinem.

Mme Ackermann ne pousse guère l'élégance plus loin qu'une jardinière.

— Ce n'est pas la même chose : Mme Ackermann, comme elle le dit, est une petite bourgeoise, Mme Sand est du monde. Elle est bien née, elle n'a plus d'excuses, en vieillissant, de rester gamin. »

Je parlais d'autre chose dès que je le pouvais. Mme d'Agoult sentait bien que son opinion n'entamait pas la mienne. Elle me demanda un jour :

« Vous avez toujours votre faible pour elle ?

— Oui, dans la mesure de ma forte affection pour vous.

— Mais, qu'est-ce qui vous séduit particulièrement chez Mme Sand ?

— Son œuvre tout entière, dont la fécondité me fascine, et puis son amour des paysans, qu'elle aime comme je les aime.

— Moi, j'ai l'horreur du paysan, me dit Mme d'Agoult.

— Je ne le sais que trop, ma grande amie, puisque vous n'avez pas daigné m'écrire un seul mot sur *Mon village*.

— Il m'a intéressé, non comme type choisi, car je trouve le paysan rusé, avide, grossier, mais comme composition et comme style. Je compte vous en parler longuement ; moi, je n'aime que le peuple des villes. Je trouve, chez les ouvriers, des sentiments élevés et des clairvoyances, des générosités, que jamais vous ne rencontrez chez le paysan.

« — Vous ne connaissez pas nos paysans de France. Il n'y en a de tels dans aucun pays. L'homme de la terre est façonné par la terre, autant qu'il la façonne; il faut les aimer en même temps tous les deux.

— Vous m'impatientez, petite Juliette.

— Pardon d'avoir de vilains goûts et des goûts de vilaine, madame la comtesse. »

Je recevais un léger coup d'ombrelle ou quelque chiquenaude, quand je me permettais ces incartades de langage, mais Mme d'Agoult, à qui l'indépendance d'esprit ne déplaisait pas, car elle était sincèrement et hautement libérale et tolérante, souriait, et c'était fini... pour recommencer.

* *

De Ronchaud avait interrompu sa villégiature de Lupicin par Claude pour affaires sérieuses. Passant quelques jours à Paris, il trouva le moyen de disposer de quarante-huit heures et d'apporter les dernières nouvelles à Mme d'Agoult.

Prévost-Paradol avait quitté les *Débats*.

Son succès allait croissant à la *Presse*, où l'on s'arrachait ses articles. Le gouvernement et les impérialistes étaient furieux.

Le baron de Heckeren, rencontré par Ronchaud, qu'il connaissait de vieille date, lui dit à propos de Paradol :

« A la première occasion, on le salera. »

De Ronchaud racontait que, dans sa conversation avec Heckeren, il s'était plu à l'inquiéter en lui répétant :

« Prenez garde, prenez bien garde! Votre empire s'entame. »

Le baron de Heckeren lui répondit :

« Que le sort en décide! mais il y aura toujours une chose acquise, c'est que nous nous serons bien amusés! »

On sait que Prévost-Paradol fut, à cette époque, poursuivi pour une brochure : *Les Anciens Partis,* et condamné à trois mois de prison.

« Prévost-Paradol, dit Mme d'Agoult, que j'aime beaucoup et dont la façon d'écrire m'est un enchantement, a eu tort, selon moi, d'entrer à la *Presse.* Il s'y travaille pour prendre un autre genre que le sien et je le trouve moins *lui-même* qu'aux *Débats.* Notre ami Vacherot, qui a une sorte de paternité pour Paradol depuis qu'il l'a reçu malgré sa faiblesse en latin, à l'École Normale, m'écrivait, hier, que je devrais l'aider à insister auprès de son jeune ami pour qu'il s'éloigne peu à peu de la *Presse,* où il subit l'influence d'un milieu utilitaire qui entame ses belles vertus d'indépendance. »

On comparait sans cesse le talent d'About et celui de Paradol. Malgré la somme d'incontestable valeur déployée par About dans ce que nous appelions « ses travaux de commande », comme sa dernière brochure sur la Prusse, il était bien moins lu que Paradol.

La jeunesse tout entière, au moins nous le croyions, était anti-impérialiste. Le rapprochement que se plaisaient à faire les jeunes entre les « écrivains des Tuileries » et les écrivains indépendants n'était pas en faveur des premiers.

Mlle Clémence Royer écrivit à Mme d'Agoult à propos d'un concours suisse sur la *Théorie de l'Impôt* ou la *Dîme sociale*, et lui dit qu'elle concourrait avec Proudhon et comptait le battre. Mme d'Agoult me lut le *post-scriptum :*

« Veuillez faire part de la nouvelle à votre très jeune amie Mme La Messine; elle s'en réjouira certainement, sinon *pour* moi au moins *contre* Proudhon. »

Mlle Clémence Royer envoyait à Mme d'Agoult de longues lettres savantes et bourrées de citations de ses œuvres passées et présentes. Ma grande amie, qui était sincèrement son admiratrice, me les faisait très souvent lire, et je m'amusais à la taquiner en la priant de m'expliquer certaines citations.

Un jour je m'étais écriée triomphalement :

« Ah! cette fois, je comprends toute seule, grâce à certaine teinture des œuvres célèbres de M. de la Palice! »

La citation était celle-ci :

« L'imperfection fatale de tout langage perpétue les disputes humaines, personne ne comprenant jamais celui qui écrit ou parle, comme il se comprend lui-même. »

J'avais lu Mlle Clémence Royer et médité sur « la pénétration de l'esprit par la matière et de la matière par l'esprit ». Je lui trouvais surtout l'art de l'agencement des mots comme dans cette formule :

« Tout esprit est corps, tout corps est esprit, animant une entité unique par son essence, multiple comme nombre. »

La grande philosophe affirmait que Descartes s'est trompé, qu'il a mal posé la question, que la matière n'existe pas plus que l'esprit. Le matérialisme paraissait grossier à Mlle Clémence Royer, le positivisme une étape vers une évolution supérieure définie par elle, Clémence, étape qu'elle avait accomplie et qui s'appelait le « monisme ».

Quand je demandais à Mme d'Agoult si elle devenait « moniste », elle me répondait par un « Eh! eh! » qui signifiait : « Peut-être bien ! »

Mlle Clémence Royer était une traductrice admirable. Elle avait, en dehors de ce talent, plus de facultés de démolition que de valeur créatrice, tout comme son rival Proudhon.

Durant notre saison à Pierrefonds, nous reçûmes un tas de lettres sur le « scandale du Vaudeville ». Une pièce insensée, en trois actes, y avait été jouée à la fin de juillet, ayant pour titre : *Ce qui plaît aux Femmes*. C'était un méli-mélo extraordinaire de tous les genres. On y parlait en prose, en vers, on y dansait et chantait ; chaque acte faisait un tout à part. Bref, on ne savait ce que signifiait ce papillotage excentrique. L'auteur était Ponsard, le classique Ponsard, désireux de goûter « une fois pour voir » à l'extravagance.

La censure ayant conclu que ce qu'on ne comprend pas est dangereux, la pièce fut interdite et l'auteur exilé... quatre jours !

Un baigneur, à table, qui avait vu *Ce qui plaît aux Femmes*, déclara que « c'était cent fois au-dessous des *Exploits de Rocambole*. »

De Ronchaud était parti depuis plusieurs jours. Mᵐᵉ d'Agoult allait me quitter. Elle rentrait à Paris pour assister à une première de Charles Edmond, aux Français : l'*Africain*. Charles Edmond et Mᵐᵉ Vilbort m'avaient écrit de venir, que ma place était choisie. Je désirais moins que jamais rentrer auprès de mon mari. Le médecin de Pierrefonds, d'ailleurs, déclarait qu'il me fallait encore une semaine de traitement. J'écrivis à mon père pour qu'il vînt en décider. Pierrefonds était si proche de Chauny !

Je voulais aussi qu'il remerciât Mᵐᵉ d'Agoult de sa maternelle bonté pour moi.

Mon père vint, et il sut exprimer à Mᵐᵉ d'Agoult, en des termes qui la touchèrent, sa reconnaissance et celle de ma mère pour la protection qu'elle accordait à leur tant aimée fille.

Bientôt je restai seule à Pierrefonds. J'eus la

preuve que cette solitude autorisait de beaux messieurs à l'indiscrétion. Je reçus des fleurs que j'offris à la directrice de l'hôtel et des billets que je déchirai sans les lire ; mais, ennuyée de ne pouvoir me promener dans la forêt, ni aller et venir librement sans rencontrer des gens qui me déplaisaient, je quittai Pierrefonds et rentrai à Chauny.

Là, auprès des miens, me reposant, travaillant à mon *Mandarin,* je passai quelques semaines *très douces,* sinon calmes, à cause de ma mère toujours dramatique et toujours se reprochant mon mariage.

Ma petite Alice, qui jouait toute la journée dehors à Chauny, s'y portait bien, et mon père me demanda de l'y laisser.

*
* *

Je revins à Paris, où mes amis commençaient à rentrer peu à peu. Mᵐᵉ d'Agoult y était restée. Arlès-Dufour y passait quelques jours, me disant, me prouvant son désir de m'être bon et utile ; Toussenel « traversait » la rue de Beaune, comme disait ma vieille Beuque ; les Fauvety ne cessaient de se montrer dévoués. C'étaient mes plus chers. Quelle joie de les revoir !

J'allai souvent à Neuilly, chez ma cousine Vilbort, où je retrouvais fréquemment Charles Edmond, Sarcey, About, Louis Jourdan. On n'y discutait plus. On y jouait dans le jardin :

les hommes aux quilles, nous aux grâces! Je regrettai la belle joute d'esprit d'About et de Sarcey de l'année précédente. Nos jeux nous instruisaient peu en nous amusant.

Mais une pluie diluvienne, accompagnée d'orage, nous força un jour, après déjeuner, malgré de belles résistances sous les parapluies, à rentrer dans la maison.

Ma cousine et moi nous eûmes le même désir de remettre About et Sarcey en présence. Je dis à Jourdan de nous y aider, mais Sarcey était bien moins facile à « lancer » sur About.

Il s'était opéré en lui une transformation notable. Il avait conquis sa personnalité entière. Certes, il aimait tout autant son vieux camarade, mais il faisait nettement certaines réserves sur ses goguenardises, qu'il trouvait par trop répétées, et ce jour-là il protesta contre cette manie d'About « de tout passer au crible des mots ».

L'expression eut son succès, et Jourdan, le plus sincère des croyants au bien, au bon, au juste, ajouta :

« Le fait est que l'esprit qui ne vise qu'à l'esprit, devient un abatteur enragé et casse la tête à tous coups aux poupées que nous avons tant de peine à faire tenir debout.

— C'est si amusant de casser la tête aux poupées, répliqua About. Pif! Paf! bien tiré, encore une à terre!

— Et puis après? dit Sarcey.

— Après, tu demanderas à Taine de te les remettre sur pied, tes poupées! Toi qui l'admires de plus en plus, est-ce que tu trouves qu'il raccommode, lui?

— Non, il sape beaucoup de choses, j'en conviens; mais ce n'est pas un massacreur comme toi. Avec quelle méthode, avec quel scrupule il analyse un fait avant de le transformer en munition pour sa guerre.

— C'est vrai, il ne jette pas ses cassures au vent comme moi, reprit About; il les amasse en petits tas, mais au demeurant il laisse intacts bien moins de croyances et d'enthousiasmes que moi.

— On peut toujours espérer que Taine à la fin des fins reconstruira, tandis que toi tu démolis pour démolir.

— Comment moi, le seul normalien, l'unique conservateur, qui accepte le gouvernement établi, je suis un démolisseur! C'est un peu fort!

— C'est toi qui le démolis le plus volontiers, ton Empire. Est-ce que tu as jamais résisté à l'entraînement d'un mot! Tu mourras dans la peau d'un révolutionnaire.

— Mais, malheureux, tu me calomnies outrageusement. Je suis un pilier de l'Empire... prochainement libéral. Est-ce que j'ai jamais dit, avec Taine, que je le subis « comme un mal nécessaire »? Je suis attaché au lierre qui soutient l'Empire, au prince Napoléon. Et quel lierre. Il a la force et la puissance; il a l'esprit,

il a le savoir, il a la prescience. Sais-tu ce que
Renan nous en a dit un jour, au Palais-Royal ?
« C'est un génie ! »

— Moi, répondit Sarcey, ce n'est pas avec
des exagérations qu'on me convainc de ceci
ou de cela, au contraire. Je voudrais voir aux
nouveaux normaliens, à Paradol, à Assolant, à
toi, et même au dernier ancien comme Challemel, un autre esprit, ne pas les trouver toujours
à l'avant-garde des mots, mais à l'arrière-garde
de la pensée, comme les Cousin, les Guizot, les
Villemain. J'ai mon idéal du normalien penseur et calme.

— Tu as Taine, mais il n'est autre que dans
la forme, il ne s'y prend pas comme nous pour
batailler, pour détruire, voilà tout. Mais avec
son positivisme, son doctrinisme, son scientifisme, son spinosisme, son documentisme,
son observationisme, son criticisme, il nous
fera des générations de cataloguistes, d'expé-
rimentistes, de réalistes, d'analystes, d'exac-
tistes, mortellementistes anti-idéalistes, anti-
artistes, anti-français, anti-gaulois ! Moi, je reste
fantaisiste, mais spiritualiste pour le moins.
La seule chose qui te touche dans Taine, c'est
sa préoccupation de ne pas perdre son bon
sens. Il te séduit par tes faiblesses. Il fait de La
Fontaine le premier des éducateurs et il en
arrivera pour te plaire à exalter Boileau !

— Tout ce que tu dis là, repartit Sarcey,
malgré sa forme de boutade spirituelle, n'est

pas dépourvu d'un certain fonds de vérité. Quel dommage que tu ne puisses creuser le sable et que tu t'amuses toujours à nous jeter à la tête les pelletées prises à la surface ; tu nous sauverais peut-être, car ton esprit clair entrevoit beaucoup de choses ; moi aussi, je m'inquiète de tous ces systèmes qui tendent à faire de chaque Français un enregistreur méthodique, un classificateur de n'importe quoi. Il y aura bientôt plus d'imbéciles savants que d'imbéciles ignorants. Trop de constatation. J'aimerais mieux qu'on plante la graine de ce qui peut être.

— Mais c'est la pire critique de Taine que tu fais là. Ton préféré songe bien plus à prouver qu'il y a de l'ivraie dans les moissons récoltées, qu'à semer le bon grain. Et moi, je suis, au fond surtout, pour le bon grain.

— Tiens, About, vois-tu, je sais bien pourquoi je t'aime, c'est qu'au travers de toutes tes goguenardises tu as tout à coup des paroles qui viennent droit de ton cœur. Ah ! tu es fameusement meilleur que tu ne le veux.

— Bravo, bravo ! répéta Jourdan, je vous aime tous les deux. Vous êtes des braves gens et des braves esprits ; c'est ce qu'il faut à cette heure à notre France. Vous venez l'un et l'autre de nous dire des choses qu'il faut dire et entendre. Allez, mes enfants, luttez et espérez. Les équilibres moraux se retrouvent toujours ; ce qui n'empêche pas de foncer sur ceux qui nous déséquilibrent. Moi, je ne pardonnerai jamais à Taine d'avoir dit que le vice et la vertu sont de simples produits comme le sucre et le café. Je suis de l'avis d'About : on nous bourre de trop de systèmes, et Sarcey le pense comme nous. Nous ingurgitons trop de science. La réaction de l'imagination expulsée sera terrible. Elle nous reviendra avec des rêves fous et un cortège de superstitions fantastiques. Vous verrez ça, vous, les jeunes.

— Ah ! dit Vilbort, comme de telles discussions prouvent le vide des ragots politiques, je veux dès ce soir écrire celle-ci et la relire dans un quart de siècle. »

Moi aussi, comme Vilbort, le soir même, j'écrivis ce que je venais d'entendre. En 1878, un jour que Gambetta, Challemel-Lacour, Spuller, About, discutaient chez moi sur Zola, j'allai chercher mon vieux papier et je le leur lus. About se rappelait le sens général de sa discussion sur Taine avec Sarcey, et elle nous parut curieuse à tous. Elle l'était cependant moins encore qu'aujourd'hui, parce qu'à cette époque Gambetta, Challemel-Lacour et About lui-même pataugeaient dans le positivisme et dans le scientifisme.

On parlait de la convention entre la France et l'Angleterre pour faire cesser les massacres en Syrie, du débarquement de nos troupes, de la guerre de Chine, de l'occupation des forts de Peï-Ho. Nous gémissions en voyant partout les Anglais dirigeant notre politique de façon

scandaleuse, à leur seul avantage. Mon père,
anti-anglais passionné comme tout bon picard,
m'écrivait des lettres dans lesquelles l'excita-
tion le faisait déraisonner.

Chez Mme d'Agoult et dans les milieux d'opposition tous étaient d'accord pour dire que
les Français se sacrifiaient en Chine à une
besogne anglaise. Un jour que nous parlions
politique, Littré et moi, chez notre grande
amie, et que je lui citais une phrase de mon
père d'une extrême violence contre la guerre de
Chine, il me fit cette réponse que je n'ai pas
oubliée :

« La politique des hommes de 1848 ne dé-
colérera jamais, parce que chacun d'eux est
forcé de convenir avec lui-même que celle de
l'Empire n'a été possible qu'en prenant pour
point d'appui toutes leurs fautes, toutes leurs
divisions, toutes leurs haines. »

L'entrée des Français à Pékin, avec accompagnement du pillage du Palais d'été, faisait
s'indigner les uns, était acclamée par les autres.
Nous n'exagérions pas, nous tous de l'opposition, quand nous déclarions que les Français
faisaient dans cette guerre de Chine une besogne
anglaise. J'en eus la preuve par une confidence
du comte Ignatieff bien des années plus tard. Il
me dit que les Anglais jouaient et supplantaient
partout les Français, les traitaient vis-à-vis des
Chinois comme des troupes de mercenaires à
leur service, qu'ils voulaient même les empê-

cher d'entrer dans Pékin et que ce fut lui, comte Ignatieff, qui prévint le général Cousin-Montauban de ce qui se passait : « Entrez, lui conseilla-t-il, drapeau déployé, et défilez avec vos sonneries, vous ne trouverez pas de résistance. »

On imagine notre joie de la défaite de Castelfidardo. Seul, Edmond Adam, qui était devenu un assidu chez Mme d'Agoult malgré Girardin, s'en attrista, non bien entendu pour l'échec que subissait la cause défendue par Lamoricière, Adam étant, comme nous tous, anti-clérical, mais pour la personne elle-même du général. C'est avec Lamoricière qu'il était monté en juin à l'assaut de la barricade Saint-Antoine, et il trouvait triste de le voir vaincu.

Je vis Toussenel qui était indigné contre le dernier livre de Michelet : *La Femme*, qu'il s'était enfin décidé à lire.

« Qu'a-t-il fait de notre Velléda? me dit-il. Parce qu'il a épousé en premières noces une passive, en secondes, une fille mûre, il prétend avoir découvert la femme, la vraie femme. Qu'en sait-il, moralement, lui qui n'a été éduqué sur elle que par les ambitieuses maîtresses de nos rois? La *Femme*, ajoutait Toussenel en joignant les mains, je l'ai écrit, moi qui crois la connaître, c'est l'être adorablement perfectible, qu'on peut diriger jusqu'aux limites du divin au double point de vue de la beauté et de la splendeur de l'esprit. Comparons la femme, espèce de monstre à l'époque lacustre, à ce qu'elle est aujourd'hui! Alors, que ne peut-elle devenir? Qu'était-elle déjà à Athènes, en Gaule? Que sera-t-elle dans cent ans lorsque l'harmonie régnera sur la terre? »

En quittant Toussenel j'étais allée rejoindre Mme d'Agoult à sa promenade. Elle aimait à la faire avec une ou deux amies. Je la trouvai accompagnée d'une personne dont elle m'avait parlé, l'une de ses relations de Nice, un jeune diplomate de grand avenir qui nous pria de ne pas le nommer, si nous écrivions un jour ce qu'il nous dit alors.

Sachant ce que ma grande amie pensait de la *Femme* de Michelet, je lui contai la révolte de Toussenel.

« Cette conception de la femme malade, ce parti pris d'inférioriser un sexe qui affirme chaque jour sa valeur, continue à m'indigner moi aussi, » reprenait Mme d'Agoult.

Notre diplomate paraissait fort au courant des faits et gestes et du caractère de Mme Michelet.

« C'est l'habileté personnifiée, que cette « jeune épouse », nous dit-il. Elle fait faire de mauvais livres à son mari, mais elle lui fournit l'occasion d'écrire de belles pages sur les sentiments d'un homme d'âge revivifié par l'amour.

— Ce livre, répliquait Mme d'Agoult, m'inspire une sorte de répulsion. Déjà Michelet historien m'inquiète par la magie et la passion de son style, par la recherche de ses petites causes qui me paraissent un tort fait à la majesté de l'histoire telle que je la comprends. Prouver que la femme est une malade, c'est une injure à la jeune fille en belle santé, à l'épouse forte, à la mère saine, à toutes les femmes qui travaillent aux champs et à la ville, et cela au bénéfice d'une toute petite caste bourgeoise et inutile, et, dans cette caste, en l'honneur d'une faible dame qui eût trouvé une santé robuste, mariée jeune à un jeune gaillard, à qui elle aurait donné une demi-douzaine d'enfants.

— Moi, j'ai l'horreur de Michelet, ajouta brusquement notre diplomate.

— Pourquoi l'horreur? répliqua Mme d'Agoult.

— Je vais vous donner mes raisons. Ce à quoi je tiens le plus, c'est à la liberté de conscience.

— Mais tous nous y tenons, dit Mme d'Agoult. La tolérance est notre formule obligatoire à nous républicains, par conséquent libéraux.

— Il y a des républicains autoritaires.

— Ceux-là ont besoin d'un qualificatif à leur titre de républicain. Le républicain tout court est libéral.

— Je connais dans vos rangs, madame, un grand nombre d'anti-cléricaux, par conséquent qui me tiennent en souci pour votre prochaine république.

— Et... cette horreur de Michelet ?

— Voici. J'ai connu jadis à Strasbourg le fils de Michelet. C'était un brave garçon, honnête, affectueux, modeste, d'une intelligence moyenne. Il n'avait aucune des qualités qui prédisent la gloire, mais beaucoup de celles qui méritent l'estime dans la vie privée. Plusieurs années après la mort de sa mère, il renonça, ainsi que sa sœur, plus âgée que lui et mariée à un secrétaire de M. de Lamartine, à l'héritage maternel, Michelet le leur ayant demandé et se disant dans la gêne à cause de la perte de ses place et traitement à la suite du 2 décembre.

« Lors de mon entrée en rapport avec le fils de Michelet, c'est-à-dire en 1853, il vivait d'un petit emploi de scribe à la recette générale du Bas-Rhin.

« Son père, que la médiocrité d'une telle situation ne flattait pas, lui envoyait rarement de l'argent; il avait d'ailleurs les charges d'un second mariage, car il avait convolé avec une nouvelle épouse plus jeune que son fils et surtout que sa fille, et il estimait, après s'être fait livrer l'avoir de ses enfants, que ce qui est bon à prendre est bon à garder. Malheureusement il ne s'en tint pas là. Un jour vint où il s'avisa de découvrir qu'étant employé d'un receveur général de l'Empire, son fils pouvait être considéré comme un suppôt du tyran, chose compromettante pour lui-même, et dès lors il accabla son fils de lettres pour l'obliger à chercher un autre emploi.

« De guerre lasse, le malheureux céda et alla s'échouer dans un poste de surveillant de chemin de fer où il eut des émoluments tout juste suffisants pour manger à sa faim. Obligé souvent de faire son service la nuit au delà des fortifications de la ville, endroit malsain s'il en fut, il contracta une fièvre typhoïde. Son père prévenu se hâta si peu de se rendre à son chevet qu'il le trouva mort. De cela il se fût vite consolé, sans doute, mais, ô scandale ! il vit le cadavre entouré de cierges et tenant un crucifix dans la main. Ce spectacle affreux lui tourna le sang.

« Des amis du défunt, dont moi, nous nous trouvions dans la chambre. Il nous interpella avec véhémence et clama : « On veut donc me déshonorer, c'est une cabale ! qu'on jette dehors tous ces oripeaux !

« — Pardon, monsieur, dis-je d'un ton poli mais ferme, nous sommes des amis de votre malheureux fils, nous l'avons soigné à tour de rôle, durant sa maladie, non sans danger de la prendre. Voyant sa fin prochaine, votre fils a spontanément demandé l'extrême-onction et reçu les derniers sacrements. Nous nous opposons à ce qu'on enlève d'ici les symboles de la religion. S'ils vous gênent, adressez-vous en référé au président du tribunal.

« — Vous vous moquez de moi, répliqua

Michelet furieux, vous savez bien que sous l'Empire il n'y a pas de justice pour un homme tel que môi. Hors d'ici ! J'use de mes droits de père.

« — Monsieur, répliquai-je, votre fils était majeur, il a voulu être enterré chrétiennement, il le sera. J'ai été son ami le plus intime et je sais que vous avez, de son vivant, fort mal accompli vos devoirs de paternité. Ce n'est pas le moment d'invoquer vos droits.

« — Vous êtes un polisson !

« — Vous un sectaire doublé d'un malfaiteur. On ne se livre pas à des vociférations semblables devant le cadavre d'un fils. Apprenez que, moi, je vous rends responsable de cette mort. »

« A ce moment M. Michelet fit un geste malheureux qui nous parut une insulte. Quatre bras le saisirent, le firent pirouetter, tandis que l'un de nos camarades le poussait vers la porte.

« La logeuse, qui était propriétaire des bains Kléber, ayant ouvert l'huis, M. Michelet en profita pour disparaître. Un détail secondaire s'est effacé de ma mémoire. Qui a payé l'enterrement ? Je ne le sais plus. Un bruit répandu à Strasbourg prétendit que ce furent les jésuites ; mais les pères le démentirent. Cependant je crois que c'est l'un des révérends, le père de Franciose, qui avait administré le jeune Michelet.

— Michelet était double, ajouta Mme d'Agoult. J'ai connu de ces natures ; il devait, la plume à la main, éprouver les sentiments qu'il a décrits. Il n'a pu toute sa vie jouer la comédie. On ne trouve pas des accents aussi sincères par un effort soutenu de rhétorique. D'autre part, est-il possible d'admettre qu'il existe chez un homme une bonté, une générosité, une noblesse purement cérébrales ?

— Michelet a été mauvais père pendant toute sa vie, ajouta notre diplomate. Le dépouillement astucieux de ses enfants en vue d'un second mariage, comment concilier cela avec l'amour excessif du genre humain ? Cet amour-là est de la pose. La vanité, l'égoïsme, dominent en Michelet, et c'est pourquoi, moi, l'ami du fils qu'il a sacrifié et abandonné, je l'ai en horreur. »

*
* *

Mme d'Agoult avait reçu un livre qu'elle me prêta : *Merlin l'Enchanteur,* d'Edgar Quinet, avec une dédicace datée « de Veytaux, près de l'antique château de Chillon ». Cet ouvrage, d'une audace extrême, très curieux comme mélange de légende et de réalité présente, écrit en beau style, un peu emphatique, encadrant, comme il le fallait, à travers les temps, les nations et les idées, m'enthousiasma. *Merlin l'Enchanteur* est l'un de ces livres tellement inspirés par leur époque qu'il doit être presque impossible de le comprendre aujourd'hui. Le Jacques Bonhomme est sûrement démodé.

Mme la princesse Belgiojoso me fit le grand honneur de m'envoyer, par notre ami Dall'Ongaro, son dernier livre : *La Maison de Savoie,* où le souffle de son ardent amour pour l'Italie animait chaque page.

La liste des bons volumes qui se publiaient alors serait trop longue à dresser. Les mauvais étaient rares ; sans doute, on avait ses écœurements avec de basses œuvres comme le *Lui* de Mme Louise Collet, qu'on lisait avec dégoût, où Musset était honteusement peint, et Flaubert ridiculisé comme un être excentrique, ayant l'horreur de la campagne et ne voulant pas habiter la ville, inquiet, tourmenté, impuissant au travail, mettant cinq heures pour écrire cinq lignes qu'il remaniait le lendemain.

Mme d'Agoult ne s'indignait pas comme moi des vilenies débitées par Mme Louise Collet sur Flaubert. Elle ne l'aimait guère comme écrivain, blâmait ce besoin de retouche, maladif, disait-elle, ces exigences de perfection excessive qui nuisaient au mouvement de la pensée et à la vie du style.

Là encore nous jugions de façon différente. J'avais lu *Madame Bovary,* non pour l'intrigue dont le réalisme me choquait, mais pour la ciselure de la forme qui m'enchantait.

Je trouve un jour chez Mme de Pierreclos,

arrivée fraîchement de Mâcon et qui venait de reprendre son heure de quatre à six, Louis Ulbach, l'auteur de *Monsieur et Madame Fernel,* roman exquis, le grand succès de l'année. Louis Ulbach était un homme d'esprit, de belle humeur, menant une vie souvent difficile avec un entrain qui le faisait rechercher même par ceux auxquels il empruntait un peu trop fréquemment de l'argent. Mme de Pierreclos, qui l'aimait beaucoup, disait de lui : « Il lui faut tous les jours trois mille francs avant trois heures ; il ne les trouve que trois ou quatre fois par an et le reste du temps... il s'en passe. »

Il fallait entendre Mme de Pierreclos raconter *le Voyage de Monsieur Perrichon,* encore nouveau sur l'affiche et que peu de personnes connaissaient. Pour moi, je refusai à Mme Fauvety d'aller le voir, certaine qu'il serait inférieur à ce qu'y avait découvert Mme de Pierreclos.

Le jour même où Mme de Pierreclos nous narrait avec tant de drôlerie *le Voyage de Monsieur Perrichon,* elle parla en termes charmants d'un premier amour de Berlioz, dont elle connaissait l'héroïne, mariée à Lyon, Mme Estelle Fornier, amour pur, idylle d'une fraîcheur délicate, sentiment d'un idéalisme si éthéré qu'on n'aurait pu en croire capable le fougueux amoureux de miss Harriet Smithson, sa femme. Pauvre femme épousée, mais coupable de bourgeoisisme et morte de chagrin dans l'abandon. Mme de Pierreclos possédait l'une des lettres de

Berlioz à la jeune fille aimée et la lisait à la fin de son récit de façon si touchante que les larmes en venaient aux yeux.

Décidément, la nièce de M. de Lamartine avait tous les genres d'esprit et toutes les sensibilités de cœur.

Et, le lendemain, j'allais répétant à tous nos amis : « Faites-vous donc conter par Mme de Pierreclos le *Voyage de Monsieur Perrichon* et le premier amour de Berlioz. »

Mme d'Agoult quittait une seconde fois Paris pour Nice, et son départ me fit un plus grand chagrin encore que l'année précédente, malgré l'appui qu'elle me laissait en Jules Grévy, au milieu de mes épreuves conjugales. Arlès-Dufour, en l'absence de Mme d'Agoult, était mon grand réconfort : Jules Grévy le chargea d'aller convaincre mon père, qui s'opposait à ma demande en séparation, déclarant avec un entêtement, lequel devenait inexplicable lorsqu'on le jugeait sur ses opinions avancées et non sur ses idées provinciales arriérées, qu'il n'admettrait jamais « un scandale » dans la vie de sa fille.

Au moment de partir pour Chauny avec cette mission, Arlès-Dufour me dit :

« Mais enfin votre père est phalanstérien.

— Oui.

— Les disciples de Fourier ont l'esprit aussi libre que nous en ce qui concerne le mariage éternel avec un conjoint indigne.

— Mon père accepte toutes les idées sociales des fouriéristes, mais aucune de leurs formules de morale, qu'il range sous une seule étiquette, et avec quelle terreur : la papillonne! Chaque fois que je le quitte pour aller à Paris, il ne manque pas de me dire : « Surtout ne te laisse jamais séduire par les mensonges déshonorants de la « papillonne », et il entend par là l'abandon du ménage, quel que soit ce ménage.

— Mais, pourtant, si le phalanstère était accepté par la société?

— Mon père dit que la société épluche tous les systèmes ou philosophiques ou sociaux et qu'elle ne les accepte jamais en entier. Elle ne prend à chacun que ce qu'elle peut assimiler, et c'est toujours ce qu'il a de plus moral.

— Il y a du vrai.

— Et puis il est hanté par l'idée que ce qu'on ne fait pas strictement comme tout le monde dans la vie conjugale devient du « roman », et ce mot de roman, qui lui rappelle les idées et les erreurs de jugement de ma grand'mère, l'affole.

— Bien! Nous verrons si le « toqué » réussira là comme ailleurs. »

Arlès-Dufour dépeignit à mon père tout ce que je lui avais caché de mes chagrins, des luttes qui ébranlaient ma santé, des dangers que court à Paris une jeune et jolie femme mal mariée, des « romans » qui la sollicitent.

Il dicta à mon père ce qu'il appela sa « bonne conduite future » à l'égard de son enfant, qui était de lui consacrer sa vie dans la mesure où la situation l'exigerait.

« Si vous n'avez pas le courage d'être le vrai père qu'il lui faut, si vous ne l'aimez pas assez pour cela, dit Arlès-Dufour, je la prends ! ma femme en fera sa fille et mes enfants leur sœur. »

Le « toqué » réussissait encore une fois par sa bonté, par sa façon de culbuter les demi-arguments et de répondre en son nom personnel de ce qui pouvait manquer à la cause. Mon père comprit la forme de son dévouement paternel. Il fut prêt, en quelques heures de contact avec le meilleur des hommes, le plus admirable des amis, à m'appeler pour me défendre auprès de lui, à me suivre où il faudrait combattre pour moi. Ma mère, en même temps, eut conscience de son devoir de réparation, et, grâce à un court sermon que lui fit Arlès-Dufour, elle eut la joie de ne plus se sentir impuissante.

Le « Père » avait fait un miracle. Quand j'arrivai à Chauny, je trouvai chez les miens de la vaillance, de la sérénité : pour la première fois de leur vie ils étaient d'aplomb tous deux, voyaient le but à atteindre de la même façon. Jusqu'à ma petite Alice, dont l'esprit éveillé par tant de scènes auxquelles elle avait assisté comprenait même ce qu'on essayait de lui cacher, qui me dit :

« Le vieux monsieur à cheveux blancs est venu nous voir, c'est un « bon génie. »

Et combien de fois dans nos conversations avons-nous répété ce mot, mes parents et moi !

Mme d'Agoult, à qui j'écrivis la démarche miraculeuse de mon cher ami Arlès, me répondit à quel point elle en était heureuse. Elle ajoutait : « Petite Juliette, travaillez. Envoyez-moi les épreuves de votre *Mandarin* à revoir, et essayez-vous, dès qu'il sera terminé, à des nouvelles. Cela se place très bien et permet de gagner un peu d'argent. Votre dignité exige vis-à-vis des vôtres que vous ne soyez pas entièrement à leur charge. »

Mme d'Agoult me parlait à nouveau de Mme Ackermann. « De sa demeure haute, me disait-elle, la vue est superbe ; mais quand la lune trace un sillage d'or sur la mer en fusion, ou quand la lumière du jour enveloppe l'infini d'azur, elle blasphème et crie à l'isolement de l'homme. Et pourtant cette femme est une grande artiste. Elle a puisé aux sources traditionnelles les secrets du rythme. Son vers a toutes les élégances de la forme, toute la valeur des mots cherchés dans l'image vécue ; mais on ne sent en elle que la colère ; ni l'amour ni la maternité n'ont fondu dans la douleur ou dans la joie ce cœur incessamment irrité ; jamais le divin ne l'a frôlée. Je lui répète souvent : « Vous êtes un monstre d'ingratitude. Vous avez fixé un art, vous vivez dans le plus beau pays du monde et sans cesse vous accusez la vie. »

« Il est vrai qu'elle est laide, ajoutait

Mme d'Agoult, et vulgaire. Son front trop large, sa figure à angles droits, masculinisée par une pensée sans cesse combative, sont, à première vue, rien moins qu'attrayants. Brusque, la parole tranchante ; bourrue même, quand on lui déplaît, et elle vous le déclare sur l'heure, c'est avec un véritable mépris qu'elle voit deux femmes causer entre elles, avec dégoût qu'elle les voit s'embrasser. Elle me tolère parce que je parle allemand et que, pour Mme Ackermann, il n'y a que l'art, que la littérature, que les lettres, que la science, que la philosophie de l'Allemagne.

« Elle n'est curieuse que dès jeunes cerveaux et de leurs évolutions, dit-elle. Vis-à-vis des jeunes elle se plaît quelquefois à provoquer l'admiration par son savoir plus que la stupéfaction par ses révoltes. »

Étant sur le chemin de Bruxelles, ma cousine Vilbort vint me voir en y allant, le surlendemain même de mon arrivée à Chauny, car je n'avais pu la trouver au moment de mon départ, et elle s'inquiétait.

Je lui dis ce que je pouvais lui dire sur ma demi-liberté reconquise, et elle fut charmante pour moi et pour les miens.

Mon père écrivit à Grévy et le remercia de s'être fait le champion de sa malheureuse enfant, heureux, disait-il, de voir ma cause entre les mains du plus honoré parmi les républicains. Mon père ajoutait qu'il ne doutait pas qu'un

« maître » de la haute valeur de M⁰ Grévy, en possession des preuves dont lui avait parlé Arlès-Dufour, ne trouvât le moyen d'écarter au plus tôt de ma vie un homme qui l'a tant désespérée.

Les jours passaient. Je travaillais ; ma grande distraction était d'assister aux leçons parlées que mon père donnait à ma fille, en merveilleux éducateur qu'il était ; mais il n'exigeait pas d'elle, si délicate, ce qu'il avait exigé de moi.

*
* *

Ce qui mettait mon père hors de ses gonds — il est vrai que ce n'était pas difficile — c'était « l'opposition constitutionnelle, l'empire libéral ».

« Les mots qui hurlent d'être ensemble, répétait-il, me font voir rouge. »

On imagine comment il accueillit les décrets qui accordaient au Sénat et au Corps législatif le vote d'une adresse, la publication *in extenso* des débats, etc., etc., bref, ce qu'on a appelé les décrets du 24 novembre. « La comédie libérale m'exaspère plus que la tyrannie impériale, » disait-il.

En écrivant à de Ronchaud, qui voyait fréquemment Hippolyte Carnot, je le priai de lui répéter quelques mots qui m'avaient été dits sur lui par Renouvier : « Je ne connais pas d'homme mieux doué de la véritable sapience, faite de savoir et de sagesse, qu'Hippolyte Carnot. Jamais il n'a exprimé devant moi une pensée vulgaire. »

« Ma chère amie, me répondit Ronchaud, je ne vous envoie pas une lettre, mais un volume. Je suis certain que vous le lirez sans vous plaindre de sa longueur ; j'étais hier soir à l'agape mystérieuse que nous appelons le dîner de Mᵐᵉ d'Agoult chez Girardin. Personne n'est invité que Tribert, Littré, Carnot et moi. Nous nous réunissons en l'absence de notre noble et grande amie et nous parlons d'elle. Je lui envoie le rapport de la soirée. Cette fois, c'est à vous qu'il est dû, et Mᵐᵉ d'Agoult pardonnera. Nous n'étions avant-hier que trois : Girardin, Carnot et moi.

« J'ai d'abord commencé par dire à Carnot ce que vous aviez entendu de Renouvier et me chargiez de lui redire, mais j'ai ajouté : « Par exemple, je trouve Renouvier un bien vil flatteur. Pour posséder vos qualités, mon cher Carnot, vous n'avez eu que la peine de naître et d'hériter de tout ce que votre père avait de trop. Le fils de l'organisateur de la Victoire peut-il n'être pas ce qu'il est? Bien mieux, comme vous n'avez pu vous assimiler seul tout ce que votre père vous a légué, il en reste une belle part pour votre fils aîné, Sadi, qui sera un jour, je le prédis hautement, digne de porter le grand nom de son grand-père et de perpétuer la noblesse de cœur de son père.

Toutes les belles choses vont par trois, disaient les Grecs. »

(Je lus plus tard à Sadi Carnot, lorsqu'il était ministre des finances, cette phrase de la lettre de Ronchaud. Il connaissait la prédiction, son père la lui avait redite lorsqu'il sortit premier de l'École Polytechnique.)

De Ronchaud continuait :

« J'ai demandé à Carnot d'où il connaissait Renouvier, et il m'a répondu : « Quand j'étais ministre en 1848, j'avais la naïveté de croire qu'il fallait améliorer, réformer, voire un peu révolutionner et pour le moins mettre en lumière les hommes de progrès, à la condition qu'ils fussent équilibrés et pondérés. J'étudiai un à un les rouages de mon administration. Je fus convaincu de la nécessité de remanier les programmes d'instruction, de supprimer les choses caduques, de faire enfin des essais nouveaux et, parmi eux, de rechercher le moyen de former le caractère civique des jeunes générations; caractère en accord avec notre race, notre histoire et notre idéal patriotique, sans oublier nos besoins modernes d'action et les connaissances pratiques de la vie. Je demandai à Renouvier, qui était secrétaire au ministère et avait donné des preuves d'une valeur exceptionnelle, de me faire un manuel d'éducation dans les idées que je viens d'indiquer. Il me remit quelques semaines après un pur chef-d'œuvre. Je voulus immédiatement répandre

le bienfaisant manuel ; or, le croiriez-vous ? Je
trouvai chez mes collègues et dans l'Assemblée
Nationale un esprit de routine, une étroitesse
d'idées inimaginables. Mes meilleurs amis m'a-
bandonnèrent, me trouvant trop osé. Personne
en relisant aujourd'hui le manuel de Renouvier ne pourrait croire que les hommes de 1848
ont refusé d'en faire la base morale de l'éducation républicaine. »

« Ma chère amie, ajoutait de Ronchaud,
comme c'est votre compliment de Renouvier à
Carnot qui a commencé la conversation et que
je suis convaincu que la suite vous captivera,
je vous l'envoie tout entière. La pauvre exilée
chaunoise s'imaginera qu'elle est encore au
milieu de ses amis et les entend discourir.

« — Jamais les révolutionnaires n'ont réalisé
de grandes réformes, dit Girardin ; voyez en
Angleterre, ce sont les Whigs qui proposent et
les Tories qui disposent. Est-ce que vous, Carnot, président du Conseil, vous auriez pu imposer en 1848 une réforme de l'importance de
celle de Robert Peel, l'abolition des prohibi-
tions, c'est-à-dire le vote de la liberté commerciale ?

« Est-ce que l'un des vôtres, sous un gouvernement républicain, aurait fait signer le traité
de commerce avec l'Angleterre et décréter le
libre-échange, comme vient de le faire l'Empereur ?

« — Il y a des compensations, dit Carnot,

la République n'aurait ni déclaré la guerre à
la Chine ni laissé complimenter nos soldats sur
le pillage du Palais d'Été.

« — Ah ! mais, la « corruption impériale »,
répliqua Girardin, il faut bien qu'elle filtre
quelque part ; c'est entendu, nous sommes tous
pourris. Ainsi moi, j'ai écrit à mon ami l'amiral Coupevent-Desbois de me rapporter ma
petite part de butin.

« — Vous êtes l'un des plus coupables,
vous, Girardin, avec vos alternatives d'opposition et de ralliement, reprit Carnot. Un élégant
faisandage comme celui de Morny a du goût
pour vous. Vous aimez les manieurs plus ou
moins véreux de l'opinion, comme vous aimez
les manieurs d'argent. La corruption impériale
et les mœurs qu'elle suscite ont pu seuls permettre à des banquiers israélites d'acheter vos
journaux, comme Millaud, de marier leurs filles
à des princes, d'avoir des passages qui portent
leur nom, comme Mirès. Ne comprend-on pas
que leur valeur exceptionnelle est de duper ?

« — On les emprisonnera, tout comme les
autres.

« — Parce que de plus riches et de plus puissants qu'eux l'exigeront.

« — Comment ! vous n'êtes pas content ?
s'écria Girardin. Vous ne triomphez pas suffi-
samment de « la spéculation éhontée ». Tous
les satiristes sont avec vous. Le théâtre regorge
de pièces à succès contre les questions d'argent,

les manieurs d'argent, et les affaires se res-
sentent de cet état d'esprit.

« Tout allait mal jusqu'ici, parce qu'il n'y
avait de soupape à rien. Chaque vapeur se
concentrait et tendait à faire sauter la marmite.
Mais voici les décrets, ouf! on va pouvoir entendre le glouglou de l'eau qui bout avec une
issue. Vous parliez tout à l'heure de Morny
avec mépris, mon cher Carnot; oui, je sais, il
a fait le 2 décembre qui m'a exilé comme les
camarades, mais Morny comprend aujourd'hui
qu'il nous faut le régime libéral; il nous répète
à nous, les prévoyants et les sages, qu'il s'agit
de conquérir la liberté pacifiquement, sans
luttes, sans réaction fatale, que quand on acquiert la liberté par la Révolution, on en abuse
et on la restreint.

« Je vous le dis en vérité, ajouta Girardin,
la liberté octroyée par la tyrannie est la meilleure de toutes.

« — Puisque vous me citez Morny, le plus
délié des impérialistes, répliqua Carnot, je vous
citerai, moi, Challemel, le plus délié des républicains : « En vérité, dit-il, j'admire ces assas-
sins qui prétendent bénéficier de la résurrection
de l'assassiné; l'Empire ne sera jamais la liberté,
affirme Challemel, c'est la guerre insensée,
constante, c'est l'invasion finale, » et moi, continua Carnot, j'ajoute aux imprécations de
Challemel : L'Empire, c'est la démoralisa-
tion léguée aux pouvoirs qui lui succéderont,

car on hérite de ses ennemis même vaincus, ne serait-ce que le terrain sur lequel on les a combattus.

« — Pouvez-vous renverser l'Empire à vous tout seul, Carnot, ou avec Ronchaud et avec le millier qui reste de républicains ? Non, n'est-ce pas ? Eh bien, moi, j'aime autant pourrir que moisir. Pour avoir la liberté, je fais comme Ollivier, je m'entends avec Morny, qui seul peut arracher cette liberté à l'Empereur, car il est le plus habile, le plus vaillant, le plus politique de ceux qui l'entourent.

« — Parbleu, dit Carnot, Napoléon III est acculé en politique intérieure, extérieure, en finances, et il voit la nécessité de faire partager aux Chambres ses responsabilités. Il s'aperçoit que le bon plaisir est une trop lourde charge et il veut compromettre avec lui le parti le plus honnête qu'il y ait jamais eu : celui de 1848. Grâce à Ollivier, il mord sur nous. N'est-ce pas une honte que d'entendre le fils d'un proscrit du 2 décembre inviter Napoléon III à devenir « l'initiateur des libertés françaises », lui qui a noyé ces libertés dans le sang ? N'est-il pas révoltant de voir l'un des nôtres décerner à l'homme de Strasbourg et de Boulogne le titre de « héros légendaire » et le louer publiquement de sa « générosité »; l'humiliation pour le parti auquel appartient Émile Ollivier est par trop cruelle. « Initiateur des libertés », un Napoléon III, un Morny, un prince Napoléon pêcheur en eau trouble. Est-ce vrai, Girardin, que votre prince va fonder un journal ayant pour titre : l'*Humanité*? Rien que cela ! Il paraît qu'Ollivier fait croire à votre Empereur que l'aurore de la réconciliation de tous les partis se lève, que la paix va régner sur la France...

« — Et ne trouvez-vous pas naturel, répliqua Girardin, moitié sérieux, qu'Émile Ollivier soit prédestiné à présenter les rameaux, symbole de paix ? Vous aurez beau faire, il est l'homme du jour, les jeunes se groupent autour de lui, lui font cortège...

« — Excepté ceux qui s'en éloignent. Ollivier pour moi est un ambitieux effréné et un médiocre, votre Empereur un médiocre, votre prince Napoléon un médiocre.

« — Non, pas celui-là ! s'écria Girardin, c'est à lui que la France doit d'être délivrée de son mutisme. L'initiative, l'initiative, répète chaque jour le prince Napoléon, il n'y a que cela, et il faut la développer par tous les moyens ; c'est la soupape — il est comme moi pour les soupapes — c'est le tréfonds des doctrines politiques faites pour grandir un pays. Est-ce que de telles paroles sont d'un médiocre ? Quant à Émile Ollivier, il est admirable de diplomatie, comme il a été admirable de courage en 1848 à Marseille. Vos Edmond Adam, vos Bixio, montant à l'assaut d'une barricade avec leur canne, sont de simples conscrits auprès d'Ollivier faisant entrer l'émeute à la préfecture, et, seul, la haranguant et la renvoyant.

« — Qu'est-ce que c'est que cette histoire? dit Carnot; mais il a fui l'émeute comme un simple lapin.

« — En tous cas, vous, les actifs de 1848, répliqua Girardin, vous vous jugez vous-mêmes impuissants, puique vous n'osez affronter que... l'abstention. »

« Le document que voici, ajoutait de Ronchaud, est le plus beau présent que je puisse vous offrir pour les prochaines étrennes. J'en ai fait contrôler le texte par Girardin et par Carnot, et vous en aurez la preuve dans les mots qu'eux-mêmes ont biffés ou remplacés.

« Ils savent que ce papier est pour vous un « tournant de l'histoire impériale »; il m'a semblé qu'une discussion entre les deux hommes qui représentent les deux courants contraires de l'opinion publique actuelle, pouvait prendre place dans vos archives. Vous êtes la plus jeune de nous tous, c'est à vous que l'exposition de ces idées peut servir le plus dans l'avenir. Ainsi soit-il !

« Tout le monde vous chérit, vous le savez, vous que Girardin appelle la « très aimée de tous ».

« Je vous baise la main,

« DE RONCHAUD. »

Ce « mémoire » a gardé pour moi, et peut-être l'aura-t-il pour ceux qui le liront, un intérêt d'actualité vivante.

Toutes les lettres que je reçois ont une importance comme manifestation d'opinion et passionnent mon père ; il s'habitue peu à peu à vivre de ma vie ; quand je l'arracherai à la sienne il en souffrira moins.

Carnot a parlé à Eugène Pelletan de sa grande discussion avec Girardin et du « papier » que de Ronchaud m'a envoyé.

« Nul ne se croit plus libéral que moi, m'écrit Pelletan, mais je me méfie des « pluralités » de la liberté : liberté de ceci, liberté de cela ; ce sont des mots que la liberté contient tous quand elle existe. Or, l'Empire ne peut nous donner que *des* libertés. Ollivier procède à rebours ; il croit ou feint de croire, pour se glisser au pouvoir à l'aide de sa formule, que des libertés additionnées nous donneront la liberté ; je dis : Non. Elles créeront un état politique qui pourra se définir sous le titre de libéralisme impérial, vous entendez, impérial ! L'Empire libéral serait autre chose, ce ne serait pas la liberté qui s'impérialiserait, mais l'Empire qui se libéraliserait. J'aimerais ça, car la marche en avant s'imposerait, et un beau jour la liberté entraînerait l'Empire aux abîmes.

« L'état actuel de la politique, ma chère amie, avec son imperceptible éclaircie, nous invite à batailler de plus belle, par la presse, par les livres, par la parole, et par elle surtout :

la bonne parole! qui exige de celui qui la porte la loyauté, la conviction, la foi dans le bien qu'elle peut faire. »

Hetzel, en allant à Bruxelles, m'apporte le premier volume de mon *Mandarin,* qu'il a bien lancé, me dit-il, et qui *rend* à cause des personnalités anonymes dont on devine aisément les figures et les noms.

Que de choses il me conte : la première des *Effrontés,* d'Émile Augier, grand succès. A la représentation Sarcey l'a prié de le rappeler à mon souvenir et de me dire de lire son prochain feuilleton, qui sera « très bien » et me donnera l'idée complète de la pièce « comme si j'y étais ». Hetzel a déjeuné la veille au café du coin de la rue du Bac avec Toussenel, qui l'a chargé de m'embrasser... les mains. Courbet était là ; ils se querellaient ; Toussenel a insisté pour qu'Hetzel me répète un mot de Mirès qui court :

« Si la France tarde trop a enrayer l'action des Rothschild, elle n'aura plus dans cinquante ans de corde pour se pendre. »

Toussenel me viendra voir si mon père l'invite.

« Aujourd'hui même, » s'écrie papa.

Hetzel apporte à Alice toutes les Mademoiselle Lili possibles. Ma fille lui conseille de faire toujours beaucoup de livres comme ça et de toujours les lui donner. Il le promet.

« Petit pruneau, lui dit-il, vous serez bien jolie dans dix ans, je vous le prédis. »

En une matinée, Hetzel a fait la conquête de mon père, de ma mère, ce qui n'est pas banal, celle de ma fille, très facile à l'aide de Mademoiselle Lili.

Hetzel a une communication particulière à me faire et qui m'émeut beaucoup. La communication est de George Sand. C'est une lettre qu'elle adresse à Hetzel, sachant qu'il s'arrête chez moi et qu'elle le prie de me lire. George Sand « tient à ce que le brave cœur qui a pris sa défense ne reste pas sous l'impression des vilenies qu'on débite sur elle depuis *Elle et Lui* ». Cette lettre est belle de révolte sincère. Elle y exprime la volonté de publier les lettres de Musset et termine ainsi un long plaidoyer : « Les lettres d'Alfred prouveront ce que j'ai cent fois répété, que je n'ai pas donné à un mourant le spectacle d'un nouvel amour. Je n'ai de ma vie trompé personne. J'ai pu être cruelle, jamais hypocrite, lâche et mauvaise. Je ne puis croire que, même avili par le vice, il ait dit, *Lui,* ce qu'on lui fait dire. »

« J'en témoigne, ajouta Hetzel, Musset n'a pas menti sur *Elle* comme on l'a fait mentir ! Nous étions liés de vieille date. Je l'ai souvent interrogé sur Mme Sand ; je voulais savoir ce qu'il pensait d'elle, lire au fond de son âme ; je lui en ai parlé vingt fois quand il était gris et qu'entre hommes, en cet état, on ajoute des glorioles à ses confidences. « Non, non, rien de George, tais-toi, » me répondait-il. Un soir, rue de Grammont, à une heure du matin, je trouve Musset assis sur le pas de la porte d'une maison borgne. Il se lamentait.

« — Qu'est-ce que tu fais là ? lui demandai-je en essayant de le relever.

« — Elles m'ont chassé, elle m'ont chassé ! répète-t-il avec un larmoiement d'ivrogne.

« — Toujours les filles, malheureux, lui dis-je en le traînant jusqu'au boulevard, où je hèle un fiacre.

« — Je veux souper, j'ai faim, j'ai soif, crie-t-il à peine entré dans le fiacre. Et il hurle de telle façon que je le descends à la porte d'un restaurant où l'on soupe.

« — Je ne te donne à souper et à boire, lui dis-je en le traînant dans un cabinet particulier, que si tu me parles de Venise.

« — Je te dirai tout, donne-moi à boire ! »

« Pendant qu'il boit, je l'interpelle brusquement, durement :

« C'est une blague, George ne t'a jamais aimé ! A Venise elle t'a lâché tout de suite.

« — Je te dis qu'elle m'a aimé, s'écrie-t-il la voix éraillée, » et j'avais honte qu'il me parlât de Mme Sand en un tel état, « mais, ajoute-t-il, c'est sa tête quiaimait ma tête, tu comprends. » Et il riait, hébété.

« — Elle t'a aimé aussi avec son cœur, malheureux.

« — Avec sa tête, avec son cœur, ce n'est pas ça ! la griserie, elle ne voulait pas me la donner, la griserie, tu comprends, celle qu'on trouve chez toutes les filles. Je l'injuriais, je l'accusais de ne pas vouloir. Elle me prêchait avec des paroles douces, elle me rendait fou, tu comprends, je l'aurais tuée. Le lendemain, elle me faisait entendre que j'étais indigne d'être l'amant d'une femme, que je n'étais fait que pour les filles, et j'en convenais, et nous pleurions tous les deux sur moi ; tu sais tout, Hetzel, tu sais tout ! »

« Étant l'ami de Musset, je n'ai parlé de ses confidences qu'à Mme Sand, mais depuis *Elle et Lui* je les redis à qui veut les entendre. Ceux qui l'accusent, *Elle*, sont odieux, car elle a bravement enrayé par l'amour ce que j'ai, moi, durant plusieurs années, enrayé par l'amitié, l'avilissement de son génie par le vice !

— Hetzel, répétez cela, m'écriai-je ; répétez-le sans cesse : qu'on blâme Mme Sand, mais qu'on ne la salisse pas ! Je la sens si loyale, si *honnête homme*. Qu'elle sache que je ne l'ai jamais laissé accuser d'un vilain acte devant moi.

— Écrivez-le-lui, ma chère enfant. »

J'écrivis à George Sand ce que j'avais dit à Hetzel.

*
* *

Un volume nouveau de Proudhon, *La Guerre et la Paix*, me suggéra la pensée de refaire une édition de mes *Idées anti-Proudhoniennes*, que me demandait Dentu. Il avait enlevé les couvertures où se trouvait le nom de M. La Messine et remis le mien. J'ajoutai à cette édition une importante préface qui prenait acte des justifications que le livre de Proudhon donnait au mien, en inaugurant le droit de la Force contre le droit des peuples, ce qui complétait ses négations du droit des faibles femmes à l'intelligence.

Ma préface très vibrante et très indignée plut beaucoup.

Mes très chers amis, Louis Jourdan, Charles Fauvety, Vilbort, Clément Caraguel, Eugène Pelletan, Laurent-Pichat, non seulement me félicitèrent, mais écrivirent dans les journaux et dans les revues de façon très flatteuse sur cette préface.

Mon second « Père », Arlès-Dufour, m'envoya tout un mémoire enthousiaste. Une lettre de Challemel-Lacour, dans laquelle de légères réserves soulignaient son approbation, m'inspira une grande fierté. L'approbation de Challemel était rare. Sa réputation n'atteignait pas le degré de sa valeur. Il n'avait aucun entre-gent à cette époque. Cependant il écrivait dans toutes les revues : *Des Deux-Mondes, Nationale, Germanique,* etc., et avait donné à chacune des extraits de sa belle traduction de la *Philosophie de Ritter,* qu'il réunissait alors en volumes. Chacun des articles de Challemel était fort admiré, mais, chose curieuse, cette admiration semblait ne pas s'additionner. Combien de fois ai-je entendu dire : « Lisez donc l'article de Challemel, il est étonnant, il est superbe. » Mais combien plus rarement disait-on : « Challemel est un écrivain de premier ordre. » On le louait en détail seulement.

Il n'en était pas de même de Prévost-Paradol, très mondain, très recherché, très allant. Sa personnalité séduisante doublait l'admiration qu'on éprouvait pour ses écrits. Tous ceux qui parlaient d'un article de Paradol ajoutaient : « Quel talent! il est unique, il n'y a que lui! » Ses lettres au *Courrier du Dimanche* étaient, il est vrai, merveilleuses d'à-propos, de verve contenue, d'ironie enveloppée, de cruauté insaisissable dans le mot, qui mordaient sur le régime impérial comme un acide incolore et puissant. Il fallait collaborer avec lui, car les sous-entendus devenaient de plus en plus nombreux à mesure qu'on le suivait. On savait si bien ce qu'il voulait dire, à quoi il faisait allusion, ce qu'il cinglait; lire Paradol, c'était explorer, et que de découvertes!

Lorsqu'en août 1858 M. de Césena avait transformé la *Semaine Politique* en *Courrier du Dimanche*, il ne prévoyait guère que son journal deviendrait une grande tribune libérale.

Edmond Texier, ses filles, Louis Jourdan, de Ronchaud, Mme de Pierreclos, les Adam-Salomon, qui me laissèrent leur fille, amie de la mienne, et plusieurs autres de mes intimes vinrent passer tout un dimanche à Chauny. La journée fut très gaie, malgré le temps qui nous empêcha de sortir ; mais le salon était grand, on y causa avec esprit, on y mangea avec appétit « les bonnes choses grasses de province », comme disait Mme de Pierreclos, et le temps à passer ne sembla ennuyeux à personne. Texier nous y conta d'abord que Wagner était d'une ingratitude sans nom avec M. et Mme de Charnacé et avec nous tous, qui avions pris tant de peine pour le placement de ses billets de concert ; qu'il n'était allé faire de visites à personne parmi les républicains, qu'il rentrait à Paris comme protégé de Mme de Metternich et que son *Tannhauser* se répétait à l'Opéra par ordre de l'Empereur.

On savait l'ambassadrice d'Autriche « conseillère de genre et de tenue » de l'Impératrice, disait Texier, on ne la savait pas encore conseillère en art de Napoléon III. Elle, la très grande dame, fière d'appartenir à une cour dont on ne peut faire partie sans avoir pour le moins huit quartiers, donne à celle de France un air de café-concert. Lorsque des gens de son monde lui en font l'observation et lui demandent si elle admettrait ces façons « impériales » en Autriche, elle ne se trouble pas et répond :

« Il y a entre la Hofburg et les Tuileries la même distance qu'entre l'impératrice Élisabeth et Mlle de Montijo. »

« Mme de Metternich a deux tons, ajoutait

Edmond Texier : celui de Paris et celui de Vienne. A Paris, elle chante la chansonnette et décrète que « l'esprit de rigueur », chez elle, est le mot « pour rire ». A Vienne, la princesse de Metternich n'admet que la grande musique tudesque, entre autres celle de Wagner ; on se demande pourquoi diable elle veut nous l'imposer. Est-ce qu'elle en a assez de s'amuser en France? Est-ce qu'elle commence à trouver que notre gaieté est une supériorité?

— Gare à la rue Le Pelletier, le soir de la première du *Tannhauser*, dit Louis Jourdan ; le coup se monte.

— Berlioz, ajoutait de Ronchaud, qui avait écrit à Napoléon III — ce dont je le blâme, bien entendu — pour qu'on joue ses *Troyens*, à lui, Français de France, est furieux.

— Les Bas-Empereurs sous le Bas-Empire, continua solennellement Mme de Pierreclos, favorisaient les étrangers qui les flattaient bassement pour les perdre. Je vous livre cette historique découverte, messieurs les journalistes, puisez, puisez! »

C'est encore Mme de Pierreclos qui m'apprend que je viens d'avoir l'honneur d'être fort malmenée par M. Barbey d'Aurevilly, autre Proudhon lorsqu'il s'agit de femmes écrivains.

« Qui peut me renseigner sur Barbey d'Aurevilly? demandai-je.

— Moi! » s'écrie Edmond Texier du bout de la « table où l'on goûte » ; mais son « moi » vibrant crève un chou, dont la crème inonde sa moustache.

Nous rions tous ; Texier ne se déconcerte pas pour si peu. Il boit un verre d'eau, le fait déborder sous une serviette à thé, qu'il roule prestement et nous apparaît délivré de sa crème.

« Mesdames et messieurs, dit-il, M. Barbey d'Aurevilly est l'ennemi des femmes. On l'a dit prêtre ; non ! Si ce n'est lui, c'est donc son frère ? Oui ; voyez l'une des douces phrases écrites par ce pourfendeur du sexe. « Les femmes cherchent encore leur âme ! » Eh ! eh ! il y a bien un peu de vrai. »

Nous protestons.

« Autre phrase de M. Barbey d'Aurevilly : « Nos pères ont été sages d'égorger les huguenots et bien imprudents de ne pas égorger Luther. »

— Eh ! eh ! il y a du vrai, dit Mᵐᵉ de Pierreclos. »

Nous protestons encore.

« Le style Barbey est imagé, s'il en fut, ajoute Texier. Rien de terne. Son livre : *Les OEuvres et les Hommes,* n'est pas du premier venu. Il vous cingle les libres penseurs à coups de trique. Catholique, il n'épargne pas les catholiques, et Jourdan, qui ne dit mot, cite souvent Barbey contre Veuillot. C'est l'archisectaire comme écrivain, comme catholique, et il vous a fait, madame, en vous attaquant, beaucoup d'honneur. Il a dû vous flairer païenne. »

J'ai eu une vraie joie à revoir quelques-uns de mes chers amis.

Je reçois une lettre de Mme la princesse Belgiojoso, très courte, en italien :

« Chère amie de mon adoré pays, réjouissez-vous avec moi, de ce que le Sénat de Turin nous a donné un roi. Victor-Emmanuel est aujourd'hui roi de notre Italie. Quand le sera-t-il à Rome? Demain, si la France le veut.

« Souvenir,

« CHRISTINE DE BELGIOJOSO. »

Edmond Texier m'avait promis de m'écrire le récit complet de la première représentation du *Tannhauser*. Voici sa lettre :

« Le beau soir, ma chère amie! Quelle assistance! D'abord les intimes de Mme de Metternich, répandus avec intelligence et profusion dans la salle. Je ne puis vous les nommer tous : comtesse de Pourtalès, princesses Poniatowska, de Sagan et de Solms, comtesse Waleska, marquise de Galliffet. Puis, viennent Mme Lehon et Morny, toujours apparemment fidèle, la princesse de Beauvau et Laurent-Pichat, toujours discrètement épris, Mlle Erazzu, la belle Mexicaine, Beyens, marquis de Caux, les Rothschild, les Aguado, les frères Lambertye, le mélancolique Montjoyeux, général Fleury, Galliffet, Massa, Grammont-Caderousse, d'Althon Shée, l'empereur, l'impératrice, la cour. Et ce que j'en passe! N'oublions pas cependant la troupe au complet des grandes cocodettes.

« Vous voyez la salle ; l'esprit qui y règne est inquiétant pour nous caraïbes, qui voulons du boucan, mais les abonnés de l'orchestre sont avec nous. Pensez donc, on a sacrifié le corps de ballet.

« Mme de Metternich a la partition sur le bord de sa loge, son éventail est levé ; elle va conduire les applaudissements, attention !

« Niemann-Tannhauser entre, une lyre au bras. « Tiens, Orphée aux Enfers », dit quelqu'un. Nous, les caraïbes, nous profitons de ce mot entendu de toute la salle, pour rire très haut. Niemann est embarrassé ridiculement de sa lyre, dont il ne sait que faire. Tiens, voilà un pâtre avec son chalumeau : tu ! tu ! tu ! Où est la lyre ? La voilà ! Duo de la lyre et du chalumeau, le champêtre et le sacré ; ah ! vous entendez le hautbois ! Dieu, que c'est amusant ! on ne prend plus rien au sérieux.

« Mais, patatras ! on joue la marche, oh ! mais là, plus moyen de rire ; le beau est le beau. On applaudit, moi le second, cette diable de marche. Je la chante en vous écrivant, ta-ta-ta-ta-ta !

« Mme de Metternich triomphe. Nous rageons.

« Tiens ! voilà des harpes, à présent. Pour un défilé d'instruments, c'est un défilé. Où est la lyre ? Où est le chalumeau ? où est le hautbois ? La voilà, la lyre ! Niemann-Tannhauser rentre avec elle. Ah ! tant mieux ! qu'elle ne soit pas perdue, la lyre ! » On pouffe discrètement.

« Un mot siffle dans la salle comme un coup de cravache : « Imbéciles ! »

« Mme de Metternich jette ce mot à notre goguenardise. Nous nous cabrons sous l'insulte. C'est un déchaînement. D'autres mots sont lancés des loges à l'orchestre, de l'orchestre à l'amphithéâtre. Des morceaux d'éventail me tombent sur la tête. Mme de Metternich a cassé le sien dans un mouvement de colère.

« Le beau geste ! » nous dit Jules Janin.

« — Elle est bien joliment femme, ajoute Scholl, quoique pas jolie femme. »

« A l'entr'acte, j'ai un succès au foyer avec mon mot : « Ça m'embête aux paroles et ça me tanne aux airs ! »

« Nous rentrons. Cette fois, il n'y a pas de marche qui tienne, le charivari a commencé, il ne cessera plus. Les jeunes sifflent, les vieux grognent, on s'en donne à cœur joie.

« Nous avons combattu pour Berlioz, et vous n'y étiez pas ! »

« Lui, il rayonne.

« Wagner a fait mieux que cela, dit-il ; pourquoi a-t-il choisi ce *Tannhauser*, dont l'orchestration est absurde et les effets de mise en scène drôlatiques ! »

« Saint-Victor lui crie :

« Hein ! Berlioz, vous voilà vengé. D'ailleurs, ajoute-t-il, est-ce qu'un Germain peut

comprendre Vénus? Il faut être Grec ou Latin.
Est-ce que nous comprenons, nous, les Niebe-
lungen? » Et Saint-Victor prononce ce mot à la
française.

« J'ai vu tous les critiques. Je ne crois pas
qu'il y en ait un seul bienveillant.

« Bonne soirée, ma chère amie, qui prouve
qu'une étrangère et un empereur ne peuvent
pas décréter le succès dans notre Paris.

« Amitiés de tous à tous,

« EDMOND TEXIER. »

Challemel m'écrit de son côté que « Paris a
été odieux et injuste envers le *Tannhauser,*
mais qu'il s'en console, parce que la politique
a bénéficié de la chute de Wagner, Napoléon III ayant pu s'apercevoir qu'il y a encore
une opinion passionnée et qu'il suffit d'un prétexte pour la mettre en ébullition. »

Tout le monde s'accorde à dire que Mme de
Metternich porte fièrement sa défaite. Fille
du comte Sandow, magnat hongrois, dont la
témérité et le courage sont légendaires, elle fait
face à l'opinion. Chez elle, le lendemain de
l'échec du *Tannhauser,* on n'a joué que du
Wagner.

De Ronchaud m'envoie un billet, qui contient ces simples mots : « L'Hydrocéphale emporte une haine de la France, que son orgueil
rendra aussi venimeuse que possible. »

Le *Tannhauser* fut une défaite impérialiste,

les *Funérailles de l'Honneur* furent une défaite républicaine. Si on avait exagérément applaudi *Souvent Homme varie,* pour acclamer Victor Hugo par-dessus la tête de Vacquerie, on siffla exagérément les *Funérailles de l'Honneur.* Comme dans le *Tannhauser,* certaines scènes de Vacquerie prêtaient au « boucan », qu'à leur tour les caraïbes impérialistes organisèrent.

La lettre de Mme de Pierreclos, sur les *Funérailles de l'Honneur,* commençait ainsi :

« La présente, pour rendre compte à très haute dame, Juliette Lamber, du fait unique d'une pièce en sept actes, mortuaire sans l'être et traitant de l'histoire de sept frères bâtards, plus bêtes les uns que les autres.

« Des sept frères de Don Pèdre (accentuez la lettre pour donner de l'importance au personnage qui en a besoin), si vous voulez bien, nous n'en parlerons pas. Cela me semble inutile, car ils n'ont d'autre intérêt que celui d'être à la fois peu scéniques et encombrants. Nous sommes en plein romantisme, un romantisme au superlatif, que, seuls, les vers d'Hugo eussent pu soutenir. A un moment, Don Yorge, pourquoi pas Gorge, plus naturel? par suite d'événements que je ne vous narrerai pas, ce qui serait trop long, puisqu'ils durent sept actes, convie la cour à son enterrement le lendemain dans le cimetière des Capucins de San Bartholome.

« Nous sommes au lendemain et au cimetière.

Un homme pioche la terre et creuse une tombe, tandis qu'un cortège funèbre défile lamentablement, psalmodie l'office des morts et promène une bière recouverte d'un drap sanglant, ce qui est, à mon avis, relatif comme deuil, mais, j'en conviens, emblématique comme crime.

« Voici le roi, amant de la mère de Don Yorge. Il va bien, le roi ! Déjà père de sept bâtards, il continue à convoler en injustes noces pour en avoir d'autres !

« Don Yorge découvre la bière. Elle est vide !

« — Où est le cadavre ? demande naturellement le roi.

« — Je vais vous le dire, répond Don Yorge. Vous m'avez fait grâce, je suis désarmé devant vous, mais l'affront est ineffaçable. Mon honneur est mort, et les morts, on les enterre ! »

« Ah, ma chère amie, il paraît qu'à la « tombée » du *Tannhauser,* les caraïbes empoignés par la *Marche,* ont applaudi malgré eux ; nous, républicains, venus pour applaudir en Vacquerie le grand exilé, l'homme légendaire, nous avons tous été pris d'un fou rire à l'enterrement de l'honneur de Gorge, non, Yorge. »

Appelée par M. Grévy, je passe quelques jours à Paris, dans un hôtel, près de ma cousine Vilbort.

Les deux grands événements, dont on ne cesse de parler, sont d'abord les premiers numéros du *Temps,* de notre ami Nefftzer. Depuis qu'il a quitté, puis repris, puis quitté à nouveau la *Presse*, Nefftzer songe à être chez lui. Il a d'abord fondé la *Revue Germanique* avec Charles Dolfus, et le voilà trônant au *Temps*. Il pétrira, soyons-en sûrs, son journal à son image. Si Dieu prête vie au dit journal, on peut être assuré que Nefftzer ne sera jamais rien autre, quoiqu'il arrive, que directeur du *Temps*. Il ne comprend pas le cumul, et refuse d'admettre qu'un journaliste soit député. La tribune de la presse pour Nefftzer est supérieure à celle du parlement. Nefftzer est libéral, ou plutôt libre penseur et philosophe, et il entend être libre de rester tel. Il proteste contre toute restriction de la liberté de penser, quelle que soit la pensée, et il devient farouche quand l'indépendance de la vie personnelle est en cause. Je l'ai souvent entendu discuter avec Littré. Nefftzer est Hégelien et il répète volontiers : « Tout Hégelien est positiviste, mais un positiviste ayant tracé des limites à son esprit ne peut être Hégelien. »

Le second grand événement est la brochure du duc d'Aumale : *Lettre sur l'Histoire de France*. Malgré l'insistance du prince Napoléon, que cependant la brochure attaque de façon virulente, et qui crie sur les toits qu'on va faire une réclame monstre à l'orléanisme, la *Lettre sur l'Histoire de France* est envoyée en police correctionnelle.

Un ami du duc d'Aumale, de Rheims, m'apporte l'introuvable brochure. Il me confirme que le prince Napoléon a fait tout ce qu'il a pu pour qu'on lève l'interdiction d'abord, et pour empêcher la saisie ensuite, et il me répète les paroles du prince Napoléon : « Cette soi-disant leçon d'histoire n'est qu'un manifeste orléaniste, ne lui donnez pas l'auréole de la saisie, d'autant que les légitimistes prennent parti contre ce manifeste et en renient les principes, qui sont une rupture avec ceux de la légitimité.

« Les princes, ajoute de Rheims, sont ravis de la saisie qui triple l'importance de la publication. J'ai ce matin, me dit-il, une lettre du duc d'Aumale, qui bénit le gouvernement de l'Empereur et s'étonne de le trouver aussi naïf. Nous avons une réserve de deux mille de ces brochures, me confie de Rheims, demandez-m'en tant que vous en voulez, j'envoie celles pour dames, dans des boîtes de chocolat. » Je lui donne le nom de toutes mes amies femmes et les préviens par lettre.

La *Lettre sur l'Histoire de France* a la belle tenue de style du xviiᵉ siècle, la pensée y a grande allure, les jugements sont à la fois élevés, actuels, très combatifs et très vivants. L'historien reste historien, mais il ne dédaigne pas la passion du polémiste.

Que doit dire Nefftzer (et il faudra bien que je le lui demande) de la coïncidence de l'apparition de son journal et de la publication de la brochure du duc d'Aumale. Notre gros ami, comme nous l'appelons, qui se caractérise lui-même sous la rubrique de « l'homme étranger aux partis » est en secret un orléaniste. Son idéal serait un roi bonhomme et voltairien, bourgeois comme Louis-Philippe. Nul ne le soupçonne monarchiste. Il passera toute sa vie pour un républicain.

Cependant le *Temps* ne sera pas un ennemi de l'empire libéral, pas plus que la *Presse*, dirigée par Nefftzer, n'a été une ennemie du premier des sermentistes, d'Émile Ollivier. Pourtant Nefftzer n'irait pas à cette heure jusqu'à s'écrier, comme son protégé Ollivier : « Quant à moi, qui suis républicain, j'admirerai, j'appuierai de tout mon pouvoir, et mon appui sera d'autant plus efficace qu'il sera désintéressé, l'initiative libérale de l'empereur. »

La pléiade des collaborateurs du *Temps* est connue. Peu à peu, mes amis, anciens et nouveaux, y écrivent.

On dit de Nefftzer dans notre milieu : « Il est honnête homme autant qu'on peut l'être, un tantinet lourd d'imagination, sensé avant tout ; il ne deviendra jamais, quoi qu'il arrive, un foudre d'opposition. »

Très modéré, il ne tient qu'à une chose, à son opinion, mais il y tient ; elle n'est faite pour rien renverser, il entend donc pouvoir l'affirmer. Il est profondément libéral et tolérant, parce qu'il supporterait mal qu'on ne le fût pas envers lui.

Nefftzer ne s'exalte et s'emporte que dans les discussions religieuses. Challemel-Lacour m'a raconté que Peyrat et lui, à la brasserie Kusler, se mesurent sur ce terrain en des luttes violentes. Ils frappent à grands coups de poing sur les tables, et les chopes tremblent et tressautent, tandis que les deux combattants se jettent des textes à la tête.

J'étais allée, au commencement du mois, au Théâtre Lyrique, à la représentation de la *Statue*, avec les Vilbort. L'œuvre est d'un jeune compositeur, Reyer, auquel Mme Vilbort trouve de l'avenir, *quoiqu'il soit Français*. A-t-on idée de l'insolence de ces wagnériens ? C'est à les prendre en haine violente. Saint-Victor est là avec Lia Félix, et ne bouge pas de sa place, quoiqu'il m'ait aperçue. Gautier est encadré par ses deux jolies filles. Judith, admirable de beauté, l'autre charmante. Berlioz, qui daigne venir me saluer, est plus tragique que jamais. Il tombe bien en me disant devant Mme Vilbort :

« Êtes-vous fière maintenant d'avoir placé tant de billets pour les concerts du Monsieur du *Tannhauser* ? »

Mme Vilbort va répondre. Je la supplie des yeux de se taire. Quand Berlioz est sorti de la loge :

« Vous avez eu tort de m'empêcher de dire à un tel musicien, aussi partial, que je suis une assidue de Weimar et puis admirer à la fois le grand Berlioz et le grand Wagner, et j'ajoute, cousine, que Berlioz ne sera vraiment grand pour la foule que quand Wagner le sera pour cette même foule.

— Avec le caractère de Berlioz, ma chère amie, je vois d'ici la réponse et l'algarade, répliquai-je ; j'aime autant n'en avoir été ni la cause ni le témoin. »

*
* *

Mme d'Agoult est revenue. Nous nous retrouvons tous groupés autour d'elle. Comme elle a manqué à ceux qui n'ont pas comme moi quitté Paris ! Que Paris m'eût semblé désert sans elle !

Parmi les musiciens que je connais, Berlioz n'est pas le seul incompris. Je suis liée avec Louis Lacombe, chez lequel j'ai été conduite, il y a plusieurs années, par mes amis Adam-Salomon. Louis Lacombe est écrivain, poète, compositeur. Très enthousiaste, mais aussi très timide, jamais il ne saura s'imposer. Sa femme, d'une intelligence et d'un dévouement rares, l'y eût aidé, mais elle est atteinte d'une maladie mortelle.

On a pu croire un moment, lorsque le grand chœur patriotique des Cimbres et des Teutons fut joué par cinq mille exécutants avec un succès énorme, que les portes de l'avenir étaient enfin toutes grandes ouvertes à Louis Lacombe.

Mais une symphonie de lui, acceptée au Conservatoire, souleva les protestations violentes de tous les critiques musicaux. Lacombe était, lui aussi, un précurseur. Les hardiesses, dans la partie instrumentale de sa symphonie, furent jugées révolutionnaires et inacceptables. En revanche, une autre de ses grandes symphonies, *Sapho*, n'eut que des admirateurs.

Lacombe a écrit sur la musique des pages admirables. Il en parlait de façon captivante, et, pour ceux qui l'ont entendu, inoubliable. Selon lui, la mélodie se confond avec l'harmonie, de telle sorte que, pénétrées l'une par l'autre, elles forment corps, et que la mélodie résultant d'un ensemble harmonieux peut être comparée à cette senteur délicieuse des bois au printemps, quand la brise vous apporte, mêlés, d'innombrables parfums.

La musique était pour Louis Lacombe la voix qui exprime les idées et les sentiments de l'homme dans une langue universelle. Il ne la considérait pas comme un jeu de sons combinés avec art ; il cherchait à préciser la pensée philosophique, le sentiment dramatique.

Son épopée lyrique sur les progrès de l'esprit humain ressemble, dans un autre art, à ce que Chenavard a voulu faire exprimer par la peinture : la mondialité, l'universalité. Les idées d'Auguste Comte, celles de Littré, influençaient l'art de façon curieuse. On ne rêvait que grou-

pement, synthèse, humanité. L'infiniment
grand, à cette époque, préoccupait, autant que
plus tard l'infiniment petit ; mais on embras-
sait trop pour bien étreindre.

Le pauvre Louis Lacombe venait de souffrir
mille morts. On avait représenté avec un insuccès dû à des circonstances navrantes sa *Madone*.
A partir de ce moment, tout lui fut fermé. Pourtant on le savait, on le disait, plusieurs de ses
œuvres : *Chants de la Patrie, Au pied d'un Crucifix*, d'admirables mélodies religieuses, *le
Songe de Jeanne d'Arc*, ses opéras : *Vinkelried,*
qui souleva plus tard des applaudissements fré-
nétiques à Genève, sa *Reine des Eaux,* étaient
des œuvres d'une haute valeur, faites pour consacrer le nom d'un grand artiste.

Nous étions un certain nombre de fidèles qui
aimions à entendre Louis Lacombe, à l'applaudir, et nous montions, sans que l'un de nous
manquât, dans le quartier Saint-Georges, lorsqu'il donnait une soirée musicale, heureux de
lui prouver notre admiration et d'adoucir un
peu son amertume. La famille Kestner, très
musicienne, était de toutes ces réunions.
Mme Floquet, encore jeune fille, avait, comme
toutes les élèves de Lacombe, voué au doux
et malheureux maître un culte qui le consolait
de l'indifférence du public. Louis Énault, très
attaché à Lacombe, lui amenait ses amis des
lettres, qui, lorsqu'ils l'entendaient jouer ses
œuvres, répétaient : « Comment un tel talent

peut-il être incompris? » Mais est-ce que Berlioz lui-même ne l'était pas?

Nous n'avions pu assister à l'ouverture du Salon, ni Mme d'Agoult ni moi, et nous remettions sans cesse notre visite, lorsqu'un jour Castagnary, l'un de nos premiers critiques d'art, nous y donna rendez-vous. Il était entré nouvellement ou il allait entrer au *Courrier du Dimanche*, je ne me le rappelle plus. Avec lui, il fallut d'abord admirer le *Parc à moutons,* de Daubigny, et un autre tableau de nature, puis un paysage de Corot, trois tableaux de Millet, dont Mme d'Agoult parla longuement avec Castagnary, lui racontant l'impression qu'elle avait eue deux ans auparavant devant la *Femme faisant paître sa vache*. Castagnary était dans la joie, car il disait avoir, parmi les premiers, « découvert » Millet. Et avec quel art il l'analysait! Cette *Tondeuse de moutons*, ce chef-d'œuvre, comme il nous en détaillait les vérités! Des trois toiles exposées par Millet, celle que j'aurais le plus désiré avoir c'était l'*Attente*.

Je commençais à écrire alors mes *Récits d'une Paysanne* et j'essayais de me pénétrer de cette recherche de la vérité simple, de cette nature à la fois choisie et respectée, qui restait bien elle dans toutes ses expressions, mais, elle, vue par un grand artiste.

« Millet aime les paysans, lui aussi, » dis-je à Mme d'Agoult.

J'eus ma chiquenaude.

Castagnary avait défendu Courbet au moment où il était le plus attaqué. Je lui racontai la scène de la rue de Beaune, entre Toussenel et lui ; elle l'amusa beaucoup.

La *Charlotte Corday* de Paul Baudry me retint longtemps, et, comme j'avais donné à Mme d'Agoult l'un des exemplaires de la photographie d'Adam-Salomon dans mon costume de Charlotte, ma grande amie, quoiqu'elle admirât elle-même. Baudry, se moqua de moi et me dit en riant :

« Venez, petite Juliette, vous vous êtes assez mirée. »

La *Bataille de Solférino,* d'Yvon, nous intéresse, Mme d'Agoult et moi, mais « ces grandes machines » ennuient Castagnary qui nous conduit à tort et à travers pour nous montrer ici et là une toile qu'il préfère. Peu à peu il nous attire en un coin où se trouve mon portrait par Charpentier, connu par le portrait de George Sand à l'œillet et celui de Rachel. Charpentier a fait ce portrait l'an dernier et ne m'a pas prévenue qu'il l'exposerait. Castagnary l'aime beaucoup « pour son expression, qu'il trouve poétique et douloureuse ». Mme d'Agoult déclare juste la définition.

« Douloureuse, oui, répétai-je après Castagnary. Poétique, peut-être bien, car durant le temps où je posai, Charpentier, qui est un fanatique de l'art italien, me parlait de ses grands peintres, des spectacles de nature que

chacun d'eux avait eus sous les yeux, du caractère des villes qu'ils habitaient, spectacles qui
permettent si aisément de définir et de classer
leurs genres. »

Je suis allée faire une scène à Charpentier,
qui a ri de ma colère et m'a dit :

« Vous serez ravie d'avoir au bas du cadre
de votre portrait le chiffre de l'Exposition ;
cela vous prouvera, à vous et aux vôtres, que le
peintre n'est pas un barbouilleur. »

Je trouvais sa raison plus ingénieuse que
bienveillante pour nos connaissances en peinture, mais il obtint cependant de moi l'autorisation de garder mon portrait dans son atelier
un certain temps après qu'il serait rentré de
l'Exposition.

Nous nous donnons rendez-vous aux conférences de Challemel, rue de Provence. Quel
régal ! Le beau style parlé. Que de savoir,
que de vues personnelles, originales, que de
clarté ! C'est un succès qui nous enchante, nous
ses amis, et nous lui faisons une réclame aussi
sincère qu'enthousiaste. Mme d'Agoult dit son
grand mot : « C'est de premier ordre ! »
Mme de Pierreclos nous amuse en nous répétant
à tous : « Un mets intellectuel si divin m'a fait
croire que je goûtais à l'ambroisie, et que je
digérais enfin pour moi-même et plus seulement
pour mon oncle un peu d'immortalité. »

Clémence Royer s'est plu à écrire à ma
grande amie qu'en Challemel-Lacour, le critère

surabondait. Edmond Texier ne pouvait plus parler de Challemel sans s'écrier : « Ce qu'il a d'esprit, ce pince-sans-rire ! Il nous dégoterait tous, si l'envie lui en prenait. »

Nefftzer veut avoir Challemel-Lacour pour collaborateur, Ronchaud est dans la joie comme lorsqu'il entend louer l'un de ceux qu'il aime. M. de Girardin montre de l'impatience dès qu'on lui parle de Challemel, et prétend que ses conférences fourmillent d'allusions politiques. Il faut croire que M. le ministre de l'Intérieur en juge de même, car il nous enlève notre « régal ».

« Je me doutais bien, dit Mᵐᵉ de Pierreclos, que ceux qui nous gouvernent me supprimeraient mon ambroisie.. Ces gens-là ne connaissent que les pommes cuites. »

Mᵐᵉ d'Agoult reçoit de l'un de ses amis de Turin une lettre désolée. Elle nous en fait part. Cavour est à toute extrémité ; les médecins italiens le tuent. Ce sont des barbiers. Ils l'ont déjà saigné quatorze fois. Hélas ! on saigna Cavour trois fois encore, et il mourut le 6 juin.

« C'est un très grand, un très irréparable malheur que cette mort, nous dit Mᵐᵉ d'Agoult. Sans doute, les récoltes d'Italie continueront à se faire, car elles sont mûres, mais on n'en cueillera ni on n'en conservera les fruits avec autant de prévoyance et d'art.

« Et voyez, ajoutait Mᵐᵉ d'Agoult, comme suite à cette conversation, vers la fin de ce même mois,

la France reconnaît le royaume d'Italie trop tôt
et sans garantie ; les négociations avec Cavour
auraient eu un autre caractère. »

A l'un des soirs de Daniel Stern, tout le
monde parle de l'évacuation de la Syrie par les
troupes françaises ; mais nul parmi les plus
anti-cléricaux, même Peyrat, ne blâme l'expédition. Pour Littré, qui le dit nettement, pour
Carnot, la France ne pouvait admettre la dé-
chéance de ses traditions en Orient. Dupont-
White est approuvé par nous tous, sans qu'une
voix lui réplique, lorsqu'il dit qu'il ne faut pas
faire entrer la politique là où il n'y a pas d'autre
influence que celle de la tradition.

« Allez parler aux Syriens, continue-t-il plaisamment, de l'importance des livres de M. Dupont-White sur la Centralisation, sur l'État : ils
croiront que vous leur parlez chinois. Nous
devons soutenir n'importe quel gouvernement
qui comprend l'importance de la protection
des chrétiens d'Orient, ajoute Dupont-White,
et il semble que la solution actuelle du contrôle
des puissances soit la meilleure de toutes pour
empêcher le renouvellement des massacres pé-
riodiques. »

Renan entre, et Dupont-White l'interpelle.

« Dites donc, Renan, vous qui avez été deux
fois en Syrie, trouvez-vous que les décisions
prises à cette heure soient bonnes ?

— Très bonnes, elles feront cesser les massacres, certainement.

— Est-ce qu'on vous avait envoyé là pour réveiller le fanatisme religieux? reprit Dupont-White avec gaîté. Je sais que c'est le prince Napoléon qui vous a fait donner la seconde mission; alors je me dis que vous alliez plutôt là-bas pour vous entendre avec les infidèles. Votre prince et vous, vous êtes les deux plus beaux spécimens d'incroyants qu'il y ait de par le monde.

— Mais le prince Napoléon est déiste, répliqua Renan.

— Tant mieux, très bien et vous?

— Moi... (Il hésita.)

— Vous, Renan, dit Tribert, vous êtes chercheur de divines inspirations... littéraires!

— Je dis volontiers : « Mon Dieu! » repartit Renan; de cela à ouvrir les yeux pour croire...

— Ah! que c'est bien de vous cette réponse, affreux sceptique, ajouta Dupont-White.

— Et bien de vous, l'étonnement, Dupont-White, le catholique.

— Pardon, le chrétien! »

Littré, qui rêvait, nous dit avec son bon sourire :

« Je ne vois pas bien Renan prêchant une croisade en Syrie ou ailleurs.

— Il n'y a pas de danger! » conclut Tribert qui plaçait volontiers une locution populaire.

Quel ami que ce Ronchaud! C'est lui qu'à chaque instant m'envoie Mme d'Agoult pour m'inviter ici et là, à ceci, ou à cela. Son amitié est persévérante, égale, sûre. Il vient de terminer un beau livre : *Phidias, sa vie et ses œuvres.* Il me l'apporte.

« Ronchaud, je ne vais pas le lire, je vais le dévorer, ce *Phidias!* En dehors de l'intérêt passionnant qu'a sur moi le maître des maîtres, quelle joie de trouver sur lui des vues nouvelles, sachant avec quel respect, avec quel amour elles ont été cherchées! Il faut que je vous raconte l'un de mes rêves, sur *Phidias,* Ronchaud. Je discourais avec un prêtre d'Éleusis, évoqué par moi, et pour moi ressuscité, je lui demandai s'il croyait que Zeus était intéressé à l'œuvre de l'immortel *Phidias.* « N'en doutez pas, me dit-il, mais, arraché à mon sommeil, je vois les temps accomplis et Phidias préparer à son insu d'autres dieux que les nôtres. En divinisant l'homme dans sa forme parfaite, il a donné à un Dieu la tentation de s'humaniser. Platon, à son tour, spiritualisera l'esprit de l'homme au point de permettre à un Dieu de s'y incarner. Retrouverai-je maintenant mon repos après de si étranges visions? » ajouta le prêtre d'Éleusis, qui disparut.

— L'idée est belle, dit Ronchaud, de Phidias préparant Jésus. Je vais, de ce pas, conter cette découverte à Saint-Victor, qui souffre parfois de ne pouvoir mettre d'accord son catholicisme avec sa passion de la Grèce. »

Nous étions quatre, l'autre soir, chez Mme d'Agoult, à qui je disais au revoir; elle partait avec

Ronchaud pour Lupicin par Claude et je retournais à Chauny. Édouard Grenier parlait de *Phidias* en termes admirables. Il prétendait avoir obligé M. de Lamartine à l'écouter lui raconter le livre, et l'on sait que M. de Lamartine n'écoute plus. C'était donc le plus difficile des succès remportés par Ronchaud et dont tous les autres découleraient naturellement.

Grenier avait deux passions : M. de Lamartine d'abord, puis Mme d'Agoult. Ronchaud disait : « J'ai les mêmes, seulement je commence par adorer Mme d'Agoult, puis ensuite M. de Lamartine. »

Ménard, à qui j'écris pour lui faire mes adieux, vient me voir, et j'ai la joie de lui entendre louer *Phidias*.

« C'est un très beau livre, vraiment beau, répète-t-il. En fait d'honneur, ajoute Ménard, je crois que *Mireille* décrochera un prix académique. Plusieurs immortels y songent. C'est l'Académie qui s'honorera en couronnant cette œuvre, fille de la Grèce. Il faut enfin glorifier les petites Frances dans la grande.

— Quelle chose extraordinaire, Ménard, vous parlez tout comme Littré, qui regrette les petites Frances, dans lesquelles « s'élaborait, puissante, la grande ! »

* *
* *

Je ne puis travailler qu'à Chauny. Paris me

dévore et m'use plus en quelques semaines que je ne m'userais en une année dans ma province. Au fond, je sens bien que je ne pourrai jamais habiter Paris continuellement.

Je travaille. J'ai déjà fait trois petites nouvelles de mes *Récits d'une paysanne*. Mon père trouve ces récits très en progrès sur mes livres précédents. Voilà qui m'encourage. J'envoie l'une de ces nouvelles à Mme d'Agoult, qui la garde et me dit qu'à son retour de Lupicin, elle la donnera à John Lemoine, qui, elle se le rappelle, lui a parlé fort aimablement de *Mon Village*, et qu'il la prendra certainement pour les *Débats*. Ma grande amie ajoute : « Nous avons la *Presse*, le *Temps*, le *Siècle*, la *Revue germanique*, la *Revue nationale*, où notre ami Arthur Arnould en réclamera une certainement. Celles-ci placées, les autres iront toutes seules. Hetzel, d'ailleurs, pourra se charger de les proposer si on ne vous les demande pas. »

J'ai enfin le loisir de lire le volume : *La décadence de la Monarchie française*.

Mon père s'en repaît de belle façon. Songez donc! Louis XIV, Louis XV, jugés comme « facteurs » de la grande Révolution! C'est l'idée de mon père depuis que je le connais. Au principe : « Dieu seul est grand! », Pelletan substitue : « Le peuple seul est grand! » Jamais je n'arriverai à écrire sur *La décadence de la Monarchie française*, tout ce qui se remue dans l'âme de l'auteur de mes jours. Je commence ainsi une lettre à Pelletan : « Mon cher ami, je cède la plume à mon père ; il vous dira mieux que moi, moins radicale que lui, à quel degré sa sympathie pour vous s'est accrue depuis qu'il a constaté qu'il pense comme vous de point en point. Jamais il ne s'est imaginé que sa pensée intérieure pouvait être formulée aussi superbement. »

Mme d'Agoult, revenue de Lupicin, m'écrit qu'elle s'ennuie de sa petite amie et qu'elle l'invite à venir, fin octobre, voir *Alceste* à l'Opéra. On convoquera Cabarrus, au cas où je m'évanouirais. Ronchaud n'avait pas manqué de lui conter par le menu nos émotions à *Orphée* et mon évanouissement.

« Je vous dois *Alceste,* ma chère enfant, ajoutait Mme d'Agoult, pour vous faire oublier *Orphée aux Enfers,* que vous m'avez tant de fois reproché. »

Entendre *Alceste* par Mme Viardot ! Il eût fallu que je sois aux antipodes pour ne pas accourir. Je ne passerai que huit jours à Paris, car je veux finir mes *Récits d'une paysanne* pour qu'ils puissent être tous publiés dans les revues et journaux et paraître au commencement de l'année prochaine, comme Hetzel le désire.

Nous sommes à l'Opéra, dans une baignoire, près de la sortie de l'orchestre. Tous ceux qui passent saluent Mme d'Agoult. Tout près de nous, Jules Simon, Challemel-Lacour, Edmond Adam. Mme d'Agoult me signale Che-

navard, que je ne connais pas. Berlioz aussi est
là. Mme Viardot ne l'appelle plus que son conseiller.

Est-ce Berlioz qui a si merveilleusement fixé
en l'âme de Mme Viardot ce caractère d'un amour
dominé par le fatalisme et qui, cependant, croit
la lütte possible ? Que Gluck, que Mme Viardot
sont d'incomparables artistes pour ajouter à
mon admiration religieuse d'Euripide ! La grandeur tragique du sentiment d'*Alceste* m'émeut
à tel point que mes larmes coulent.

L'acte fini, Chenavard, d'une voix à peine
perceptible, demande devant moi à Mme d'Agoult
qui est cette personne qui pleure à *Alceste*.

« Une païenne, » lui répond Mme d'Agoult.

Chenavard est le peintre philosophe, le
« peintre penseur », comme on l'appelle, qui
a résumé en quarante cartons célèbres « l'histoire de l'homme depuis ses premières angoisses
jusqu'à la Révolution française ». En 1848,
Ledru-Rollin lui donna le Panthéon à décorer
avec ses quarante cartons. Il commença, et si
l'on était admis à discuter l'esprit quelque peu
sectaire de ses conceptions, nul ne pouvait mé-
connaître leur valeur artistique.

Le 2 Décembre arracha le peintre à son
œuvre, sans même lui permettre d'achever l'un
de ses tableaux commencés.

Tous les peintres prirent parti pour lui. Dans
les ateliers, dans les estaminets, il y eut la
« question Chenavard ». A la défendre, il se

cassa la voix. Exposés en 1855, ses cartons valurent à leur auteur une première médaille.

Chenavard m'invite à aller voir ses cartons.
J'y vais le lendemain, et malgré mon peu de
goût pour l'universel, je suis émerveillée.

Alceste a très peu de succès auprès des abonnés de l'Opéra et c'est un nouveau chagrin pour
Berlioz. Il vient saluer Mme d'Agoult et moi ;
nous causons tous deux d'*Alceste* avec passion.
Mes yeux sont encore pleins de larmes. « Là
où vous pleurez, ils baillent, » me dit-il d'un
geste extraordinaire qui ramasse toute la salle.

Jules Simon entre dans notre baignoire, s'y
assied et cause avec Mme d'Agoult de cent choses,
tandis que Berlioz, en dehors de la loge, me
parle de Piccini, de Gluck, me dit que Piccini
peut émouvoir une âme sensible, mais que
Gluck angoisse et étreint une âme forte.

Jules Simon passe en revue ses griefs contre
l'Empire ; la guerre de Chine est finie, on va
certainement en recommencer une autre au
Mexique. En revanche, on reste neutre aux
États-Unis. Et Jules Simon gémit. On l'appelle
volontiers le « pleurard » dans notre milieu.

C'est un écrivain de valeur, et l'*Histoire de
l'École d'Alexandrie*, *Platon* et *Aristote*, sont
des œuvres que j'apprécie hautement. Je le
crois sincèrement libéral, et le dernier volume
que j'ai lu de lui, *La liberté de conscience*, est
un acte courageux. Quoique Jules Simon prétende, je ne sais pourquoi, être un peu mon

parrain, je n'ai pas d'amitié pour lui, et nous ne serons jamais intimes. Son caractère ne m'inspire aucune confiance ; on peut l'approuver à certains jours, car il se laisse, de temps à autre, prendre au piège de ses traditions. Mais lequel de nous s'engagerait à le suivre toujours et serait assuré d'être toujours suivi par lui ?

Edmond Adam, à qui je parlai un jour de Jules Simon, me raconta ceci. « En 1851, les théâtres nous ayant conservé nos fauteuils, à nous rédacteurs du *National*, je me trouvai un soir à côté de Jules Simon, au Théâtre-Français. Il avait donné sa démission de professeur, comme moi celle de conseiller d'État. J'avais 20.000 francs de dettes contractées à la mairie de Paris, où nous ne recevions aucun traitement, et 300 francs pour toute ressource. Jules Simon et moi, après le théâtre, nous revînmes tous deux par le boulevard. Nous nous plaignions de la dureté des temps. Il m'apitoya de telle façon en me parlant de son ménage, de sa femme, de ses enfants, que je lui proposai la moitié de ce que je possédais. Or, j'appris par l'un de ses amis, que le hasard me fit rencontrer après l'avoir quitté, qu'il avait pour le moins une dizaine de mille livres de rente par sa femme, ce qui était la très grande aisance à cette époque. »

Mᵐᵉ d'Agoult retient Jules Simon dans la baignoire, et, dès que la toile est baissée, le voilà qui dénigre Paradol et affirme que si la presse était libre il n'aurait aucun talent. Ah ! qu'il lui préfère Eugène Forcade ! Le style de celui-là ne tourne pas l'obstacle, il fonce dessus.

Jules Simon ne comprend pas comment un avertissement vient d'être donné à la *Revue des Deux Mondes*. On sait, dit-il, que Forcade tient ses renseignements de l'entourage de l'Empereur. L'avertissement est d'une dureté singulière, Forcade y est accusé de s'efforcer, par les accusations les plus mensongères, de propager l'alarme dans le pays, etc. Jules Simon qui a démoli Paradol au profit de Forcade, nous dit que Forcade a dû mal interpréter les renseignements et qu'il a des moments où il est un peu fou. C'est vraiment une bonne âme que M. Jules Simon.

Girardin entre un instant pour nous saluer. Il sait ce que le roi de Prusse est venu faire à Compiègne. On est complètement d'accord à propos de l'Italie. La Prusse songe, elle aussi, à l'unité de l'Allemagne, elle aidera à l'unité de l'Italie, et le système des compensations qui nous a déjà donné Nice et la Savoie s'étendra.

Girardin trouve cette politique remarquable.

On essaie de créer un courant prussien qui s'ajoute au courant italien. Jean Macé, l'auteur de la *Bouchée de Pain*, prêche l'alliance de la Prusse et de la France ; les Allemands sont si bons, nous aiment tant !

Des paroles d'Hetzel et la prédiction d'About me sont restées en la mémoire, et je dis à M. de Girardin qu'About et Hetzel qui sont, l'un

Alsacien et l'autre Lorrain, connaissent peut-être mieux les Allemands que Macé et lui, qui sont des Parisiens.

Laurent-Pichat nous salue. La Princesse est donc là? Faisons un peu notre Jules Simon. L'auteur de la *Sybille* n'a pas d'ennemis et il ne peut craindre que de légers caquetages. C'est un cœur généreux, un esprit supérieur. Ses *Chroniques rimées* ont précédé de dix ans le premier volume de la *Légende des Siècles* et ne sont pas indignes d'une comparaison. Sa fondation de la *Revue de Paris*, les sacrifices qu'il y a faits, lui ont créé une place parmi les grands Mécènes. Il est d'une bonté proverbiale. Son grand luxe est de donner.

Edmond Adam et Challemel-Lacour nous conduisent chez Tortoni prendre des glaces.

*
*　*

Je rentre à Chauny après avoir parlé de mes nouvelles à Mme d'Agoult. Elle s'en est occupée. Challemel, qui est secrétaire général de la *Revue germanique*, en prend une, les *Débats* ont accepté celle qu'elle leur a proposé. Arthur Arnould en demande deux. Il faut que je les rapporte toutes terminées en décembre. Dieu merci, ma grande amie ne quitte plus Paris cette année.

A peine suis-je rentrée à Chauny que, dans la première quinzaine de novembre, la nomi-

nation de M. Fould au ministère des finances
donne lieu à des bruits qui émeuvent l'opinion.
La situation financière serait extrêmement grave.

Le 24 novembre a paru au *Moniteur*, en première page, un mémoire de M. Fould, adressé
à Napoléon III. Il dévoile la situation financière qu'on s'est efforcé de cacher jusque-là.
Une catastrophe est imminente si l'on ne prend
sur l'heure des dispositions préservatrices. On
ne peut plus dissimuler ni mentir. La dette
flottante dépasse un milliard.

Les lettres que je reçois sont pleines de ces
faits. Tous dans l'opposition n'ont cessé de
crier au danger, mais sans preuves; aujour-
d'hui, les chiffres sont là.

Pelletan m'écrit que l'homme du 2 décembre
est forcé de rétablir le Corps législatif dans ses
droits de contrôle des dépenses, et me raconte
la fameuse scène de Fould et de Persigny, le
premier criant au second : « Assez de politique
de bric-à-brac ! » et raillant le ministre qui ne
songe qu'à reconstituer le vieil empire napo-
léonien. La rentrée de M. Fould plaît aux finan-
ciers, c'est la défaite des conservateurs. Napoléon III met la situation entre les mains de
celui qui en a dénoncé le péril.

Pelletan est condamné à trois mois de prison
pour un article paru dans le *Courrier du Dimanche* : « La Liberté comme en Autriche. »
Dès qu'il est sous les verrous, c'est à qui de
nous ira le voir. Moi-même, je cours à Paris

passer quarante-huit heures pour lui faire visite à Sainte-Pélagie. J'en demande l'autorisation et je l'obtiens.

M^mᵉ d'Agoult me donne son *Histoire de 1848*, qu'elle me prie de remettre à Blanqui, prisonnier dans le même pavillon que Pelletan.

Ronchaud m'accompagne. Sainte-Pélagie est lugubre. C'est la première fois que je pénètre dans une prison. J'entends hurler lamentablement. Pelletan me dit que c'est un prisonnier devenu fou en cellule.

Scheurer-Kestner arrivera dans quelques jours. Il fait d'abord un mois ailleurs. Son crime est d'avoir répandu « Le Léon du Quartier-Latin ».

> « *Il veut manger du Bonaparte,*
> *Le Léon du Quartier-Latin.* »

Et puis, Scheurer-Kestner est républicain. Il a ouvert une souscription en Alsace pour la fondation d'un journal de Vermorel : *Le Mouvement et le Travail*. Le cabinet noir a décacheté une lettre de Scheurer-Kestner dans laquelle il envoyait à Vermorel 800 francs et lui écrivait :

« Des hommes forts comme vous sont destinés à briser les idoles et à rétablir le culte du vrai Dieu. »

Coût de ces différentes fantaisies : trois mois de prison.

On reçoit dans le « pavillon des politiques ».

M. de Montalembert est venu hier, le comte d'Haussonville ce matin. Une union libérale s'ébaucherait-elle, où n'y a-t-il là qu'une camaraderie du *Courrier du Dimanche?*

Je demande à Ronchaud de m'attendre et je prie Pelletan de me conduire auprès de Blanqui. Je lui offrirai tout d'abord *Mon Village,* le plus démocratique de mes livres. J'ai quelque émotion ; Blanqui m'apparaît comme un martyr de la foi républicaine, mais un martyr qui n'hésite pas à rendre coup pour coup à l'ennemi. Vais-je voir un homme aigri se répandant en malédictions ou l'hypocrite qui a joué avec un art infernal le rôle de persécuté pour mieux trahir et les idées qu'il prétendait défendre et les hommes, ses frères, qui s'étaient confiés à lui?

J'entre dans la chambre de Blanqui, large pièce froide avec une fenêtre haute et grillée. Blanqui est couché. Au pied du lit sont ses sabots. Il fixe sur moi des yeux brûlants de fièvre, d'un noir intense, dont je supporte mal l'éclat. Son visage maigre, sa physionomie douloureuse, m'angoissent, car je n'ai jamais vu l'expression du désenchantement, de la souffrance, à ce point gravée sur une figure.

Sous sa longue barbe blanche on devine les plis amers de sa bouche. L'isolement, les captivités de Fontevrault, du Mont-Saint-Michel, de Doullens, sont écrits sur ce front blême si rarement caressé par la lumière du soleil.

Une troupe de pierrots voltige dans cette chambre.

« Voici, dit Pelletan, Mme Juliette Lamber, écrivain, républicaine, qui vient vous offrir l'un de ses livres. Vous, homme du Midi, vous y trouverez la poésie du Nord, et peut-être cela vous apportera-t-il une heure de distraction.

— À moins, et j'y songe seulement, ajoutai-je, que ce soit une cruauté d'apporter à un prisonnier la senteur des champs. »

Blanqui prend de mes mains le livre, le pose sur son lit.

« Je le lirai et dirai à Pelletan si je vous en remercie, me répond-il avec un peu de hauteur malicieuse.

— Et puis, repris-je, je suis chargée par Daniel Stern...

— Daniel Stern ! »

Ses yeux lancent des éclairs.

« De vous offrir son *Histoire de la Révolution de 1848*.

— Elle a osé ! »

Je lui remets les volumes, qui tombent de ses mains sur son lit.

« Qui l'autorise à me faire insulter dans ma prison? s'écrie-t-il avec colère.

— Blanqui, du calme, répète Pelletan, je puis vous assurer... »

Blanqui a saisi les volumes et les jette de toutes ses forces à mes pieds.

Je les ramasse lentement, les pose l'un sur

l'autre dans ma main gauche, puis lentement aussi, fixant mes yeux sur les siens, je reprends *Mon Village,* et très près de lui :

« Vous n'êtes pas Français, » dis-je.

M. Thiers avait dépeint Blanqui comme « le plus coupable et le plus scélérat de tous. »

Non, cet homme avec ce visage ne pouvait être un scélérat ; c'était un révolté, et il avait le droit de l'être, un orgueilleux qui ne résistait pas à la violence d'un emportement.

Mme d'Agoult fut indignée tout d'abord de la scène que je lui contai, puis elle se calma et me dit :

« Il n'aurait pas fait cela s'il avait lu mon livre. »

Ce petit voyage par le froid me fit grand mal. J'en rapportai un gros et vilain rhume et je fêtai tristement la nouvelle année, malgré ma joie d'être auprès de mon père et de ma fille.

* * *

Je travaille avec difficulté. Je ne suis pas malade. Je tousse seulement d'une toux qu'aucune médication ne calme. Je me sens une langueur telle que je n'ai plus de courage pour rien faire. Je crache un peu de sang, mais je ne le dis pas à mon père dans la crainte de l'effrayer. Dès que je serai moins abattue, j'irai consulter mon cher docteur Cabarrus.

Ma cousine Vilbort est au désespoir : elle

m'écrit que les Français, décidément, sont idiots! Ils sifflent Wagner, passe encore, c'est un étranger, et on a pu trouver une excuse à l'incompréhension parisienne, mais About, l'esprit le plus boulevardier, le plus original, parisien entre tous, ne vient-on pas d'empêcher la représentation de sa pièce à l'Odéon? Or, *Gaëtana* est tout simplement adorable, me dit Mme Vilbort, c'est une pièce spirituelle, goguenarde, fantaisiste, à la fois drame, tragédie, comédie, avec une jolie nuance de septicisme, de l'imprévu, enfin tout ce qu'aime Paris. On a hurlé, on n'a voulu rien entendre. La jeunesse cléricale a sifflé l'anti-cléricalisme du Palais-Royal dans l'ami du prince Napoléon, l'ennemi du pouvoir temporel dans la personne d'About; la jeunesse républicaine a sifflé le rédacteur du *Moniteur*, l'ami du promoteur de l'Empire libéral.

Voilà que cette guerre du Mexique affole l'opinion. Le débarquement des troupes françaises à la Vera-Cruz provoque les récits les plus extravagants sur les combinaisons financières véreuses que cache l'expédition. Mes amis m'écrivent chacun leur version; ma série est complète.

Je sens mon mal croître. Toutes les nuits j'ai la fièvre et mes crachements augmentent. Comment aurai-je le courage de désespérer mon père en lui disant ce que j'éprouve? Je dois être très malade.

Qu'ai-je à faire, sinon d'écrire à mon vieil ami Arlès-Dufour, toujours prêt à prouver qu'il est le « père entre tous ».

Je le prie de m'envoyer le plus tôt possible une lettre pressante que je pourrais montrer aux miens et m'appelant à Paris pour mes affaires de séparation. Je lui demande de me fixer un jour où il lui serait possible de venir lui-même à Paris, de m'attendre à la gare, de me conduire chez Cabarrus, afin que je sache si ma maladie est grave ou non, et j'ajoute :

« Père », je crains d'être en danger. »

Je reçois, par le retour du courrier, une réponse favorable à tout ce que je réclame de l'ami paternel et dévoué.

Il me fallut un courage extrême pour ne pas m'attendrir en quittant mon père et ma fille. Dans quelle situation d'esprit les retrouverai-je, si Cabarrus me dit la vérité, s'il y en a une à me dire ?

Je pars et j'ai grand'peine, par le froid glacial qu'il fait dans la gare, à cacher mon mouchoir plein de sang à mon père ; ma fille le voit. Elle va parler. Je lui fais un signe qu'elle comprend et la pauvre petite, les larmes aux yeux, se tait.

En l'embrassant, au moment où je monte en wagon, je murmure à son oreille :

« C'est pour me guérir que je vais à Paris. »

Le train à peine parti, un flot de sang me monte à la gorge et j'ai une véritable hémorra-

gie. J'aurais dû m'arrêter à Noyon, revenir chez
mon père; mais de plus en plus je me crois en
danger; je me dis qu'à Paris j'aurai un médecin
de sang-froid, tandis qu'à Chauny mon père
perdra la tête, que les drames de ma mère
ajouteront à mon énervement et que je serai
trop malheureuse de voir souffrir ma petite
Alice comme elle souffre lorsqu'elle voit l'un
de nous malade.

Je trouve le « Père » à la gare, inquiet de
me voir en pareil état. Cabarrus, qu'il a déjà
prévenu de notre visite, nous reçoit sans nous
faire attendre.

« Ma pauvre amie, me dit-il, enfermez-vous,
étendez-vous, ne parlez pas et attendez que je
vienne vous mieux examiner. Où êtes-vous? »

Je lui donne mon adresse, boulevard Poissonnière.

« Bien, ajouta-t-il, en plein centre. Tout
vous sera plus facile.

— Tout quoi?

— Votre départ immédiat pour le midi.

— Mais?

— Il n'y a pas de mais, dit le « Père », vous
ferez ce que Cabarrus vous ordonnera.

— Je veux savoir si je suis en danger, cher
docteur; la vérité, je vous en supplie.

— Est-ce que j'ai l'air d'un homme qui re-
nonce à vous défendre contre le mal? Vous
êtes malade, il faut vous soigner et avant tout
cesser de parler. »

Mon vieil ami m'amène à l'hôtel, installe une femme de chambre auprès de moi et court s'assurer l'aide de mes amis les plus proches.

Il va chez Mme Vilbort, ma voisine; chez Louis Jourdan, au *Siècle;* chez Edmond Adam, au Comptoir d'Escompte.

Mme Vilbort vient et ne me quitte pas. Jourdan doit écrire une lettre pressante pour me recommander à M. et Mme Jean Reynaud, qui sont à Cannes, et en obtenir deux autres, l'une de Renouvier et l'autre de Pelletan. Arlès-Dufour charge Edmond Adam d'aller chez M. Thiers et de faire qu'il me confie aux soins amicaux de son camarade de collège, le docteur Maure, de Grasse, la grande influence et le meilleur conseil du littoral. Adam ira aussi prévenir Mme d'Agoult pour qu'elle vienne me dire adieu. Lui, le « Père », va chez Enfantin et lui demande un wagon où l'on m'installera le plus commodément possible. Enfantin est membre du Conseil d'administration de Paris-Lyon-Méditerranée.

Arlès-Dufour revient et me dit ce qu'il a fait. Il n'écrira à mon père que demain matin, au moment de notre départ, pour qu'aucun obstacle ne surgisse du fait des miens. Je n'ai plus de volonté. Je suis trop reconnaissante pour ne pas m'abandonner aux soins du meilleur des « Pères ».

Qui n'a pas vu Arlès-Dufour organiser une campagne de propagande, une œuvre de charité, un sauvetage quelconque, ne peut avoir l'idée de la quantité de choses auxquelles on peut songer en quelques heures et du parti à tirer de ce qu'on a sous la main.

Thiers s'est montré empressé à donner la lettre pour le docteur Maure.

« Bien, dit Arlès-Dufour, qui déteste « le petit homme protectionniste ». Je savais qu'il vous aime beaucoup, vous, Adam, et c'est pourquoi je vous ai choisi comme envoyé auprès de lui.

— Peut-on savoir, mon cher Arlès, qui conduira à Cannes Mme Juliette Lamber? dit Edmond Adam.

— Moi, et vous si vous voulez.

— Je ne demande pas mieux, quand?

— Demain matin à neuf heures. D'ici là, vous nous trouverez une femme de chambre sûre.

— Je vous donnerai ma cuisinière, qui a été femme de chambre, et dont je puis vous répondre.

— Alors, nous sommes prêts, rien ne manque. »

Cabarrus arrive avec une potion.

Je vomis le sang à flots...

Mme d'Agoult et Ronchaud entrent, mais ne restent qu'un instant. Cabarrus les emmène, me voyant trop émue.

Jourdan m'apporte sa lettre et celle de Renouvier pour Jean Reynaud. Pelletan, de

Sainte-Pélagie, parvient à envoyer la sienne le soir même.

La potion de Cabarrus m'endort, et je ne sais presque plus rien de ce qui m'arrive, sinon que je suis bien installée dans un wagon, que le « Père », qu'Edmond Adam, qui m'avait tant déplu la première fois que je l'ai vu et qui m'est devenu très cher, me prodiguent leurs soins avec une bonté, un dévouement, dont je voudrais à chaque instant les remercier si l'on me permettait de parler.

Il neige au dehors. A Lyon, Mme Arlès-Dufour, que son mari a trouvé le moyen de prévenir, vient m'embrasser et m'appelle « sa fille »; elle espère que je m'arrêterai à Oullins au retour; j'éclate en sanglots, et Arlès-Dufour la fait descendre bien vite du wagon.

Nous voici à Toulon, dans un hôtel d'où je vois la mer. Le soleil entre par la fenêtre ouverte. Au dehors tout est bleu; c'est ainsi que je me suis toujours figuré la « Grèce azurée ». Je respire pour humer cet air bleu; il me semble qu'il va lutter en ma poitrine contre ce sang dont j'ai la bouche emplie. Je crois sentir les bienfaits de cet air bleu, et, sur un joli carnet que Cabarrus m'a donné, j'écris ce que j'éprouve de cette médication instantanée, ce qui fait beaucoup rire mes amis.

Il faut deux journées pour aller en voiture à Cannes, le chemin de fer ne dépassant pas encore Toulon; l'an prochain, il ira jusqu'aux Arcs.

Nous arrivons le soir, et dès le lendemain
matin, le docteur Maure, M. et Mme Jean Reynaud, auxquels, le « Père » a écrit de Toulon,
arrivent pour me voir et pour qu'il leur soit
fait « livraison de ma personne », dit Arlès-
Dufour, car Adam et lui repartent le soir même.

Sitôt que mes amis m'ont quittée, j'ai à soutenir une lutte violente contre le docteur Maure,
qui tient à m'envoyer au Cannet.

« Je n'irai pas où Rachel est morte, je me sen-
tirais perdue. Je veux voir la mer, la respirer ;
elle seule peut me sauver. »

J'écris cela sur mon carnet au docteur Maure.

« La mer vous tuerait ! » me répond-il exas-
péré.

Ah ! si je pouvais parler, comme je persua-
derais mes nouveaux amis, qui tous trois exi-
gent que j'aille au Cannet. Mon papier est si
froid pour les convaincre.

Il pleut. J'aperçois cette mer si bleue à Toulon toute pleine de brume. J'envoie ma gentille
bordelaise à la recherche d'un petit appartement meublé.

Elle est la seule qui me donne raison. Elle
revient, elle a trouvé.

« On voit la mer et les îles !

— Vite arrangez le petit nid. » Elle y passe la
nuit, le nettoie, et, le soir, après que le docteur
Maure m'a quittée et m'a signifié que le lendemain il me ferait « enlever » pour le Cannet,
je quitte l'hôtel et m'installe.

J'ai fait mettre à la poste dans l'après-midi une lettre pour le docteur Maure à Grasse, une pour M. et Mme Jean Reynaud.

Ils auront dès demain matin ma nouvelle adresse. C'est un coup d'état.

Les deux chambres et le salon du petit appartement sont en plein midi. Le soleil les envahit comme à Toulon. Plus de brume sur la mer. Le ciel est d'azur. Mes nouveaux amis ne viennent pas et je reçois d'eux des lettres sévères. Le jour suivant je vois Jean Reynaud qui me trouve « respirant la mer », la fenêtre ouverte.

Il me demande si c'est une manière de me suicider, si ma vie est à ce point mauvaise que je veux la quitter.

Je lui réponds sur mon petit carnet :

« Non, je désire vivre, pour les miens, pour mes amitiés, bienfaits des dieux, dont j'ai le culte et l'amour. »

Il hausse les épaules tristement et me quitte sans me dire adieu.

Je reçois durant les huit jours qui suivent des lettres dures de Cabarrus, d'Arlès-Dufour, d'Edmond Adam, de Mme d'Agoult. Ni le docteur Maure ni M. et Mme Jean Reynaud ne font prendre de mes nouvelles. Ils attendent, m'écrit le docteur Maure, que, repentante, je les appelle.

Le temps est splendide. Je passe toutes les heures du soleil couchée sur le sable au bord de la mer. Je sens d'abord des brûlures plus intenses à la gorge, à la poitrine, mais peu à peu moins de sang me vient aux lèvres, ma fièvre s'apaise.

Je l'écris au docteur Maure, qui entre en ouragan un matin chez moi.

« Eh bien, docteur, je vais mieux. Plus de sang depuis hier matin.

— Est-ce possible?

— Je vous l'assure! D'ailleurs, vous voyez que je puis parler sans danger.

— C'est extraordinaire.

— Non, la mer m'a cautérisée.

— Il n'y a pas d'autre mot à dire; mettez votre chapeau; ma voiture est en bas. Je vais déjeuner chez Jean Reynaud; je vous y mène.

— Mais...

— Toujours des mais... Je me fâche, à la fin. »

Nous arrivons chez Jean Reynaud, où se trouve lord Brougham. On imagine l'effet de mon entrée : le docteur Maure raconte ce que j'ai fait et le bien miraculeux que j'en ai tiré.

« Oh! dit lord Brougham, cela ne m'étonne pas. Il y a un médecin anglais qui commence à traiter les maladies de poitrine par des croisières en mer. »

Je m'étais vraiment crue condamnée, je me sens renaître et revivre comme en un rêve. Ce que j'avais cherché à entrevoir depuis mon enfance au travers de mon imagination impuissante est le réel. Mes yeux intérieurs regar-

dent cette lumière, ce pays, cette flore, qui se
chantent au dedans de moi en vers homériques. La voilà, cette mer qui ne mord ni ne
ronge la terre, et qui se plaint doucement de la
fuir sans cesse. Ne suis-je pas en Hellénie?

Je ne voyais pas ce que me décrivait Mme d'A-
goult, je n'avais jamais vu ce que me chantait
Homère. Maintenant, je *vois*.

Phébus-Apollon, radieux, se lève et se
couche sur la mer. Tour à tour, il émerge et
plonge en dieu. Je découvre un jour, à travers
les flots de lumière que verse sa chevelure, les
roues d'or de son char, les naseaux dorés de
ses chevaux qui hument et dévorent l'espace.

Je n'ai écrit à mon père que de courts billets
en réponse à ses longues lettres. Ni Cabarrus, ni
Arlès-Dufour, ni Mme d'Agoult ne l'ont inquiété.
Dès que je vais mieux, je le rassure entièrement,
et je lui narre en longs récits mes impressions
grecques.

J'envoie à ma tante Sophie des paysages vir-
giliens. Ma petite Alice me fait signifier par mon
père « sa volonté de voir avec sa maman le beau
soleil et les oranges sur les arbres. » Je réponds
en lui promettant que je l'emmènerai l'hiver
suivant.

Nombreuse est ma correspondance, mais je
ne me lasse pas de conter mes surprises sur le
doux rivage azuré et l'enthousiasme qu'il m'inspire.

Je termine mes *Récits d'une Paysanne*, dont

ma grande amie m'a placé toutes les nouvelles,
et je commence, tandis qu'Hetzel fait imprimer
mes *Récits d'une Paysanne,* un autre volume fait
de mes visions journalières : *Mon voyage autour du Grand Pin.*

*
* *

Je suis une fille heureuse, bientôt j'ai un
troisième père, « mon papa de Cannes ». C'est
Jean Reynaud, qui, en écrivant à Arlès-Dufour
et à mon père, prend lui-même ce titre.

Je vois mes dieux partout, je les chante
au grand scandale de l'auteur de *Terre et
Ciel* et de Mme Jean Reynaud, qui est religieuse
et que mon paganisme afflige; mais tous
deux bons, nobles, d'un esprit supérieurement
élevé, essayent de m'arracher aux erreurs des
matérialisations divines, et sèment en moi le
bon grain des spiritualités qui y germera plus
tard.

Tandis que Jean Reynaud, sur la terrasse de
sa villa de la Bocca, me parle du Ciel et « met
ses ailes », comme je dis, Mme Jean Reynaud,
qui est l'une des grandes élèves de Chopin,
joue près de la fenêtre ouverte, accompagnée
par le bruit lointain de la mer, du Beethoven,
que son bien-aimé philosophe préfère à tous les
autres maîtres.

Le parfum des roses, des violettes et des
premières fleurs d'orangers, enivre, et je ne

m'étonne plus qu'on croie à des au-delà, quand déjà la vie méditerranéenne est si lumineuse auprès de celle du boueux Chauny ou du brumeux Paris.

« Je reconnais à chacun, me disait Jean Reynaud, le droit de régler souverainement son for intérieur, c'est la première des exigences : croire ce qu'on veut à la condition que la conscience porte à améliorer, à édifier, à régénérer, à élever avec piété, ce qu'on croit. Il y a trop de poésie et pas assez de hauteur divine dans votre religion païenne, » ajoutait-il.

Les lettres de reconnaissance passionnée que leur écrivait mon père avaient touché le cœur de M. et Mme Jean Reynaud, et vraiment ce ne fut pas une simple amitié qu'ils éprouvèrent pour moi : n'ayant pas d'enfants, ils m'adoptèrent.

Quoique séparé d'Enfantin avant la montée de l'École à Ménilmontant, Jean Reynaud, dans le procès fait aux saint-simoniens pour attentat à la morale publique, fut condamné à la prison, parce que son nom figurait, à son insu, dans une lettre collective des défenseurs d'Enfantin et de ses quarante fils.

Pierre Leroux et lui fondèrent l'*Encyclopédie nouvelle,* et ce sont les articles publiés dans l'Encyclopédie que Jean Reynaud réunit dans *Terre et Ciel,* volume condamné par le concile de Périgueux. Député de la Moselle, il devint sous-secrétaire de Carnot à l'Instruction Publique. Nommé conseiller d'État en 1849, il donna sa démission au 2 Décembre.

Henri Martin vient, comme presque toutes les années, passer quelques jours à la villa de la Bocca. Il fallait l'entendre parler de la Gaule avec Jean Reynaud, qui est le type du vieux Gaulois, aimant l'aventure courageuse, toujours prêt à défier la mort, n'ayant pour elle que de l'attrait, parce que, selon sa conviction sereine, la mort n'est qu'une étape dans le voyage de l'âme à travers l'infini.

Édouard Charton, fondateur et directeur du *Magasin Pittoresque* est, tout près de Cannes, dans ce Cannet qui m'a tant fait horreur. Il est souvent, lui aussi, à la villa de la Bocca. Ce n'est pas un ami, c'est un frère pour Jean Reynaud, tous deux ayant vécu du même idéal saint-simonien et républicain.

L'amitié de ces deux hommes d'un caractère si exceptionnellement élevé devient, pour tous ceux qui la côtoient, un fortifiant moral. Jean Reynaud dit de Charton : « Il n'a jamais fait de mal, mais beaucoup de bien. » Et Charton dit de Jean Reynaud : « Je ne puis pas suivre son âme ; elle est trop haute. »

Henri Martin parti, vint Legouvé. Quel contraste entre ces deux hommes, qu'on peut cependant juger avec des généralités identiques ! Loyaux, patriotes, leurs aspirations, leurs pensées, leurs sentiments, leur conception de l'honneur, sont avant tout français. Henri Martin est, comme Legouvé, l'ami le plus sûr et le plus prompt à donner la preuve de son amitié.

Ceci dit, Henri Martin et Legouvé n'ont plus rien de semblable. Le premier, d'aspect fruste et négligé, gauche, dégingandé, taillé à la serpe, n'a de séduisant que sa simplicité, sa bonhomie, la confiance qu'il force par sa physionomie d'homme sincère.

Legouvé, élégant, les traits fins, de manières parfaites, est l'expression complète de ce qu'on appellera, plus tard, une sélection. Les démocraties ont besoin de mûrir et elles ne produiront leurs aristocraties qu'avec le temps. Les moralités sont le fruit qu'il faut le plus cultiver. Tout homme qui sort d'un milieu inférieur pour entrer dans un milieu supérieur ne peut être affiné, au fond, du jour au lendemain, alors même qu'il paraîtrait l'être dans la forme. Il peut saisir le ton, il n'a pas assimilé l'aisance. Plusieurs générations d'hommes distingués ont contribué à former Legouvé.

Jean Reynaud aimait à répéter : « Si les bourgeois français étaient tous comme Legouvé, plus que bien élevés, pondérés, libéraux, généreux, vaillants, ils auraient vraiment recueilli l'héritage qu'ils ont arraché à la noblesse française et que la Révolution a rendu légal. Legouvé, ajoutait Jean Reynaud, est supérieur moralement à tous ceux que je connais, même à Charton. C'est un *génie moral* transcendant. »

La distinction, l'amabilité fière, quelque chose d'enveloppant qui en fait un causeur, un lecteur, un écrivain à part de tous, telles sont les qualités premières qui apparaissent en Legouvé. Il semble que le charme domine en lui et qu'un peu de féminité s'y mêle; eh bien, non! ce charme vient, au contraire, d'une bonté voulue, d'une sûreté de jugement, d'une fidélité d'affection et de conviction qui en font un homme doux, sans nulle inquiétude de soi, bienveillant aux autres et en sérénité souriante. Nul n'a connu Legouvé sans l'estimer haut et sans l'aimer profondément. Il est bref en paroles, déteste la phraséologie. C'est la vérité faite homme.

Mme Jean Reynaud et moi nous questionnons beaucoup Legouvé sur Mme Ristori. Il nous parle avec enthousiasme de son talent et avec respect de son caractère.

Deux de ses collègues de l'Académie sont à Cannes : Prosper Mérimée et Victor Cousin, que Jean Reynaud ne voit pas à cause de ses opinions républicaines. Legouvé a du goût pour eux, malgré qu'il trouve l'un trop froid, trop sec, trop égoïste, et l'autre trop verbeux. Mais c'est à peine s'il le laisse entendre.

Jean Reynaud ne cesse de taquiner Legouvé sur son « extrême jeunesse ». Il est si alerte, si mince, sa dignité est si coquette !

C'est chez Legouvé que Jean Reynaud a connu Mme Jean Reynaud. Il passait à Seine-

Port quelques semaines chaque année. L'une des voisines de campagne de Legouvé était une jeune veuve un peu mystique, résolue à ne jamais se remarier. Elle et Jean Reynaud, tous deux voyageant au ciel, s'y rencontrèrent.

Nulle plus que Mme Jean Reynaud n'eut en haute compréhension le rôle d'épouse. Il y a d'elle des mots superbes. Jean Reynaud, qui s'était séparé du saint-simonisme parce qu'il touchait aux respectabilités de la famille, avait lui-même le culte des joies intimes et du devoir dans un mariage de choix.

*
* *

Hetzel et Bixio m'écrivent tous deux qu'ils ont « monté la tête à Mérimée sur moi » et que je dois m'attendre à le voir arriver en mon logis. Que dira Jean Reynaud, s'il vient ? Bixio est l'ami le plus intime de Mérimée, qui l'a fait, dit-on, son légataire universel. « Bixio est indestructible, » répète sans cesse Mérimée, à ce que m'a plusieurs fois raconté Hetzel, « la mort avait une superbe occasion de le prendre en 1848 et elle n'en a pas voulu ; il nous enterrera tous. »

Malgré ce qu'en pensaient Hetzel et Bixio, je tenais Mérimée pour un poseur, froid, sarcastique, sceptique ; c'était ainsi que généralement on le dépeignait, et j'en avais un peu peur.

Nous demeurions, Mérimée et moi, chacun

à l'autre bout du Cours. Il vint trois jours après
l'annonce de sa visite, et sans plus de prépara-
tion me dit :

« Vous êtes une jeune personne à laquelle
Bixio et Hetzel m'ont déjà attaché. Et puis le
vieux Maure m'a fort intéressé à votre entêtement. Je vous sais gré de votre guérison, vous
l'avez enlevée d'assaut. Moi, je ne crois qu'à la
mer, à cette mer ! ajouta-t-il en la caressant du
geste et des yeux. J'ai lu votre « nouvelle paysanne » dans les *Débats*. C'est si bien que cela
donne l'idée qu'on peut faire mieux. J'apprendrai les secrets du bâtiment au contre-maître
s'il a l'ambition de devenir architecte. Je sais
que vous avez « commis » des *Idées anti-Proudhoniennes*. Je ne lirai pas ça. Ce n'est pas pour
femmes.

— Oh ! sur les femmes, nous ne nous entendrons pas. Vous êtes très dur pour elles, et
même... vilain !

— Déjà ! nous en sommes à des mots !...
Que me direz-vous à la vingtième visite ? Aussi,
bien mieux vaut régler la chose tout de suite.
J'ai été dur pour les femmes, alors qu'elles
étaient trop bonnes pour moi. Aujourd'hui
qu'elles ne le sont plus du tout, je suis moins...
vilain... Parlons net. Est-ce que je me place sur
un terrain qui vous plaise ?

— Tout à fait.

— Nous deviendrons amis ?

— Nous le sommes.

— Legouvé et Maure y applaudiront, mais Jean Reynaud ne l'admettra pas.

— Que si !

— Que non !

Presque tous les soirs je reste à dîner à la Bocca et l'on me ramène. Tantôt c'est Jean Reynaud, tantôt l'un de ses vieux amis, un voisin qui part pour son cercle à neuf heures.

Mme Jean Reynaud a la passion de son très joli jardin, s'en occupe et ne sort presque jamais. Jean Reynaud vient souvent me prendre l'après-midi, il adore la marche et nous nous promenons dans la montagne. Il aime à conter, j'aime à l'écouter. Mon *Voyage autour du Grand Pin* se fait à moitié dans ces conversations de la route.

Je désirais surtout que Jean Reynaud me parlât de sa scission avec le Père Enfantin, mais je n'osais l'interroger.

Cependant, un jour je lui raconte la démarche faite au nom d'Enfantin par mon futur tant aimé « Père » Arlès-Dufour et par Lambert-bey, pour m'offrir un banquet et me proclamer « la femme législateur ».

Nous étions dans la colline, au-dessus de sa villa, montant, moi derrière lui, un chemin assez raide. Il se retourne brusquement vers moi et me dit :

« Est-ce possible? Arlès a osé vous demander ça? De Lambert-bey rien ne m'étonne, c'est un esclave, mais du brave, du loyal Arlès, que je croyais sorti intact de la néfaste influence morale d'Enfantin, cela me stupéfie.

— Quand il s'agit des principes de l'École, Arlès-Dufour n'en abandonne aucun, et la « femme législateur » n'est-elle pas un principe? »

Jean Reynaud s'appuya contre un olivier et me fit asseoir.

« Oui, c'est un principe, répéta-t-il, l'un de ceux qui appartiennent en propre à Enfantin. Et tenez, ma chère enfant, pourquoi ne vous parlerais-je pas de ces choses dont la plupart seront publiées après ma mort, mais à propos desquelles je vous dois un avertissement pour que vous ne tombiez jamais sous les griffes d'Enfantin, du détrempeur moral le plus dangereux que j'aie jamais connu. Sachez que l'un des côtés les plus odieux des manœuvres d'Enfantin pour dominer l'âme de ses disciples était de détruire leur bonheur conjugal, de leur prouver que toutes les femmes, même la leur, étaient mûres pour l'émancipation, pour l'amour libre. Combien ai-je ressoudé de brisures faites sur l'ordre d'Enfantin; combien de scandales suis-je parvenu à empêcher? Le soi-disant « Père » déléguait aux femmes des hommes résolus à les séduire, par tous les moyens, et ensuite à livrer leur secret à Enfantin, qui obligeait les malheureuses à se confesser publiquement de leurs fautes.

« L'une des scènes les plus atroces, le spectacle de l'une des tortures les plus affreuses auxquelles j'aie assisté, m'ont décidé à rompre avec l'École.

« Un jour, Enfantin se leva et dit :

« La providence a voulu que je ne fusse entouré que de maris trompés. »

« Bazard se dresse, indigné. Sa femme à lui est admirable, dévouée, courageuse, fière. Elle est irréprochable entre toutes. Très pâle, il proteste contre l'injure qu'Enfantin adresse à *tous* les maris qui l'entourent.

« Enfantin prononce lentement ces paroles :
« Toi-même... »

« Bazard jette un cri désespéré qui me fend l'âme ; il s'affaisse sur son banc, puis, tout à coup, blême, l'œil égaré, il se relève, marche comme un homme ivre, et sort. Je le suis pour l'assister dans cette horrible épreuve.

« Bazard luttait comme moi contre l'orgueil et contre l'omnipotence d'Enfantin. A force de ruses, de traquenards, de machiavélisme, dont le récit vous paraîtrait inadmissible, un séducteur, dépêché à Mme Bazard, l'avait circonvenue, poursuivie, assaillie, menaçant les siens de représailles, de dangers, de mort même. Affolée, Mme Bazard faiblit.

« C'est devant moi que la malheureuse créature fait sa confession. J'en ai l'âme troublée encore.

« Le jour où je quittai l'école, continue Jean Reynaud après un long silence, Enfantin accusait plusieurs de ses disciples de le trahir.

« J'avais pris hautement la défense de Mme Bazard et dénoncé l'acte infâme dont elle était victime. C'est donc moi surtout qu'Enfantin visait dans ses accusations. Le nom de Judas était sur ses lèvres, lorsque, dans un accès d'orgueilleuse éloquence, il s'écria :

« Je me sens ressembler au Christ !

« — Avec cette différence, répliquai-je froidement et ironiquement, que le Christ était sur la croix et que vous êtes dans un bon fauteuil. »

« Et je quittai, en le disant haut, une école de malfaisance morale.

« Je ne revis Enfantin qu'au procès de Bourges. Il dit ce jour-là, poursuivant la même idée :

« Il y a deux mille ans, un homme, apportant une morale nouvelle, comparut devant ses juges. »

« Une morale nouvelle, » se répétait Jean Reynaud, la morale qui a sali les deux êtres les plus purs du monde : Bazard et sa femme.

« Comment, moi, ai-je pu devenir membre d'une société à la fois humanitairement religieuse et économique, quand je suis un spiritualiste et un rêveur ? » me demanda Jean Reynaud.

Je ne pouvais lui répondre, n'ayant pas vécu à l'heure des systèmes où l'on s'engageait pour combattre sans songer assez au choix des armes et à celui des chefs.

Le bon docteur Maure dînait le soir avec nous. Jean Reynaud revint malgré lui sur le passé qu'il avait évoqué pour moi.

Le vieux Maure était un éclectique. Il parlait des écoles, des philosophes, avec une aisance détachée qui en faisait un causeur adorable.

Il trouvait du bon à chacune des écoles, ayant eu des amis dans toutes ; de la morale dans toutes les philosophies, les ayant soupesées. Spirituel, original, rien n'était plaisant comme une certaine moue qui préparait l'un de ses mots, toujours imprévu, décisif, et qui coupait court à toute une conversation, tant il la résumait drôlement. Il aimait de tout son cœur Jean Reynaud et Mérimée, qui se détestaient cordialement. Mérimée doutait de toutes les choses auxquelles l'auteur de *Ciel et Terre* croyait. En revanche, il avait foi dans les bienfaits de l'empire, tandis que Jean Reynaud accusait Napoléon III de tous les crimes.

Jean Reynaud, quand j'arrivai à Cannes, était cependant un peu moins irrité contre le régime impérial, à cause de la réunion de Nice à la France.

« C'est la seule chose que Mérimée ait blâmée, dit un jour le docteur Maure à Jean Reynaud. Il est écrit que vous ne serez jamais d'accord en rien. »

J'étais très curieuse de savoir ce que Mérimée disait de l'Impératrice, et je harcelai le docteur Maure de mes questions. Le malicieux se faisait tirer l'oreille :

« Voyons, docteur, la trouve-t-il intelligente ?

— Il veut qu'elle le soit.

— Il veut, il veut! Justement, pour vouloir, il faut un effort; donc, il ne dit pas simplement, lorsque vous l'interrogez : « Oui, elle est intelligente. »

— Il dit oui et ajoute : « Elle a une mémoire merveilleuse. »

— Suppléante, docteur?

— Comment, suppléante?

— Mémoire merveilleuse, qui supplée à l'intelligence.

— C'est comme vous voudrez. Mérimée n'étant pas là, je ne suis pas tenu de combattre votre opinion, mais, si je résume des impressions recueillies de-ci, de-là, dans mes conversations avec Mérimée, je crois l'Impératrice séduisante, enchanteresse, mobile, femme autant qu'on peut l'être, plus ondoyante et plus diverse que l'homme de Montaigne, et avec cela — notez ceci — d'une fidélité absolue. Pas du tout prodigue comme on le prétend, plutôt le contraire.

— Est-ce que Mérimée approuve ses façons d'être à certains jours, les chansons, la direction mondaine qu'elle subit de Mme de Metternich?

— Ma chère enfant, vous allez m'arracher des confidences intimes. L'Impératrice aime son époux et elle a un chagrin mortel quand il la délaisse; alors elle cherche les distractions à tout prix, la diversité des sensations qui lui font oublier un instant ses tristesses conjugales :

théâtre, petits jeux, chansons, parties de campagne, elle use de tout.

— Et comme mère, quelle est-elle?

— Parfaite. Elle élève admirablement le prince impérial, écartant de lui tout ce qui exciterait sa vanité, le voulant instruit et non bourré de savoir. Bref, elle a, comme nous tous, qualités et défauts. Il me semble, depuis que j'ai lu quelques lettres d'elle à Mérimée, que les qualités dominent.

— Eh! mais, docteur, quoique ami de M. Thiers, quoique vieux libéral, quoique orléaniste, il me semble que Mérimée vous a fait aimer l'Impératrice?

— Non, apprécier. »

Mérimée, fils de peintre, avait la manie de la peinture. Le docteur Maure vint me montrer un jour une aquarelle faite à Saint-Césaire, propriété du docteur, et que Mérimée venait de lui remettre solennellement. C'était d'un médiocre!

« Pauvre ami! vous voilà forcé de voir Saint-Césaire en laid maintenant.

— Non, me dit-il avec sa moue, je ne tournerai ce... paysage du mauvais côté peint par Mérimée que quand il me fera l'honneur d'être mon hôte, et je collerai pour tous les jours une belle image derrière. Hélas! pourquoi Mérimée ne sait-il pas aussi bien peindre qu'il sait bien écrire et bien manger. »

Savoir manger, pour le docteur Maure, était

un titre, et il avait, à cet égard, un profond mépris pour Cousin.

« Croiriez-vous qu'un jour, me dit-il, arrivant au milieu de son déjeuner, je l'entendis redemander à sa gouvernante du veau, et c'était du faisan ! »

De l'autre côté de la baie de Cannes, en face de moi, se trouvait un bois de pins où le docteur Maure me conseillait de passer une heure chaque matin, étendue sur le sable au bord de la mer. J'y voyais de loin Mérimée, suivi de ses vieilles amies anglaises en robe claire, dont l'une portait un carquois et l'autre un grand sac, attachés tous deux par une courroie en bandoulière. Mérimée tenait un arc, tel un dieu, eût dit Homère. A certain moment une Anglaise passait une flèche, Mérimée tendait l'arc, la flèche sifflait et atteignait une pomme de pin choisie fort mûre. L'une des Anglaises courait après la pomme de pin qu'elle glissait dans son sac, l'autre reprenait la flèche si elle tombait. C'était un émoi silencieux durant le tiré, des cris de joie ensuite, des exclamations, ou pour mieux dire des acclamations qui ne finissaient qu'au moment où de nouveau Mérimée tendait son arc et tirait.

Cachée derrière un genévrier, j'observai tout sans être vue.

Je rencontrai un jour Mérimée avec lord Brougham. Ils me saluèrent et s'arrêtèrent.

Je fis mes compliments à Mérimée sur son

adressé à la chasse aux pommes de pins. Lord
Brougham me regardait de son œil plein de ma-
lice. Je ne souris même pas. Mérimée me sut
gré de la façon sérieuse dont je le félicitai.

« En Picardie, ajoutai-je, tout homme ayant
au cœur quelque fierté est chevalier de l'arc, et
je me connais en adresse à ce jeu. La vôtre est
grande. Hier vous avez abattu cinq pommes !

— Guillaume Tell est dépassé, repartit lord
Brougham, mais ne trouvez-vous pas, madame,
que mes deux compatriotes portant flèches et
carquois sont bien peu « Psyché » pour ce
grand diable de Cupidon ? »

Impossible de ne pas sourire.

« Teigne ! » dit Mérimée en riant.

*
* *

Le docteur Maure me laissait le tourmenter
par mes interrogations sur Mérimée.

Il y en avait une que je n'avais pas encore
osé risquer : on devine qu'il s'agissait de George
Sand. Je tournai sans cesse autour.

« Vous savez, docteur, Mérimée m'a fait
compliment sur l'une de mes nouvelles. Il a dû
se moquer de moi. Je suis certaine qu'il ne peut
tolérer les femmes qui écrivent.

— Vous vous trompez. D'ailleurs, parmi les
défauts il y en a un qu'il n'a à aucun degré :
c'est l'hypocrisie.

— Vraiment, il admire des femmes écrivains?

— Mais oui.

— Qui, par exemple?

— Mme de Staël, George Sand.

— George Sand!

— Mais oui, il l'admire autant et peut-être plus que moi.

— Allons donc!

— Je vous le jure, c'est même pour ça…

— Que?

— Que leur aventure a été si triste. Il s'était monté la tête sur George Sand après avoir lu *Lélia*. Il voyait Mme Sand ayant un caractère d'héroïsme semblable à celui pour lequel Mérimée a toujours posé. — Notez que je dis posé. — Il la voyait dominatrice, (je vous répète ses propres mots,) considérant l'homme comme celui-ci considère la femme dans un amour de tête, amour ne livrant rien de son moi intérieur, qu'on quitte et reprend au jour le jour, à moins qu'il ne s'ajoute aux fantaisies de l'esprit une fantaisie des sens.

« Mérimée rêva de fasciner Lélia, de lui faire trouver en lui ce qu'il cherchait en elle. Quelque chose d'introuvé jusque-là! une force défensive inentamable, un dédain sans bornes de l'autre, un défi de pénétrer cet autre, même en le possédant.

« Le jeu des préliminaires dura longtemps entre eux. Mérimée affectait une froideur glaciale, même dans ses déclarations. Mme Sand abandonnait, par lassitude d'expériences nombreuses, sa turlutaine d'amour passionnel, curieuse d'un amour sans amour.

« Lui, Mérimée, dompterait Lélia une heure, un jour, laisserait dans sa vie une trace ineffaçable qui ne serait jamais mêlée à d'autres souvenirs, une éternelle interrogation. Surtout, qu'elle se cabre, qu'elle résiste au mâle intellectuel, pour que sa victoire soit plus fière.

« Je vous citerai là encore les paroles de Mérimée :

« Elle n'avait rien, mais rien de ce que je croyais trouver en elle. Sensible, soumise, elle s'offrit à l'esclavage. Elle croula de toute la hauteur de Lélia dans mon imagination. Outrageusement trompé, attardé dans ma vie curieuse d'exception, je lui jetai, en la cinglant, mon indifférence à la face. Mais là encore, au lieu de la malédiction, de la haine, je n'eus en face de moi qu'une femme désabusée une fois de plus et pleurant son rêve. »

« Si Mme Sand s'était montrée romanesque, Mérimée, avouez-le, fut bien curieusement romantique, » ajouta le docteur Maure, avec sa moue.

Jean Reynaud, Mme Jean Reynaud et moi, nous allons à Vallauris, et là nous sommes frappés du goût de l'un des jeunes Massier, presque un enfant, qui tourne avec la jolie terre d'un blanc rosé, dont on fait de vulgaires pot-au-feu presque noirs, de charmants vases d'une forme classique qu'il sèche au soleil, afin de leur conserver leur couleur, et qu'il vend aux étrangers.

Nous nous intéressons à cet enfant, vrai potier, ayant l'amour de son art et rêvant des vernis, des cuissons, nous priant de l'aider, de persuader à son père qu'il gagnera plus d'argent avec de jolis vases qu'avec « ses toupins et ses pignattes », pots et casseroles de terre. Jean Reynaud fait ce qu'il demande, lui envoie des albums, et moi, quand je deviens « Vallaurienne », je me passionne pour cet art que je vois s'essayer, se développer peu à peu, arriver à la perfection des formes, à des créations nouvelles, à retrouver les reflets perdus des potiers de Grenade, à créer la poterie de Vallauris, que d'autres enrichiront à leur tour de leurs découvertes.

Le petit potier dont je parle était Clément Massier.

Jean Reynaud et Mme Jean Reynaud quittent Cannes. Avant leur départ, ils me font louer, près de leur villa, une minuscule maisonnette, au milieu des orangers. C'est là que je viendrai, l'automne prochain, avec ma fille. Mme Jean Reynaud me donne une petite Brigasque, Angélique, qui chaque printemps retourne à la Briga, au pied du col de Tende, et revient à la mauvaise saison. C'est elle qui me servira à mon retour dans le Midi.

Je reviens à mon tour lorsque le docteur Maure me le permet. Mon père, Edmond Adam et de Ronchaud sont à la gare. Mme Vilbort n'y est pas. Pourquoi? Je ne le saurai que trop vite.

Mon père et Edmond Adam se sont écrit en mon absence. Je les trouve liés. Ils se seraient tiré des coups de fusil en 1848, mais ils s'entendent complètement sur la haine de l'empire. Quelle gratitude j'ai à Edmond Adam de m'avoir donné sa petite Bordelaise, dont le dévouement n'est certes pas étranger à ma guérison!

Je rentre à Chauny le soir même, après avoir embrassé Mme d'Agoult et conduit mon père remercier M. et Mme Jean Reynaud. Quelle joie de revoir ma fille grandie! Elle ne rêve plus « qu'au beau pays bleu », aux arbres qui ont des « fruits d'orange ». Elle voudrait être « le jour où nous partirons ».

« Petite ingrate, » dit mon père en riant.

Il sait le danger que j'ai couru, le docteur Maure le lui a écrit. Ma mère elle-même « béni mes amis », mais il faudra voir à la fin, laisse-t-elle entendre, quel intérêt chacun avait à être si extraordinairement dévoué pour moi. C'est si bon de soupçonner!

*
* *

Ah! le soupçon, l'odieux soupçon! J'apprends qu'en mon absence mes ennemis sont parvenus à circonvenir ma charmante cousine Vilbort, et qu'on dit couramment chez elle que ma brusque maladie était une comédie et que je suis allée, en Italie, courir une aventure.

Ma cousine reçoit le mercredi soir de chaque semaine, et je sais que depuis mon retour les aimables ragots sur ma conduite « plus que légère » s'augmentent chaque semaine d'une nouvelle affirmation.

Vers dix heures, j'entre, je ne salue personne et me place debout à la cheminée.

« Bonsoir, ma chère cousine, dis-je très haut, me voici en meilleur état que la veille du jour où je suis partie pour le Midi et où vous m'avez si amicalement assistée. On me rapporte que des méchants font courir sur moi de méchants bruits et clabaudent que je n'ai pas été malade, que je suis allée, non à Cannes, mais en Italie, filer un amour plus ou moins parfait. Vous êtes là, heureusement, cousine, pour affirmer à quel point vous m'avez vue en danger et si, parmi vos amis présents, il y en a qui n'ont pas voulu vous croire, je les prie de m'interroger. Je suis prête aux explications. »

Un silence profond succède à mes paroles. Je fixe particulièrement deux personnes, qu'on m'a dit être les plus acharnées contre moi, dont l'une est une amie de Mlle Clémence Royer. Elles se taisent comme les autres.

Vilbort, le premier se détache.

« Vous ne pouviez choisir d'autre maison que la nôtre, cousine, pour vous défendre, dit-il, sachant que notre parenté se double d'une solide amitié.

— Merci, cousin, » répondis-je, un peu émue en lui serrant la main.

J'allais me retirer, quand Mme Vilbort se jette en pleurant dans mes bras.

« Chère, chère Juliette, pardon, » murmure-t-elle.

Les bienveillants s'empressent, les hésitants suivent, les deux méchants sortent. On applaudit à leur départ comme au théâtre, et les invités de mes cousins, fort allégés d'un remords de malveillance, finissent gaiement la soirée.

Mes *Récits d'une Paysanne* paraissent, et j'ai hâte de mettre en ordre mes notes très éparses sur *Mon Voyage autour du Grand Pin*. Je retourne à Chauny et, mes notes classées, je reviendrai bien vite, car mes amis me manquent ; il y a si longtemps que je n'ai causé au jour le jour avec eux. Je ne sais plus de la politique que ce qu'on m'en a écrit, ce que j'en ai lu dans les journaux, mais quelle différence avec les idées qu'on échange dès l'apparition d'un fait, avec ce qu'on éprouve en commun !

Je donne un vigoureux coup de collier, quoique je sois chaque jour tourmentée par ma mère, qui ne cesse de répéter que je me tue parce que je ne sors pas, que je cours à mon travail « sitôt la dernière bouchée », répète-t-elle.

« Pour l'amour du ciel, maman, laisse-moi en paix. Est-ce que chaque métier n'a pas son risque ? Le médecin, la contagion ; le couvreur, la culbute du toit ; le militaire, la mort ; l'écrivain a le travail excessif parfois, par à-coups. Faut-il, surtout quand on l'a choisi, abandonner son métier à cause de son risque? Mais personne ne ferait plus rien.

— Ta fille est dans le vrai absolu, dit mon père.

— J'en conviens, » ajoute ma mère, qui est ergoteuse et aime qu'on lui donne « des raisons ».

Dès que mes notes sont classées, je retourne à Paris. Je me réinstalle dans mon petit salon du boulevard Poissonnière et je revois un à un mes amis.

On ne parle que de la guerre du Mexique ; nous sommes naturellement indignés au delà de tout ce qu'on peut exprimer.

« Est-ce que ce ne sont pas les cléricaux mexicains qui veulent renverser le libéral Juarès? Est-ce qu'il n'y a pas le scandale des bons Jeckers?

— La « corruption impériale » est à son comble, » s'écrient mes amis.

Toussenel ne discourt que sur l'acquittement de Mirès, à Douai. Les magistrats sont eux-mêmes contaminés, la Cour de Cassation ne casse que pour la forme, pour fournir un argument aux niais.

A la Chambre, les « Cinq » font beaucoup de bruit. Les dix-huit places de la tribune publique sont toujours occupées par leurs jeunes amis, qui grognent, de façon à irriter la majorité, mais pas assez fort pour que M. de Morny ait le droit de les expulser. On rit beaucoup d'une histoire de Floquet, qui, s'étant endormi dans la tribune, s'écria tout à coup de sa voix de stentor, tandis qu'un orateur marmottait et que la Chambre somnolait :

« Citoyen président, je demande la parole. »

On juge de l'effet. La chambre tout entière se dresse. On fait vider la tribune publique. Enfin Floquet s'accuse et M. de Morny prend avec gaîté l'incident.

Deux « jeunes » occupent l'attention des « vieux » et leur nom revient sans cesse dans leur conversation. Ce sont ceux de Brisson et de Gambetta.

C'est Pichat qui nous parle pour la première fois de ce dernier. Il me le dépeint mal harnaché, le nez énorme, un œil tout blanc, maigre, se tenant mal, d'une vitalité méridionale enragée, alternant avec des preuves d'observation, de sens pratique. Il malmène les vieux plus qu'aucun autre jeune. Selon lui, l'abstention n'est qu'une formule d'impuissance, les abstentionnistes ne faisant rien, n'organisant aucun moyen d'attaque ni de défense.

L'Union Libérale cependant s'ébauchait. Jules Bastide, Carnot, cherchent une forme d'action, tout en restant résolus à se cantonner dans l'abstention législative.

Jules Simon joue son double jeu habituel,

enthousiaste à l'idée de la fondation de l'Union
Libérale : il côtoie les jeunes et les flatte, répétant que le rôle des vieux est fini.

L'Union Libérale s'élabore, et ni les orléanistes ni les légitimistes ne se dérobent.

Je connaissais, par ma veille amie Beuque,
Massol, qui, d'ailleurs, était mon proche voisin
du boulevard Poissonnière. On voyait beaucoup chez lui le sage Caubet, le docteur Clavel ;
tous trois ne cessaient d'affirmer que le plus
grand avenir attendait leur jeune ami Brisson,
Clavel se chargeant à lui seul de le faire comprendre et connaître dans son quartier.

Massol, ancien saint-simonien, avait été dé-
légué par le Père Enfantin, au beau temps de
l'école, pour propager la doctrine parmi les
ouvriers des principales villes de France. Il fut
de la mission d'Égypte. Mais, que sont, avant
tout, Massol, Brisson et Clavel? Des francs-maçons. La loge occupant toutes leurs pensées est
devenue le mobile de tous leurs actes.

Ils commencent à parler avec onction d'une
série d'études qui doivent aboutir à la libération
totale de l'esprit humain, et qui se poursuivront
dans la loge maçonnique dont le nom est impres-
sionnant : *Renaissance par les émules d'Hiram.*
Je confesse que ces mots me font beaucoup
d'effet. Massol est un sincère sans ambition
personnelle aucune, et ses théories de « morale
indépendante » ne manquent pas de hauteur.
Il songe à fonder un jour une revue sous ce

titre. Beaucoup de gens, surtout parmi les francs-maçons, s'intéressent à sa future œuvre, mais plus encore parmi les phalanstériens que parmi les saint-simoniens.

Quand nous discutons, Massol et moi, et que je lui parle de mes philosophes grecs, il affiche un tel mépris que je lui amène un jour Louis Ménard. J'assiste alors à la plus haute, à la plus belle discussion sur la morale que j'aie jamais entendue.

Massol avait collaboré à la *Voix du Peuple* de Proudhon et il était resté son ami ; il fut même l'un de ses exécuteurs testamentaires. Nous ne manquions pas d'occasions de nous chamailler ; mais, politiquement, nous étions en parfait accord. Lorsque le gouvernement impérial voulut s'emparer de la franc-maçonnerie en exigeant que le maréchal Magnan devînt grand maître, Massol protesta avec une énergie extraordinaire.

Brisson était le benjamin de Massol. Il lui donna d'ailleurs comme femme sa pupille Clorinde, élevée dans les idées intégrales de la *Renaissance des émules d'Hiram*. Massol parlait au figuré de la reconstruction du temple de Jérusalem. Ce temple, c'était la morale indépendante ; Massol, comme le roi de Tyr, fournirait le bois, l'argent et le fer. En attendant, il vendait des fontaines de grès.

Le fils d'Abibal, Hiram, roi de Tyr, ami de Salomon, lui avait envoyé, en même temps que des matériaux pour la construction du temple de Jérusalem, un architecte appelé Hiram, comme lui, et qui fut assassiné par ses ouvriers. Cette histoire est devenue un mythe pour la franc-maçonnerie. Je crois bien que ce mythe, dans l'esprit de Massol, de Brisson, de Caubet, de Clavel, signifiait que, quand le temple de Jérusalem serait reconstruit, il faudrait assassiner, comme un simple Hiram, le Grand Architecte de l'univers. Durant plusieurs années de ma vie le nom d'Hiram a bien des fois sonné à mes oreilles.

Autant Gambetta, l'autre jeune dont on parlait, était débraillé, embroussaillé, autant Brisson était soigné, impeccable. Il avait, lui, toutes les tenues, et celle à laquelle il accordait le plus de soins était celle de son caractère.

Brisson a-t-il jamais ri de ce bon rire qui est le propre de l'homme? Je ne le crois pas. Son « caractère » n'était pour lui un « caractère » qu'à la condition d'être grave, austère, inquiet de toutes les inquiétudes que peut avoir un homme désireux de libérer, en sa courte vie, la pensée humaine de la mainmise religieuse depuis les siècles des siècles, car, jusqu'à la « Morale indépendante », il y a toujours eu des religions, et mon ami Renouvier dit même qu'elles n'ont cessé de correspondre à l'état de l'ignorance ou de la science.

Brisson en restait à la littérature politique qui donne pour adversaires aux libres penseurs un Rodin, un jésuite. Il souffrait de ce dont nous souffrions tous, de la tyrannie de l'Empire, et, en outre, de ses craintes personnelles. Massol était plutôt gai, malgré le poids de la pensée humaine qu'il tenait à alléger de ses scories. Caubet bavardait volontiers de choses et d'autres. Clavel s'amusait d'un rien, comme un enfant, surtout si on faisait avec lui une partie de campagne. Il courait après un papillon, grimpait et dégringolait pour cueillir une fleur. Brisson restait Brisson partout. Son plus grand défaut était de regarder en soi et jamais dans les autres. Tant que les événements, comme alors, gravitaient dans le même sens d'attaque, c'était très bien, parce qu'il fallait, bon gré mal gré, marcher en troupe, et Brisson combattait le combat de l'opposition tout aussi bien qu'un autre; mais il ne devait jamais croire à la victoire remportée. C'eût été trop gai. Il s'acharnera après les cadavres, et au besoin ferraillera contre des ombres.

Ma vieille Beuque aimait beaucoup Brisson, mais elle ne le trouvait pas assez « jeune ». Elle le disait à Massol, qui, premier admirateur de Brisson, répondait : « Comment voulez-vous? Il porte le poids de l'obscurantisme. »

Mᵐᵉ Sand m'envoie, retour de Nohant. Marchal le peintre, que je connais, pour me dire qu'elle aime « tout plein », c'est une locution de Berri, mes *Récits d'une Paysanne*. Elle est, paraît-il, curieuse de voir comment, si passionnée du Nord, je vais peindre le Midi, car elle ne doute pas, a-t-elle ajouté, que je ne prépare un livre sur mon séjour à Cannes.

Je réponds à Marchal que oui, mais que depuis que je connais *Tamaris*, j'ai peur. Heureusement, je viens seulement de le lire; sans cela je n'aurais jamais osé commencer mon volume nouveau.

« Je lui écrirai tout cela, » me dit Marchal.

Léon de Wailly, dans l'*Illustration*, à propos de mes *Récits d'une Paysanne* et d'un revenez-y des *Idées anti-Proudhoniennes*, m'appelle *Bradamante;* le nom me reste, et c'est à qui me taquinera avec ce nom. Prévost-Paradol, Henri Lavoix, viennent ajouter leurs articles flatteurs à ceux de mes amis.

Mme d'Agoult a fait un très beau livre, *Florence et Turin*, dont on parle dans tous les milieux. Quand je recueille un bel écho de son succès, j'ai une grande joie à courir le lui dire.

Ma grande amie était alors d'une tristesse dont nous, ses intimes, nous n'arrivions pas à la distraire, car son chagrin venait d'un événement qui eût dû la réjouir : Mme Émile Ollivier, sa fille, commençait une grossesse un peu tardive, dont aucun symptôme physique n'était inquiétant, mais qui chagrinait Mme d'Agoult parce que, dès les premiers mois de cette grossesse, Mme Émile Ollivier insistait pour que sa mère, qui lui servait la rente d'une dot de cent mille francs, lui en donnât le capital, répétant à chaque visite que la tranquillité de son ménage était à ce prix.

Je me trouvais une après-midi chez Mme d'Agoult, et nous allions sortir pour une promenade, lorsque Grévy vint, appelé par elle, mais précédant l'heure de son rendez-vous. J'allais me retirer, mais ma grande amie insista pour que je reste, car, dit-elle à Grévy, Mme Juliette Lamber connaît, dans chacun de ses détails, la chose sur laquelle j'ai à vous demander conseil.

Après avoir expliqué à Grévy ce dont il s'agissait, Mme d'Agoult ajouta :

« Cette insistance de Blandine me cause je ne sais quelle appréhension dans la circonstance. Ollivier est-il, pour une raison que j'ignore, inquiet des couches de sa femme, et veut-il n'avoir aucune affaire à régler avec moi si elle meurt? On le croirait.

— On le croirait, répéta Grévy, qui n'aimait guère Émile Ollivier, mais vous ne pouvez courir le risque d'ajouter un trouble moral à l'épreuve physique que subit, à cette heure, votre fille. S'il lui arrivait malheur, vous en auriez le remords. Donnez les cent mille francs. »

Mme d'Agoult donna les cent mille francs, et la paix revint dans le ménage.

Presque tous mes amis ont quitté Paris. Je retourne à Chauny. Jean Reynaud est aux eaux, et je suis en correspondance suivie avec Mme Jean Reynaud, au moment où nous sommes tous

émus de l'affaire d'Aspromonte, de la blessure
de Garibaldi. Avec son calme habituel, son bon
sens accoutumé, elle m'écrit :

« Je vous dirai que je regrette profondément
que ce beau type de héros sans tache, aussi écla-
tant dans son Caprera que le symbole même de
l'abnégation et du patriotisme, soit tombé dans
la guerre civile. »

Qu'on juge de nos illusions à cette époque
en lisant ce qui suit de Mme Jean Reynaud :

« Quand on a établi dans son pays le suffrage universel, un parlement, que le droit y
règne alors, et doit y amener tous les biens avec
le temps, Garibaldi est, hélas! de ceux qui se
hâtent sans attendre la réflexion, comme dit
Pelletan, et qui n'ont pas l'esprit aussi grand
que le cœur.

« Garibaldi a sans doute un défaut de principe et de lumière à côté de tant d'héroïques
qualités, et cela montre une fois de plus qu'on
ne peut être tout. J'espère que les occasions
glorieuses ne manqueront pas dans le monde
à Garibaldi, que sa valeur et sa générosité passionnée s'exerceront dans des luttes plus justi-
fiées. Il résulte déjà tant de mal de cette funeste
entreprise qu'il doit être éclairé sur les conséquences et changer de voie.

« Mon mari, de son côté, comme moi, est
enchanté de Pelletan et de sa lettre à M. Im-
haus. Il faut une bien grande verve et beaucoup
d'esprit pour faire ainsi douze brochures en

une année. La dernière prouve que sa réclusion lui a été bonne ; il est plus brillant que jamais.

« Nous irons cette année de bonne heure à Cannes ; rien ne peut mieux compléter la cure d'air qu'une cure de soleil. »

Mais Jean Reynaud est rentré ; il ajoute à la lettre de sa femme :

« Bien que je trouve aussi que Garibaldi ait eu tort, j'espère que son échauffourée aura de bonnes conséquences. »

Pelletan, à qui je fais part de l'approbation de Mᵐᵉ Jean Reynaud et qui s'y montre particulièrement sensible, me répond que le devoir des lutteurs grandit chaque jour, « que la jeunesse des écoles est inquiétante, qu'elle se laisse de plus en plus conduire par les Vermorel, les Gambetta, par les voyous du parti, qui n'ont pas la tenue des Floquet, des Ferry, des Adalbert Philis ! Sans doute, ajoute Pelletan, il ne faut pas revenir aux « gants jaunes du *National* », mais les « manières » de Carnot, de Grévy, de Duclerc, d'Adam, de Pichat et de tant d'autres, ont ajouté, convenons-en, à la respectabilité de notre parti. »

La question romaine est toujours celle qui passionne le plus les hommes politiques de tous les partis. Napoléon III cherche à gagner du temps. Il déclare qu'on ne doit rien changer avant la mort de Pie IX. Tous les ministres actuels croient que les choses ne peuvent rester dans le *statu quo*.

Thouvenel vacille et oscille, me dit Hetzel, qui s'arrête à Chauny en venant de Bruxelles, où il a vu Victor Hugo depuis peu. Hetzel, ami de Bixio, rencontre souvent Nigra chez lui. Nigra prétend que les ministres sont des lâches, qu'ils savent la situation intenable en Italie et que cependant aucun d'eux n'aide à la détendre.

« Le prince Napoléon, dit Nigra, va répétant très haut que si la France reste à Rome, il est impossible que le gouvernement italien ne reprenne pas à son compte le mouvement créé par Garibaldi. Tout ce que fait la France, ajoute-t-il, donne raison à Garibaldi; il n'y a entre lui et le gouvernement italien qu'une différence de procédés; tous deux poursuivent le même but. »

Mme Emile Ollivier est morte en couches à Saint-Tropez. Tous les amis de Mme d'Agoult sont atterrés. Si forte, si belle, pauvre Blandine ! J'écris à ma grande amie : « Voulez-vous que j'aille où vous êtes ? » Elle me répond : « Je n'ai cessé d'être poursuivie par l'idée que Blandine était en danger. Ne venez pas, mon enfant. Je refuse d'être consolée. Le coup est trop violent pour que je n'en reste pas anéantie pendant de longs jours. Vouloir réagir en ce moment serait plus cruel que de m'abandonner à mon chagrin. »

Quand je revis Mme d'Agoult, sa douleur avait encore quelque chose de farouche.

Elle me rappela sa conversation avec Grévy et ajouta :

« Mais alors si mon gendre était inquiet de l'accouchement de Blandine, pourquoi l'avoir conduite à Saint-Tropez plutôt que de la laisser à Paris, où elle avait à sa portée tous les grands praticiens ? »

De Ronchaud, qui assistait à notre conversation et voyait mon embarras, répondit :

« Une couche en bon air vaut mieux que les plus grands médecins, et, même s'il était inquiet, Ollivier a bien fait de conduire sa femme à Saint-Tropez, où, en septembre, le climat est parfait.

— Et l'histoire des cent mille francs, quelle explication y trouvez-vous ?

— Celle que vous lui aviez donnée vous-même au moment où Blandine vous les réclamait, qu'Ollivier, si sa femme mourait, ne voulait pas avoir à traiter une affaire avec vous. Le versement des cent mille francs réglait tout dans n'importe quel cas de vie ou de mort de l'enfant lui-même, Blandine et son mari ayant échangé, depuis les premiers jours de leur mariage, une donation entre vifs.

— Vous en êtes certain ?

— Oui. »

Des larmes jaillirent des yeux de Mme d'A-goult. Je l'avais vue si rarement pleurer que mon cœur en fut bouleversé.

Je n'aimais guère M. Émile Ollivier, dont les

yeux faux et la conduite politique m'inspiraient peu de bienveillance. La préoccupation qu'il avait eue du règlement de ses intérêts, vis-à-vis de sa belle-mère, dans la crise toujours inquiétante que devait subir sa belle et intelligente femme, ajoutèrent alors à mon antipathie.

Tous les amis de Mme d'Agoult étaient frappés avec elle.

L'opinion publique, les sphères gouvernementales, sont agitées par une seule question : la question italienne. M. Thouvenel, dont la bravoure est fort relative, croit cependant à la possibilité d'un arrangement entre l'Italie et le Pape. Il y travaille. Les agents de M. Thouvenel agissent, bien entendu, dans le sens de ses idées. M. de la Valette n'avait pas d'autre idée que son chef, M. Benedetti, prenait langue auprès du prince Napoléon. Mais voilà qu'un beau matin M. Thouvenel est remplacé par M. Drouyn de Lhuys, et, le plus stupéfiant, c'est la forme de la révocation.

Le Ministre des Affaires étrangères reçoit une lettre de Napoléon III, lui disant qu'il se sépare de lui dans l'intérêt de la conciliation. Or il est clair que M. Thouvenel n'est remplacé que parce que sa politique était une politique de conciliation. L'empereur ajoute « qu'il veut en finir avec une situation équivoque qui rend inintelligibles tous les actes du gouvernement français ».

Mais elle va être bien autre, l'équivoque, et

la politique impériale autrement inintelligible !
M. de Morny, qui encourageait M. de la Valette
et soutenait M. Thouvenel, est directement atteint dans son influence.

Proudhon vient encore une fois à l'aide de la
politique impériale par sa publication de *l'Unité
et la Fédération italienne.*

C'est bien le même homme qui a eu des
complaisances pour le coup d'État.

Bixio, l'ami de Cavour, son seul intermé-
diaire auprès de Napoléon III durant tous les
préliminaires de la guerre d'Italie, m'écrit :
« Votre ennemi fait encore de belle besogne.
C'est décidément un insulteur de toutes les nobles causes. Le voilà aligné contre l'unité italienne. La *Presse,* le *Temps,* l'*Opinion nationale,* le traitent comme il mérite de l'être, mais
personne ne l'a cravaché comme vous ; vite,
vite, une autre idée anti-Proudhonienne. »

Proudhon réplique aux attaques par une
brochure où il accuse tous les journalistes défenseurs de l'unité italienne d'être décorés par
Victor-Emmanuel et à sa solde, sous une forme
ou sous une autre.

Voilà un genre de polémique un peu répul-
sif, et je rentre ma plume au fourreau.

Persigny prend parti pour Thouvenel et
accuse la papauté d'être cause des impossibili-
tés de l'Italie à réaliser son unité. Il semble que
la politique impériale devienne de plus en plus
« équivoque et inintelligible ». M. Drouyn de

Lhuys proteste, dit-on, avec énergie, contre la situation fausse qui lui est faite, et trouve à son tour, comme M. Fould, que le « bric-à-brac » de M. Persigny est encombrant.

Je passe quelques semaines d'octobre à Paris, car ma fille me tourmente pour aller de bonne heure au pays de l'oiseau bleu et des oranges.

Un article de Proudhon sur Garibaldi, qui, me dit Edmond Adam, a frappé beaucoup M. Thiers et qui vient d'être publié par l'*Office de publicité de Bruxelles*, prédit que l'unité italienne réalisée serait un danger pour l'Europe, car elle entraînerait d'autres unités, plus dangereuses encore.

Mme Fauvety me parle des débuts d'une jeune femme, Sarah Bernhardt, qu'elle a vue, il y a deux mois, dans *Iphigénie en Aulide,* qui, dit-elle, remplacera un jour Rachel, et la fera oublier. Ma pauvre amie, hélas! garde sa rancune.

Nous allons toutes deux à la troisième représentation des *Ganaches*, qui a eu une mauvaise presse. Nous ne trouvons pas cette pièce si anti-démocratique qu'on le dit, et Marcel Cavalier, en somme, a le plus beau rôle. Nos amis reprochent à Sardou d'avoir peint des ganaches de tous les partis et pas une ganache napoléonienne ; mais est-ce que la censure l'aurait laissée passer? A mon avis, la ganache jacobine est la moins malmenée.

Grands adieux pour bien des mois à mes amis les plus chers. J'ai du chagrin. Il me semble que mon esprit va manquer d'aliments; mais le ciel et la mer sourient là-bas, et m'attirent d'autant plus irrésistiblement que je recommence à tousser de ma mauvaise toux.

* *
*

Nous partons, Alice et moi, et nous nous arrêtons à Oullins, mes chers amis, que je considère comme mes parents, voulant connaître ma fille. Elle aime « le bon génie », elle s'attache de suite à Mme Arlès-Dufour, et elle a bientôt adopté toutes les adorables tantes, tous les oncles, tous les cousins qui sont au « bon génie », ce dont elle s'informe d'abord : « Vous êtes au bon génie? » On lui répond oui, et la connaissance est faite, l'affection acquise.

Quand les enfants sont couchés, on lit haut, chaque soir, à Oullins, les *Misérables,* qui viennent de paraître, et notre enthousiasme va croissant. Que de larmes répandues malgré quelques réserves de Mme Arlès-Dufour, qui préfère s'émouvoir « de la situation de braves gens malheureux que de celle de malhonnêtes gens, fussent-ils même plus malheureux ».

Arlès-Dufour appelle sa chère femme « bourgeoise », et elle, l'appelle « saint-simonien ».

Après quelques bonnes journées à Oullins, nous reprenons le chemin de fer, qui ne va encore que jusqu'aux Arcs. Arlès-Dufour a écrit à Paris pour nous retenir deux places dans le coupé de la diligence et elles nous sont assurées.

Le voyage est triste ; ma fille, qui cherche le bleu depuis notre départ de Lyon, ne voit que la pluie.

Aux Arcs, cette pluie est diluvienne, et, avec cela, pas un abri. Nous pataugeons dans la boue. La ligne du chemin de fer devant être achevée jusqu'à Cannes quelques mois plus tard, tout est à l'abandon aux Arcs. C'est affreux.

Un Anglais et sa femme sont installés à nos places dans le coupé. Je me mets si fort en colère que je sors mon revolver. Les gens de la diligence prennent parti pour moi. Enfin, j'ai mon coupé, mais l'un de nos sacs, dans les courroies, tombe sur la tête de ma fille, qui saigne abondamment du nez. Je crois l'avoir blessée gravement et je me désespère.

La diligence, qui fait son dernier voyage, gémit et se disloque; mais la grande montagne de l'Estérel rappelle à Alice toutes les histoires de brigands que nous lui avons contées, car elle ne sait pas encore lire. J'ai résolument empêché ma mère de la fatiguer. Avant qu'on lui apprenne le b-a-ba, je veux que sa fragile santé se fortifie.

Mais voilà que la mer bleue, le ciel bleu, apparaissent à la descente de l'Estérel. Une saute de mistral a balayé tous les nuages ; ma fille est dans l'extase.

La diligence s'arrête au bas du jardin de notre petite villa Arluc. Angélique, ma Brigasque, est là, avec son corselet rouge et sa couronne de velours noir enroulée autour de sa tête.

En dix minutes ma fille et Angélique sont amies.

Le bon docteur Maure, heureux de me trouver en pas trop mauvais état, apporte à ma fille des fruits confits de Grasse, mais Alice est absorbée dans la contemplation d'un oranger. Elle touche les oranges et, malgré les observations d'Angélique, lui faisant peur de la propriétaire, dont la villa n'est qu'à quelques mètres de la nôtre, elle tire, tire et entre au salon avec sa branche cassée et son orange, criant :

« Elle est en vrai ! »

Pour plus de sûreté la voilà qui mord à même l'écorce et c'est une joie, malgré ses grimaces, de manger une orange horriblement sûre, mais en *vrai*.

Mérimée est déjà là. Le bon docteur dit que son ami n'est pas content. « On avance à l'intérieur, où c'est dangereux, dit-il, et l'on n'a que des reculades à l'extérieur. » L'Italie veut Rome à tout prix, et Bixio a raconté à Mérimée que des bandes de brigands terrifient les provinces, surtout l'Italie méridionale, et que ces bandes viennent toutes de Rome.

« Mérimée, me dit le docteur Maure, est dans un tel état d'exaspération qu'il en est arrivé à me citer une phrase de Challemel-Lacour en me déclarant qu'on pousse les révolutionnaires à parler ainsi. Et cette phrase de Challemel est effroyable, ajoute le docteur Maure, jugez-en : « Infamie, lâcheté, canaillerie, platitude, voilà le résumé de la France française et de la France italienne ! » Mérimée me citant cela, qu'en pensez-vous ? »

J'ai emporté pour mes lectures les *Poèmes Barbares,* et je les lis en belle lumière. Ils ont plus d'éclat que dans les brumes parisiennes ou chaunoises. Je croyais voir, au couchant du soleil, lorsque l'Estérel se couvre de teintes violettes tragiques, dévaler ici et là les *Panthères Noires.*

Girardin m'écrit : « Mon ami de Lesseps est triomphant. J'imagine l'émotion qu'a pu ressentir un homme de notre taille moderne quand il a vu la Méditerranée entrer dans le lac Timsah et se précipiter dans la mer Rouge. La terre a dû en ressentir quelque ébranlement. Savez-vous qu'un moment, à la mort de Mohamed, tout a failli être remis en cause. Les Anglais ne rient plus, et le mot historique de Palmerston : « L'escroquerie que, lui vivant, il ne laissera pas commettre, » devient bien ridicule. Un secret, chut ! Je vais reprendre *la Presse.* Pas un mot à votre seconde oreille. »

Jean Reynaud arrive. Il a lu en wagon une

brochure d'Edgar Quinet sur le Mexique et il est dans l'émerveillement de son assimilation. « L'exil donne du recul et permet de mieux juger les grandes lignes politiques, me dit Jean Reynaud. Nous verrons ce que vaut la perspicacité de Quinet. Sa conclusion est que Juarès se prépare à une héroïque résistance contre cette guerre injuste, contraire à tous droits, et que l'expédition du Mexique finira pour nous par une humiliation. »

Le grand événement littéraire des derniers jours de l'année est l'apparition de cette *Salammbô* de Flaubert, dont on parle depuis si longtemps, car tous ses amis en ont entendu des extraits.

Mme Sand, pour la première fois, n'attend pas une de mes lettres pour m'écrire. Et elle me parle de *Salammbô*.

« Il faut lire cela, me dit-elle; c'est une œuvre superbe, de celles qui marquent à tout jamais dans un temps. Je le répète à tous : « C'est un livre de siècle. » Croyez-vous que cet affreux Edmond de Goncourt, après une lecture de plusieurs morceaux de *Salammbô*, chez moi, est allé, répétant partout que c'est du faux orient algérien-tunisien, trop travaillé avec des phrases de *gueuloir*. Lisez-le et écrivez-moi vos impressions. »

Je lis *Salammbô* avec admiration pour l'ampleur et la puissance des tableaux, pour la vérité des reconstitutions, malgré toutes les inep-

ties qui s'impriment sur des détails dont Flaubert, avec ses scrupules, doit être sûr, et je le lis
en même temps avec la crainte de mal traduire
cette admiration à George Sand. Jamais je
n'aurais pu juger *Salammbô* si je n'avais connu
le Midi et ses journées éblouissantes qui,
seules, peuvent faire comprendre la vie africaine au dehors et le mystère de l'ombre dans
les temples.

J'écrivis à Mme Sand mon émotion de nature,
d'art, d'histoire. J'ai, toute mon enfance, préféré Carthage à Rome, que je haïssais, moi,
gallo-grecque.

Mme Sand me répondit très vite qu'elle a
« aimé ma lettre et l'a fait aimer à Flaubert ».

J'apprends par Mme Vilbort que Sarcey est
« aux anges » du succès d'Augier, succès bien
plus grand encore que les *Effrontés*. Cette conception du caractère de Giboyer, qui est un
bandit et qui veut son fils honnête, est admirable, m'écrit Mme Vilbort. Sarcey — vous
rappelez-vous notre journée à Neuilly? — avait
raison lorsqu'il disait qu'Augier ne faisait au
théâtre que du théâtre. Ah! il n'est pas tendre
pour les « apostasies », par exemple, l'auteur
du *Fils de Giboyer,* ni pour les audacieux cy-
niques, et encore moins pour ceux qui exploi-
tent les réactions et se servent de la religion
comme d'un instrument! Un grand souffle
libéral passe à travers la pièce, et cela ajoute
à la béatitude de Sarcey, qui répète : « Carac-

tères et leur mise en valeur, situations, action, moralité, etc., etc., tout est admirable, admirable. » Vous l'entendez, d'où vous êtes, dire cela, j'en jurerais.

« Vous savez, ma chère Juliette, que j'ai l'horreur de la musique italienne, mais il se trouve que je raffole d'une chanteuse extraordinaire, la Patti, qui a débuté le mois dernier dans *la Somnambule*. C'est du gazouillis d'oiseau. »

Je rencontre Mérimée, qui sait la nouvelle, d'ailleurs officielle, de la reprise de *la Presse* par Girardin :

« Il l'a, me dit Mérimée, rachetée au quart de ce qu'il l'avait vendue à Millaud. L'opposition de Girardin ne peut inquiéter l'Empire, au contraire, puisqu'il est l'inventeur de l'opposition constitutionnelle. Et puis il va peut-être un peu les secouer, leur donner du cœur au ventre ; ils en ont besoin. »

Je lui demande en riant, mais brusquement, si l'empereur subventionne les journaux d'opposition « constitutionnelle ». Mérimée me répond solennellement : « L'Empire, madame, ne subventionne personne, c'est bon pour les Républiques. »

Ma vie se passe à terminer *Mon Voyage autour du Grand Pin*, que je soumets, chapitre par chapitre, à Jean Reynaud, et à continuer l'éducation de ma fille si merveilleusement commencée par mon père. Le Midi réveille-t-il en elle des hérédités? Je la trouve sans cesse en extase devant le ciel, la mer et les « couleurs changeantes de l'Estérel ». Impossible de lui donner une leçon dehors. Ses yeux ne peuvent être ramenés à son livre.

Nous suivons Jean Reynaud dans ses longues promenades, toutes les deux, et l'on ne peut imaginer ce qu'il apprend à Alice. Rien ne l'amuse comme mon respect de la petite personnalité de ma fille. Je ne lui impose aucune de mes idées. Quand j'ai à lui enseigner quelque chose d'un peu élevé je lui dis : « Grand-père pense comme ceci, moi je pense comme cela ; toi, décide. Aie ton jugement personnel. »

La première fois que Jean Reynaud m'a entendue dire à Alice, qui a sept ans et demi : « Aie une opinion personnelle, » il est parti d'un fou rire et il allait commencer avec cette phrase une scie, quand mon regard suppliant l'a arrêté.

Tandis que ma fille cueillait des fleurs je lui dis :

« Plaisantez-moi tant que vous voudrez, mais pas devant elle. Songez qu'elle n'a que moi à respecter. »

Mme Jean Reynaud organise un déjeuner en plein air à la Napoule.

Le rendez-vous est, ou à la Bocca, ou à la Napoule, au pied de la vieille tour. Nous partons avec les provisions et les domestiques, quand arrivent du Cannet les Garnier-Pagès, les Charton en break, et le docteur Maure dans son éternel petit coupé bien fermé. Il fait la moue lorsqu'il apprend qu'on déjeune dehors, dit qu'on aura froid, qu'il vaudrait mieux déjeuner à la villa et ensuite visiter la Napoule. On ne l'écoute pas. Jean Reynaud fait mettre pour lui dans notre char à bancs un fauteuil de jardin fermé de trois côtés, une chaufferette avec de l'eau bien bouillante, une couverture de fourrure, et nous voilà partis. Le temps est splendide.

L'amusement est d'installer le vieux docteur, qui confesse qu'on le soigne. On le tourne en sens contraire de la mer, vis-à-vis de nous tous qui lui faisons face. La chaufferette est encore très chaude, la couverture de fourrure « excessive, mais agréable », dit-il, et le déjeuner se dévore au pied de l'admirable Estérel, avec la vue de Cannes, des îles, des Alpes neigeuses, de l'infini de la mer azurée.

« Et votre Grasse, docteur, dit Alice, qui a l'air de s'être assise sur la montagne pour vous regarder. »

On applaudit au gentil mot de ma fille. Le docteur fait sa moue et répond à Alice :

« Grasse me sait gré, vois-tu, de tourner le dos à Cannes. »

Après le déjeuner, on laisse le docteur retourner à Grasse, « car, dit Jean Reynaud, je n'aurais jamais osé le conduire où je vous mène : chez un rebouteur-sorcier. »

Alice danse de joie à l'idée de voir un sorcier.

Nous suivons Jean Reynaud et descendons au bord d'un torrent, dans un fouillis de verdure. Une hutte étrange est là, faite de branches d'arbres verts dont quelques-unes ont poussé. Le rebouteur a quelque chose d'Edmond dans le regard ; il est grand comme lui.

Jean Reynaud me prend par la main et lui dit :

« Voilà ma fille, elle est malade. Qu'est-ce que je dois lui faire ? »

Et il accompagne la présentation d'une belle pièce de cinq francs.

« C'est-y des drogues d'avenir que vous voulez ?

— D'avenir, » répondis-je.

Le sorcier s'adresse à Jean Reynaud :

« Elle a été bien malade, votre fille adoptée, » reprend-il.

Nous nous regardons tous.

« Comment adoptée ? répliqua Jean Reynaud.

— Oui adoptée, répète le sorcier. A n'est pas même la fille de vot' dame, mais vous lui voulez tous les deux du bien, faites-lui miner de la pierre, bâtir une maison et tracer un jardin, ès'portera mieux que vous et aussi bien que moi. »

Alice danse un nouveau pas en chantonnant :

« Nous allons miner de la pierre, bâtir une maison, tracer un jardin. » Et elle recommence en ajoutant avec une belle révérence :

« Merci, monsieur le sorcier.

— Elle restera gentille, la petite demoiselle, ajouta le rebouteur.

— Vous avez dit que ma fille... adoptée se porterait mieux que moi ; je suis donc malade? demanda Jean Reynaud, près duquel j'étais restée avec ma fille tandis que les invités s'en allaient, refusant de consulter le sorcier.

— Je ne dis jamais le mal, répondit le rebouteur, mais faudra vous soigner c't'été, et ben prendre garde aux médecins.

— Vous ne les aimez pas, les médecins?

— Est-ce qui m'aiment, eusse?

— Dame, vous leur faites du tort.

— Tant que j'peux, pas tant que j'veux. »

*
* *

Legouvé est revenu à la villa de la Bocca. Cette fois il a précédé Henri Martin. On cause beaucoup quand Legouvé est là ; Jean Reynaud aime à échanger toutes ses idées avec lui. Ils gémissent sur l'abandon de l'idéal par la race française. Le « sens pratique » exclusivement prôné leur paraît détruire tout ce qu'il y avait de rêve, de poésie, d'héroïsme, en nous.

« L'idéal a même sa valeur marchande, disait Jean Reynaud, c'est lui qui nous donne conscience de la beauté, et ce goût, cet art, qui sont la richesse de notre pays ; oui, ce qui est beau a aussi son utilité.

— C'est à n'y pas croire, ajoutait Legouvé;
on recherche le vulgaire, le grossier, le vil, et
vous ne pouvez imaginer ce qu'on chante
d'inepties dans les cafés-concerts. On prend
dans tous les mondes autant de peine pour
rechercher le laid que pour découvrir le beau.
Le grand seigneur affecte des façons de cocher,
la grande dame imite les aventurières. On
regarde autour de soi, on regarde en bas, et l'on
ne veut plus regarder en haut.

— Comment expliquer, reprenait Jean Reynaud, qu'au moment où l'on se plaît à imiter
les incorrections de la mauvaise éducation, le
goût stupidement correct du tout-pareil prédo-
mine? le banal, le monotone, l'absence de fantaisie, d'originalité, semble devoir avant peu
tout aligner, tout égaliser, tout uniformiser?

— Si cela continue, l'avenir nous ménagera
peu de surprises, mon pauvre ami, soupira
Legouvé. Plus d'exceptions, le nivellement!
Avez-vous entendu parler du *Petit Journal* à un
sou que va fonder Millaud : le journal du grand
nombre, fait pour le grand nombre, dans l'esprit du grand nombre? Millaud disait ces derniers jours devant John Lemoine, qui me l'a
répété : « Je vais avoir en mains la fin de la
grande presse, de la grande aristocratie du
journalisme. J'aurai un million de lecteurs où
vous en aurez mille, et quelle puissance! Vous
ne pouvez pénétrer la foule, je pénétrerai vos
classes. Je serai l'unique lecture de la masse.

Vous, les grands de Paris, les boulevardiers qui vous infatuez! vous serez à cent lieues de la réputation de l'un de mes vulgaires rédacteurs, vous verrez, vous verrez! Un roman de mon *Petit Journal*, et j'en tiens un extraordinaire, occupera la France plus que les *Misérables* du grandissime Hugo.

— Mais il y a, semble-t-il, en ce Millaud le désir d'abaisser le niveau intellectuel des classes supérieures plus que d'élever celui des classes inférieures, » fit observer Jean Reynaud.

Legouvé nous a quittés, et nous sommes tous tristes, jusqu'à ma fille, pour laquelle il était adorable.

Cannes est en ébullition. Une assemblée générale, sous la présidence du duc de Vallombrosa, vient de décider la création d'un *Cercle Nautique,* où l'on donnera bals, concerts, matinées, etc., etc. C'est notre ami Baron, l'architecte de tant de goût, qui va le bâtir.

Le duc de Vallombrosa est si dévoué aux intérêts de Cannes que sous son impulsion la ville se développe vertigineusement.

« Tant pis, » dit Mérimée.

La grande distinction, le charme, l'élégance, la simplicité, la bienveillance, du duc de Vallombrosa donnent un ton parfait à la société de Cannes. Légitimiste, le républicanisme de Jean Reynaud et le mien ne l'éloignent pas. L'impérialisme de Mérimée a pour lui peu d'attraits.

Je vais un jour déjeuner avec Alice chez le

docteur Maure, qui a Mérimée et Cousin. Bien
entendu, Jean Reynaud, invité, décline l'invitation, mais il comprend fort bien que je
l'accepte. Il sait que je vois Mérimée et trouve
que je ne peux que gagner à parler de lettres
avec lui.

Mérimée est allé chercher Cousin à la villa
des Anges. Il ne serait pas venu sans cela.
Louer un carrosse pour un déjeuner, Cousin ne
ferait pas cette folie. Nous ne sommes que six.
Le docteur et Mme Maure, Mérimée, Cousin,
ma fille et moi. Pour bien et beaucoup déjeuner, nous déjeunerons bien et beaucoup; mais
Cousin et Mérimée seront surtout libres de dire
ce que bon leur semblera, car Alice, après les
deux premiers plats, ira jouer chez des amis
qu'elle a à Grasse.

Rien de plus curieux que Mérimée et Cousin
l'un vis-à-vis de l'autre. C'est un « expectacle »
comme disent les gens de Provence. Cousin
parle, il ne cause pas. Il semble qu'il élabore
lentement ce qu'il va dire une première fois. Il
semble suivre avec surprise le déroulement de
sa pensée; mais la forme est achevée, le mot
définitif, choisi, grave, savant. Il parle comme
on enseigne, il s'échauffe.

Mérimée, froid, goguenard, lance des sous-
entendus sur lesquels Cousin se précipite
comme un jeune chien sur une pierre qu'on
jette devant lui, et il la roule, il la roule...

Le philosophe-orateur développe des périodes amples, indéfinies même, tandis que l'écrivain sobre inflige des pauses, arrête le flot d'un mot. L'un, spiritualiste jusqu'aux envolées où nous ne pouvons le suivre, ni le docteur Maure, voltairien, ni moi, païenne ; l'autre, affreusement matérialiste, n'admettant le divin sous aucune forme, et ravi lorsqu'il se dit qu'il a fait crouler un échafaudage de l'au-delà.

Le docteur Maure surnomme Cousin « le Philosophe » ; Mérimée l'appelle « l'orateur en Philosophie. »

Cousin eut pour moi quelque galanterie, quoique, prétende le malin docteur, il ne distingue pas plus les sexes aujourd'hui que le veau du faisan, les grandes dames du xviie siècle ayant accaparé dans la mort ses sentimentalités.

Ma fille déjà demandait à aller jouer.

Mme Maure lui fit un petit panier de fruits et de gâteaux et l'envoya à ses amies.

A chaque instant le docteur Maure disait :

« Voyons Cousin, goûtez ceci, c'est tout simplement délicieux. Soyez présent une fois au moins. Si vous n'avez jamais aimé pour de *vrai,* mangez au moins une fois pour de vrai.

— Comment, il n'a jamais aimé pour de *vrai, Lui!* Mais ne savez-vous pas qu'il est l'un des *Lui* de Mme Collet?

— Mérimée, reprit Cousin, vous êtes méchant et me dites des choses qui me sont pénibles.

— Bon, je les retire à regret, car il y avait là matière à gaudrioles.

— Quel dommage ! soupira le docteur Maure, qui trouvait qu'à table la « gaudriole » assaisonne les plats ; lorsqu'on déjeune avec Cousin, qui est « bégueule », il ne reste que le « bien manger » auquel il est insensible.

— A table, Cousin est absent, ajouta Mérimée ; en revanche, vous, docteur, vous êtes doublement présent. Cousin a le mépris du sensualisme, et vous, Maure, vous n'avez que cela à l'esprit.

— On tâche de conserver intactes quelques sensivités. »

Quand Cousin l'agaçait trop par son insensibilité à la bonne chère et au bien faire, le docteur Maure lui parlait de Taine, dont il savait par cœur les phrases les plus cinglantes sur lui.

Le « philosophe » souffrait de ces critiques plus qu'aucun autre, car sa vanité était excessive. Nul n'a été plus malheureux que lui de perdre la popularité.

Ce jour-là, Cousin mangeait une poitrine de caille désossée et farcie avec un art exceptionnel. Et comme Mérimée et moi nous répétions : « C'est exquis, » Cousin, craignant de se tromper, comme sur le veau qu'on lui reprochait tant, dit à Mᵐᵉ Maure :

« Ce « faisan » est délicieux ! »

Le docteur Maure bondit sur sa chaise.

« Taine a bien raison de vous trouver... vague, s'écria-t-il, vous êtes incapable d'une constatation réelle.

— Si je mangeais du Pape, comme Mérimée, je le reconnaîtrais bien.

— Ah oui! vous allez à la messe, vous, Cousin, répliqua Mérimée, mais vous n'êtes qu'un hypocrite et ne croyez pas plus que moi.

— Chut! prenez garde aux domestiques: soyez cynique entre gens d'importance, mais point vis-à-vis des gens de peu.

— Iriez-vous à la messe pour vos servantes?

— Pour l'exemple, oui, et même, si vous voulez, pour mes servantes.

— Voilà un mot que je répéterai, dit le docteur.

— Mon cher Maure, répétez mon mot tant qu'il vous plaira. Je l'explique. Croyez-vous que je puisse faire comprendre la morale de ma philosophie à ma gouvernante et à ma cuisinière? Il est plus simple que j'accepte en apparence la forme de leurs croyances, puisque je crois comme elles au fond sous une autre forme, et que c'est dans ce qu'elles croient qu'elles trouvent la vertu de me servir avec dévouement et honnêteté. J'ai l'horreur des incroyants, et si je n'aimais pas tant Mérimée...

— Vous aimeriez les épinards!

— Dites-donc Mérimée, lisez-vous les *Samedis* de Pontmartin? demanda Cousin après un silence.

— Non, je lis les *Lundis* de Sainte-Beuve. Celui-là a de l'esprit.

— Toujours l'esprit! Vous n'avez que ce mot

à la bouche, sauf quand il s'agit de spiritualisme. Une pensée vous intéresse cent fois moins qu'un trait d'esprit, et naturellement Sainte-Beuve vous ravit.

— Mieux que cela, il me désennuie.

— Est-ce une allusion?

— Vous ne m'ennuyez jamais, vous, mon cher Cousin, mais je confesse que parfois votre éloquence me submerge.

— Submerger ne vaut guère mieux qu'ennuyer.

— Pardon, l'ennui stérilise, le flot féconde... en se retirant.

— Vous êtes un courtisan ironiste parfait.

— Courtisan, moi, s'écria Mérimée, courtisan !

— Oui, oui, et il y a beaucoup de gens qui, en parlant de vous comme de l'un de nos plus célèbres écrivains, ajoutent : l'auteur de la fortune de l'Impératrice. Moi, je sais l'histoire de la correspondance de Mlle de Montijo avec l'Empereur, à Compiègne, je la sais de façon à ce que vous ne puissiez la nier. »

Mérimée prenait fort mal la plaisanterie, et le docteur Maure me fit signe que cela allait se gâter. Je n'y tenais pas. Qu'aurais-je appris en laissant Mérimée et Cousin se débiter des injures? Je préférais de beaucoup les entendre simplement se lutiner. Je rompis la conversation en racontant que l'un de mes amis m'écrivait qu'étant allé voir Victor-Hugo à Bruxelles, il lui avait dit combien ses admirateurs parisiens s'affligeaient de son interminable exil.

« Je ne me sens pas en exil, répondit Victor-Hugo, qu'est-ce que la Patrie? Une idée! »

Jamais orage ne fut mieux détourné.

« La Patrie, une idée ! s'écria Mérimée, quand c'est l'image de ce qu'il y a de plus tangible au monde, c'est la chair de notre chair, l'esprit de notre esprit, le cœur de notre cœur. C'est l'amalgame vivant de nos ancêtres, de nos pères, de nous ; c'est la vibration de toutes nos voix. Langue, tradition, science, art, lettres, c'est elle qui les triture pour les faire français. Je pourrais parler cinq heures durant patriotisme comme Cousin peut parler philosophie, j'en déborde. On dit que je ne crois à rien. Je crois en « Elle », en notre France, je suis son fils idolâtre, j'ai son culte jusqu'au fanatisme ! »

Ah ! si j'avais alors ressenti ce que je devais éprouver si violemment après nos défaites, comme j'aurais applaudi à cet emportement superbe d'un homme d'ordinaire si froid, si sceptique.

Je regardai Mérimée avec stupéfaction, comme le regardaient Cousin et le docteur Maure.

« Voilà, ajouta Mérimée brusquement. J'aime l'Empire, je crois à sa nécessité pour mater la poussée révolutionnaire, mais avec l'Empire je sais que la France court le danger des coalitions européennes, d'invasion, c'est pourquoi mon patriotisme toujours en éveil est violent. Si la France était jamais envahie, j'en mourrais. »

Les paroles de Mérimée éveillaient en mon cœur des sentiments encore embryonnaires. J'aimais la France française, gauloise, oui, exclusivement, mais non la Patrie, avec cette passion farouche.

Les victoires françaises m'enorgueillissaient, mais les défaites lointaines de nos soldats me touchaient peu, parce qu'elles me semblaient être celles de l'empire.

Cependant je me sentis à partir de cette explosion plus attirée vers Mérimée ; son scepticisme n'était qu'une pose, peut-être un sentiment de pudeur pour cacher une nature ardente et une extrême sensibilité. Son amitié si fidèle pour Stendhal, ce qu'il fut pour Libri, soutenant son innocence avec tant de dévouement, jusqu'à l'amende, jusqu'à la prison, sa tendresse fraternelle pour Bixio, prouvaient la bonté de son cœur, comme la *Prise de la Redoute* et ce que je venais d'entendre prouvaient son patriotisme.

*
* *

La municipalité de Vallauris veut fonder une station d'hiver au golfe Juan. Elle nous offre, à Jean Reynaud et à moi, à chacun un lot de terrain, à la condition que nous bâtissions une maison. Jean Reynaud a reçu la lettre le matin ; il m'en parle à déjeuner et ma fille se met à chanter : « La pierre à miner, la maison à bâtir, le jardin à tracer. »

J'en ris de tout mon cœur.

« Pourquoi pas? dit Jean Reynaud. Pourquoi les vôtres ne viendraient-ils pas chaque hiver avec vous, si vous les croyez résolus à habiter l'été à Paris? La santé de votre fille et la vôtre exigeront longtemps le midi. Je vous aiderai à bâtir une petite maison et, en nous y prenant bien, ce ne serait pas cher. Le golfe Juan est adorable, allons-y cet après-midi et choisissons nos terrains.

— Choisissons nos terrains, répétai-je gaiement. »

Alice et moi nous sommes d'accord ; voilà nos lots, sur la route, le plus près possible de la mer, entre deux torrents. Le fond s'arrondit en colline, comme un dossier de fauteuil. Les bruyères arborescentes y pullulent sous les pins, répandant une odeur d'amandé qui enivre. Il faudrait appeler cela : « Les Bruyères. »

Jean Reynaud approuve sans rire.

« Il ne faut pas, dit-il, accepter ce terrain gratis, mais le payer ce qu'il peut valoir le plus à cette heure, un franc le mètre.

— Mais je n'ai pas un liard, mon cher ami, et vous avez l'air de prendre au sérieux ce que vous dites.

— Tout ce qu'il y a de plus au sérieux. Il faut que votre père achète

— De loin, sans avoir vu ?

— Laissez-moi faire. »

Mon « papa de Cannes » écrit à mon « papa de Chauny ». Que lui dit-il ? Toujours spontané, mon père répond qu'il envoie dix mille francs pour un hectare.

Nous sommes folles de joie, Alice et moi, et tout le jour nous répétons : « Pierre à miner, etc. »

Jean Reynaud triomphe et, le 12 mars, acquiert à Vallauris le terrain des Bruyères, comme mandataire de mon père. Il achète pour lui-même un autre terrain plus près que Bruyères de la plage du golfe Juan.

Dans nos promenades sur les routes, sur le sable de la mer, le soir sous la lampe, nous ne faisons plus que des plans de maison.

Ce sera tout petit, Bruyères, mais assez grand pour qu'y trouvent place, très gentiment, avec Alice et avec moi, mon père et ma mère.

Je veux, malgré un premier avis de Jean Reynaud qui finit par se rallier à mon projet, placer la maison tout en haut du terrain, sur le plateau. J'aurai, en égalisant ce plateau, des pierres sur place pour bâtir la maison. Grande économie. Mon apprentissage comme architecte va très vite. Je prends un simple contremaître maçon d'Antibes et voilà que je commence à « miner la pierre ». Tous les jours, de grand matin, je pars pour Bruyères avec Alice et Angélique et nous travaillons de nos mains au jardin avec le frère d'Angélique, André, un brave petit de dix-huit ans qui sera « le jardinier » des Bruyères. Jean Reynaud me laisse faire seule mon jardin.

J'ai terminé en hâte le manuscrit de mon *Voyage autour du Grand Pin*. Hetzel l'a reçu. Je suis donc tout entière à Bruyères attachée. Jean Reynaud ne m'appelle que Mme l'architecte. Ma fille est plus que jamais « la dame pressée », car elle prend aux travaux une part sérieuse. A chaque instant elle dit « mon Bruyères ».

Je désire que nous soyons prêtes à nous y installer l'automne prochain. Jean Reynaud, lui, a sa villa de la Bocca, et il n'a nul besoin de se hâter pour celle du golfe. Moi, je voudrais n'avoir plus à louer la villa Arluc.

Mon père ne peut me donner que quinze mille francs pour ma maison, mais il m'enverra tous les meubles, car il y a largement à Chauny ce qu'il faut pour meubler Bruyères et plus tard notre petit appartement de Paris.

Car mon père accepte, quand il aura vu Bruyères, de vendre Chauny, d'habiter l'hiver à Bruyères et l'été à Paris. Alice et moi, nous sommes folles de joie de penser que nous ne quitterons plus ce père et grand-père adoré.

Sitôt les murs élevés, je plante à leur pied, sur la façade garnie d'un treillage, des bougainvilliers, qui la fleuriront de rose du haut en bas. Dans les deux coins, je place d'énormes plants qu'on m'a donnés de fleurs de la Passion; ils orneront de leurs ramelles, élégamment souples, et de leurs grosses fleurs bleues les deux balcons.

Le plateau est superbe; les voitures pourront y évoluer largement, et les pins à son extrémité y donnent de l'ombre.

Une sœur d'Angélique, Perrinette, a perdu sa place. Elle a quinze ans. Son frère et sa sœur sont désolés. Je la prends, et voilà ma domesticité future fournie à peu de frais. Un seul de mes Brigasques, l'été, gardera ma maison, et les deux autres retourneront dans la montagne, pour ne revenir qu'au moment où je reviendrai moi-même.

Perrinette travaille comme un cheval au jardin et Alice ne la quitte plus. C'est « sa femme de chambre ».

Tous les paysans des environs m'ont prise « en amitié ». L'un m'apporte des aloès, d'autres des ficoïdes, d'autres des plants de palmier, d'oranger, etc. Je ferai tout mon jardin avec le prix des nouvelles des *Récits d'une Paysanne*. Alice et moi sommes résolues à ne pas nous acheter une robe ni un chapeau cette année.

J'ai une terrasse de cent mètres. Elle s'est faite à peu près seule, grâce au petit mur de soutènement qui me limite sur la route. Mes trois Brigasques, avec des paniers appelés couffins, qu'ils portent sur la tête, travaillent de telle sorte qu'ils ont couvert cette superbe terrasse de fin gravier en quelques jours. André, le dimanche, après m'avoir demandé un mur de l'autre côté de la route, défonce la terre et se fait un potager, pour avoir des légumes en été ; j'en profiterai l'hiver.

« Il y a eu un sorcier au début de Bruyères et il y a maintenant des fées, nous dit Jean Reynaud, qui s'émerveille de ce que nous faisons avec presque rien. »

Un conflit grave surgit entre Jean Reynaud et moi. Il veut, lui, ingénieur, dessiner ma route ; il a peur que je ne gâte tout ce que j'ai fait de bien jusqu'ici. Mon jardin est approuvé, c'est entendu ; mais reste la route à tracer dans toutes les règles de l'art.

Impossible de nous entendre. Jean Reynaud trace des plans sur son papier, j'enfonce des bâtons sur mon terrain, Il me gâche tout avec sa route, sous prétexte qu'il faut distribuer la pente, qu'on ne peut pas dépasser six centimètres par mètre : ce sont des circuits à n'en plus finir. Je me débats, Jean Reynaud me gronde sur mon entêtement.

« Voilà, dis-je, ma route telle que je la conçois. Elle partage mon terrain en deux, commence par monter doucement, car je ne lui donne que les cinq centimètres traditionnels de la pente jusqu'au bas de mon plateau ; mais là, hop ! hop ! un bon coup de fouet, il y a dix-huit de pente, il y en a vingt. C'est un peu raide, mais on peut faire un effort, quand on est arrivé. »

Jean Reynaud s'apaise. Il lève son chapeau.

« Mme l'ingénieuse, dit-il, c'est vous qui avez raison, et c'est la solution ; la route se développant avec une pente douce au beau milieu du terrain aura le coup de collier de l'arrivée. Replacez vos bâtons, votre route passera où vous l'aurez voulu. Maintenant, ajouta-t-il, il ne vous manque que de l'eau ; tâchez d'en avoir. Je vous déclare que je crois la chose difficile, sinon impossible. »

J'hésite à avouer mon projet à Jean Reynaud.

« Je voudrais, dis-je timidement, que mon puits soit là. On y descendrait par un petit escalier, ce ne serait pas loin de la cuisine. Je ferais un sentier, couvert avec des néfliers du Japon.

— Il n'y a de puits possible que près de l'un des torrents, me répond Jean Reynaud, et l'endroit que vous me désignez est en plein dans la masse du granit de votre plateau. Est-ce que vous avez essayé des sondages ?

— Non, mais je crois que je trouverai de l'eau à sept mètres.

— Et peut-on savoir sur quoi se base votre omniscience à cet égard ?

— C'est que... tout ce qui m'arrive de joie et de malheur se chiffre par sept.

— Et pourquoi les sept mètres seraient-ils plutôt une joie avec de l'eau qu'un malheur sans eau ?

— Parce que, à Bruyères, j'ai de la chance.

— Le raisonnement est sans réplique !

— Vous vous moquez ?

— Comment voulez-vous que je ne me moque pas ? C'est fou ! »

J'hésitais à faire creuser mon puits. Mais... je me rappelle le mot de mon ami Arlès-Dufour : « Il n'y a que les toqués qui réussissent. » Et j'amorce le puits, dont les trois premiers mètres se creusèrent très aisément ; quatre, cinq, cela va encore ; six, le granit et pas d'eau, pas trace d'humidité. Mon contre-maître, Agaud, malgré le respect que je lui inspire comme architecte et comme ingénieur, doute fortement de ma science comme puisatière.

Ma fille, qui souffre des plaisanteries de Jean Reynaud et qui entend les ouvriers se moquer de moi, me conseille d'aller voir le sorcier et elle ajoute :

« Il n'a pas dit : « Creusez un puits. »

— Non, ni faire une route, et cependant ma route est réussie.

— C'est vrai, ma petite mère chérie. Alors, tu as encore de l'espoir pour l'eau ?

— Oui.

— Oh ! que je serais contente s'il y avait de l'eau dans ton puits ! J'en boirais toute la journée.

— D'autant que celle-là serait de la vraie eau de roche, » me dis-je.

Six mètres, pas d'eau ; six mètres et demi,

rien. Je suis là, plantée depuis le matin. Je ne peux pas déjeuner, ma fille non plus. Je surprends des larmes dans les yeux d'Angélique, de Perrinette. André regarde avec fureur les ouvriers de la maison, qui sont venus au puits après leur déjeuner et dont la physionomie exprime une franche gaieté.

Agaud redescend.

« Nous continuons? » me demande-t-il. Et les ouvriers éclatent de rire.

André cogne sur celui qui rit le plus haut. Tous deux sont Italiens. Les couteaux luisent.

Je me jette entre eux.

« Attendez qu'il y ait de l'eau au puits, pour pouvoir laver les plaies, » leur dis-je.

Tous me croient folle.

A quatre heures, un puisatier remonte, blême, on l'entend à peine prononcer un mot : « L'eau. »

C'est une sarabande. Ma fille, Angélique, Perrinette, André, grimpent sur la terrasse et dansent une danse piémontaise en criant : « L'eau ! l'eau ! » Tous les ouvriers de la maison, Agaud en tête, accourent au puits.

L'eau, c'est bien l'eau. « Vous êtes sorcière, » me dit Agaud.

André court au golfe Juan, où sont M. et Mme Jean Reynaud dessinant leur jardin, et il leur crie : « L'eau, l'eau ! »

Le bruit s'en répand dans le golfe. On arrive de toutes parts. Mes amis se réjouissent.

Mme Jean Reynaud m'embrasse, Jean Reynaud me dit :

« Mauvaise tête, bénissez Dieu qui vous protège. »

Moi je pense :

Apollon me conseille et m'assiste.

Quand je quitte Bruyères pour rentrer à Paris, y laissant cette année-là André, à cause du jardin, des ouvriers, des meubles à recevoir, tout est en bonne voie.

Alice, en partant, envoie des baisers à son jardin, à sa maison et crie :

« Au revoir, mon Bruyères ! »

*
* *

Jean Reynaud a eu beau écrire à mon père : « Vos filles sont comme les fleurs que le soleil fait renaître. Malgré votre expérience médicale, vous ne pourrez croire, en les voyant, à l'efficacité et à la promptitude du remède ; c'est pour elles deux la terre du soleil », mon père n'en peut croire ses yeux quand il nous revoit.

Le chemin de fer partant maintenant de Cannes, et quoique nous ne nous soyons pas arrêtées à Oullins, impatientes « de raconter Bruyères », nous ne sommes pas du tout fatiguées. Et quelle mine bronzée, quel appétit !

Je me blanchis un peu à Chauny, et j'ai moins l'air d'une taupe quand j'arrive enfin à Paris, heureuse de revoir mes amis, de prendre langue, car j'ai à peine répondu à leurs lettres, ayant vécu en architecte, en ingénieur, en jardinier, en puisatier.

Mᵐᵉ d'Agoult s'amuse de mes récits, Mᵐᵉ de Pierreclos s'invite pour l'automne. Elle veut passer les premiers quinze jours à Bruyères. Edmond Adam, Edmond Texier, jurent qu'ils viendront me voir l'hiver prochain et bâtiront à côté de moi.

A peine suis-je à Paris que la dissolution du Corps législatif met tout notre milieu en ébullition. Grand branle-bas de combat.

Les « jeunes Olliviers ». tout d'abord, crient haut qu'il faut se débarrasser de l'influence des Carnot, des Simon, à l'intérieur; de celle des Louis Blanc, des Charras, des Victor Hugo, des Ledru-Rollin, des Barbès, au dehors.

Carnot entre dans la lice et forme un comité; lui, l'abstentionniste, faiblit, dit-on. Jules Simon manœuvre pour se faire une place ici et là, ici ou là. Jamais, à aucun moment de sa vie, il ne s'est donné plus de peine pour faire le contraire de ce qu'il dit. Il attaque Ollivier, prêche la fidélité à l'abstention d'un côté; de l'autre, il intrigue avec Havin pour qu'on le « force » à accepter une candidature.

Nous, dans notre petit groupe, nous sommes d'accord avec les exilés qui recommandent l'abstention et écrivent.

« Nos plus grands ennemis de ces dernières années ont été les pseudo-démocrates du corps législatif, depuis Jules Favre jusqu'à Darimon, depuis Girardin jusqu'à Havin; de même les vrais soutiens de l'Empire, ceux sur qui il compte pour prolonger sa vie, sont les candidats de l'opposition. »

Nous trouvons la preuve du compérage d'Ollivier et d'Havin avec Morny, partout. Ils s'entendent jusque sur les mots. C'est Morny qui, le premier, a parlé de l'établissement graduel de la liberté.

Les efforts pour un rapprochement des ennemis de l'Empire se font au milieu de toutes les classifications de parti ; mais l'Union Libérale ne semble pas devoir aboutir. On s'est réuni chez M. le duc de Broglie. Thiers, Changarnier, Cochin, Mortimer-Ternaux, le prince de Broglie, Prévost-Paradol, Jules Simon, Carnot, ont essayé de s'entendre. Les abstentionnistes étant en nombre dans le comité de Broglie et dans le comité Carnot, il a été impossible de se concerter pour une action.

On annonce un manifeste portant les noms de Carnot, de Garnier-Pagès, d'Henri Martin, de Jules Simon, de Marie ; là, au moins, ce sera peut-être l'union ?

Mais voilà que M. Thiers, après avoir laissé entendre qu'il accepterait une candidature et l'avoir refusée, la réaccepte à nouveau.

Quoi ! l'assassin de la rue Transnonain, l'ennemi du suffrage universel, s'adresse au suffrage universel ? Quoi ! celui qui a été le plus

implacable pour la violation du serment prêterait serment ? Les démocrates et les abstentionnistes sont d'accord pour trouver la chose un
peu forte ; mais des circulaires de M. de Persigny et de M. Haussmann attaquent avec une telle
violence M. Thiers, qu'ils l'estampillent visiblement aux yeux de tous comme ennemi de
l'Empire, et que sa candidature fait d'énormes
progrès.

Proudhon n'a pas grand succès avec son manifeste personnel abstentionniste. conseillant
de voter à bulletin blanc.

Avec cela, l'opposition porte Guéroult, impérialiste, candidat des « Cinq », et qui déclare
qu'avant toute autre compétition, les « Cinq »
doivent passer.

On prépare aussi, me dit de Ronchaud, un
comité des *vingt-cinq* dans le quartier du Temple, auquel Laurent-Pichat donne asile. Mais
ce comité meurt à peine éclos.

Nefftzer n'a « embarqué » ni Guéroult ni
Havin. Il a une polémique ardente avec Girardin
contre la prétention des « Cinq », qui se sont éri-
gés, de leur propre autorité, en comité électoral.
Nefftzer demande que les dits « Cinq » veuillent
bien donner, pour que sa religion s'éclaire,
« une expression collective de la pensée politique qui les solidarise entre eux ». La réponse
sera difficile. Les « Cinq » l'escamotent en pu-
bliant une adresse aux électeurs qui est un
simple compte rendu de leurs travaux.

Leboulaye s'est retiré dans la deuxième circonscription devant la candidature de M. Thiers, qui ne marche pas toute seule, malgré l'adhésion du comité de la « Butte des Moulins » portée à M. Thiers par des délégués, au milieu desquels, on voit pour la première fois, apparaître le nom de Spuller.

Jules Simon a prêté serment; il est candidat! On ne peut imaginer la stupéfaction générale. Hier il écrivait : « Il aurait été assez bien de faire entrer Lavertujon. Il a des chances à Bordeaux, et peut-être aurait-il déterminé un courant opposé à celui d'Ollivier, car il y a un vrai danger à voir cette jeunesse entrer dans la voie qui cherche à concilier les plaisirs de la popularité avec les avantages de la possibilité. »

Et c'est lui, Jules Simon, qui tend les mains à Ollivier. Charras, indigné, livre à la publicité une lettre de Jules Simon; voici l'un des passages de cette lettre : « Puisqu'il a plu aux illustres « Cinq » d'entrer dans la danse et de se dire les représentants d'un parti qui les repousse, le vrai serait de faire connaître hautement que le parti les repousse. »

Beaucoup de tam-tam ces derniers jours pour une victoire mexicaine. Nous avons pris Puebla. A quand Mexico? disent les insatiables de conquêtes dans le Nouveau Monde.

Ce Puebla m'a rappelé une dispute entre le docteur Maure et Mérimée, que j'ai entendue au commencement de l'année. Tous deux parlaient de la guerre du Mexique.

« Vilaine affaire, aventure insensée, bons Jeckers pas propre, voilà l'opinion de Thiers, disait le docteur Maure.

— Votre Thiers, petit homme, petit esprit, petite vue, répliquait Mérimée. N'a-t-il pas nié la possibilité des chemins de fer et celle de l'affranchissement de la vile multitude? Il ne perçoit rien au delà de ses lunettes. Rouher a raison : le Mexique est la plus grande pensée du règne. Si l'on ne fonde pas un puissant empire dans l'Amérique du Sud pour équilibrer le développement excessif des États-Unis, d'ici un demi-siècle il sera trop tard. Écrivez cela à Thiers... de ma part ! »

Le docteur Maure et moi nous avons fait des gorges chaudes de cette idée que Mérimée a prise à Rouher et qu'il répète comme un perroquet.

Je vais au Salon avec Ronchaud et Burty, que Ronchaud me présente. Burty est le second de Charles Blanc, frère de Louis Blanc, à la *Gazette des Beaux-Arts*, et il est entré ces derniers temps à la *Presse,* où il fait les revues artistiques. La grande attraction-discussion de cette année au Salon est le *Travail,* le *Repos,* de Puvis de Chavannes.

« On aime ou on n'aime pas Puvis de Chavannes, dit Burty; il y a dans son œuvre une telle personnalité que beaucoup de gens ré-

sistent à ce que cette personnalité veut imposer; mais, qu'on le dise ou qu'on se contente
de le penser, on ne peut nier que ce soit un
maître. Je connais de lui des dessins qui pourraient être signés par ses plus grands ancêtres. »

Je m'arrête longuement devant un *Paysan
se reposant sur sa houe,* de Millet. Burty me
fait remarquer les *Corbeaux,* d'Harpignies; le
Prisonnier et le Boucher Turc, de Gérôme.

« Saint-Victor, Maxime du Camp, About, se
sont acharnés après Gérôme, dit Burty, et je
confesse qu'il tient par trop à tirer l'œil du
public, mais il a des qualités de métier, sinon
de vie, qui ont leur valeur.

— En voilà un, dit Ronchaud, en nous montrant le *Martyre de saint André,* de Bonnat, qui
commence à être lui-même, quoique ceci rappelle encore Ribera et le *Martyre de saint Bar-
thélemy;* mais il y a des morceaux qui nous pré-
sagent un Bonnat. »

Ronchaud cherche un Henner et, me le
montrant, il ajoute : « Celui-ci a du paganisme
dans les veines, et ses saintes nues ont été
naïades. »

Dans les derniers jours de mai, c'est une
ébullition générale. Autour des journaux l'agitation va croissant, sauf au *Temps.* Nefftzer ne
participe pas à la campagne électorale passionnée qui se mène, sous prétexte que, s'il y a une
grande victoire, on retirera les libertés qu'on a
données à la presse. Il n'a pas eu beaucoup à

se louer, il est vrai, de tout ce qu'il a fait pour Ollivier en 1857. Il en a assez d'être la dupe des candidats.

Les bons Jecker servent de projectiles à l'opposition. Morny est sans cesse en cause à ce propos. On a fait naturaliser le banquier Jecker, raconte-t-on, pour pouvoir réclamer ses créances au gouvernement mexicain. Tout ce qui s'est dit à mots couverts à la Chambre est grossi, amplifié, dans les conversations.

Girardin nous raconte, à Mme d'Agoult et à moi, un matin à déjeuner, que, dans le débat sur certaines candidatures, il y a eu des choses du plus haut comique; qu'Havin, entre autres, tenait avec acharnement à une circonscription sans qu'on pût l'en déloger, quoiqu'il y eût intérêt à le faire, puisque c'est la circonscription de Picard. Enfin, on lui arrache l'aveu « que c'est celle où le *Siècle* a le plus d'abonnés ». « Eh bien! lui dit Girardin, si vous lâchez le surplus des abonnés du *Siècle,* je vous donne ceux de la *Presse,* et le marché est conclu. » Et Girardin ajoute qu'il a fait de la « transportation » et a fourré Havin dans la circonscription d'un candidat du comité Carnot; coup double, car Havin est aussi un candidat du comité Carnot, et il rit de tout son cœur.

« Chaque fois qu'il y a une résolution grave et des responsabilités à prendre, Picard est malade, » prétend Girardin.

« Comment trouvez-vous, ajoute-t-il, ces abstentionnistes qui ne veulent pas prêter serment et qui ont la prétention de désigner ceux qui peuvent ou doivent, selon eux, le prêter. C'est d'un mépris pour les candidats ! »

Girardin, quoiqu'il sache ne pas enthousiasmer Mme d'Agoult et me faire enrager, vante le sens politique « vraiment de premier ordre » d'Ollivier.

« Ses paroles sont sculpturales, dignes des tablettes antiques, me dit-il. Croyez-vous qu'on puisse mieux résumer la situation actuelle que par ceci : « Nous ne demandons pas au pays, après avoir tout supporté, de ne plus rien supporter du tout. Ni approbation systématique ni opposition continue, mais la justice; l'indépendance pour être digne de la liberté. » C'est admirable.

— C'est couvrir de cendre sa popotte pour la tenir au chaud.

— Gale ! » m'appelle Girardin.

Il nous parle de Gambetta, de l'un des « jeunes » qui a pris part à toutes les discussions des comités de façon à la fois exubérante et sensée. « Il fait à cette heure, ajoute Girardin, dans le sixième arrondissement, une campagne effrénée en faveur de Paradol, qui n'est qu'un simple libéral; cependant, Gambetta se dit républicain, mais républicain à la moderne, avec d'autres idées que celles des « ramollis » de 1848. »

« Vous n'imaginez pas la vitalité de ce gail-

lard-là, nous dit Girardin. S'il était mieux harnaché, je vous le présenterais, mais c'est impossible ; cependant c'est un lettré : sa campagne en faveur de Paradol le prouve. Il est
plutôt du clan Ollivier, avec Floquet, Ferry.
Il va beaucoup chez Garnier-Pagès, fréquente
le jeune bataillon que Dréo recrute pour en-
tourer son beau-père. A propos, le pauvre
Garnier-Pagès, qui était allé faire en catimini
cent conférences en province, croyait tenir la
France et s'imposer par là à Paris. Nous allons
bien rire. »

Mᵐᵉ d'Agoult dit à M. de Girardin que Jules
Ferry est venu la voir pour la prier d'aider à
son entrée à la *Presse,* et qu'elle a refusé.

« Je trouve Ollivier extraordinaire de m'avoir
envoyé Ferry pour que je le protège auprès de
vous, ajoute-t-elle. Il veut un « jeune » à lui
dans chaque journal, et Ferry était destiné à
jouer chez vous le rôle de Floquet au *Temps.*
Que vous preniez Ferry, libre à vous ; que moi
je le recommande, non. Je n'irai pas épauler
quelqu'un qui *ne songe qu'à* « tomber » mes
vieux amis. M. Ferry est l'un de ceux qui se
gaussent le plus volontiers des « hautes moralités » des hommes de 1848.

— Darimon m'a écrit au sujet de Ferry la
lettre la plus chaleureuse du monde, répondit
Girardin. Ollivier n'a pas osé directement me
le recommander, car il sait que je n'aime pas
« l'intrusion ». D'ailleurs, Ferry est trop

agressif; il a des façons de pourfendre qui ne
me vont pas. L'amusant est qu'à la lettre de
Darimon, qui provoquait une réponse, était
joint un article de Ferry, tout doux, tout
doux. »

J'ai aperçu Pelletan cinq minutes. Ses yeux,
sous la forêt de ses sourcils, brûlent d'un feu
plus sombre à mesure que son espoir de vaincre
est plus certain. Il faut l'entendre dire : « Je
triompherai. » Je le vois à la Chambre ; il terri-
fiera la majorité avec son air tragique. Et dire
qu'il est si bon ami, si dévoué, avec cette allure
de carbonaro. Pelletan n'est pas une nature que
l'aigreur, que l'envie, puissent frôler, malgré
les luttes d'une vie de famille difficile — quatre
enfants. — Mais sa haine de la tyrannie, l'a-
mour passionné du peuple, le fanatisme de la
liberté, en ont fait un indigné, un révolté,
qu'un rien exaspère.

Jean Reynaud désire énormément le succès
de Pelletan, et je crois qu'il y aide pour certains
petits détails, certaines charges, qui seraient
lourdes à Pelletan, déjà saigné par son amende,
forcé qu'il a été de vendre sa bibliothèque pour
la payer.

L'effervescence est à son comble le soir de
l'élection du 31 mai, de la Bastille à la Madeleine. Dès les premiers résultats connus qui
donnent une écrasante majorité à Ollivier, à
Jules Favre, à Picard, à Darimon, les explosions de joie sont bruyantes, car, outre les par-

tisans des quatre (l'élection d'Hénon se faisant à Lyon), les ennemis de l'Empire se réjouissent. M. Thiers n'a qu'une faible majorité, et c'est la preuve, disent les « petits Olliviers », que sans notre appui il n'eût pas été nommé à Paris.

On s'étonne que Guéroult soit en ballottage, mais il passera haut la main.

Le succès d'Havin et de Jules Simon ne passionne personne. Pelletan est *nommé* au second tour, mais il n'est pas proclamé élu par suite d'une erreur administrative. Au mois de décembre prochain il retrouvera ses électeurs fidèles et entrera enfin au Corps Législatif.

Prévost-Paradol est deux fois battu et il ne s'en console qu'en invectivant le suffrage universel. Sa chute électorale arrête son ascension comme écrivain.

Je déjeune chez Jean Reynaud avec Henri Martin et Carnot, après le ballottage. Ils sont navrés de l'insuccès de leur comité, et je serais bien étonnée si l'indignation de Carnot contre Jules Simon était aujourd'hui et au fond de lui-même aussi violente qu'il y a quinze jours. Est-ce que nous sommes menacés de voir aux futures élections Carnot prêter serment?

J'ai su, par de Ronchaud, que Girardin, qu'on accuse d'avoir été le metteur en train de toute la campagne électorale, a été appelé par le comte Treilhard, chargé de la presse à l'Intérieur, et qu'il a subi de violents reproches.

Il a appris que les élections effaraient en haut lieu, que celle de M. Thiers avait mis l'Impératrice hors d'elle, lui faisant répéter : « Il faut un coup d'État ! »

En revanche, les compensations pleuvent pour le gouvernement, disions-nous en nous moquant. Le général Bazaine occupe Mexico ! Morny, Jecker, ne peuvent demander rien de plus.

Le baron de Heckeren, rencontré par Edmond Adam, lui a dit :

« Avec la langue de Thiers, l'Empereur n'en a pas pour cinq ans. »

* * *

Sitôt à la Chambre, M. Thiers forme son petit groupe, sinon encore de partisans, au moins d'écouteurs respectueux de sa parole, avec MM. Buffet, Lambrecht, Plichon et Brame.

Les circulaires de M. de Persigny s'en vont avec lui où vont les feuilles d'automne. Ollivier déclare, à qui veut l'entendre, qu'il souffle d'en haut un vent de liberté.

Or, Mme d'Agoult m'écrit que Girardin arrive de Compiègne, qu'il a causé avec l'Empereur et l'a trouvé à peu près résolu à reprendre les miettes de liberté qu'il a données.

C'est à l'heure des amendements qu'on voit à quel point l'opposition est divisée. Tout d'abord, M. Thiers ne veut signer aucun de ceux présentés par la gauche, et il a avec Ollivier, à ce propos, une discussion dont on se raconte les termes violents. Alors, la désunion étant complète, chacun veut faire son petit amendement personnel.

M. Rouher est chargé par l'Empereur d'un rapport sur le projet d'une nouvelle Exposition universelle en France. Encore ces agapes qui nous amèneront des visites de rois, de princes, sans doute, encore une foire qui attirera la lie du monde entier, celle qui alimente nos bas-fonds.

L'auteur de mes jours, à table, en mangeant son pain, goguenarde beaucoup sur la liberté... de la boulangerie qu'on vient de nous octroyer.

Mais un événement que mon père prétend être le plus grand de cette dernière moitié de siècle par les répercussions qu'il aura sur la « libre pensée », est l'apparition de *la Vie de Jésus,* par Renan.

Mon père fait venir le volume, qu'il dévore ; sa joie est exubérante. Oui, c'est bien ainsi qu'il fallait comprendre la physionomie de Jésus pour l'harmoniser davantage et le dédiviniser.

Je reçois vingt lettres plus passionnées les unes que les autres, tantôt pour, tantôt contre Renan. Jean Reynaud s'attriste et souffre de voir de tels livres alimenter les négations, servir de drapeau élégant aux sceptiques. Mme de Pierreclos trouve l'œuvre abominable et malfaisante en raison du charme et de la perfection du

style. Selon elle Renan est resté le prêtre qui
se propose, dans les prédications contradictoires, pour défendre la cause du diable.

Ronchaud m'écrit : « C'est un livre admirable de poésie. Et la belle figure qu'il a faite à
Jésus de Nazareth ! Même ceux qui ne croient
pas à sa divinité l'adoreront désormais. »

« Renan, dit mon père, a été comme moi le
séminariste naïf, sincère et pieux ; mais, lorsqu'il a vu ceux qui sont commis à la garde des
textes sacrés les altérer, il a perdu la foi comme
je l'ai perdue. »

Lorsqu'il apprend que Renan est destitué de
sa chaire d'hébreu : « Tu le vois, s'écrie-t-il,
l'impérialisme nous indique un ami... en le
traitant en ennemi. »

*
* *

Pelletan m'écrit : « Jean Reynaud est très
malade. »

J'arrive à Paris et je cours à la villa du boulevard Maillot, avec une angoisse telle que je
n'ose entrer pour demander Mme Jean Reynaud.

Enfin j'entre ; je la trouve calme, mais comme
une personne qui se domine.

« Qui vous a écrit ? me demande-t-elle avant
que je lui adresse la parole.

— Eugène Pelletan.

— Et que vous a-t-il dit ?

— Que Jean Reynaud était très souffrant.

— Il a dû dire : très malade. C'est moi qui ai vu Pelletan avant-hier. Ce matin, on a décidé l'opération pour demain.

— Quelle opération?

— De la pierre. »

Je me sens rassurée. Mon père, lui aussi, a la pierre. Plusieurs fois, on a dû l'opérer et il le sera l'un de ces jours. Il n'en est pas inquiet. Je le dis à Mme Jean Reynaud, et mon air sincère la rassure.

Je voudrais le voir, mais je n'ose le demander. Elle le devine et répond à ma pensée.

« Oui, un instant, venez. Gardez bien l'air que vous avez. Déjà, il s'étonnera de votre visite. Dites que c'est pour votre livre que vous êtes à Paris. »

J'entre dans la chambre de mon « papa de Cannes ». Il me parle de Bruyères et ajoute :

« Je sens que votre vie va devenir meilleure, avec les vôtres à Bruyères et à Paris, mon enfant. Jouissez des biens que Dieu vous donne. Vous les avez achetés cher. Au revoir. Dès que je suis guéri, je m'installe au Golfe, à l'Éden, pour surveiller ma bâtisse. »

Je demande à Mme Jean Reynaud le nom de celui qui opère le lendemain et je cours chez mon ami Cabarrus, avec ce nom.

« Peuh, me dit-il, j'en préférerais un autre. »

Et, alors, la prédiction du sorcier de la Napoule me revient : « Méfiez-vous des méde-

cins. » Si j'allais supplier Mme Jean Reynaud
de choisir un opérateur meilleur, si je rappelais
à Jean Reynaud la prédiction — celle qui m'a été
faite s'est à tel point réalisée ! — Mais, hélas ! je
n'ose pas : de quel droit interviendrais-je ? J'ai,
maintenant, horriblement peur de cette opération. Je vais dire à Mme d'Agoult mon angoisse,
lui demander conseil.

Elle me répond que je ne puis prendre une
telle responsabilité, que si Mme Jean Reynaud
m'écoutait et que Jean Reynaud meure, elle
serait certainement plus désespérée ; que si elle
ne m'écoutait pas et que le malheur la frappe,
elle se croirait coupable.

Il fait affreusement chaud en juin. Je vais, le
matin et le soir, au boulevard Maillot prendre
des nouvelles. L'opération a été retardée de
deux jours, à cause d'un orage qui a beaucoup
éprouvé Jean Reynaud. Un matin j'arrive, et
la femme de chambre me conseille d'attendre
une heure : on opère, et je saurai ainsi le résultat. Je vais au Jardin d'Acclimatation et reviens.

Le valet de chambre me dit :

« J'ai comme une idée que ça n'a pas bien
réussi. Les médecins n'avaient pas l'air de ceux
qui sont tout à fait contents. »

Je m'en vais triste à pleurer. « Méfiez-vous
des médecins, méfiez-vous des médecins ! »
C'est une obsession.

Jean Reynaud est plus malade.

Je ne sais plus ce qui arrive ces prochains jours. Je ne vois qu'une fois Mme Jean Reynaud. Elle m'embrasse. J'éclate en sanglots.

« Mon papa, mon papa de Cannes ?

— Il est perdu !

— Non, non, je ne veux pas ! »

Je reste là, anéantie. Mme Jean Reynaud me quitte. Mes larmes coulent sans que je sache où je suis. Je répète stupidement : « Je ne veux pas, je ne veux pas ! »

Jamais je n'ai tant souffert. Si... à la mort de ma grand'mère.

Et alors je répète au dedans de moi : « A la mort de ma grand'mère... »

On va, on vient, dans la maison. Je reste là, toujours pleurant. Mme Jean Reynaud passe. Je m'accroche à elle.

« Dites, il ne mourra pas... »

Elle me serre dans ses bras et murmure, si bas que je ne sais pas si j'ai entendu :

« Il est mort... »

Elle a le courage d'ajouter :

« Rentrez chez vous, mon enfant. Vous ne savez pas prier... »

Je suis dans la rue. Jean Reynaud est mort ! Bruyères, là-bas, n'est plus bleu, il est noir. Je marche devant moi. Est-ce que je sais où je vais, où je suis ? Maintenant, j'ai perdu l'un de mes adorés pères. Me voilà chez moi. J'écris à Arlès-Dufour, à mon père, qu'ils viennent à cet enterrement. Il faut que je les voie là, quand celui qui est mort sera dans la terre, parce que je me croirais trop abandonnée.

Mes amis sont d'une bonté si grande pour moi que ma douleur en est comme endormie. Pelletan, Henri Martin, Legouvé, Charton, Jourdan, viennent et pleurent, eux aussi, l'ami incomparable qui les a quittés, qu'ils aimaient, depuis bien plus longtemps que moi encore.

Mme d'Agoult, de Ronchaud, Mme de Pierre-clos, Toussenel, Hetzel, Bixio, Edmond Adam, mes cousins Vilbort, s'entendent pour ne pas me laisser seule. Je voudrais être auprès de Mme Jean Reynaud, mais elle m'a dit que je lui faisais mal parce que je n'ai pas assez de foi en l'âme vivante de mon « papa ».

« Je le vois devant mes yeux, me répète-t-elle, il me parle, il me conseille, il est présent. Tant de bonté, tant de noblesse de cœur, tant de beauté morale, sont immortelles, et je veux vivre unie à la nouvelle forme de la vie de mon Jean comme à l'ancienne, pour l'honorer et le faire honorer. »

Mon père et Arlès-Dufour sont là. Leur tendresse adoucit ma peine, mais la pensée qu'un jour, moi vivante, je les verrai, eux aussi, me quitter tout à coup, augmente mon chagrin.

Après l'enterrement de Jean Reynaud, mon père m'emmène à Chauny, et je promets à mon ami Arlès-Dufour d'aller passer la fin de septembre à Oullins, car sitôt octobre, je retourne à Bruyères, avec ma fille, le terminer, pour y

appeler mon père et fixer notre vie. Il faut que
Bruyères lui plaise. Maintenant que je n'ai plus
Jean Reynaud, que ferai-je, seule avec Alice,
dans cette petite villa isolée, loin de mes amis
de Cannes, dont aucun, d'ailleurs, ne peut
remplacer celui qui s'en est allé si vite.

Je refais la dédicace de mon *Voyage autour
du Grand Pin*. Elle était gaie et tout ensoleillée.
Elle est triste et sombre. J'avais composé ce
livre chapitre par chapitre, aux côtés de Jean
Reynaud, et il s'était amusé à me le voir écrire,
autant qu'à me voir faire mon Bruyères.

Il pleut et repleut à Chauny. Quand échap-
perons-nous à cette humidité noire qui ajoute à
notre douleur? Nous passons, Alice et moi,
quarante-huit heures à Paris, et partons pour
Oullins, et de là pour Bruyères.

Enfin, enfin, le voici, notre Bruyères. André,
le jardinier, a fait merveille : les deux petites
Brigasques ont tout compris et les meubles sont
rangés, astiqués. Les bougainvilliers ont été si
bien arrosés qu'ils montent déjà à trois mètres.
Quelques guirlandes de fleurs de la passion
pendent au balcon. C'est du miracle.

J'ai vu en passant Mme de Pierreclos à Mâcon,
qui m'a dit : « Appelez-moi dès qu'il y aura un
matelas par terre pour moi. Je me nourrirai
avec la *polenta* de vos petits piémontais, je ran-
gerai, je planterai, je veux être des fondatrices
de Bruyères. »

Sitôt arrivée, j'écris à Mme de Pierreclos :

« Venez. » Et elle est furieuse à mourir de rire de n'avoir rien à faire et ravie de voir ce Bruyères fait avec rien et si joli.

Le plateau-terrasse, devant la maison, est idéal. Nos petites Brigasques l'ont couvert de fin gravier dans lequel ma fille, à quatre pattes, trouve les plus mignons coquillages du monde. Un matin, je vois de la fenêtre Mme de Pierreclos faire de grands bras et déclarer que, puisqu'il n'y a pas autre chose à faire, elle va chercher des coquillages. Et la voilà qui s'étale de toute sa longueur immense.

Alice n'en peut plus de rire, moi non plus. Au moment où elle veut se relever, elle crie : « Rambuteau ! Rambuteau ! » Et toute la maison est mobilisée pour l'aider à remettre debout sa grande taille.

Elle égaierait le *Radeau de la Méduse*. Ah ! si Jean Reynaud l'avait connue, comme elle l'aurait amusé, lui le Gaulois !

Le docteur Maure est tout fier de nous apporter une longue lettre de Thiers, à propos de la nomination de Rouher comme ministre d'État, chargé de soutenir la politique libre-échangiste du gouvernement impérial au Corps législatif. M. Thiers dit à son vieil ami qu'il va *foncer* sur Rouher dès l'ouverture de la session et soutiendra la vraie, la seule politique industrielle, commerciale et agricole française, la politique protectionniste.

« M. Thiers se trompe, dit Mme de Pierreclos,

comme il s'est toujours trompé quand il s'agit de progrès. A Lyon et aux environs, tous les grands industriels que je connais sont certains de tirer d'énormes avantages des nouveaux traités de commerce. Je suis désolée, docteur, de n'être pas, pour la première fois depuis que nous nous connaissons, dans le « même sentiment que vous. »

Plusieurs de nos amis nous écrivent en commun à Mme de Pierreclos et à moi, Ronchaud le premier, sur *Jean Baudry* de Vacquerie et sur son succès.

« Enfin, dit Mme de Pierreclos, je suis consolée des *Funérailles de l'Honneur*, où j'ai vraiment souffert. »

Hélas ! la lettre de Ronchaud nous attriste beaucoup toutes deux sur Berlioz, à propos des représentations sans succès des *Troyens*.

« Tous les amis de Berlioz, nous dit-il, savaient que les *Troyens* étaient trop longs. Le spectacle entier eût duré huit heures ; il fallait y faire des coupures, ce à quoi il a consenti, mais, tous les jours, depuis la première représentation au Lyrique, Carvalho lui enlève « ce qui déplaît au public » ; or, sauf quelques musiciens sans préjugés, sauf nous, les amis de Berlioz, qui nous multiplions, il n'y a pas de public auquel les *Troyens* plaisent. Ses interprètes sont à tel point insuffisants que les représentations se traînent, et nous sommes tous d'avis qu'elles ne pourront atteindre vingt-cinq.

« J'ai, continuait Ronchaud, le cœur navré comme s'il s'agissait d'un malheur personnel. Je vous écris avec des larmes plein les yeux ; la torture de Berlioz me fait mal, et vous me comprendrez toutes deux, vous qui aimez notre pauvre « Lucifer ».

« Ma chère païenne, ajoutait Ronchaud en s'adressant à moi, réjouissons-nous après nous être désolés. Ainsi va la vie ! Un traité, sachez-le, si la chose vous a échappé dans votre Thébaïde, vient de se conclure à Londres, par lequel l'Angleterre abandonne son protectorat sur les îles Ioniennes, qui vont être réunies à la Grèce. Vive l'Indépendance !

« Le premier volume du dictionnaire de Littré a paru. Avec cela on pourra écrire. L'auteur me charge de dire à Mme Juliette Lamber qu'il ne peut lui envoyer une telle « brochure », mais que son confrère de *Mon Village* aura le petit Littré. »

Nous causons tout un soir de Berlioz, Mme de Pierreclos et moi. Berlioz, pour qui l'a connu et compris, avait une nature primitive, douce et calme. C'est un fils de Virgile. Sa passion, sa violence, sont le fruit de l'éducation romantique outrancière qu'il se donna. Il cherchait ses inspirations dans Shakespeare, dans le *Faust* de Gœthe, dans Beethowen qui dépasse la mesure humaine, dans l'*Enfer* de Dante, dans les tortures d'*Euridyce* et d'*Alceste*. Comme artiste, c'est un impossibiliste ; il s'accroche à ce qui ne peut être saisi, et c'est là sa grandeur. Quand la nature se déchaîne monstrueuse, il veut que la voix désespérée de l'homme se fasse entendre au milieu de ce déchaînement.

Il faut sans cesse à Berlioz, en amour et en art, des thèmes nouveaux, et il les cherche avec frénésie, brisant les cordes qui refusent de chanter le démoniaque.

Nous nous disons, Mme de Pierreclos et moi, que Berlioz est l'esprit le plus extraordinaire parmi tous ceux que nous aimons et admirons, et l'homme le plus malheureux.

Il n'a connu de la vie que les larmes ; d'abord la misère, ses luttes, ses humiliations ; il a été pauvre, archi-pauvre. Il n'a pu achever ses études musicales, et si, à force de génie, il est parvenu à se créer à lui-même des procédés personnels de composition, qui ajoutent à son originalité, ceux qui le contestent trouvent dans la naïveté de certaines notions de technique un argument pour l'attaquer.

Et ce qu'il a d'ennemis ! Il est de bon genre de le gouailler, de ridiculiser sa personne sombre, son œil tragique, sa lèvre méprisante, sa physionomie volontaire, orgueilleuse et surtout douloureuse. Oh ! oui, douloureuse, nous répétons-nous. Ce qu'il doit souffrir à cette heure ! Il nous semble le voir se révolter contre l'imbécillité humaine, la maudire ! Lui, qui a la passion d'admirer ce qui est beau, de crier cette admiration, de se donner à elle au point d'en paraître fou, comment pourrait-il comprendre qu'on ne le comprenne pas?

S'il était nié par tout le monde, il douterait de lui, mais il a, parmi les gens dont l'opinion musicale fait loi, des fanatiques; alors son orgueil s'exaspère, il devient cruel aux médiocres et il provoque par ses mots sanglants, par ses feuilletons des *Débats,* des haines implacables.

Devons-nous lui écrire? Nous nous posons la question, et nous sommes finalement d'avis que, n'ayant pas à l'applaudir d'un succès, mieux vaut garder le silence.

Cependant nous décidons de lui envoyer une corbeille de fleurs avec ces simples mots qui le préviennent :

« Madame la comtesse de Pierreclos et madame Juliette Lamber envoient à Berlioz des fleurs du golfe Juan. »

Il nous répond, sans nous remercier, un seul mot dans lequel nous lisons toute son amertume, toute sa désolation :

« Était-ce la peine?

« BERLIOZ. »

Pelletan a été réélu, sa réélection n'était qu'une question de forme, mais tout de même Mme de Pierreclos et moi, qui l'aimons beaucoup, sommes dans la joie. Girardin nous écrit à ce propos :

« J'étais à Compiègne le premier juin der-

nier ; je savais les résultats des élections de la
journée et n'en parlai à personne, lorsque l'Impératrice m'aborde et me dit :

« Eh bien, votre ami Pelletan est nommé. »

Je m'incline en silence. « Mais défendez-le
donc, ajoûte l'Impératrice. — Madame, répondis-je, je n'ai pas à défendre ceux qui triomphent. Elle me toisa sans bienveillance, je vous
l'avoue. »

Pelletan était, pour le monde officiel, un
épouvantail, la Révolution faite homme. Avec
ses yeux sombres, sa barbe noire, ses sourcils
épais, son air fatal, il inspirait plus de crainte
que les autres élus.

Pelletan répond à Mme de Pierreclos, qui lui a
écrit en notre nom et nous remercie. Il nous
parle de M. Thiers et de son activité politique.
Certes, il n'approuve aucune des idées du
« petit homme » ni sa tactique parlementaire,
mais il constate qu'avec lui l'opposition prend
corps ; que toutes les conférences des avocats,
tous les articles d'écrivains, toutes les manifestations d'étudiants, n'eussent jamais donné à l'opposition le caractère que lui donne M. Thiers
vis-à-vis du bourgeois.

« M. Thiers n'est pas un ennemi de l'épopée
impériale, ajoute Pelletan ; au contraire, il l'a
cultivée et surélevée. S'il demande des libertés,
c'est qu'elles sont nécessaires. On sait bien
que lui-même, qui a fait des lois peu tendres
pour la presse, ne réduirait pas l'autorité à l'im-

puissance vis-à-vis des « forcenés », comme le
bourgeois appelle volontiers les écrivains avan-
cés. M. Thiers avertit le gouvernement impérial
que s'il refuse aux « anciens partis » les *libertés
nécessaires,* le pays les exigera.

« Entre Rouher, tenace, brutal, retors, reprenait Pelletan, avec des arguments empruntés
à la procédure ou à la poigne, peu scrupuleux
sur les moyens d'échapper aux écrasements
d'une preuve, et M. Thiers, entêté, n'avançant
rien qu'avec certitude, toujours modéré dans
la forme, la lutte est curieuse, et je la suis volontiers d'une première place. »

Mme de Pierreclos partant le lendemain, le
docteur Maure vient lui dire un dernier adieu.
Nous apprêtons nos mouchoirs.

*
* *

J'avais remercié Nefftzer de son extrême
bonne grâce pour mon *Grand Pin.* Il me répond
à ce propos, la plus charmante des lettres, mais
il me signale, comme suite à plusieurs de nos
conversations, l'occupation du Holstein par les
troupes de la Confédération germanique. « Vous
qui devez voir souvent Mérimée, ajoute Nefftzer,
prévenez-le donc qu'il pleurera un jour des
larmes amères pour s'être laissé séduire par
M. de Bismarck. Maintenant qu'on a vu cet
homme à l'œuvre comme président du conseil
en Prusse, il est facile de se rendre compte du

pourquoi de son succès auprès de Napoléon III ;
c'est l'éternelle histoire d'Éléonore Galigaï et
de Marie de Médicis : l'influence d'un esprit fort
sur un esprit faible. Celui-là sait ce qu'il veut et
il le veut bien, la politique hésitante de l'Empereur lui va comme un gant, et il la gardera
en gardant le gant. Quoi ! ce Bismarck « a fait
la conquête » de Mérimée, c'est Mérimée lui-
même qui l'a dit. Ah ! si Mérimée savait ce que
ce mot peut contenir !

« Le cercle qui se formait autour de M. de
Bismarck a beaucoup ri des histoires des petites
cours allemandes, et quand celui qui contait
ces drôleries ajoutait : « Il faut les supprimer, »
l'approbation était générale. Ah ! chère madame, lorsqu'on est Alsacien, qu'on suit la
politique allemande comme je la suis, on craint
des choses que je ne puis dire sans passer pour
fou, et qui sont effrayantes comme menace
pour l'avenir. Lisez cette lettre à Mérimée. Je
le sais patriote. Peut-être laissera-t-elle en son
esprit une inquiétude précieuse.

« Agréez, chère madame, etc.

« NEFFTZER. »

J'écrivis à Mérimée de venir causer avec moi
et de faire l'honneur à mon petit Bruyères de le
visiter. Il me répondit :

« J'espérais pouvoir vous remercier de vive
voix de tout le plaisir que m'a fait votre charmant petit volume, (je lui avais envoyé *Mon*

voyage autour du Grand Pin,) mais je suis
arrivé ici malade, j'y ai trouvé des malades,
et, obligé de me soigner et de soigner les autres,
je perds l'espoir d'aller au golfe Juan pour
vous porter mes remerciements. Veuillez donc
me permettre, madame, de vous faire mon
compliment par lettre. En ma qualité d'ancien
découvreur de Cannes, j'ai été bien heureux
de voir qu'une Parisienne rendait justice à ce
beau pays, qu'elle avait eu le courage de le connaître à fond, et la hardiesse de dire à ses compatriotes qu'il y avait des fleurs autre part que
chez Constantin, et des montagnes ailleurs qu'à
l'Opéra. Je vous ai suivie dans toutes vos excur-
sions, et je peux attester l'exactitude de vos
tableaux. Ils sont charmants comme la contrée
qui les a inspirés. Je ne désire qu'une chose,
c'est que vous en fassiez encore, et nos environs
vous offrent matière à plus d'un volume.

« Veuillez agréer, etc.

« P. MÉRIMÉE. »

Quelques jours plus tard, Mérimée vient me
voir. Il sourit à la lettre de Nefftzer.

Je lui demandai s'il ne désirait pas la garder
comme document pour me convaincre au besoin, un jour, moi qui éprouvais de vagues
craintes dans le sens de celles du directeur du
Temps, que nous nous étions grossièrement
trompés.

« Je n'aurai jamais l'occasion de me rappeler

ce papier, gardez-le, me dit-il, et je vous autorise, au cas impossible où Nefftzer aurait raison, à me le représenter, il deviendrait un acte d'accusation. »

Mérimée me parle d'un grand souci qu'il a depuis la mi-novembre. Un décret a réorganisé l'École des Beaux-Arts sur des bases nouvelles. On en a confié la direction à une commission spéciale, l'enlevant à l'Académie des Beaux-Arts. Beulé en a écrit à Mérimée, et il se désole comme lui. N'est-ce pas renoncer aux traditions, les renier? N'est-ce pas mettre en cause l'École de Rome, compromettre son esprit, la détruire peut-être?

« J'admire beaucoup Beulé, dis-je à Mérimée, comme savant, comme écrivain, et puis, pour moi, grecque, n'a-t-il pas la gloire rayonnante d'avoir découvert la Porte... Beulé à l'Acropole? Je comprends ce qu'il souffre en voyant parlementariser l'art, si j'ai jugé par ce que je souffre en voyant démocratiser les lettres dans le *Petit Journal*. Il y a tant de choses dans lesquelles on peut introduire l'égalité, mais pas là ! »

Mérimée me donna à lire une dernière lettre de Beulé, de laquelle je me rappelle nettement ceci : « Il faut purifier les âmes par le spectacle de la Beauté, et non abaisser l'art au niveau du suffrage universel. »

*
* *

Nous allons chercher mon père à Cannes. Enfin le voici. Il est fou d'admiration de son voyage. Que c'est beau, le soleil, la mer, le ciel bleu, les fleurs des champs sous les oliviers ! Il parle, il parle ! Et encore ceci, et encore cela, comme s'il nous apprenait toutes ces choses. Et la couleur des rochers de granit rouge, et les montagnes de l'Estérel, et les îles, et ce golfe, et ce Bruyères ! Il descend de voiture à l'entrée. Oh ! l'immense terrasse ! Tout de suite, il veut s'y promener, l'arpenter ! « La belle route, la voilà ! et le puits ! ah ! je comprends. Et le plateau, la maison ! Est-ce possible, mes filles, ma grande, ma petite, que ce Bruyères soit à nous ? Mais c'est admirable ! »

Ce ne sont qu'exclamations ravies. Et les pins qui embaument, et les bruyères en arbre, et les Brigasques ! André, Angélique, Perrinette ; il sait d'avance leur nom, il connaît toutes les choses, nous lui en avons tant parlé, tant écrit, mais il en fait l'appel, comme pour en prendre possession.

Alice saute et danse.

« Quel bonheur, grand-père aime Bruyères ! »

Oui, grand-père aime Bruyères ! Harassé, couché de bonne heure, dès le matin, au lever du soleil, il réveille toute la maison.

« Qu'est-ce qu'on voit là-bas sur la mer, là, où Apollon se lève? »

André, Angélique, accourent, mais ils ne comprennent pas « où Apollon se lève ». J'arrive.

« C'est la Corse, papa! Crois-tu que le spectacle soit assez magique? Le dieu du jour monte, vêtu de lumière dans son char; ses chevaux, aux crinières embroussaillées de rayons d'or, s'élancent des montagnes de l'île admirable dans un ciel rosé par les doigts de l'Aurore. Tu vois Apollon comme je le vois, n'est-ce pas?

— Oui, je vois la Grèce, s'écrie mon père. Et dire, que j'ai cru comprendre jusqu'à ce jour Homère et ce qu'il décrivait! Il faut que je le relise avec ces clartés nouvelles, aujourd'hui même. Tu l'as ici, notre vieil Homère? Sinon je pars à Cannes, à Nice, en Corse, pour le chercher! »

J'ai presque peur de voir mon père si exalté, d'autant qu'il refuse tout chapeau, qu'il veut « s'inonder de rayons ».

Le docteur Maure, invité à déjeuner pour fêter l'arrivée de son collègue, s'attache à mon père dès la première heure. C'est qu'il est beau, bon, charmeur, mon affreux papa. Le docteur Maure me l'enlève le jour même, car il va du golfe à Saint-Césaire passer vingt-quatre heures, et il tient à montrer à mon père la superbe vue de la Siagne; ils reviendront par Grasse, et je rentrerai en possession de l'auteur de mes jours après-demain.

Durant la courte absence de mon père, j'ai la visite de Guillaumet, qui part pour l'Afrique et passe la journée avec nous. J'aime beaucoup Guillaumet ; c'est le vieux Séchan qui me l'a fait connaître. Guillaumet est à la fois enthousiaste des grandes belles choses et très naïf dans les petites. On aime à lui faire des scies. Après le déjeuner, nous allons nous asseoir sur les rochers du petit port Lamber avec lui, Alice et moi. Nous lui affirmons que l'eau de la Méditerranée est bleue, même dans une carafe. Il le croit et veut vérifier. Nous l'envoyons là-haut, à Bruyères, chercher une carafe. Il se penche avec sa carafe, l'emplit, regarde, pendant que nous éclatons de rire.

« A charge de revanche, » nous dit-il.

Mais le voilà qui parle d'art. Plus de moquerie. Alice écoute.

« J'observe la nature pendant qu'elle compose ses tableaux, commence Guillaumet ; l'ombre du soleil traîne de longs rayons de brume rosée, les oliviers au fond du golfe s'estompent. On ne voit plus leur forme, mais seulement le velouté gris des feuilles ; les masses éparses des pins sur les hauteurs se groupent et s'assombrissent, pour se laisser gaiement trouer, de-ci, de-là, par une bastide bien blanche ; la terre a des tons rouges, qui s'harmonisent sans brutalité avec le vert bruni et

luisant des orangers; les chevaux courent sur
la route, soulevant la poussière, qui s'abat sur
un troupeau de moutons, et le pâtre brigasque,
en son costume, passe solennel, jetant à ses
chiens des ordres sonores. Vingt tableaux se
sont ébauchés sous mes yeux, ajoute Guillaumet. La nature m'offre généreusement ses modèles. A moi de choisir, à moi de fixer.

— Je veux être peinteuse, et vous me donne-
rez des leçons, n'est-ce pas, monsieur Guillaumet? lui demande Alice.

— Hélas! je pars ma mignonne. Je vais de
l'autre côté de cette eau chercher des tableaux
de nature plus lumineuse encore que ceux-ci,
mais je reviendrai, et je vous engage, ma parole de peinteur, que je vous apprendrai à
peinter. » Et Guillaumet rit de tout son cœur.
C'est lui, à son tour, qui se moque de ma
fille.

Le marquis de Villemer a un énorme succès
à l'Odéon, m'écrit Edmond Texier. Les étudiants ont acclamé George Sand. On a crié:
Vive la liberté! Vive le libéralisme! Vive la
tolérance!

J'ai envoyé mon *Grand Pin* à George Sand,
qui ne m'a rien répondu. Mon livre, sans doute,
lui a déplu. Après ce triomphe que tous les journaux constatent, je puis la féliciter. Pourquoi
ne m'a-t-elle pas dit ce qui lui déplaisait en mon
livre? C'eût été charitable de me donner une
leçon de lettres. Je vais le lui écrire.

La réponse de George Sand, qui est encore à Paris, ne tarde pas.

« Chère Madame,

« Oui, un grand succès ; j'en suis heureuse, mais j'aime moins les manifestations qui accompagnent ce succès. Quand la jeunesse s'exalte, qui sait où elle s'arrête ?

« J'ai beaucoup aimé votre livre que je n'ai lu qu'hier. Il est *vrai*. Vous avez compris que dans le midi, les hommes s'agitent plus qu'ailleurs, parce que la vie des choses y est plus intense. Regardez bien ce que vous voyez, mon enfant, notez vos impressions d'après nature, comme on fait une esquisse ; composez ensuite vos tableaux avec leur part égale de vérité et de choix.

« Votre amie éloignée.

« GEORGE SAND. »

C'était la première fois que, dans ses lettres, Mᵐᵉ Sand faisait une allusion à notre *éloignement*. On ne peut imaginer à quel point j'en fus troublée.

Je n'osai y répondre, me promettant d'en parler à Ronchaud à mon retour, car, malgré mon désir de connaître George Sand, jamais je ne l'aurais fait sans la certitude que Mᵐᵉ d'Agoult ne m'en voudrait pas.

Il y a encore eu un complot contre l'Empereur. Mᵐᵉ Fauvety m'écrit que « Napoléon III a

fait venir Edmond, le sorcier de Zozo, et que celui-ci lui a prédit qu'il ne serait pas assassiné et
mourrait dans son lit. Si la prophétie se réalise
comme pour Zozo, l'Empereur peut dormir sur
ses deux oreilles. Que ne suis-je bonapartiste!
Je le lui écrirais. Mais vous qui voyez Mérimée,
contez-lui l'aventure de l'illustre Zozo, » ajoute
Mme Fauvety.

Je le fis, et je sus par Mérimée qu'il l'avait
écrit à l'Impératrice « très superstitieuse,
comme toute bonne espagnole, » me dit-il.

Mon père déclare avec emphase qu'il lui
semble voguer sur le flot grossissant de nouvelles révélations homériques. A son balcon
dès le matin, l'après-midi sur un rocher, il lit
ou l'*Énéide* ou l'*Iliade*.

Edmond Adam, Edmond Texier, Hetzel,
ont formé le projet de venir ensemble passer
trois ou quatre jours au golfe Juan ; ils descen-
dront à l'hôtel de l'Éden, tout près de nous.

Bruyères est en grande joie. Alice dit que
c'est elle qui fera les honneurs de Bruyères à
M. Hetzel. Mon père recevra Texier, qui l'amuse
par son esprit ; moi, je recevrai Edmond Adam,
celui de mes amis que j'aime et que j'honore le
plus.

Edmond Texier ajoute à la lettre qu'il m'écrit,
pour m'annoncer sa venue, des caquetages.
« L'*Ami des Femmes*, de Dumas fils, a été, selon
lui, une chute... d'estime, sauf pour Mme de
Pierreclos, qui le déclare admirable. Dumas est

très malade, dit Texier, on l'oblige à cesser de travailler, de penser, ou sinon sa cervelle est en danger. Il part pour le Puy, avec une très grande dame russe, Mme N... qui le soignera, pour expier ce dont on l'accuse à Pétersbourg. »

Je réponds à Texier qu'il est injuste pour la pièce de Dumas, car Mme Fauvety, elle aussi, m'a écrit, et elle la trouve très belle. Texier alors m'envoie une page de la préface de l'*Ami des Femmes*, et j'y lis que la *femme est un ange de rebut.* Merci de cet ami-là !

Nos trois voyageurs sont favorisés par un temps merveilleux. Edmond Adam et Edmond Texier, dès le lendemain de leur arrivée, veulent acheter des terrains tout près de Bruyères. Adam achète le premier, qu'il appellera galamment le Grand Pin, et Texier le second, auquel il donnera le nom de Brimborion.

Entraîné par Hetzel, Auguste Villemot est venu à Cannes. Le docteur Maure nous invite tous à déjeuner à Grasse, et nous partons dans un grand landau. A Cannes, nous prenons Villemot ; Hetzel monte en jeune homme sur le siège ; Alice insiste pour trouver place entre lui et le cocher.

En chemin, Adam nous conte qu'il a écrit la veille au soir à son ami Armand Heine et à Eugène Forcade pour qu'ils achètent les lots de terrain qui suivent le Grand Pin et Brimborion.

Nous allons coloniser ; mon père est de plus en plus ravi. Il boit les mots de Texier. Celui-ci,

se sentant un auditeur très neuf et très enthousiaste, s'excite, et c'est alors une joute étince-
lante d'esprit entre Hetzel, Villemot et lui.

La naïveté d'une question de Villemot me
donne l'idée de lui faire une farce, je ne sais encore laquelle.

Comment redire ce qui s'échange de mots,
de traits, dans cette excursion, à l'aller, au déjeuner, au retour? C'est une sorte de revue de
tout ce qui a un intérêt sérieux ou drôlatique
depuis que j'ai quitté Paris. Le docteur Maure
fait sa moue à chaque instant et il stupéfie nos
boulevardiers par des répliques dignes de chacun d'eux.

Et comme ces Parisiens savent manger, goûter, déguster chaque plat, et les vins!

« Vive la colonie du golfe Juan! » s'écrie le
bon docteur en levant son verre au moment de
quitter la table.

Villemot a mangé des dattes avec grand
plaisir.

« Est-ce qu'elles viennent des palmiers qu'on
voit ici? » demande-t-il.

Je réponds bien vite :

« Certainement, mon cher Villemot, et si
vous voulez nous irons en ramasser chez un
ami du docteur qui demeure près d'ici. »

Tout le monde devine mes intentions. Le
palmier est justement chez les petits amis de
ma fille.

« J'en achète, me dit-elle tout bas, un kilo?

— Oui. »

La petite maligne a compris.

Nous arrivons dans le jardin. Autour du palmier, des dattes sont répandues avec art sur le gazon.

Villemot se précipite, en goûte une :

« Elles sont excellentes.

— Voyons ! »

Nous en goûtons tous.

« Excellentes, » répétons-nous.

Le maître de la maison donne un sac à Villemot qui l'emplit de dattes et l'emporte. Il en mange, nous en offre tout le temps du retour, et pour notre joie.

« N'oublie pas de parler des bonnes dattes de Grasse dans ton article du *Temps,* lui dit Hetzel. Affirme qu'elles sont exquises, tu ne mentiras pas et tu flatteras l'aimable propriétaire du palmier. »

Villemot ne manque aucun détail de sa récolte de dattes à Grasse.

Nefftzer, quand je revins à Paris, me les a-t-il assez reprochées, les dattes de Villemot !

Armand Heine et Eugène Forcade ont acheté leurs terrains.

J'aurai, l'an prochain, à surveiller la construction du Grand Pin et de Brimborion. Je serai chargée de dessiner les jardins ! Tant de confiance m'honore.

Mon père a écrit à ma mère qu'elle peut mettre en vente la maison de Chauny. C'est vite fait : notre notaire la désire pour lui. Dès ma rentrée à Paris, tandis que mon père ira vendre certains meubles encombrants, ma fille et moi nous chercherons un petit appartement d'été.

Bruyères et Paris, ce sera le rêve. La vie avec ma fille, avec mon père, au milieu d'amis si chers, si dignes d'être chéris, c'est de la joie à faire peur !

Mon « papa de Cannes », s'il vivait, me dirait encore, et cette fois avec preuve : « Les jours sombres emmagasinent de la clarté pour des jours lumineux. »

J'ai une tristesse : Meyerbeer vient de mourir presque subitement en terminant la mise au point de la partition de *l'Africaine*. Weill me dit que la dernière fois qu'il l'a vu Meyerbeer lui a dit : « Velléda verra bientôt Sélika. »

*
*   *

Le lendemain même de mon retour à Paris, je me mets à la recherche d'appartements. Je veux trouver le nôtre rue de Rivoli, et ma fille le désire au-dessus des Tuileries, où elle s'est « bien amusée » durant ses courts séjours à Paris.

Mon père a timidement dit qu'il aimerait le quartier des Écoles. Je l'ai appelé vieil étudiant et lui ai répété que les révolutions se faisaient toujours rue de Rivoli, qu'il serait aux premières loges à la prochaine. Nous commençons notre tournée dès le coin de la place de la Concorde. Une, deux, trois maisons. Dès le premier appartement visité, nous trouvons le nid idéal au quatrième, avec un grand balcon sur les Tuileries. Il est libre. Nous le voulons tout de suite. Qui est le propriétaire? M. Soufflot! Je me rappelle l'avoir entendu nommer comme un ami par Jean Reynaud; j'y vois un signe. C'est l'esprit paternel de Jean Reynaud qui m'a conduite là. Nous courons, Alice et moi, chez Mme Jean Reynaud, qui me donne une lettre pour le très vieux M. Soufflot.

Mais c'est qu'il est charmant, mon propriétaire! Tout ce que je lui demande, il me l'accorde. L'appartement sera nettoyé, repeint, son loyer diminué. Le bail, envoyé à mon père trois jours plus tard, est signé.

Quelques meubles nous arrivent de Chauny, et Alice et moi nous campons au milieu des ouvriers. Tout marche si bien à souhait qu'un mois plus tard mon père et ma mère s'installent. Ils sont ravis de la fête des yeux que nous offre tout le jour notre appartement, des illuminations magiques du soir. Enfin nous sommes Parisiens et nous pendons la crémaillère dans huit jours.

*
* *

Le jour de notre dîner de crémaillère, quelle

émotion ! Ma mère nous rend folles, Alice et moi, prétendant qu'on mourra de faim, parce qu'il n'y a que cinq plats.

L'appartement est un peu haut, mais le grand escalier de pierre a des marches si douces et il est si frais en été ! Le voilà bien arrangé ; il plaît à tous ceux qui l'ont vu. On m'a gâtée. Chacun de mes amis m'a envoyé un joli souvenir.

Enfin nos invités entrent, honorant grandedement notre colombier.

Edmond Adam, Ed. Texier, Toussenel, Peyrat, Nefftzer, Challemel, Ronchaud. Mme d'Agoult ne va encore chez personne, M^mo de Pierreclos est à Mâcon.

La salle à manger étant trop petite, on dîne dans le salon.

Nous ne parlons tout d'abord, et tout de suite à table, que d'Émile Ollivier. Nefftzer est assailli. C'est lui qui l'a inventé et soutenu en 1857. Challemel-Lacour répète un mot de cette époque : « On doit l'élection d'Ollivier, en 1857, à une intrigue de coterie dont Nefftzer a été l'âme.

— L'âne, vous voulez dire, » répliqua Nefftzer.

On rit et on l'épargne ; mais Challemel et Peyrat, avec leur âpreté, reviennent à Ollivier de plus belle. Edmond Texier souligne les principaux traits de leur attaque d'un mot rapide.

Le rapporteur de la loi sur les coalitions est

apprécié comme il mérite de l'être par des républicains sincères. Son jeu n'a plus de secrets pour Peyrat. A la formule d'Ollivier contre « l'opposition systématique », Challemel substitue celle de la « conversion systématique ». Le jugement de M. Thiers est rappelé : « Ollivier a non seulement brûlé ses vaisseaux, mais toute la flotte. » Renié, excommunié, il est resté le même, infatué, croyant qu'à lui seul il groupera les éléments d'un parti impérialiste-libéral.

Une boutade d'Hetzel nous amuse beaucoup.

« La politique d'Émile Ollivier, dit-il, le mènera droit à l'Académie. »

On pousse des cris de protestation.

« Mais oui, reprend Hetzel imperturbable, comme elle y a conduit Dufaure.

— Ce n'est pas la même chose, c'est justement le contraire, dit Peyrat.

— Et c'est justement parce c'est le contraire que c'est la même chose, réplique Hetzel. Le jour où l'Académie, à certain moment, pour certain motif, aura une certaine élection politique à faire, elle nommera sûrement Ollivier. »

Nous haussons les épaules.

« Ollivier, dit Edmond Adam, est un homme fort ; il a une puissance qui ne faiblira jamais : c'est sa vanité ; il y puisera toutes les vigueurs dont il aura besoin. Il est le premier, parmi nous, qui ait tiré profit des accommodements

de sa conscience, et il restera le grand coupable
dans l'histoire, car c'est de sa compromission
que sortent nos défaillances et que sortiront nos
facilités futures. Il n'y pas de demi-honneur, de
demi-parole. Ollivier lègue aux républicains
des opportunités dangereuses. Le conserva-
tisme, seul, pouvait continuer à solidifier l'empire jusqu'à ce que, de lui-même, il se fût
effrité. Le libéralisme le détrempera. Et je crains
qu'un tel méli-mélo de fausses doctrines politiques n'engendre quelque jour une fausse République.

— Ah bah! dit Peyrat, qu'elle soit d'abord,
la République! on verra après.

— On la jacobinisera, n'est-ce pas, Peyrat?
On obligera tous les Français à penser comme
Peyrat et comme Challemel, ajouta Nefftzer, si
toutefois Challemel et Peyrat consentent, pour
le salut public, à penser de même; sinon, eh
bien! on purifiera la République de l'un ou de
l'autre. Moi, vous savez, j'ai moins de goût
pour le jacobinisme que pour l'empire libéral,
et si Ollivier m'inspirait confiance, je m'arrange-
rais fort bien, pour la durée de ce que durent les
gouvernements en France, de l'empire libéral.

— Quand même, ajouta Challemel, je croirais un empire libéral possible, je n'y aiderais à
aucun prix. C'est être ni plus ni moins qu'un
traître que d'apporter son concours à l'ennemi,
de le galvaniser, de lui rendre possible la victoire.

— Songez, Nefftzer, à ce qu'a pu dire Ollivier, s'écria Toussenel, n'est-ce pas monstrueux,
et ne faut-il pas être un apostat, quand on a été
républicain, pour oser déclarer que « l'empire
constitutionnel et libéral deviendra le gouvernement de la France » ?

— Toutes les questions de politique intérieure sont bien peu de chose auprès des événements qui s'engendrent à l'extérieur et menacent l'avenir de la France, reprit Nefftzer avec
une véritable tristesse.

— L'illustre Jérémie ressuscite, s'écria Peyrat, entendez-le, il commence. Écoutez le récit
des massacres du Palatinat, la revanche d'Iéna !
Écoutez le plaintif Nefftzer.

— Vous me provoquez, Peyrat, et m'obligez
à dire ce que je n'aurais peut-être pas dit ici,
quoique les oreilles qui m'écoutent vaillent joliment la peine du risque de moquerie que je
cours avec vous. Oui, la revanche d'Iéna, on
la prépare en Prusse depuis quarante-cinq ans.
Les promoteurs ont dit qu'il leur faudrait un
demi-siècle. Les temps sont proches. La Prusse
vous abuse. Bismarck, retenez-le bien, est un
homme de la trempe de Cavour, avec des brutalités utiles en plus. La France commet faute
sur faute, elle gâche ses forces. L'aventure que
Napoléon III fait jouer au Mexique à Maximilien, et qui finira très mal, nous créera des ini-
mitiés dangereuses en Autriche ; or, pour l'Autriche et pour nous, il faudrait à tout prix que

nous soyons au mieux. Juarès n'a pas désarmé, et le sang espagnol sait avoir raison des invasions. Qu'arrivera-t-il si les Mexicains jettent nos protégés impériaux à la mer *?

— Brrr! dit Peyrat, moi qui ne crois guère aux prédictions des moines, j'en ai quand même le frisson. En attendant leur sort fatal, Maximilien et Charlotte m'ont tout l'air de ne pas s'ennuyer à Mexico.

— Peyrat, repartit gravement Nefftzer, voulez-vous faire un pari à propos de la conférence de Londres qui doit régler le conflit danois-allemand ; vous la suivez, n'est-ce pas ?

— Oui, elle est même intéressante.

— Elle n'aboutira pas. Vous verrez la paix que bâclera la Prusse. Je lis les journaux de Berlin, moi, et je sais ce qu'on veut sur les bords de la Sprée : on veut berner, duper, tromper, promettre pour ne pas tenir, mentir pour mentir. M. Drouyn de Lhuys a trouvé M. de Bismarck, président du Conseil actuel

---

* Les gens de Raguse prédisaient, dès cette époque, la mort violente ou la folie pour Maximilien, pour Charlotte et pour un grand nombre de membres de la famille impériale d'Autriche, parce qu'en choisissant l'île de Lacroma comme villégiature, l'archiduc avait chassé les moines, transformé leur cimetière en jardin, et fait jeter leurs os dans une fosse commune ou à la mer.

Lorsque le dernier moine quitta le sol de l'île de Lacroma, il prédit qu'après dix-sept cas ou de folie ou de morts violentes survenus parmi ceux qui habiteront l'île de Lacroma, les moines rentreraient.

en Prusse, lorsqu'il représentait son pays à Paris « un personnage moquable ». Hélas ! on verra l'homme à l'œuvre, il est plus que dangereux, il est effrayant !

— Je m'inquiétais de la besogne que font les agents juifs allemands à Paris, dit Toussenel. Je comprends très bien qu'ils nous déchiquettent moralement, avec des blagues sur ce que nous respectons, et avec des attendrissements sur l'humanité entière pour réduire à rien notre amour de la France. Est-ce que vous croyez qu'un Vallès invente tout seul des mots comme celui que je lui ferai, quelque jour, rentrer dans la gorge : « Ce mouchoir de couleur appelé drapeau ! » Quelqu'un en veut à notre race, à notre caractère, à notre héroïsme, je le sens, je le vois, j'en constate partout les indices, mais je ne savais pas bien qui était ce quelqu'un. Vous dites, Nefftzer, que c'est la Prusse. Vous n'aurez pas perdu votre temps. Vous avez averti un patriote qui n'a pas froid au cœur. Merci ! »

Toussenel prononça ces derniers mots avec une émotion contenue qui nous impressionna.

Peu à peu les idées de Nefftzer sur la politique extérieure faisaient leur chemin en moi. Certaines lectures me devenaient des preuves.

Mon vieil ami si cher, Arlès-Dufour, « le Père », avait pour l'Allemagne une admiration qui me fut comme un avertissement.

« Leipzig vaut pour vous Lyon, lui dis-je un

jour, et vous trouvez à Berlin autant d'amis qu'à Paris.

— Oui, l'Allemagne est plus intellectuelle, plus sérieuse, plus humanitaire que la France, me répondit Arlès-Dufour, et j'ai des tendresses pour elle.

— Êtes-vous donc germain par quelque côté?

— Non, je suis provençal, mais j'aime avant tout la science, le progrès, et je les trouve plus en honneur, plus aimés, plus recherchés en Allemagne qu'en France. »

Je commençais à batailler aussi sur le « germanisme » avec l'un de mes jeunes amis que m'avait présenté Hetzel durant son court séjour au golfe, et avec qui je m'étais très vite liée, tant nous aimions à discuter sur tout ce qui nous divisait.

Gaston Paris, fils de Paulin Paris, était particulièrement attachant. Avide de vérité, sincère, chercheur, curieux, savant, il n'avait perdu aucune des qualités de la jeunesse, de la poésie et du rêve ; mais ce qui faisait désirer de l'avoir pour ami, pour frère, c'était le charme d'une infinie bonté.

Je n'ai connu plus tard que Mme Sand dont le dévouement à l'amitié fût aussi absolu.

Une main pieuse m'a envoyé, à la mort de Gaston Paris, les lettres que j'écrivais à celui que j'ai toujours appelé mon frère, comme j'avais appelé Jean Reynaud et comme j'appelais Arlès-Dufour : « Père. »

Les dieux ont répandu sur moi les bienfaits de l'amitié sous toutes ses formes, paternelles et fraternelles. Ma vie a été bénie dans ses affections et j'ai eu rarement la très grande douleur de perte d'amitié.

J'ai pu être séparée d'amis vivants par des opinions, par des idées, je n'ai pas cessé de les aimer.

J'ai sous les yeux l'une de mes lettres à Gaston Paris, datée de juillet 1864. Sainte-Beuve lui conseillait d'entreprendre une revue complète d'une édition de Rabelais. Gaston Paris hésitait. J'étais complètement de l'avis de Sainte-Beuve, je le lui avais écrit, et à nous deux nous insistions.

« Se mesurer avec un tel génie, mon cher ami, lui disais-je, c'est se grandir. Vous vous inquiétez des « vieux savants bégueules », pourquoi? Acceptez, acceptez; la fréquentation de Rabelais vous trempera. Relisez Lucrèce, qui m'a tant appris de Rabelais. »

Gaston Paris a été l'un des jeunes de ma génération que j'ai longtemps suivi heure par heure. La vie nous a séparés, elle ne nous a jamais désunis. Je l'aimais comme ami et je l'honorais pour l'honneur qu'il faisait à son pays, car jamais savant n'a poussé plus loin le respect de sa méthode de recherche. Il s'est identifié à tel point à son héros dans son *Histoire poétique de Charlemagne,* qu'il était parvenu à lui ressembler.

Comme il avait suivi les cours des universités allemandes, il parlait des Allemands avec admiration, et de Frédéric Diez entre autres, par lequel il fut initié aux langues romanes. Mais si Gaston Paris eut grand goût pour l'Allemagne, il apprit dans toutes ses découvertes l'amour de la France, et c'est au profond de notre histoire qu'il a trouvé cet amour; il a réveillé et grandi notre passé. La France chevaleresque, la poésie du moyen âge, notre littérature de la vieille France, ne nous ont été révélées dans leur vérité et dans leur beauté complètes que par les études de Gaston Paris.

La noblesse de sa vie, son désintéressement, ses labeurs, lui ont valu l'estime universelle du monde lettré dès ses premiers travaux, et, au cours de sa vie, tous les honneurs.

Arlès-Dufour est à Paris. Nous sommes tous dans la joie de recevoir le « bon génie » à notre table. Il arrive du Congrès international de Genève pour les secours à donner aux blessés en temps de guerre, et, avec ses illusions, il croit à la fin de la barbarie. Ses chers amis prussiens ont été rien moins que doux dans la guerre des Duchés. Arlès-Dufour en gémit et dit que la reine de Prusse, « qu'il aime beaucoup », en a énormément souffert, que c'est pour cela qu'elle s'intéresse autant à la formation de sociétés de secours aux blessés.

Arlès-Dufour a une très grande douleur. Les médecins déclarent Enfantin perdu. Lorsque son maître, son ami, est mort, mon vieil ami souffre comme j'ai souffert à la mort de Jean Reynaud. Je le plains de tout mon cœur, et mon chagrin se réveille au contact du sien.

Je vois Mme Jean Reynaud, qui me dit qu'Enfantin mort elle réunira des papiers laissés par Jean Reynaud, et leur donnera la destination qu'il a voulu leur donner. C'est elle qui classera ces papiers, les scellera dans une caisse qui ne sera ouverte qu'à une date très éloignée.

Je ne sais pourquoi j'imagine qu'il y a dans les papiers dont elle me parle plus d'une histoire saint-simonienne semblable à celle que Jean Reynaud m'a contée, et qui l'a tant ému, sur Mme Bazard; mais Mme Jean Reynaud ne consent à me dire rien à ce sujet.

Challemel m'apporte avant mon départ sa belle étude sur Guillaume de Humboldt, dont on parle beaucoup, et qui, répète-t-on, donne enfin la mesure complète de la valeur de notre ami.

On dirait qu'il gagne ce que Prévost-Paradol semble perdre depuis son échec politique. Prévost-Paradol ne peut reprendre son ironique sérénité. Il est aigri, et comme on sait trop pourquoi, dit Hetzel, « son aigreur, n'est plus partagée ».

*
* *

Nous sommes à Bruyères, et ma mère elle-même se rassérène, voit dans notre vie moins d'ombres noires. Elle se laisse égayer par la lumière.

Je suis en grande dispute avec mon ami Gaston Paris. Il veut m'intéresser à une société germanico-française.

Voilà ce que je lui réponds le 2 décembre :

« On y verra, dans votre société germanico-française, des Büchner, mais les Büchner et l'Allemagne, pas trop n'en faut. Je vois d'ici vos gros yeux. Vous gémissez sur mon entêtement et sur mon ignorance. Parlez-moi de notre vieille Gaule, dans sa plus lointaine histoire. Faites votre thèse, que je lirai aussi bien que je le pourrai, mais, croyez-moi, laissez les Allemands être Allemands et restez Français. Il pénètre assez dans notre esprit de l'esprit des autres peuples, et nous n'avons pas besoin de nous disperser davantage. Je suis centripète française, et vous, centrifuge. »

Et, huit jours après, j'écris encore :

« Vous essayez de me corrompre en me présentant votre idée de société franco-germanique comme une création intime dans laquelle vous avez mis vos dernières espérances d'idéal réalisé. Faisons un marché. Convenez que vous êtes Allemand, comme moi je suis Française ; mais renoncez à votre titre de Français, sans quoi je vous appelle traître et renégat. Je défends mon pays avec une plume aiguisée. J'empêche une invasion de 1814 intellectuelle. Je

marche armée à ma frontière. « Gare à vous! »
Votre Rhin tiendra dans mon verre. Votre
esprit est l'esprit de l'Allemagne; votre méthode, votre philosophie, sa méthode et sa philosophie; vous préférez la poésie, la science, la
littérature naïve, l'amour de la tradition qu'elle
préfère. Notre génie révolutionnaire vous inquiète. Votre esprit chercheur n'est nullement
avant-coureur.

« Vous n'aimez nos vieilles épopées du
moyen âge que parce que l'Allemagne les aime,
et parce qu'elles ont des affinités avec les *Nie-
bulengen*. Est-ce que c'est l'orthographe allemande ? Quel bonheur de ne savoir qu'une
langue, d'être une ignorante! On ne rêve ni mé-
langes anormaux ni fusion d'éléments opposés; on ne vient pas forcer les gens d'à côté de
penser et de procéder comme leurs voisins, on
ne dorlote pas un système, une utopie, avec
salles de réunions à l'appui, prospectus, affiches
et lanterne sur laquelle on écrira : « Ceci pour
« vous éclairer à la mode étrangère, qui est
« meilleure que la vôtre. » Eh! monsieur, je
veux bien boire votre Rhin dans mon verre,
mais je vous défie de boire ma Seine! »

Si j'ai reproduit ces lettres trouvées parmi
celles que Mme Gaston Paris m'a rendues après
la mort du plus noble et du plus admiré des
époux, c'est qu'elles ont leur place nécessaire à
la fin de ce volume, parce qu'elles prouvent
dans quel sens évoluait mon esprit et ce qu'il

se préparait de souffrances patriotiques, au cours des événements vers lesquels la France marchait.

Comme pour faire écho à mes lettres intuitives à Gaston Paris, j'ai la visite de Mérimée, qui me donne à lire une lettre de Bixio et ajoute :

« Elle est dans le style de celles de Nefftzer. »

« La Prusse m'inquiète, écrit Bixio à Mérimée, elle arme formidablement. Elle a commencé par le Danemark, continuera par l'Autriche et par nous. J'ai su de Cavour lui-même ce que lui proposait la Prusse, en vue d'une action commune contre l'Autriche. »

« Eh bien, dis-je à Mérimée, toutes ces affirmations d'hommes de valeur, sur les projets de la Prusse, ne vous convainquent donc pas? Et vous croyez toujours le roi de Prusse et M. de Bismarck les amis de la France?

— Je le crois, parce que je sais, » me répond Mérimée.

Et, me montrant le *Redoutable,* la 2ᵉ division de la Méditerranée, dans les eaux du golfe Juan, il ajouta en riant :

« Jusqu'à ce que la Prusse ait une marine, beaucoup d'eau bercera nos vaisseaux. D'ailleurs est-ce que la France n'est pas encore et toujours la grande France? Comment pourrait-elle craindre la petite Prusse? Est-ce que nous sentons en nous la passion patriotique diminuer, et est-ce que le régime impérial détruit l'esprit militaire?

— Oui, quand il ne se sert pas des armes qu'il a en mains pour défendre nos plus nobles sentiments d'héroïsme. Oui, le régime impérial détruit l'esprit militaire ; quand il livre au grotesque le plus abject nos admirations classiques, ce qui nous inspirait la beauté de nos attitudes dans l'art, il trahit l'esprit de la France ; il le livre à la blague et il atteint la source même de notre patriotisme. *La belle Hélène* après *Orphée aux Enfers*, c'est l'irrespect qui s'infiltrera partout, qui s'attaquera à tout, qui avilira tout !

— Le rire est français, et l'on dit que *la Belle Hélène* est encore plus drôle qu'*Orphée aux Enfers*. Vraiment vous tenez tant que cela à ce qu'on honore encore les dieux grecs ?

— Parce que je les adore et parce que je crois que, quand on touche à une religion, on n'épargne pas les autres. Votre religion à vous est le patriotisme, l'armée. On vous les rendra ridicules et grotesques tout comme nos dieux légendaires.

— Quand un peuple rit, il ne songe pas aux révolutions.

— A moins que son rire n'en soit une. »

A l'automne, au moment de mon départ pour Bruyères, quand j'étais allée embrasser Mᵐᵉ d'Agoult, elle m'avait dit :

« Petite Juliette, je rêve pour vous un salon tout petit, très choisi, avec les traditions du mien, et nous le fonderons à votre rentrée. Je vous enverrai, à ce propos, cet hiver, des « instructions » que vous méditerez. »

Je reçus de Mme d'Agoult la très belle page suivante :

« Le bonheur n'est fait que de renoncement et de sagesse. Pour grouper des hommes en nombre et quelques femmes intelligentes autour de soi, il faut avoir l'apparence sereine ou heureuse.

« Il faut unifier sa vie, ne point la compliquer aux yeux des autres, alors même qu'elle serait troublée.

« Créer une atmosphère impersonnelle et paisible qui repose est nécessaire pour retenir l'amitié autour de soi.

« Consulter les premiers occupants d'un salon avant d'y laisser pénétrer les suivants, afin qu'il y ait des fondateurs ou qui se croient tels.

« Éviter les confidences, qui, échangées, créent des intimités trop grandes et obligent à donner des conseils qui, à certains jours, vous sont reprochés.

« Soyez modeste sans vous annuler, soyez simple avec élégance. Donnez confiance dans la solidité des opinions que vous exprimez; qu'on vous sente à la fois inébranlable et tolérante.

« Entretenir la curiosité d'esprit de ceux qu'elle a groupés est le premier devoir d'une personne qui tient à conserver son salon.

« Faire bien comprendre à ceux qu'on groupe, et le leur prouver, qu'on est plus occupé d'eux que de soi. »

Je remerciai ma grande amie de sa haute leçon et je lui promis de me l'assimiler précepte par précepte.

Elle avait ajouté :

« Il faut vingt amis et cinq amies pour fonder un salon. Vous les avez. Le mien restera le grand salon de l'hiver, le vôtre sera le petit salon de l'été, et, ainsi, notre milieu intime ne sera jamais entièrement dispersé. »

Hélas ! ce salon minuscule devait, bien peu après sa formation, m'enlever une amitié maternelle dont la perte me fut aussi douloureuse que la mort de Jean Reynaud.

La grande affection de George Sand ne parvint pas à calmer mon regret, parce que, brouillée avec Mme d'Agoult, je ne pouvais plus nourrir l'espérance de réconcilier les deux plus grandes personnalités féminines de mon temps et les aimer à la fois.

Achevé d'imprimer

le neuf avril mil neuf cent quatre

PAR

ALPHONSE LEMERRE

6, RUE DES BERGERS, 6

A PARIS

1-2-5. — 4056.

www.ingramcontent.com/pod-product-compliance
Lightning Source LLC
Chambersburg PA
CBHW070748030726
47504CB00003B/481